不胜欢喜

破破 | 著

网络连载原名《数学差生》

浙江文艺出版社

图书在版编目(CIP)数据

不胜欢喜/破破著. — 杭州:浙江文艺出版社,
2024.3
　ISBN 978-7-5339-7415-2

Ⅰ.①不… Ⅱ.①破… Ⅲ.①长篇小说—中国—当代
Ⅳ.①I247.5

中国国家版本馆CIP数据核字(2023)第216149号

图书策划	柳明晔
责任编辑	张　可
营销编辑	宋佳音
封面设计	仙境 WONDERLAND Book design
版式设计	吕翡翠
责任印制	张丽敏

不胜欢喜
破破 著

出版	浙江文艺出版社
地址	杭州市体育场路347号
邮编	310006
电话	0571-85176953(总编办)
	0571-85152727(市场部)
制版	浙江新华图文制作有限公司
印刷	杭州丰源印刷有限公司
开本	880毫米×1230毫米　1/32
字数	346千字
印张	13
插页	2
版次	2024年3月第1版
印次	2024年3月第1次印刷
书号	ISBN 978-7-5339-7415-2
定价	52.80元

版权所有　侵权必究

001	第 一 章	不许作弊
024	第 二 章	不可逞强
044	第 三 章	不让退课
073	第 四 章	不可狂妄
095	第 五 章	不得懒怠
128	第 六 章	不可轻敌
155	第 七 章	不安好心
187	第 八 章	不准打架

220	第九章	不得怀旧
248	第 十 章	不可动心
276	第十一章	不许告密
302	第十二章	不可乱情
332	第十三章	不可贪嗔
379	第十四章	不可退缩
400	番 外	不胜欢喜

| 411 | 后 记 |  |

第一章
不许作弊

今天早上起床,右眼皮又跟起兵造反一样跳个不停。

我疑心今天怕是有不顺遂的事要发生。

我翻了翻课程表,知道右眼皮的革命情绪源于何处了。原来今天有数学课。

我的数学不是差,是非常差。

我妈是会计,我爸是高中数学特级教师,按理说我该自带数学基因。所以我小学数学考个位数时,他们对着我婴儿时的照片发呆,我也能理解。毕竟我和他们一样,严肃思考过一个非常具有现实意义的问题:他们是不是在接生的医院里抱错小孩了?

当时,我爸还没有被残酷的现实打倒,对幼时的我还抱有不切实际的希望,认为这世上"没有教不会的孩子,只有不会教的老师",于是他用尽了这辈子蓄积的全部耐心和热忱来指导我的数学功课。

"来,你看这题。这个老爷爷家门口有一片地,第一年种土豆,收了25斤,每斤1块钱成本,售价2块,你算算他赚了多少钱?"

我不会算。我爸就在草稿纸上写给我看,指导我思路后,写下"25

块"。

我爸问我懂了吗?

我点头。

他又接着出题:"那第二年,他种西红柿,收了30斤。每斤2块钱成本,售价3块,是赚多少钱呢?"

我摇头。我爸说:"这不是很简单吗?以此类推就可以了呀。"他又写推算的过程,告诉我答案是30块。

我爸担心是自己的题目出难了,没有循序渐进地让我进入状态,于是他喝了口水润了润嗓子,说:"那要是种葡萄,收了70斤。每斤还是2块钱成本,售价也是3块呢?"

我算了半天没算出来。我爸气沉丹田地大声吼道:"怎么还是不会呢?70啊!这不是明摆着70吗?!"

我连忙喊:"我懂了,我懂了!"

我爸看我这突然开悟的样子,收敛了脾气,带着一丝期待克制地问道:"林梦,你不要怕数学,数学可有意思了。你看这个爷爷要是掌握了数学方法,就可以知道种什么更赚钱了,是不是?"

我蹙着眉说:"我觉得爷爷是被数学绕进去了啊。依我看,爷爷可以地里种土豆,土豆上搭个小架子种西红柿,再在西红柿上面搭个藤架种葡萄,哪个也不耽误。爸爸,我想吃葡萄了,我们去买葡萄吧。3块钱一斤,不贵的。"

我爸就"你你你"了半天,然后狠狠地拍了下桌子,把我家那摇摇晃晃时日无多的桌子给拍散了。

数学可真有意思,因为它,我爸突然跟功夫片里的大侠一样,练出神功了。

等我磕磕碰碰地到了高中,数学成绩依旧是红灯高照。虽然我文科功课在学校里一马当先,但数学作为一块占分比例硕大的短板,那是荒得几乎寸草不生。

高三班主任说:"林梦啊,数学和文科就像两条腿,你得腿差不多齐了才能走动道,你现在这情况,一条腿截肢都截到腰了啊。"

数学老师看到我总是长吁短叹,好像对他来说,我就跟绝症病人一样药石无医。

高考那天,我考完数学出来,见到很多成绩不错的同学在抱团抹眼泪。我以为他们是因为和数学说拜拜了才激动得热泪盈眶,就凑过去一起激动激动,谁知他们说这次数学卷子出得特别变态,难得堪比奥数题,他们很是崩溃。

一个无可救药的差生就像一个色盲,是分辨不出难和很难之间的差异的。

对我来说,数学难或不难,我都在这里,不悲不喜。

但高考成绩出来时,我又发现,难度高的数学对我来说还是有利的。毕竟很多人突然被迫跟我站在同一条起跑线上猜,而在猜答案方面我又非常经验老到且天赋异禀,这让我最后的数学分数虽然和之前的模考没有差别,却取得了有史以来最好的数学名次。加上我的文科成绩本来就还挺好,于是乎我的高考成绩单显得极其亮眼。

为此我们班主任还特意送了我一个小奖杯留作纪念,他说我这次的进步非常适合拿来激励那些在数学贫困线上挣扎的难民朋友。

后来,我就考进了长宁大学——一所很有名的理工类学校——的历史系。

因为长宁大学是我爸未曾达成的梦想,所以他在我选学校时拿着长宁大学的介绍,一直暗示我这所学校在尝试改革转身,它现在的目标是文理两开花,文科录取时会降分处理,以后也会有政策倾斜。彼时的我还不知道长宁大学作为理工学校,生怕文科生出去不会背拉格朗日中值定理丢它的脸,有所有系都得至少修上八个数学学分的奇葩规定,便信了他的"谗言",选了一个四平八稳的历史系,入了长宁大学这个坑。

当然,我当时也没有体会到语言文化的博大精深。"尝试"转身,可以尝试失败;"目标"开花,也可以没开成。反正我在这个毫无存在感、规模迷你得随便聚个餐就能全员出席的系里浑浑噩噩读了三年书后,其中一位专业课老师主动问我要不要读研读博,这样就可以留校任教,一起加入"改革转身,文理两开花"的忽悠大军——啊不,教育大军里祸害新人——啊不,扶持新人。

我交了保研表后没多久,学校发来一封温馨邮件,告诉我数学学分还少两分,务必在这学年修习完毕。

这对我来说,简直如晴天霹雳。我向来是先苦后甜的,大一大二就已经报足了八个学分。就像被西西弗斯千辛万苦滚到山顶的巨石又滚落了下去,就像被缚在高加索山脉的普罗米修斯好不容易长回肝脏,恶鹰又来啄食一样,数学怎么会卷土重来折磨我呢?

我仔细查了学校的算法,才知道纰漏出在哪里。

太无耻了!我曾修过的"数学史"竟然被归在历史的大项里!试问这样的课程名称,不就是为了可怜那些对数学一窍不通又不得不在数学世界里混饭吃的文科生而开设的充满人文关怀的课程吗?

为此,我是怀着多么感恩的心态抚摸过书上祖冲之、张衡、刘徽的一张张老脸,给授课老师擦了多少回桌子,倒了多少杯开水,以感谢他拯救我的人生呢!我记得最后一节课结束,老教授还颤巍巍地和我说,打从他开这门课以来,就没见过像我这样尊师重教的乖巧学生了。我也发自肺腑地说,打我上学以来,也没见过像他这样扶危济困的高尚老师了。于是这门课我凭实力拿了个90分。

到头来,这竟然只算是历史课!我以为"数学史"是这所理工科学校赐给文科生的恩典,谁能想到这竟是赐给理工科学生的福音!

学校给我发邮件时已过了选课周的最黄金的时刻,选课系统里剩下能挑的课程已然不多。鉴于放到第二学期去补学分的风险太大,我如同在尾市上买剩菜一般挑挑拣拣,挑了一门叫"数学之美"的课程,它的名字看上去很优雅、文艺,有品位,和本人的"知性美"相得益彰。

今天是我这学期上第三堂"数学之美"。

去年我们长宁大学的选课制度改革了。原本前四周退课的自由度,在老师们的抗议下缩短到了两周。

也就是说,从这周起,这课一旦选上了就不能退了。授课老师一般也在这周开始正式记考勤,所以通常情况下,这周的出勤率会很高。

我担心我去得晚了,就不得不去坐第一排VIP座。和数学老师这种外星生物过近接触,是会有辐射风险的。要是数学老师上课上得兴致来了,和我来个四目相对,再来个即兴提问,那就是现代意义上的被拉到菜市口当众行刑。

我不怕死,我怕我死后还得被复活,接着参加考试。

然而等我进了教室,发现情况和我想象中的出入很大。

教室的学霸区照例是座无虚席,后面的休闲区却坐得稀稀落落,两侧的养老区更是无人问津。

我粗略地点了点人数,似乎比之前少了三分之一。

学生人数在退课季结束后突然减少,就跟人突然暴瘦一样,都是值得高度重视的现象。我作为一个在数学课灰色地带游走的差生,闻到了不寻常的气息。

待我课程结束后,好好查查隐藏在其中的玄机。

现在,我暂时要放下这些杂务,好好听课了。

俗话说,一天不练手脚慢,两天不练丢一半,三天不练门外汉,四天不练瞪眼看。

我岂止四天不练,我是365天没碰数学,按照武侠小说里的说法,我现在是武功尽废,内力尽失,完全是一个废物。小说里的大侠们遇上这种情况,哪个不意志消沉,借酒消愁,浑浑噩噩地过上一两年乃至蹉跎了一辈子的?

我就不一样了。

我这人特别正能量。

我记得毛主席说过,雄关漫道真如铁,而今迈步从头越。

刘欢也唱过,只不过是从头再来呗……

我妈徐晓兰女士也曾说,今天再大的事,到了明天也是小事;今年再大的事,到了明年就成了故事。

——虽然我很怀疑,到了明年,不见得会成为故事,成为事故的可能性更大一点。

总而言之,我觉着之前学过的数学忘就忘了吧,反正哪怕记得,也只是破铜烂铁敝帚自珍。

现在我要重新开始好好学习。但是,人不能一口吃成个胖子,我不能一竿子坐到VIP座去。我得循序渐进,不如先从不坐最后一排最边上的座位开始。

就坐倒数第二排最边上吧。

笔记本拿出来,翻开第一页:满目红色的"不准睡觉",写到最后几个字有点飘。

那是我在第一堂课写的。我当时想效仿头悬梁锥刺股,为了提醒自己不要太快入睡,我一边听老师说玄学,一边写下这四个字。

结果事与愿违。右下角那皱皱巴巴的地方就是我当时流下的口水。啊,不,是悔恨的泪水。

第二页,依旧是"不准睡觉"。只是没有像第一页那么满,因为入睡得比上堂课快了点。

我翻到空白的第三页。人之所以为人,就是因为人懂得上进。我对天发誓,这堂课,怎么也得写满两页再睡!

数学教授姓方,看上去约莫四十多岁,身材高挑,身形也没走样,戴副金边眼镜,有点老港星的范儿。要是年轻二十岁,他必然也是现在市面上流行的小鲜肉,或许我就不会琢磨着怎么才能在数学课上少睡一点了。

方教授今天貌似心情不错,嘴边噙着笑,看上去很和蔼可亲的样子。说到自觉好玩的地方,他还会冒几句四川普通话,有点小幽默。

此时他徒手在黑板上画了个滚圆的圈,在里面标了四个点,标了四个记号:P_1、P_2、P_3、P_4。

我不大喜欢P,因为它跟多动症一样跑到这里又跳到那里,一会儿求面积一会儿找切线,数学上一半的事儿都是它挑起来的,堪称数学界的"苏大强"。

然后方教授开始解析这四个动点之间的关系。他在这四个点上画出了一张蜘蛛网,画完后他说了一个超级长的定理名词。我觉着那个词就像是小时候我妈买的牛皮糖,黏黏的,可以拉成很长很长的丝。糖丝儿粘在方教授粉笔下新画的蜘蛛网上,形成了薄薄的一层膜,接着它轻盈地飘了起来,飘啊飘,飘啊飘,顺着空调的风,缓缓地落在了我的头上,把我的五官七窍全都糊住了。我似乎还能隔着这层膜看见方教授在讲台上走动,但他的声音却如同汪洋上升腾的白雾一般朦胧不清。

我强打精神写下"不准"两字,啪的一声脸就不小心着陆了。

不行不行，不能睡。

我撑着眼皮又写下"睡觉"两字，方教授的话就跟化骨绵掌一样，把我直接给轰趴下了。

按照上数学课睡觉的生物钟，我本该到下课后才能醒来的。可今天，可能是神经中枢强大的求生欲刺激了大脑，我就跟被电击一般，陡然提前从梦境回到现实。

睁眼的一瞬间，我因为场景切换得过快，一下子有点蒙，不知今夕是何夕。

然后我听见前方和蔼可亲的方教授平铺直叙地扔炸弹："我们现在做一个随堂小测，我摸摸底，看大家都是在什么水平，方便之后教学。大家不用紧张，摸底不计入考试成绩，你们按照实际情况发挥就好。"

我一个"垂死病中惊坐起"，老师你看着如此面慈心善，怎么暗地里还"磨刀霍霍向猪羊"呢？测验无论计不计分，都当如西部牛仔决斗一样，要事先指定好时间地点才行，即兴发挥是要出人命的啊。

幻灯片上的三道题，不是选择题那样的小甜心，也不是填空题那样的小棉袄，而是三道不分(1)(2)(3)小点的大题，不给台阶，不给送分，属于没有感情的杀手类型。

方教授不是来摸底的，他是来掀底裤的。

我二十二岁了，上过老师的当比做过的题还多，深知"老师的嘴骗人的鬼"这个道理。一句平平淡淡的"摸底"，对我这种数学学渣来说，却是暗藏玄机。

玄机就在于，我要交了白卷，那我就成了老师课堂上眼神的箭靶子。我中途上个厕所是准备跑路，趴着睡觉那是不思进取，要是炯炯有神听听课，则被叫起来答答看，好做抛砖引玉那块砖，给学霸们的解题思路做对照组。

可我要不交卷,那就自证缺勤。我最有信心拿的就是考勤分,总不能因小失大,连送到手的分都不要了吧。

我向四周看了看。人口密度过高的学霸区此时正人人奋笔疾书。那油亮的理工男的脑袋们,像极了秋收的田野上沉甸甸的麦穗。休闲区为数不多的小伙伴们则迅速达成了结盟关系,在桌子底下井然有序地传递着机密纸条。养老区——呃,养老区只有我一人。

此时的我,如一座孤岛。

孤岛往后靠了靠,后背感受到了人体的温度。我转头看,才发现我后面还有人。

哦,我忘了,今天我坐的是倒数第二排。这人大概是在我睡着后从后门进来的,上课前这里并没有人。

嚯,这个毛茸茸的脑袋真是一枝独秀,卓尔不群呀。你看那空荡荡如明台一般的桌面,你看那把头埋得跟个坟包一样的胳膊肘,你看脑袋顶上那竖起的一簇不服输的毛毛,无不透着一种众人皆醒我独睡的不羁。

真的勇士,就是敢在惨淡的人生和淋漓的鲜血中呼呼大睡。

我金盆洗手很多年了。初高中的时候,我还是很崇尚武侠精神的。所谓盗亦有道,同学之间抄抄作业友爱互助的事我没少做,但考试中作弊的事我真没做过,我还被奉为抄抄党里的道德标兵,思想高度可见一斑。

另外也是因为我爹自从练出神掌之后也很具备武侠精神,但凡知道我作弊绝不手软,我那瓷实的脑袋也禁不住他那套从天而降的掌法。

唯独一次例外,是高一的某次模拟考。那次掀起了江湖腥风血雨,我也被我爸打得差点让他"白发人送黑发人",于是我再也不干了。

可是作弊这个事啊,只有零次和无数次之分。

在孤岛中,我给自己铺了个陡峭的台阶——严格来说,这次测验不是考试,只是一次摸底。摸底嘛,气氛还是比较随意的,也不计入考分,本质

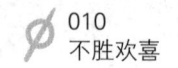

上就是作业。

抄作业的道德标准就不用那么高了。再说,我要不抄,还有什么路可以走呢?数学问答题,我又不能靠编,何况我连题都没看懂。

于是我从兜里摸出手机,关了闪光灯,趁方教授不注意的时候抢拍了一张题目的照片,发给了徐正,附上了"SOS"三个字母。

多年好友心领神会,迅速回来一行字:"200起拍。"

"250,要不要?"

"没诚意就算了。"

"行行行,趁火打劫吧你就。战争期间,准是你这种人哄抬物价。"

"我看你还挺想和我斗斗嘴的,要不我不做题,和你练练嘴皮子先?"

"哎哟,祖宗,您先忙,小的给您跪安了。"

过了十分钟,徐正发来写了答案的照片。我拾笔誊抄,才几分钟就把一张白纸塞得满满当当。我有好几年没这么策马狂抄了,一气呵成后,甚至产生了自己是数学天才的神奇错觉。

我功德圆满,无事可做,一时无聊,便转头又去看了看我的孤岛兄弟。

林语堂先生曾说:"在人的一生,有些细微之事,本身毫无意义可言,却具有极大的重要性。事过境迁之后,回顾其因果关系,却发现其影响之大,殊可惊人。"

我如果记着这段话,当时说什么也不会扭过头来的。

如果我不转过头,我不会动恻隐心,我就不会手贱地给他答案,我也不会被老师——

然而这都是马后炮。

因为当时,我转过头去看那位睡得昏天暗地的兄台,想的是一直以来,我也是这般睡过来的。

于是我回望了下我"穷困潦倒"又充满了温情的数学人生。

我是吃着百家饭长大的。当年高中的早自修是差生救济会,在朗朗的早读声中,我和各位抄抄党默契地传递着前一天晚上的作业,有时候资源紧张,还要各自分工,相互配合,统筹劳作。我作为还能产出文科答案的一等公民,在差生界有着举足轻重的话语权,也享受着先抄为敬的特权。但善良如我抄完后从来不高高挂起,从心底里关心其他差生群体,义务指挥大家在短短十分钟内有效抄完所有作业,并切实做好防范老师突袭检查的工作。这种不求回报、巨细靡遗的服务精神赢得了群众的广泛信任,我也收获了"行走的海底捞"的口碑。

按我这"海底捞员工"的节操,见路有"冻死骨",我是该抢救一下的。

虽然,从不及格率名额上来说,他的缺勤将增加我的胜算。我作为一个在危险的边缘反复试探的数学差生,决然不该救竞争对手。

可是,这不符合我们武林中人的胸怀和节操。

差生要帮差生。

讲台上,方教授的枸杞水喝完了,端着水杯往外接水去了。

设:接水的地方离教室大约200米,方教授步行速度为1米每秒。饮水机出水口直径1厘米,水管内流速10厘米每秒,方教授的水杯容积为600毫升,忽略拧瓶盖、盖瓶盖的时间。

问:方教授在外逗留时间约为多久?

答:90秒。

我猜的。

在这黄金抄袭时间90秒里,我们在行动!

休闲区的那几位大哥已经从这头跑到那头了。学霸们也开始窃窃私语了,还有个胆大的竟然开始打电话了!

时不我待,浪费时间就是在浪费生命,我迅速把答案纸放到了后头的桌上,叩响了桌板,见他仍然睡得酣畅淋漓,急得我一巴掌打在他后脑勺上。

他终于被我拍醒了。

我上辈子一定是拯救了银河系。或者老天爷见识到我乐于助人乐善好施的高贵品质,立马来搞现场大酬宾了。

我不过是随便敲了敲,跟敲西瓜一样,怎么就敲开一个新鲜红嫩、汁甜瓤脆的大西瓜了呢?

这人长得也太帅了吧?你看那白白嫩嫩吹弹可破的脸上,黑压压浓密的眉毛和睫毛下,刚清醒过来的眼睛迷蒙中如雨后竹林,波动间似微风吹过,雨滴簌簌。

书到用时方恨少。此时才发现自己是个"江郎"。

简单地说,他长了一张一万部青春偶像剧中都会出现的初恋脸。

我是受到上天何种眷顾,竟然在一无所知的情况下做出此等符合言情小说路线的举动呢?

接下来剧情应该会这样发展:受到我的照顾,他肯定会铭感于心。为报我的一纸之恩,他请我吃了顿饭。吃饭时我们作为差生,共同话题多不胜举,我口吐莲花,妙语连珠,他透过现象看本质,发现在我普通的外貌下其实有一颗非常有趣的心,约好今后都一起上课互帮互助。他也渐渐习惯了我的存在。某次我因病无法前来,他深感无聊且不安,这才发现,原来在细水长流细枝末节的相处中,他早已爱上了我!

给我一个支点,我能撬起一地球的帅哥。

——在我脑内剧场里。

虽然我心怀鸿鹄之志,力图撬起整个地球的帅哥,可惜三条腿的蛤蟆不好找,两条腿的帅哥也很难觅。尤其是长宁大学作为十校联盟里的帅哥盐碱地,校草质量堪忧。

在民间各大高校间举办的各项PK赛,譬如十大最难吃的食堂、十大最恐怖的校园传说、十大最令人闻风丧胆的教授等项目中,长宁大学因为其纯正理工科大学中规中矩的血统,无法在八卦娱乐项目中拔得头筹,唯独在十大最丑男生高校评选中,一举崭露头角,且自创立此榜单以来,常年占有一席之地,以致长宁女生一出去跨校聚餐,自报校籍,便可受到格外照顾,令人无限唏嘘。

然而眼前这人,因脸长得过于高级,乃至周身似乎有隐形的次元壁,仿佛一尊头顶光环的神,来拯救长宁女生于水火之中了。

我之前在学校里没见过这号人物,我猜他很有可能是这届新生。

嘻嘻,姐姐来了。

我强按下脑子里自动播放的"是谁送你来到我身边"曲调,带着点少女娇羞劲儿,眨了眨眼睛看他。

在我想象中,我应该是蛮温婉动人的。像是男女主角在命运的安排下邂逅时的慢镜头,非常经典非常令人心动。

你看,他一直盯着我看,眼神从迷蒙到震惊到不可置信地仰望苍天再到饱含深意地看向我,四舍五入就是一见钟情。

他慢慢坐正了,黑亮的眼睛看了眼桌上的答案纸,问我:"这是什么?"

声音真是大珠小珠落玉盘,和我这种"大猪小猪落于盘"的有云泥之别。

"教授摸底测验,你睡着了,还没来得及写吧?赶紧抄。"我贴心地解释道。

他动作一顿,手指在桌面一敲:"那就谢谢了。"

我说:"客气客气。"

他又问:"有笔吗?"

这孩子出门连作案工具都不带,也忒不敬业了吧。

嘤嘤嘤,姐姐把最喜欢的胡萝卜笔给你。

他接过来,又为难地问:"有纸吗?"

是我思虑不周。既然没有笔，肯定也是没有纸的。我怎么可以让帅哥为难呢？我把活页夹里的纸取下来给他一沓。

用不完也没关系，以后给我写情书用。

他颇有家教地双手接过纸，又问："有镜子吗？"

"有。"嗯？你抄就抄，为什么还要镜子呢？哦，我笑了笑，不愧是同道中人。以前抄抄时，我也会拿着镜子看教室后门，以备老师背后突袭。

我边掏镜子边笑。方教授不至于从后门进来吧？取水的地方离正门更近呢。不过新生不习惯教室的路线图，也能理解。

每个人都有自己的作案喜好。要镜子我就给吧，有备无患，人家心里也踏实点。

我把镜子递给他，他推了回来，笑着说道："镜子是给你的。"

我不明所以地端在手里瞧了瞧。

小小圆圆的镜子里，我的左脸上鲜红的"不准"，右脸上殷红的"睡觉"，就跟脚上文一对"反清""复明"一样，连起来看，食用效果更佳。

告辞。

下课铃响。方教授宣布交答案。

我正打算拿回我的，不料身后人已经拿着我那份站起来了。

真是一个有来有往、知恩图报的好弟弟。

就是忘了提醒他，记得把我们两份错开交，不然很容易露馅。

不过相由心生，凭他现在这个略带痞帅的外形和上课睡觉的习惯，我猜他是那种蔫儿坏痞帅的体育特长生，中二义气小狼狗，擅长诸如翘课逃学抽烟打架等学校规章制度里明令禁止的事，区区作弊注意事项应该是熟练掌握的。

我感觉很安心，目送着他一路走向讲台。

从背后看,他身高约莫有一米九的样子,穿了件有点像工装服的潮牌灰蓝色衬衫,系进一条微微卷起裤腿的浅色长裤里,显得宽肩窄腰,越发挺拔。

啊,这种服装品位秒杀我校以一身文化衫加肥黑短裤和沙滩鞋的理科男,更衬出他出类拔萃难以遮掩的高贵气质。

追随他的信徒以肉眼可见的速度激增。她们后知后觉地发现教室里竟然还隐藏着这样的宝藏男孩,纷纷放下手头工作,连去厕所和小卖部都暂搁一边,集中精神嗑帅哥的八卦。她们两个一组三个一群,交头接耳互探信息,眼神中皆是对这位新出炉的校草一片"啊啊啊啊啊啊啊啊"的文盲赞叹声,宛如女儿国里迎来了唐僧。

剩下的那堆"没有对比就没有伤害"的男生团里,或许将来会诞生一个吴承恩,还有无数个华罗庚。

这批华罗庚是一群候鸟,下课铃响,他们就开始大规模地迁徙——从学霸区迁至讲台。而方教授就像等儿女回家团圆的老父亲,欣慰地站在讲台上迎来送往。

讲台那边是火星,讲台这边是水星。两边星球的人因为大脑结构、思维方式过于迥异,无法相互理解,所以此场景自带结界,我从来没认真观察过。

然而宝藏男孩站在讲台上,吸睛效果宛如在讲台上装了一盏大功率探照灯,让人挪不开眼又无法直视。

我鬼使神差地掏出手机,打开摄像头,调好焦距,准备拍照。

他似乎是察觉到了什么,侧过身来,视线扫过讲台,倏地停留在我的镜头上,然后忽然嘴角一斜,露出一抹浅浅的微笑,像只摇头摆尾的小狼狗。

此时,我觉得讲台上绽放出万丈光芒。那是神启。

我左半边脑子在唱"哈利路亚,哈利路亚",右半边脑子在喊"妈妈,这里有人恃靓行凶!"

我在呼吸机的帮助下，一万零一次复活，把抢拍下来的模糊得堪比印象派、足可以进卢浮宫的艺术作品不求回报地分享到了室友群里。

我发完照片，脸上残存着一缕笑意抬头看去。"芳心纵火犯"似乎是凭其灼灼之颜逼退了"华罗庚们"，此时正和方教授低声交流。

你一个学渣，有什么好和教授交流的呢？

我猜你们在谈身为帅哥的日常烦恼，对吗？

帅哥会有烦恼吗？

有吧，比如说被我们这种女娲造人时来不及销毁的失败品"性骚扰"。

我在脑内一问一答时，麦克风忽然发出一声刺耳的蜂鸣声。方教授打开麦，严肃低沉的声音从我脑袋顶上的音箱里传来："林梦在吗？"

因为这声询问离我实在太近，我被吓了一跳，惊吓之余我下意识地举手说了声："到！"

感觉到自己这份咕嘟咕嘟热气腾腾的傻帽气儿，我的血气腾地一下子蹿到了脸上，抓着裤腿直直地站了起来。

方教授说："你到讲台来一趟。"

不会吧？真举报我"性骚扰"啊！我也就颅内高潮下，什么事也没做啊。

我猜得没错。我确实被举报了。不过不是我想的那个理由。

方教授捏着我那份答案，锋利的眼神投向我："方从心说你和他分享了摸底测验的答案，这是真的吗？"

我有着和数学老师斗智斗勇的丰富经验，也是见过一些大风大浪的。兴许，是方教授发现了我们两份答案非常相近，询问了几下，小帅哥扛不住招供了吧。

我偷偷看了眼小帅哥。叫方从心是吧？

我用眼神示意他：什么情况？

然而他插着兜,垂着眼,不置一词。

看来就是我想的那么回事了。

这种事,一个人招了,另一个人就没法抵赖。老老实实立正挨打,争取一个缓期执行吧。

我说:"方教授,我错了,我只是看他做不出来,交白卷挺丢人的,想帮他一下忙。"

方教授浅笑了下,看着我:"帮助同学的心我可以理解,但帮别人的时候也注意一下自己的实力噻,量力而行嘛。你这三道题没有一道题是做对的,你帮啥子个帮。你是泥菩萨过江,还要渡别人咯?"

就这?徐正他还敢跟我收二百五,我看他就是个二百五!

不过听方教授一口四川味儿的普通话,就知道这事儿应该也没那么严重,我点头如捣蒜,连声称是,还拉了拉杵在旁边的方从心,希望他机灵点,和我一起认个错。

他抬起头,朝着我笑了笑。我将其理解为一种饱含着歉意的、请求谅解的、友善讨好的信号。我像是一艘船,他的笑如一对桨,在我的内心推开层层的波浪。

哦,小狼崽,不用放在心上。常在河边走哪有不湿鞋,被抓了也不是你的错。再说了,远古时期你姐姐我被老师抓包时,零和博弈、囚徒困境的状况都遇上过,面对队友的背叛,我都表示出了豁达宽容的态度。毕竟形势所迫,也不能要求大家都是铁板一块,死扛到底。我统统理解的。

于是我理所当然地、不合时宜地、满面春风地回馈了一个大度的微笑,直到我听见他不疾不徐字正腔圆地和教授说:"我觉得老师现在这番言论是在纵容学生可以打着互帮互助的旗号作弊,我觉得这样做,很不妥。"

嗯?他在说什么?

他滔滔不绝地展开发言:"老师,除了授业解惑以外,您对学生的品质也有教育、管束的责任。作弊这件事是个严肃的诚信问题，我觉得老师现在避重就轻甚至调侃她作弊的行为，从近处说，是在纵容更多的学生在您的课堂上作弊，从而影响那些正直学生的表现和成绩；从远处说，小时偷针大来偷金，您的不作为其实是在变相鼓励学生步入社会后破坏规则，投机取巧。虽然冒犯，但我还是得说，您如果坚持以这种大事化小小事化无的态度解决，那您实则是一个失职的老师，因为您本来完全有足够的工具阻止这种风气的蔓延。打个比方，虽然摸底测验不计分，但不代表测验过程中表现出来的品格不计入考察范围，您可以扣掉她的日常分，以儆效尤。还是说，您和某些学生理解的一样，日常分等同于考勤分，是人来了就能拿的摆设？"

我风中凌乱。

在方从心针对我和方教授夹枪带棒的慷慨陈词中，我终于意识到眼下这尴尬的境地并不是方教授火眼金睛识破，而是方从心主动揭发出来的。

说实话，我有点蒙。

我好心好意救他于水火之中，怎么反被倒打一耙？书上不是说"赠人玫瑰手有余香"吗？

我没闻着香，反而惹了一身臊味儿。

我不就是给他塞了一份我写的答案纸吗？至于吗？至于吗？至于吗？

卧底在校园的朝阳群众、眼里容不下一点污垢的纪律委员、我家小区戴着红袖箍监督垃圾分类的居委会大妈也没这么搞事儿的呀！

还是说，他得了什么不为大众所知的精神疾病啊。现下影视剧男主角流行得一些我闻所未闻的罕见怪病，都说艺术来源于生活，我看他这有别于常人的行为模式，看着是病入膏肓了。

方教授用一种耐人寻味的眼神看了下方从心，说："你说得很有道理，我刚才说一半被你打断了，我正想说，泥菩萨过江，也不能非法载人。林梦你看你违规渡人,我按例开个罚单,没意见吧?这考勤分,啊不对,是日常分,我扣你十五分吧。"

我惊得倒吸一口气,叩着桌板连声喊冤:"老师!你考勤分总共才二十分!我——泥菩萨也是菩萨啊!我心是好的呀,出发点是救苦救难帮别人,不至于全扣完吧!"

方教授又用一种耐人寻味的眼神看了下我,说:"你说得也很有道理。我刚才说一半又被你打断了。念你只是提供答案给他人,情节不算严重,就给你打个七折再抹零,扣掉你十分,小惩大戒,你们两位还有什么意见啊?"

我一听这事儿还带问意见的,方教授看着也很有墙头草两边倒的昏官架势,就力争道:"老师,现在商场搞促销七折都没人看了,我觉得五折以下的力度比较符合现在的市场。"

方教授眼睛一斜,友善客气地问我:"我刚刚很好说话的样子,是不是让你误会我这儿是讨价还价的菜市场了?"

我一个立定挺胸收腹,说:"没有误会。"

"那回去思过去吧。"方教授挥了挥手。

我奉旨思过。

我以前肯定没有拯救银河系,我上辈子应该是灭霸,毁了半个宇宙,这辈子才会被这只小狼狗咬了——呸,什么小狼狗,压根就是头白眼狼,东郭先生救下的那头。

或者是吕洞宾救下的狗。

或者是农夫救下的蛇。

如果世上有后悔药,我能吃下一盆。

如果时光可以倒流,我能拧坏钟表。

然而世上没有后悔药,时光也不能倒流。我能做的,也不过是在我和方从心两人一前一后回到座位时,出其不意地伸出我的一条大腿。

"砰",我听到后方有巨大动静。

呀,莫不是有人做尽坏事,老天爷来收妖啦?

我关心地扶了他一把。他灰头土脸地从地上爬起来,掸了掸裤子,一瘸一瘸地拐进了最后一排。

看到他瘸得这么厉害,我也就放心了。

坐回座位,手机震动了一下,是寝室长张子琴对我刚发照片的回复。

张子琴:哇!好帅!

我看了看手机里那张高糊得连五官都分辨不清的照片,默默关了对话框。

然后,手机就彻底没电黑屏了。

放下手机,我真切感受后方人又一次戳我后背时,不由得深吸一口气。

他是不是觉得好看的人真的可以为所欲为啊!

我说真的,我现在的怒气完全可以用"怒发冲冠"这个词来形容。我恨不得在我头顶上装个诸葛连弩,用我一根根头发化成的利箭把后面那个神经病扎成个筛子!

我愿以我秃头的代价换世界的安宁。

我竖起书本,遮住前方教授视线,扭头过去用竭力控制住的平静声音说:"这位同学,小时偷针大来偷金。你现在戳我脊梁骨,我要不骂你两句打你一顿,就是纵容你以后到社会上戳瞎人眼了。"

方从心饶有兴趣地听完,波澜不惊地说道:"啊,我只是想还你笔和纸。但既然你说到小时偷针大来偷金的问题,那我不如现在和你探讨一下。"他支着头,说:"你有没有觉得刚才方教授误会了我的意思?我说的作弊并不只是说你把答案提供给别人,其实最主要还是你抄别人答案的恶劣行径。等下了课,我再和老师解释一下,相信老师会秉公执法,取消折扣,恢复原价。"

噗！容我擦一下我喷出来的一口老血先。

我在震慑到敌人和被老师发现的区间里选了一个最平衡的分贝声，情绪饱满地吼了一声："你放屁！"

他转着我的胡萝卜笔，优哉游哉地看着我，说："那你说最后一题答案是多少？"

我手机没电，查不了徐正的原版答案，只好照着印象中的数字报了下："52。"

他把笔放下，慢条斯理地说："你再想想。"

赌场里玩比大小呢？"52。你问我一百遍也是52。"

他笑了笑，说："其实答案是$\sqrt{2}$。你从倒数第二个步骤开始，$\sqrt{2}$变成了52。"

他在空中画了个根号，又虚空描了个5，意有所指地看着我。

我明白了。根号和数字5的手写体很相近，要不带脑子抄，很容易抄错，就像我高中把q/b抄成了9/6，抄到最后觉得哪里不对劲，自作聪明地把9/6改成了3/2，导致班级里有十几号人的答案都是谜一样的3/2，最后数学老师化身柯南，顺藤摸瓜摸到我才是始作俑者，将我的作业悬挂于墙上公开行刑数日。

前尘往事不堪回首又历历在目，我似是被人踩了要害一般，说不出话来。憋了半天，我气势全无地重复了一句："你放屁！"

他耸耸肩："那等下，我再去找老师研究下。到时麻烦你按照原思路再做一遍吧。虽然做了也是错的，没多大意义，但至少还能自证清白是不是？"

我还是第一次瞧见举报还跟球赛一样分上下场，中间还带"次回预告"的！

我说了句"悉听尊便"，内心却十分慌乱。

我选这门课的原因之一是它的日常分占了20分。我虽然没有数学的慧根,但学数学的蛮力是有的。就这么说吧,哪怕我今儿被车撞了,我也会瘸着腿爬到教室里来赚考勤分的。

难怪今天眼皮直跳,果然是有祸事从天而降。平白无故扣掉的10分就已经让我命悬一线了,要是扣15分,那就是官方盖章认证直接把我推进焚化炉啊。

我一筹莫展地趴在桌上。

要么和这个变态商量下封口费?人总得能屈能伸、能上能下、能直能弯一点,你看韩信都受胯下之辱了,勾践都卧薪尝胆了,司马迁都——

以史为鉴,忍一时风平浪静,退一步海阔天空。

可是万一他之后拿着这个不停敲我竹杠怎么办?想想"今日割五城,明日割十城,然后得一夕安寝"而被秦国灭掉的六国,想想靖康之耻——

以史为鉴,忍一时卵巢囊肿,退一步乳腺增生。

我该如何是好?

我反复研究谨慎衡量,揪着一颗心挺到下课。

这还是我上"数学之美"以来第一次没睡过去,是老师听了会落泪,我爸听了会沉默的历史时刻。

下课铃响。

我慢吞吞地收拾桌上的东西,耳朵竖得像两根天线,眼睛恨不得长成比目鱼,一只眼睛捕捉来自后方的风吹草动,一只眼睛盯着前方讲台上的方教授。此时又有一群"小华罗庚"围在方教授身边探讨数学。

方从心慢悠悠地站起来,闲庭信步般踱去讲台,然后倚着黑板旁的白墙,看手机发信息,闲适得像是在等方教授吃一顿饭。

我看着他裤腿上白花花的印儿,心里不禁有些后悔。俗话说"宁惹君子不惹小人",他这样一个没有江湖道义、恩将仇报的小贼,自然是锱铢必较睚眦必报的。

早知道我就不那么伸腿了。我把腿伸得再长点多好,摔得他一个托马斯360度旋转,落一个卧床半年的……

我凉凉地看了他一眼,默不作声。

他越过人群看了看我,极其挑衅地挑了挑眉毛,一副我就喜欢你看不惯我又干不掉我的样子。

我本来就是顺毛眯眼逆毛炸的脾气。他这副拿着我把柄趾高气扬的神态彻底惹怒了我。我破罐破摔地想,去你大爷的,我就抄了个测验答案还没抄对,你爱小题大做就小题大做吧。老娘有你没你反正都要挂科,还真不受你这气了!

这么一想,我把桌上的东西往环保袋里一抹,远远地朝着他竖了个中指,就潇洒地从后门闪人了。

呵,白瞎那一副好皮囊。

 来自方从心的MEMO(备忘录):
 她对我毫无印象。她看上去蠢得让人心疼。她绊倒了我,可我一点都不觉得痛,甚至有点甜。

第二章
不可逞强

我后悔了!

从我踏出教室门槛的那一刻开始,某块灵魂碎片就开始催我扭头去滑跪求和。但树活一张皮人活一口气,我那不向"邪恶势力"妥协的志气和决心让我坚定地往校外的公交车站走去。

这学期开始,我在离学校不远的地方租了个单身公寓。这几年雷打不动的二等奖学金积少成多,去年我又在学校找了份有偿的实习工作,积攒在一起的金额数目也很可观。正好赶上今年宿舍楼改造,我们文科生不受待见,被临时请去离主校区十几公里远的分校区住宿,一批像我这样懒得在两校区之间奔波,家里能支持或自己有积蓄的学生就搬出来住了。

在路边买了份凉皮,我一边给手机充电,一边从包里掏出平板电脑,打开B站收藏夹里一长串数学补习的视频。

我就不信这个邪了。他能威胁我的不过是再扣五分,我能被这五分吓到吗?!我们国家积贫积弱的时候,是怎么过来的? 是靠自己一步一个脚印,顽强拼搏出来的! 应对挑衅,我就要用实力来应答!

就是得这么有骨气!

十分钟的视频教学之后,我觉得骨质有点疏松,骨气泄得有点多。

从A到B我懂,从B到C我也明白了。但老师"显而易见,从C就可以推导到了E,不再详述"这一部分,是不是少了一个D的步骤?

换一个视频吧。我觉得这个老师讲得有点跳脱,不够关怀差生。

点开另一个视频,标题为《做完这100道题和微积分说再见》,看了两眼,确定他说的"再见"是我自杀式再见的意思,我就给关上了。

再点开一个视频时,筷子卷起一撮凉皮,手一滑,凉皮掉回纸盒里,汤汁溅到屏幕上。我连忙用纸巾擦,但还是留了点油渍,得喷点酒精拿眼镜布擦擦。

嗯?我眼镜布去哪儿了?我上次明明放在餐桌边的小盒子里了啊。算了,再买一块吧。对了,市面上有一种专门擦镜头的喷雾也一起买了吧,叫什么来着?据说效果很好。

哎,我上次还在淘宝搜过呢,怎么想不起来叫什么名字了呢?

不行,太难受了!我必须立刻马上现在知道它的名字。

上淘宝搜索历史中找找去。

咦,之前看的床单降价了。花色和我的装修风格配吗?

看看买家秀先。

哇,这是哪位仙女,竟然把房子装饰得这么美?!

点开她的头像看看,居然还有三四页的装修日记。

什么?!重新装修才花了1000块钱?!怎么做到的?!

我仔细读完,咂摸了下嘴。看样子也不是很难嘛。我的房东是个老大伯,公寓里的家具和装修风格宛如上世纪60年代时代剧的片场。装修资金要是可以控制在1000块钱以内,我倒不妨一试。需要买什么呢?

我默默地开始研究起装修的各种帖子来,喜欢的东西放到收藏夹里,要注意的坑默默记在笔记本上。

我最先种草的是一张很有小资情调的沙发。家里没有卷尺,但我学过曹冲称象。我拿着绳子沿着墙角量一圈,做个记号,再在20厘米长的尺子上比画,在笔记本上登记好数据。

剩下的研究课题还有以下这些:

什么样的地板革性价比最高?

如何选择窗帘桌布的款式?

小夜灯值得入手吗?

哪些绿植适合放在屋内且好养活?

我不得不戴上眼镜,仔细推敲,像一位科研工作者一样一边查看买家秀一边审视我住的房子结构和特性,又要查阅各种安利帖,并在安利帖中火眼金睛地排除掉广告帖。案牍劳形,放下平板电脑的时刻,我已然双肩酸胀,脖子僵硬,但我在疲倦中感到一种偷来的快乐。

我关上平板电脑,葛优躺瘫在餐椅上,望着窗外的夜色,幽幽地回想起这个快乐下午的开端,好似是志气满满的数学学习来着。

啊,人生定理之一——只要开始做数学,你就会发现数学以外的世界却变得分外有趣。

我拿起平板电脑,以呆滞的眼神重新回到数学的王国里。

视频里的主讲老师正在梳理微分中值定理。他在黑板上写了一堆我看不懂的东西。

费马引理。

泰勒公式。

拉格朗日中值定理。

洛必达法则。

我决定再缓缓。对于数学,我是不能冒进的,要遵循通话五分钟,充电两小时的原则。

我先去床上睡了——抱着平板电脑学数学视频,很虔诚的那种睡法。

醒来时,想要绝地反击的骨气荡然无存。在我睡过去的时间里,那块原始的飘着后悔气息的灵魂碎片像是装了磁石,把剩下的叫嚣着尊严守护着脸皮的大团灵魂都吸过去了。

我坐在床沿上想,我总不能等着方从心来吊打我吧。

不行!我还可以再战五百年!起来做题!

五分钟后。

五百年太长,五分钟就差不多了。

我重新回到床上寻求新思路。

我已经失去了10分的优势,相当于1000米长跑,我的起跑线比别人往后退了100米,而我又是个先天不足后天畸形的瘸子,想比正常人再跑快个50米,把残奥会长跑冠军请来也未必能赢。

心平气和地想,我完全没必要为了逞一时之气,白白再丢掉5分。万一成绩一出来,就差那5分呢?挂了科,保研之路就此夭折,让历史学与一位本该名垂千古的史学家失之交臂,让历史研究学者那张本就显得黯淡的星图上再错失一颗熠熠生辉的新星,多令人扼腕痛惜!

我要保住革命的种子,留得青山在,不愁没柴烧。

我屈服于恶势力,也只是暂时的。不屎。不孬。不丢脸。再说,脸也是可再生资源,现在丢了以后也会长回去的。

我这下午看了八百遍手机,确定没有陌生电话进来。我猜方从心应该还没和方教授说。那么这件事他还留了商量的余地。

我好歹看了那么多集老港剧《谈判专家》,没吃过猪肉也见过猪跑,求和之前,我得了解这个人的身份、作案动机和需求。换句话说,我得掌握足够的信息,知己知彼方能百战不殆。

那么方从心是谁呢?

上堂"数学之美"课程快结束的时候,方教授公布了一个QQ群号,让大家以"实名+学号"的方式加入。

只要方从心加了这个群,我就能搞到他的学号,有了学号,我就能知道他是什么院系几几级出来的极品。这些信息一旦出来,凭本人支离破碎的关系网,啊,不,凭本人只手遮天的势力,一定可以挖掘出我能用的东西来。

我把QQ群翻了个底朝天,眼睛都看花了,还是没有找到方从心的名字。其间群里有个叫葛纯纯的女生单独加我好友,我通过了后,她问我:"你好,林梦。上节课老师点过你的名字,所以我认得你。"

我回复:"你好。"

她发了个害羞的表情:"冒昧地问下,那个课间和你一起在讲台上的男生是谁呀?以前没见过哦。"

她说完,给我发了几张她拍的照片。前面的几张是方从心的单独照、我和方从心在讲台上斗法的合照。最后一张的背景却和前面不一样。照片上,方从心正在和方教授说着什么。

我问:"你这是在哪里拍的?"

她回:"在厕所门口,他和老师一起出来的。"

他还和老师共进厕所啦?那他在厕所的时候有没有跟老师说些什么呀?

我原本笃定他没向老师告密的心又开始摇摆了,恨不得现在就能见到他问个清楚。

我迅速地打下一行字:"不好意思,我和他不熟,你等我问问。"

然后我把方从心的照片上传至校园灌水区,飞快地发了个帖子。

"向各位打听下照片中的人。有他联系方式的,请私信我一下。谢谢。"

发完后,我上了个洗手间,洗漱干净后,在厨房煎鸡蛋时,神思飘得有点远,直到平底锅冒出浓浓的白烟才晃过神来,忙不迭地关了火,把焦炭一般的鸡蛋倒在垃圾桶里,然后走出了厨房。

还是把帖子删了吧。

未经允许,把别人偷拍的照片放到公共论坛上,算侵犯人家的隐私。一码归一码,万一给他造成困扰,就不好了。

我重新登录论坛,一看右上角提醒的回复数量,吓了一跳,连忙点进去,回复的帖子让我哭笑不得。

我校这群没见过帅哥的乡下人,复制粘贴了我那段话,队伍整齐地纷纷过来盖楼。

正经八百的寻人启事生生被姑娘们理解成了花痴帖,在短时间内被顶到了首页,还跟微博一样在标题尾巴上飘了个"沸"。

我飞快地删了帖,收拾东西赶回学校上课去了。

临下课前五分钟,徐正发来微信,问我那250块钱的咨询费什么时候可以报销。我一想起他三题全错害我被老师嘲笑的样子,心里就撮火。虽说我大学以前数学成绩被老师花式嘲笑过N种方式,但这种赔了夫人又折兵的赔本买卖我还是第一次做。

我回了句:"冥币收不收?"

徐正秒回:"你赖账就算了。我还说我爸的战友给我寄了一箱车厘子,怕吃不完分你点儿。"

我回道:"呀,就说我怎么闻到车厘子的芬芳了呢。你赶紧滚过来到第一食堂请安吧。"

徐正是我高中同学，高一时一个班，高二分班他就去念理科了。虽说是高中同学，但高中三年也只是知道个人名儿，并不相熟。

后来他考上了长宁工业大学，就在我们长宁大学对面，中间只隔一条马路。

十年来，两家学校常有传言出来，都称自己学校即将把对家给收并了。这事有鼻子有眼地传了十年，除了两家瑜亮情结更重了点，也没见任何动静。

大一的时候，我的首席闺蜜王姿琪做过两家学校的拟人CP（人物配对），一战成名，直接升为B站大佬，可见能嗑的点多且密。两家学校相爱相杀，什么都能拿出来PK下。PK项目层出不穷，变化万千，连两家大学的野猫生殖能力都被无聊的理科生们用数学统计的方法决战过，仿佛自家野猫的雄风有什么不可言说的象征一样。

然而任何白热化的PK只要归结于一处，大家就会以一种"散了散了"息事宁人的态度重归于好，堪称和平鸽主题。

长工大：瞧瞧贵校的男生颜值。

长宁大学：尝尝贵校的食堂饭菜。

我们学校的颜值就不赘述了，而长工大的食堂槽点之多，完全可以拍一个暗黑版的《舌尖上的中国》。对家食堂在菜品研发方面非常天马行空，常把两个风马牛不相及的菜拉郎配。比如菠萝蒸土豆，比如青菜炒玉米，比如橙子炖排骨，这些都是他们食堂的部分创举。可以看出该校"勇于开拓，放胆落实"的校风名不虚传。

徐正他吃了半年长宁工业大学的猪食后，就来我们学校找我打牙祭了。

我那时觉得还挺别扭的。我和徐正在高三毕业的那个暑假，有段不堪回首的交情。但徐正完全没在乎那段尴尬历史，他说失节事小饿死事大，为了不吃长宁工业大学的饭,哪怕我们有杀父之仇,他也得过来蹭饭。

我佛慈悲,普度众人。面对他这么不要脸的行径,我没有骂他打他踢他,而是选择了容忍,偶尔还主动邀请他过来吃一顿。我就是一尊左脸被打了一巴掌,还会把右脸伸过去的佛。

当然,这和他每个月给我几百块餐费的事没有半毛钱关系。主要还是本人慈悲为怀的菩萨心肠,看不得祖国未来的栋梁吃不饱饭。

我火速赶到第一食堂时,徐正正蹲门口吃车厘子,吃得很是利索,一口一个,引起周围人员的极度不适。

我飞过去虎口夺食,抢下车厘子,将小竹筐护在身后,说:"嘴上留情。"

徐正掸掸手,说:"你再不来,我都快吃饱了。"

"那正好,待会儿少点一些。"

徐正切了一声:"放心,我跟骆驼一样,两个胃,一个胃装干的,一个胃装稀的。"

我在前面走:"一个胃装干垃圾,一个胃装湿垃圾吧?垃圾分类工作做得不错。"

徐正打了下我后脑勺:"喂!"

我扭头眼神一横:"我这宝贵的后脑勺,除了我爸我妈我三舅我二姨夫我大姑三嫂还有王姿琪张子琴,还没有谁敢打过呢!"

徐正在后面接着损:"我打一下听听回音大不大。"

我冷笑一声:"你回音小吗?我们老师说了,你给我那三道题的答案没一题是对的。你看你,one day day(一天天)的,就知道 eat eat eat(吃吃吃),连通选课的题都做错,还怎么考我们学校的研?"

话说到这里,我突然戏瘾大发,学高三数学老师的样子,推了推不存在的眼镜,把半路上临时被塞到手里的社团宣传单卷成圆筒,敲了敲桌子:

"你抬头看一看,离考研还剩多少天！这是考研的学生该交的作业吗？耻辱！"

在我振聋发聩的教育下,徐正已然掏出手机,凝神研究起题来。

我跟着凑过去也表现出研究的模样,表演了三秒钟就放弃了。然后我在旁边絮絮叨叨地说起在"数学之美"课上的惨痛遭遇。

徐正突然一拍桌子,我看他义愤填膺激动成这样,心想没白喂这小子这么多年,还算有点良心。谁知他还停留在上个世纪："我知道错在哪里了！"

"我刚才说话,你听见没有？"

他茫然地摇了摇头。

我意兴阑珊地耸耸肩："算了算了,大不了就挂科了。"

徐正见我意志消沉,猜我是在说数学课的事,问我需不需要帮忙,他可以 check(查)下他的 schedule(时间表)帮我补习,for free(免费)。

他视死如归的时候喜欢背英语单词,可能是四级考试屡次不过留下的病根。

所以我摆摆手,让他把心踏踏实实放肚子里,老娘要自力更生,实在没有法子的话,我就豁出去了。

徐正担忧地看着我说："违法犯罪的事可不能干。"

我瞪了他一眼："你什么时候这么看得起我了？"

徐正学我耸耸肩："我主要是怕你想得太开了。"

我说："哎呀,我记得这里提供不锈钢叉子来着,捅在大动脉那里死得应该挺快的。在哪儿来着？西餐区吗——"

徐正假装惶恐地双手投降："好了好了,我错了。"

见他态度还算端正,我大人不计小人过地喝了口水,只听徐正随便那么一说："哎,听说方从心来你们学校啦？"

我噗的一声,把水喷在了他脸上。

徐正猝不及防,抹了把脸大喊："林梦！你又来这一套！你反射弧是不是太长了点,杀人还延时那么久——"

我激动地抓着他的手:"你说什么?"

他狐疑地看着我:"杀人还延时——"

"前面!"

"反射弧——"

"就你这智商基本就告别考研吧。我问的是方从心!方从心!你认识他?"

他莫名其妙地看了我一眼:"当然认识啊。"

真是踏破铁鞋无觅处,得来全不费功夫。我睁大眼睛,感觉自己的眼神像是两把利剑,一左一右地架在徐正脖子上:"快说你们是怎么认识的!"

徐正摸摸后脑勺:"准确地说,应该是我认识他,他不认识我。他在我们泰溪高中读过半年书。你不晓得吗?"

"胡说!"徐正跟我这儿天方夜谭吧。就方从心那长相,怎么可能在我校寂寂无名到我从来没听说的地步?

"高一12班的。你真没印象?"

我看着徐正这么笃定,猜那个人只是同名同姓的人而已,但以防万一,我掏出手机,把之前存过的照片打开给他看:"你说的是他吗?"

徐正嗯了一声:"对啊。"

我张口结舌了半天:"那……那他去……去韩国换头啦?"

徐正道:"五官没怎么变化啊,我一眼就看出来了。他转校没多久就是期中考试。那次数学巨难,我只考了80多分,我们班最好的也不过88分,但听说12班出了个满分,我挺好奇的,去老师那里证实,老师说那人刚从北京转校过来。后来我就留意这么个人了。当然,我记住他是因为我比较在意数学嘛,他那时也只是数学突出些,别的倒是一般般的,其他人对他没印象也很正常。不过林梦,你不记得可不应该啊。"

我听着他话里有话，反问："他有值得我记住他的原因吗？"

徐正更是觉得奇怪："黄毛啊！"

"谁？"

"黄涛！"徐正被我这宛如失忆的面部表情逼得快要飙脏话了，"你还是白雪公主吗？七个小矮人你忘记了啊！"

时隔多年，徐正不说，我还真快忘记了。

年轻不懂事的时候，都会做一些中二的傻事。我也不例外。

那时老方校长退休，泰溪高中调来一个姓魏的胖子继任。

俗话说新官上任三把火，魏校长也不知道是不是选秀节目看多了，上来就要搞末位淘汰制的班级PK赛。说实话我们年纪虽小但看的事也不少，内心里默默把这些比赛当作政绩作秀，也没当回事儿。

但后来比赛奖项公布后，大家就有点坐不住了。一类班级可以在学校的资助下去两天一夜的春游，而末位班级则需要参加周末的课业辅导课。魏校长一定是个高手，他知晓春游对高中生来说何止是一场旅游，那就是一场青春版的"佳人有约"和"男生女生向前冲"。在这种奖惩制度下，大家纷纷开始关心起集体成绩来。我们班也毫不示弱，各项比分都靠前，就平均分老是上不去，究其原因还是出在一批吊车尾吊得各科都非常均衡的差生身上。

眼见着赛事将要结束，我约了七个差生齐聚"情人坡"共商大计。先人智慧告诉我们，拔苗助长肯定是不行的，靠一两天突袭不可能有质的提高。于是我决定奉献我的微薄之力，约好众人文科考试时摔笔为号——我坐在前排转笔，以笔停下来的东南西北四个方向代表ABCD四个选项，供他们"参考"。这个仰仗着我个人学识和转笔能力并经再三研究万无一失的作弊手段确实起了不错的效果。但没过多久，我们其中一个猪队友在厕所和别人夸海口时说漏了嘴,不幸被教导主任雷追风的顺风耳听见,火速查了卷子核对后,喝令我在全校面前做出检讨。

大概没有人想到事情会发展得如此戏剧性。东窗事发的前一周我刚好得了一个本省作文竞赛的奖项。我们学校重理轻文,之前的竞赛都是理科类赛事,一般都会选在下周一的全校大会上颁奖就完事了。但我们教导主任是语文老师出身,好不容易逮着一个扬眉吐气的机会,特别邀请我写了一篇得奖感言在大会上深情朗读。于是那天早晨,我在明媚的春光下,先从左兜里掏出一篇演讲稿声情并茂地感谢学校殷殷的栽培,还未来得及跑下讲台,又在井然有序的流程下再度站在话筒前,从右兜里掏出一份检讨书潸然泪下地忏悔自己有负学校的期望。

本来死气沉沉例行完成周一任务的同学们在我如泣如诉情深意切的检讨声中爆发出雷鸣一般的哄笑声,还有个别不开眼的趁乱吹了个口哨。

很长一段时间内,这段江湖传说被浓缩成了一个童话故事——白雪公主和七个小矮人。虽然我也是有玛丽苏情结的人,但绝对没想过有朝一日我能享受在学校里行走就会遭遇"公主大人早安"之类的礼遇。

我把这段往事在脑海里循环重播了三遍,除了确定黄涛是其中一个小矮人以外,完全想不起来,方从心在哪个场景里跑过龙套。

但隐隐地,我已经意识到这个隐藏关卡于我很不利,就令徐正速速道来。

借着徐正七零八落转了几道手的叙述,再添补上我当年的记忆,我拼凑出一个最符合真实情况的支线故事来。

话说那时魏校长为了彰显公平,让各班结成对子混考。和我们班一起考的是12班。

上午考政史地,我凭实力帮别人作弊作出了成就感。就像是过了英雄瘾的少年,内心膨胀得忘乎所以,到了下午,我不自量力地连物化生也友情买一赠一了。

考到化学结束,后面的小胖子把我叫出去了。那小胖子非常具有实务精神地说:"你物理、化学的选择题全错了,我劝你别害人家了。人家连蒙带猜或许还能对几道。"

我当时特别震惊,一方面震惊于我作弊方式如此隐蔽,竟然被人现场破解了,另一方面震惊于我自我感觉良好,还以为物化生的题很简单呢,怎么会全错了?!

我一青铜带着七个废铜翻车,后果惨烈,为了及时止损,我当场发展下线,问他能不能用同样的方法,替我接力生物最后一棒,我可以给钱作为补偿什么的,最后被他义正词严地拒绝了。

我猜黄涛那时候跟在我后面,正好听到了钱的字眼,就以为小胖子在威胁我,于是在小胖子回家的路上,把人给揍了。

黄涛虽然是七个小矮人之一,但真人不矮,高一就长一米八的大个儿,肌肉发达,孔武有力,连雷追风都有点忌惮的那种鲁智深长相。可想而知,实力悬殊的小胖子被实力碾轧。

没想到小胖子不经打,请了好多天的假,可能是慑于黄涛的社会范儿,却没和学校反映。这事后来不了了之,但黄涛其实混社会也没多久,为此担惊受怕得很。他跟徐正是朋友,和他说了这件事儿,但可能怕我担心,或者是怕我被连累,和我却是一个字儿也没提过。

我被黄涛气得半死,质问徐正现在黄涛身在何方,看我不打死他。他说他们已经很久不联系了,不过看朋友圈他在北京练拳击。我想了想,那还是算了吧。

这个在我脑海中面目已模糊的小胖子,就是我寻寻觅觅新结交的仇人,方从心。

昨天入睡前,我将方从心举报我的事颠来倒去地想了一万遍,也没想明白他为什么要这么做。他并不是那种纪律委员的长相,整个课堂也不是只有我一个人在作弊,再则又不是一次正式的考试,我还是好心好意分享他答案,正常人再怎么占据道德制高点也都会睁只眼闭只眼了,怎么他偏偏要小事大办结个仇呢?

原来背后竟还隐藏着这样不为人知的真相。

或许作为这个小团伙的领头羊,方从心一直以为当年的事是我教唆黄毛这么做的。他化茧成蝶,来找我了!

不是,是我找上他了!就好比是小偷偷到了便衣警察身上,摆摊摆到了城管门口,酒驾开车开到了交警中心,我千里送人头,自己挖坑自己往里跳去了。他要不就势掩埋一下,都对不起我自投罗网式的花式求死啊!

作弊一时爽,被抓火葬场啊!

一首《铁窗泪》送给现在的我。一首《凉凉》送给未来的我。

就这样,我在忏悔和懊恼中过了一段行尸走肉的生活。之前淘宝买的各种装修材料除了沙发全都到货了,我大脑空空地干起装修布置的活儿来。

贴墙纸,歪了,没事,歪得很有艺术感;贴地板革,鼓了,没关系,放个小绿植遮一遮也无伤大雅。窗帘量错尺寸订短了,也能凑合吧,反正我睡觉用眼罩。桌布倒是长得很,拖到地板上,跟展台一样。就是颜色太浅了,刚铺上下一秒就被外卖的醋包溅了一抹黑。

原本装修的热情荡然无存,我坐在桌子边上想,原来我当年也是校园霸凌的间接参与者啊。所以我是哪门子的白雪公主啊,是白雪公主的恶毒后妈还差不多。

手机响了一声,有校园论坛的私信。我点开,发我信息的人是个连头像都没有,论坛经验值接近零的新手。

我再点进去,那人发了一张之前发布的寻人启事的截图,问我:"请问你是哪位?"

我心不在焉地问:"发错了吧?"

"我是方从心。"

他来了,他来了,他来"索命"了。

我从葛优瘫立马改成正襟危坐,谨慎地敲击:"我是林梦。"

隔了许久,他问:"找我什么事?"

正当我为下一步措辞伤透脑筋的时候,方从心又发来"爱的祝福"。

"'数学之美'的课你退了吧。你及格不了的。"

这真是杀人不见血、一剑封喉、字字诛心的恶的诅咒。

原来他从一开始就是冲着让我挂科的目的来的,他知道我的数学虚弱不堪,故意踩在了我的伤口上。

然而,我有苦难言,有冤无处申,千言万语凝成一个字:"好。"

如果扣掉15分能让你当年受的委屈和不忿得到一定程度的弥补,那么所有的罪就让我一个人来扛吧,所有的苦都让我一个人来受吧。而我也会像凤凰涅槃那样向死而生!

让生活来历练我、折磨我、考验我吧!

我打开数学参考书,静下心思做题。

第一题求导,好像会做。

第二题讲概率的,貌似也能做出来。

第三题是讲线性代数,做做看,咦,还能解出一个答案来哦!

你看,只要沉下心来,生活就充满了希望!

做到第四题时,我手机陆陆续续响了好几轮。我快速地做完,然后叼着笔拿起手机查看。

是之前那个葛纯纯拉我进了一个群,群名叫"数学之美不离不弃组"。

我这想睡觉就来送枕头啦！也太贴心了吧。我正想找个组织一起好好学习呢，学弟学妹们就下乡送温暖来了啊。

真好！上帝为你关上了一扇门，总会打开一扇窗的！

我点进去，看群里十几口人热热闹闹地挤成一团。

为数学之美流干最后一滴泪：想问问大家上学期这门课考了多少？

燕子：56。

π：39。不说了，哭去了。

许琪的风：我35。有没有比我更低的？

葛纯纯：27哦。我倒要看看哪个小妖精敢跟我比分数？

我一脸蒙，问：什么情况？大家以前都修过"数学之美"吗？

燕子：哪位同志拉错人了吧？这是不离不弃组，不是炫富组啊。

葛纯纯：@林梦 学姐你学号不是大四的吗？难道不是补考的？对不起，失敬失敬，原来您是学霸！我看您之前都坐最后一排睡觉，以为您……

claire：纯纯，你看苏乞儿都是在睡觉的时候学的功夫，学姐看似在睡觉，其实是在用功学习！

我：@葛纯纯 什么补考？你们不要搞我了，我现在慌得像是一万只小肥羊在我心口上狂奔。

众人：……

葛纯纯：学姐，我们这个群都是去年"数学之美"的亡灵。挂科前大家都不熟，现在都在奈何桥上混熟了。

马达加斯加：安魂曲.mp3。

我数了数群里的人数，吃惊地道：怎么会这么多人！

葛纯纯：学姐……你不会不知道方教授的外号就贸然选课了吧？

我汗毛竖起：？

葛纯纯：方锐教授以前是北大数院的博士生导师，两年前被卢校长挖过来做数院的实际领导人。之前他一直带博士生,去年响应学校"名师科普"的号召,才对本科生新开设了课程。

李彤:杀手级别,去年那门课挂了一半人。人称"千人斩"。

我忽然想起上堂课消失三分之一的人口,被方从心横生枝节而暂时搁浅的未解之谜,心坐上了失重机,三魂七魄吓跑了一半,剩下一半出于自保强撑着问:那今年怎么还有选这门课的人呀?

葛纯纯:都是以前参加过奥数比赛的狂热爱好者来挑战极限的。喏,我给你看看去年的吐槽帖。

我点开看这个名为《招魂帖:数学之美阵亡将士此处集合》的帖子,前面六页是队列整齐的"一路走好",直到第七页,终于有人现身说法。那人详细叙述了自己作为一位天之骄子,如何被方锐玩弄于股掌之间,还上传了一堆高深莫测的数学演算图自证挂得惨烈。我看了半天那图也没明白,只觉得此人数学水平已经很有排场了,竟然还遭此厄运,那像我这种数学白痴岂不是灰飞烟灭的结局?

李彤:去年我们都是抱着领略方教授上课的风采才选的这课,唉,风采倒是风采,只是我不配!

大黄:我也不配!

众人:我也不配!

我:不好意思,问一下,所以你们选名师的课,还是有点数学底子的是吗?

大黄:什么意思?有一说一,虽然我挂了,但这门课的课程介绍,说了这门课适合有一定数学基础且对数学有强烈兴趣的学生啊。

我狐疑地打开选课系统,把课程介绍截图过去:没有啊。

大黄随即发来一张图,用红色的箭头标示了我截图右下角处浅蓝色的"第二页"。

天哪,这玩意儿什么时候有第二页的?我在这念了三年多的书,从来不知道选课系统有第二页呀!

我幽幽地点开,果然第二页上清楚地注明了这门课的适用人群,条分缕析地罗列了该掌握的数学基础课程,还用红字标记了一段文字:"因授课难度较高,本课程仅适合对数学有强烈兴趣且具备一定自学能力和钻研能力的学生。不支持因为无法适应课程进度而退课的行为,以示公平。"

所以说,我一个数学渣渣,千挑万选进了一个奥数班? 就好像在霍格沃茨魔法学校,我一个不会法术的麻瓜和一群高级魔法师一起参加考试?

上帝不但为我关上了门,还夹了我的脑袋。

我关上手机,翻开参考书,机械地看了眼参考答案。

很好,刚才做的四道题,全错。

我默默地盖上数学参考书,也给自己放了一首《安魂曲》,然后双手交叉放在腹部,直挺挺地躺在床上。

各位同志,我准备好了,可以往尸体上献白菊了。

手机铃声大作,把我从地狱叫回人间。我一看手机上的人名,连忙一个鲤鱼打挺从床上蹦起来,接听导师的教导。导师让我去知网上看她一位博士生导师朋友新出的论点,又说下学期在新加坡国立大学有个很有深度的研讨会,只是我暂时还不是硕士身份,得自己出差旅费,特意问我有没有经济压力,如能承受就先给我报名了。

瞧瞧我导师对我的用心栽培!难道我就这么眼睁睁地看着保研之路断送掉吗?!

不!我命由我不由天!我要逆天改命!

我!要!退!课!

我先在校内网上查了查方教授是何方神圣。

一目十行跳过取得的成就,两个熟悉的字眼引起了我的高度注意。

方教授的祖籍是泰溪!

虽说我的户口本上写的祖籍是我从来没去过,一点感情纽带都没有的陌生城市,但难保方教授不会对他的祖籍带着乡愁味儿。

我们民族讲乡土人情,大家都是老乡,行个方便是不是合情合理?

反正死马当活马医吧,我复制粘贴方教授的邮箱地址,写起了800字小作文。

首先我坦承自己选课时没有做好提前调研工作,也错过了之前退课期的机会,上到第三周才发现自己实力不足,所有后果全是我咎由自取。我先自罚三杯。

其次我客观分析我正处于大四生的尴尬阶段,又把每年的专业绩点、保研推荐语一一摘抄出来,以证自己平日里并非浑浑噩噩不可救药的学生,暗示他放我一马的必要性。

最后我另起一段,抒情状物式地提起了泰溪的风土人情,顺便讴歌了一遍方教授这类有头有脸的人物对泰溪的贡献,表达了自己向方教授学习,要像他那样追求知识,追求真理,并为故乡做出同等贡献的愿望。主要作用是拍马屁,让他一高兴了就高抬贵手。

我通读了几遍,觉着行文略微有点肉麻,但是千穿万穿马屁不穿,我就把邮件发了出去。

惴惴不安地等了几天,我收到了方教授的回信。比起我的长篇大论,方教授写得言简意赅,字字诛心。

"数学之美"就是你向我学习并追求真理的机会。抓紧即可。

方教授,阅读理解不是这么做的啦!

方教授,得饶人处且饶人啦!

来自方从心的MEMO：

不知为何,她在找我。希望她退课顺利,不辜负我的良苦用心。

第三章
不让退课

俗话说,三个臭皮匠顶个诸葛亮,我已黔驴技穷,此时想到第一个求援的人是王姿琪。

她是一位低调的准富婆,是见过大世面的人,或许有独到的见解。

王姿琪小的时候,父母离婚,她随了她父亲,她的母亲则在恢复单身后,一路打怪打到了某著名家装品牌的上市公司董事长。

这不是重点。

重点是,她的母亲是个孤儿,至今没有再婚。也就是说,王姿琪是亿万资产的唯一合法继承人。我算了算,把这些钱存在银行,产生的日息相当于我爸妈五年的薪资。

然而坐拥万里江山的她大隐隐于市地窝在长宁大学,和我一起喝过食堂的刷锅水汤,一起窝过冬冷夏热的宿舍,一起洗过学校冷暖水随机供应的澡堂。

为此,我问过她好几遍,她是不是一直暗恋着我,怕世俗压力才假装成我的闺蜜,甘于沦落于此,陪着我一路卑微地单身到现在。我看小说里都是这么写的。

只是这位准富婆却跟着一个公益纪录片摄制组跑去西南边境下矿去了,到现在也没返校。

我看了看时间,已临近深夜,想来也不会有摄制任务了,就站在阳台上给她打视频电话。

响了大概两下,她接了起来,先用一个哈欠做开场:"有本启奏,无本退朝。"

"你变了。你以前接到我电话,都会关心地问我:'宝贝,你怎么了?'现在的你好冷酷,好无情。你老实说,你是不是爱上别人了?"

"我不准你这么想我。我的心里一直只有你,你若不信,我剖开胸膛把心拿出来给你看。"

"不要!我不许你伤害你自己!"

"那你这几天有没有想我?"

我扭头:"没有。"

她拿手撑开鼻孔:"可是我没有一天不在想你。"

我娇羞低头:"那个——不想,是假的。"

王姿琪抹了把脸:"好了,开始说正事吧。"

"好!"演完很久没演的戏,确认对方确实是我认识的那个"沙雕"朋友,我俩无缝切换回正常模式。我把"数学之美"的事挑挑拣拣说了一遍,略去了已沦为支线的方从心部分,等见过大世面的王姿琪给予指示。

王姿琪想了会儿,说:"倒不是没有办法。"

我竖着耳朵听:"愿闻其详。"

王姿琪挖了挖耳朵:"一个办法呢,是你从明天开始每天去数院门口磕三百个响头。磕它一百八十天的。"

我说:"你当我晒黄豆酱呢。虽然我脑子不大好用,倒也不用当个沙锤敲的。你说个不费时的法子。"

王姿琪神情肃然地又说:"要不牺牲牺牲我?你等我回去,把你腿打折了,住三个月的院,请病假。"

我说:"不如我现在就赶过去打断你的腿先?"

王姿琪终于在我怒目圆瞪中进入主题,她对着镜头挤了个痘,说:"你傻啊。那方锐是泰溪人,教数学的,你找你爸,打听下认不认识这个同行老乡。根据人际六边形定理,八九不离十他们认识。"

"你又不是不知道我爸。我怕他得知我又要他找数学老师,会像电视剧里陆振华打依萍那样打我。"

"那依萍最后是不是要到钱了?"

"……是吧。"

"那就回家找爸领打去吧。"她心狠手辣地关了视频。

王姿琪说的倒是一个办法,只是过程有点惨烈。

我爸是泰溪中学的特级数学教师,桃李满天下,起死回生救过好几个在数学泥潭中挣扎的偏科学生,在家长心目中也是有口皆碑。可惜医者不自医,我"刘阿斗"横空出世,往我爸那绚烂华丽的履历上泼了一桶又一桶的墨。

比如将 q/b 最后抄成 3/2 的"创新性抄袭"成果就曾公开在我们班外墙上的公告栏展示一周。因我们班地处行政楼和教学楼的交通要道上,这效果堪比在地铁一号线西单站大屏上滚动播出本人犯罪记录。那段时间,我们家所有能顺手抄起来打的隐形杀伤性武器都被我妈藏起来了。

又比如我高三生日那天,刚好赶上模考,我们班模考的监考员又恰好轮到我爸。那天他送我的礼物是一顶头盔。他说让我戴着它考数学,就不怕他失手揍我。然而考到一半,他为了不扰乱考场秩序,也为了自己的血压健康,还是和隔壁班的老师换了班。

再比如高考前的家长会上,我爸和数学老师执手相看泪眼,不知心恨谁。高考成绩出来后,我爸和数学老师相拥而泣,两个中年人,笑得像两个孩子。

他本以为到了大学,就能甩掉我这个不停给他找罪受的包袱了,这两年也确然重振雄风,隐隐又找回失去的自信。此时我要再杀个回马枪,怎么想都有种不成功便成仁的绝境感!

可我确实也处于绝境啊!

第二天清早,我曲线救国找了我妈。

我妈这个人呢,别看是学理工科的,心态年轻、爱好广泛。虽然在我身上花钱如铁公鸡拔毛,但在追星上面跟土财主似的:定制过礼物,出国听过演唱会,还做了某个年轻组合的粉丝会副会长。自从看过一部风靡中国的大热剧《蓝色生死恋》后,又开启漫漫追剧之路,这些年来从一而终地浸淫在狗血剧里,掌握了一套恋爱密码,一个眼神就能脑补出一场爱恨交织的大戏。

这项技能苦于没有实践基地,于是自打我上了大学,我妈对我关心的重点从学业过渡到了姻缘。只不过前几年,我妈和我说起谈恋爱的事还是小心翼翼地旁敲侧击,打从今年起,就开始肆无忌惮了。无论我说什么和恋爱八竿子打不着的事,我妈都能万变不离其宗地回归到一处。

我说学校里有个新菜不错。我妈说:"以后找老公,就要找会做菜的。"

我说今天我去买了几件打折衣服。我妈说:"是男朋友陪着去的吗?"

我说十一我就不回家了。我妈说:"你也别回来了。隔壁张姨家的小糖糖都带男朋友回家了。"

"小糖糖是谁啊?"我丈二和尚摸不着头脑。

"你张姨新养的猫。"

"……"

鉴于我妈的工作重点已经偏离,我也不怕她训我,先跟她实话实说自己选错了课,让她问我爸认不认识一个叫方锐的数学教授。如果认识的话,让她先吹吹枕边风。

到了晚上,我妈跟我视频聊天,还没等我开口,我爸就突然远远地出现在镜头里,一只拖鞋快狠准地砸在了屏幕中央。

"哎哟",我配合地喊了声疼。看来我妈这枕边风吹得不大合格。

"你知道方锐是谁吗?"我妈问。

"谁啊?"

"你爸同班同学。"

"啧啧,瞧瞧别的同学,再看看你,老林同志。"我一边庆幸天无绝人之路,一遍又仗着天高皇帝远,嘴贱地讨打。

"啪",另一只拖鞋也砸过来了。

我妈举着手机躲进书房,接着道:"昨天你说起方锐,我就猜到他是谁了。在北大做过数学教授,又是泰溪出去的人,八九不离十是我们高中同学方锐。你要问我们那几届的同学,谁不知道方锐的大名? 按照你们年轻人的说法,方锐是我们那个年代的校草、男神和本命。当然了,我们不像你们那样开放,一见到长得好看的就说'我可以''我要给你生猴子',但是喜欢方锐的女同学确实能从校门口排到解放路口,打个球全校女同学都会去围观加油……"

我转了转眼珠:"妈,你当年也是在路口拿着爱的号码牌,对不对?"

"哎呀,那都是过去的事了。谁还没个年轻的时候呀?"我妈难得娇嗔地道。

"难怪我爸看我眼睛不是眼睛鼻子不是鼻子的,合着我爸这是碰上情敌了呀。"我心想,我爸心眼可真小,女儿都这么大了,还吃什么陈年醋? 就听我妈在电话那头叨叨:"也不知道当年的小鲜肉,现在长成什么样了,娶了个什么样的老婆,生了什么样的孩子。有这么棒的基因,肯定是明星相。哎,小梦,你说我穿那条宝蓝色的真丝裙好吗？就是去年你陪我去商场买的死贵死贵那条呀。你不说穿那个显我皮肤白吗。包就背我在香港买的那只,鞋选哪双好？"

爸,你看我跪的姿势标不标准？

"妈,那你联系上方教授了没？"

"我以为像方锐那样的人,早就忘了我们这种无名之辈了,没想到你爸电话打过去,还没说正事,方锐就很热情地问我们是不是在长宁,方便的话一起见个面吃个饭,话说得很诚恳,不像是寒暄的意思。正好,你爸不放心你租房,趁着十一,我们飞过去和你聚一聚,聚之前和他一起吃个饭。到时候,等我们聊得差不多了,再把你退课的事一说,这事儿八九不离十就成了。你说你妈妈这事儿办得是不是挺漂亮的？"

"完美！"

"退了课就去见见我旧同事的儿子呗。他也在长宁,今年考了公务员,小伙子我看过照片——"

"妈,你就别一门心思给我说媒了行吧？相信我,远方一定有人在等着我,不劳你费心了。"

"谁啊？远方谁等着你啊？阎王爷啊？"

"……"

"小梦,你跟妈交个底儿,你说咱长得不丑,性格也挺乐观向上的,怎么就没见你谈个恋爱？你是不是有喜欢的人了呀？"

我不堪其扰,搪塞几句:"是啊是啊,特别喜欢,喂——信号不好——"

"真的啊——"

"喂喂,妈,网卡了,挂了啊。"我干脆利落地挂掉了电话。

积聚在心口上多日的乌云终于有散去的苗头,我在心里旋转跳跃了几圈,突然咯噔了一下。

不知道现在这会儿,方从心有没有和方教授二次举报了,也不知道要是方教授得知此事,会不会在聚会上跟我爸提一提。作为老师,我爸极其痛恨作弊的行为。他要知道我在课堂上作弊,可能会给我现场补补铁,比方说给我来一颗子弹什么的。

我得在他搞出动静前,尽早促成这项有重大历史意义的会晤才行。

促成的手段单一高效——我只是把十一期间的飞机票价拎出来给他们看了看,他们就急我之所急,想我之所想,没等到十一假期,第二天就飞来了长宁。

耶!

在机场等了半天,也没等到他们出来。

正当我着急地看表的时候,一位穿着仿佛金大班戏服旗袍,头发盘成水泥般坚挺发髻的女士,一位穿着黑西装,腰盘一条硕大LV山寨皮带的伪暴发户男士出现在我面前。

我深吸一口气。

我捧手握拳道:"爸妈,没想到今天是你们的大喜日子,我什么也没准备,就口头上恭喜一下吧!祝你们白头偕老,早生贵子!"

我妈作势要来打我,我忙往后退了一步,生怕她的发髻把我的脸戳出个窟窿来。我爸的脸则黑得跟锅底一样。他这么一个刚正不阿的人,是最不愿意走后门求人办事的,可惜他女儿烂泥扶不上墙,估计我妈做了一路的思想工作,才勉强没有当场脱鞋揍我一顿。

我妈皱着眉头上下打量我一眼:"你怎么又穿得跟要饭一样出来了?"

我看了下她头顶擀面杖的审美时尚,想了下,她对我的贬损算是一种褒奖之词,于是任由她诋毁。

我妈又往我身后看了看:"就你一个人?"

我说:"对不起,没给你请个仪仗队来热闹热闹。"

我妈不满地啧了一声:"没有别的男同学呀?"

我:"对不起,妈,男朋友也忘了租了。"

我妈拿手指戳了戳我脑袋,说:"合着还是暗恋啊,一点用都没有。"

我不服气,犟嘴道:"既然你这么有用,当年你怎么没追上方教授,选了我爸呀。"

哎哟,爸,忘了你还在旁边听着呢。哎,君子动口不动手,你别脱鞋呀!虎毒不食子,我错了还不成吗!

为了和方从心抢时间,在我偷偷摸摸的力争下,聚会就定在了今天。我们从机场直接赶去方教授订的餐厅。下了出租车,我们才发现餐厅其实是在一个花园酒店的包厢内。包厢里有大圆桌有沙发有洗手间有盆栽,透过落地窗能看见窗外的喷泉和棕榈树,能闻见人民币芬芳的那种。

太高级了。我只在花园里待过,从没进过花园酒店,想来这顿饭钱抵得上我一个月的饭钱,还是含了徐正半张嘴口粮的。

我妈把没见过世面到处转悠的我拉住:"你不要一副没见过世面的样子,东摸西碰的好吧?要淡定。"正说着,她背一靠,落地窗的自动窗帘发出吱的声音慢慢下滑,眼见着屋内视线变得昏暗,她像只猫似的慌张地在墙上乱扑,嘴上还念念有词:"哎哟,这个东西是怎么回事!好端端的怎么会掉?"

我淡定地从她身后找到了控制按钮,又淡定地看着窗帘卷回去,再淡定地拉着她坐在放置了一圈天鹅形状餐巾的桌边。

我妈憋了半天,说:"这个地方确实高档。以后你结婚,双方家长第一次见面就按这个规格进行吧。"

我选择暂时性失聪,拿出手机点开消消乐,却被我爸一个眼风止住了。

"玩物丧志。有这时间,还不如背会儿数学公式。退了课又不是不用学数学了,下学期你还得学!笨鸟先飞,未雨绸缪,数学是可以靠临时抱佛脚抱出来的吗?"我爸恨铁不成钢地看着我。

于是我把手机放在一边,认真地擦起一尘不染的桌子来。

怎么可以让数学玷污了这神圣高级的地方!

正当我将桌子擦得光可鉴人时,包厢的门开了。方教授和一位满头银发的老太太在服务员的带领下走了进来。

还没等我喊出"方教授",旁边那位老太太先发出洪亮的声音:"徐晓兰?还真是我认识的那个徐晓兰!"

我们一家三口都很茫然,老太太柔着目光道:"徐晓兰,我问你,这个角为什么是45度,你记得你是怎么回答的?你说,我用量角器量过了。"

"冯老师!"我妈激动得连头上的避雷针都抖了抖。

"方锐说今天要见泰溪老家来的同学,我一听名字,心想着可能是你,就跟他说老妈过去凑凑热闹,要不是我就走。"

她一边爽朗地说,目光一边掠过我,朝我笑了笑。我连忙欠了欠身。

冯老师转过头,握着我妈的手,笑盈盈地道:"你后来好好学数学了没有?没留级了吧?"

我和我爸同时抖三抖。

看我爸的表情也是一无所知的样子。哎哟,这大型骗婚揭秘现场!我总算知道我数学不好的基因是源于哪里了!

我妈像个小女孩一样上蹿下跳。"冯老师,多亏了您,我才学好数学的!可惜您教的时间太短了,您调走的时候我还偷偷哭了。没想到隔这么多年,您还记得我。"她顿了顿,看了眼旁边的方教授,说,"这不芝麻掉进针眼儿了吗?我都不知道您就是方锐的妈妈!林梦,快来,快叫师奶奶!"

我秒回被我妈牵着手拜见长辈的童年时光,几乎是膝跳反应一般露出八颗牙齿,毕恭毕敬地道:"师奶奶好!"

冯老师笑眯眯地看着我,我觉得她的眼神有点怪,似乎透着点观察的意味。不过也有可能是我的错觉,因为冯老师很快慈爱地拉了拉我的手,说:"你女儿都这么大了,和你那会儿有点像,但比你高一些。"

我妈热泪盈眶地道:"没我年轻时长得好看,数学倒是一样渣。"

我:"……"

两位喜相逢的师生挽着手在我左侧坐下,两位高中故友又坐在我的右侧。我坐在中间,看着两边沉沉的筹码,偷偷在心里画十字架,感谢上帝虽然给我关上了大门,又夹了我的头,但好歹还是给我开了扇气窗,爬一爬也是能爬出去留条活命的。

凭这亲上加亲的关系网,退课这事是板上钉钉了!

我暗暗吁了口气,紧绷的神经彻底放松下来。

庆幸间,我爸已经和方教授客套上了,好像是在说方教授的儿子。

"他啊,今年提前毕业了。在创业,瞎折腾。"

又到了听别人家孩子光辉战绩的新闻时间了,我把自己当成一幅画,默默地减少自己的存在感。

"哦,哪所大学的?"

"北大的。"方教授顿了顿。

我爸一听是北大的,职业病又发作,身形已经不自觉坐正:"当年高考考了几分?"

"730。"方教授摆摆手,"运气好。"

我想了想,运气好的话,我芝麻信用分也能争取到730,便无视了我爸有意无意地瞟向我的眼神,继续像一幅画一样贴在椅子上,假装谁也看不见我。

方教授却把我揪了出来:"对了,我儿子,林梦你认识的吧?"

"哈?"

方教授看了看手表:"我想着你们也认识,让他也过来了。"

就跟拍电影似的,话音刚落,哐当一声,包厢的门开了。

这个场景让我想起《名侦探柯南》中场里打开的那扇门,金光一闪,在瞳孔调整好之前,又是一暗。

进来一个柯南。

啊,不对,进来一个比柯南更带杀人现场属性的人。

裹着一身热气的方从心风尘仆仆地进来了。

大哥,你什么情况?灭门之仇也不值得你苦心孤诣地追到这里来检举吧?

我正全身僵硬中,这位大哥朝这边笑得倍儿慈祥的方教授,喊了声清脆的"爸"。

轰隆隆。如果活在二次元里,此时的我大约已被生活中埋着的地雷炸得头发烧焦,一脸烟熏了。

然后大哥又跟冯老师喊了声"奶奶"。

所以说,我咽了咽口水,方……方教授……方教授是方……方从心的爸爸?!

我吓得几乎把拳头塞进嘴里。

已知:当年我作弊被方从心发现的概率为1/10000,方从心被黄涛打的概率为1/10000,我二次作弊被方从心抓到的概率为1/10000,方从心的爸爸正好是我数学老师的概率为1/10000。

问:1.方教授同意我退课的概率为多少? 2.我爸得知我作弊的可能性为多少? 3.我爸当场打我的概率是多少?

答:我死定啦。

方从心正忙着和我爸妈寒暄。

打从方从心进来,我妈就一个劲儿地夸方从心长得仪表堂堂,像极了方教授当年年轻时的样子,听得我爸面有不悦,但他爱才惜才,戴着一顶逐渐翻绿的帽子,在我妈的基础上又夸方从心年轻有为,等听说方从心高考数学是满分时,不由感慨地拍着方从心的背,又怅然若失地看看我。

除了考上北大清华或长宁大学,作为数学老师,我爸还有个小小的愿望,就是让自己的孩子在高考数学科目上拿到满分。

这个梦想早早就幻灭了,而且灭得一点火星苗子都没给他留下。不过我曾劝过我爸,不要随便放弃梦想,坚持的话,总有一天会柳暗花明。

你和我妈努努力,十八年后,又能出一条闯关的好汉!

为今之计,唯有认怂这条路可以走。

我躲在我爸妈那洋溢着过分热情的两张大脸后面,影影绰绰地朝着方从心眨了眨眼。

他正跟我爸提他高中时上过一节我爸的数学课而受益匪浅的事,马屁拍得啪啪响,一点余光都没留给我。

我爸喜笑颜开又有些意外地说:"你在泰溪念过书?哪个班的,那我怎么不知道你后来考北大了?"

他解释:"12班的,读了很短一段时间,后来转回北京了。"

徐正的情报果然正确。

我妈在旁边兴致勃勃地追问:"那这么算起来,你和小梦是同一届的。方锐说你们认识,原来也是同学。小梦,你们熟不熟?"

我被我妈倏地拉到他跟前。我外公年轻时是拳击教练,养得我妈臂力惊人,她只是轻轻一拉,我一个趔趄,差点没撞到方从心的胸口上。

好在我悬崖勒马,在离他还有两厘米的地方及时刹住了脚,而在抬头说"不好意思"的那一瞬间,我不忘初心地又眨了眨眼睛。

在方从心发声之前,我揣摩着他的脸色道:"不熟,妈,我们一点都不熟。"

方从心终于把目光往我身上挪了挪,挪完之后和我妈笑了笑:"也没那么不熟,前几天还见过一次。"

"是吗?"我妈尾音悠长地睨了我一眼。

"啊,抱歉。"方从心拿着手机朝我们晃了晃,"我要回个电话,失陪下。"

见他走出包厢,我扔下一句"妈,我上厕所",一个箭步就跟了出去,手速飞快地把我妈那句"这里面有厕所"关在了门后。

出了包厢,我刚好捕捉到他闪进楼道的背影,快跑了两步,跟着推开了防火门。

我敢说花园酒店里唯一走大众路线的,就是这消防梯了。

沉重的防火门打开,头顶上的感应灯也没亮。漆黑一片的,倒很像警匪片里坏人们做地下交易的现场。

我一边适应楼道里黑暗的视线,一边琢磨着是趁他打电话的时候,出门找根棍子进来趁黑把他打晕好,还是先去找点棉花绑在膝盖上,待会儿跪的时候时间长点显得虔诚点好。

还没等我做出选择,我后背被人一拍,男声幽幽地响起:"有事?"

我吓得"啊"地尖叫一声,本能地抱着头蹲在地上,感应灯噌地亮了。

视线一旦敞亮起来,我这个造型就显得非常的蠢且窝囊。

我若无其事地在鞋子上抹了抹。

"你在做什么?"

"系鞋带。"

他低头看了看我的一脚蹬,笑着跟我一道蹲了下来:"说吧。"

"你不回电话了?"

他耸耸肩:"我刚才看你眼皮抖得都快抽筋了,表情也挺贼眉鼠目的,想你可能是有不可告人的阴谋要找我勾结一下,就找了个由头出来了。"

我被他带刀子的话戳得撇了撇嘴。

我虽记不得当年小胖子的样子了,但依稀记得小胖子是温和待人的个性。大概黑化后的人说话都喜欢刻薄一些,才对得起复仇者的人设。

要是拍爽剧,我作为当年校园霸凌的间接参与者,此时应该灰头土脸,胆战心惊又要厚着脸皮地曲意逢迎才对。

他见我静默,作势站起来要推门,被我一把拉住。我心一狠,闭着眼夸道:"要说北大的人就是火眼金睛,会察言观色呢。不像我,有眼不识泰山。"

他双手环胸,倚在防火门上,似笑非笑地看着我:"来,请开始你的表演。"

我早知道对方道行高深,估计不吃奴颜婢膝这一套。果然如此。

我叹了口气,跟他摊牌:"我知道你为什么故意要和我过不去。当年的事确实有我的责任,你要打击报复,我也充分理解。可是今儿真不行,你要是和盘托出我作弊的事,先别说我爸不让我退课,或许当场会把我打死的。其实高一那次作弊,我爸就快剥了我的皮了。"

方从心摸着下巴,饶有兴趣地道:"展开说说。"

"啊?"我顿了顿,"你说怎么剥皮呀?就我满楼道跑,他在楼道里追。我快跑到我家后面那小山的半山腰了——"

他摆了摆手:"虽然你们父女俩的追打戏也很精彩,但我更想听下你说的责任那部分。"

我咽了咽口水,说:"哦,你说黄毛那事儿啊?"

"黄毛是?"

"哦,就是黄涛。小名叫黄毛。唉,我知道这样说不好,但黄毛人不坏的。他是我初中的同学,我比较熟悉他们家里的情况。他家条件一言难尽——他爸是酒鬼,他妈是个半瘫,家徒四壁,靠吃低保为生,再靠黄毛的舅舅救济帮衬,才勉强度日。有时赶上小病小灾的,日子就更加紧巴巴了,所以黄毛早在初中就趁放学后和假期卖力气打黑工攒钱了。尽管这样,黄毛最后还是考到了泰溪高中,可见他其实是个挺聪明挺上进的人。到了初三暑假,他妈发了场高烧,撒手人寰了。这个家他唯一依赖的就是他妈,她这一走,对他打击挺大的。他厌学逃课混社会,成绩也一落千丈。我们几个初中的老同学有点担心他,没事儿的时候就凑一块儿轮番开导他,时间长了自然而然地成了个小团体,也就是后面大家口中说的七个小矮人。"

感应灯黑了下去。我也没再跺脚亮灯,自顾自地说下去。

"还别说,那会儿我们送温暖的工作做得很有成效,黄毛慢慢从他妈妈去世的阴影里走出来了,也跟咱好好学习了。可太平日子没过几天,他那垫付学费的舅舅就等不及了。据说,他舅舅在北方开了个小厂子,效益不大好。他说要是下回大考成绩出来还那样,就别浪费钱,让黄毛退了学去厂里帮忙算了。本来吧,黄毛人又聪明,离期中考还有段时间,够他补习的。谁知道魏校长非要提前搞个春游赛,成绩还得通知到家长的那种,我们担心黄毛要辍学,不得已就冒了下险。不巧,我们那个小团体啊,别的都行,就成绩不大行。我寻思带一个人是抄,带七个人也是抄,要是真抄出成果来了,还能带着黄毛去春游散散心,就成团体作战了。之后的事,你也知道了。"

他在黑暗中发出一个"嗯"的声音。我看不见他的表情,也没听到他任何反馈,只好又添了几句:"当时黄毛比我们更在意那次考试的结果,以为你要去举报,就慌不择路了。那时他没告诉我关于你的事,后来他辍学去了北方,我们也失去了联系。从头到尾,我完全不清楚你当年受的伤害,直到前两天,我朋友和我说起,我才意识到那场事故因我而起,也知道你的敌意来自哪里。我完全理解你再次见到我作弊时厌恶痛绝的心情,你报仇我也不敢记恨你。"

黑暗中,他清了清嗓子,说:"我没有对你厌恶痛绝。"

"你不用说客气话。作弊的事是我咎由自取,但我也吃了苦头的,你放我一马,我保证以后规规矩矩做人。吃完这顿饭,我就彻彻底底地消失在你面前,让你眼不见为净,好吧?"

他声音里突然透出一丝不耐烦:"我都说了,我没有讨厌你。"

"不讨厌我怎么会——"

他似是有点烦躁地打断了我,语速也快了很多:"其实黄涛现在和别人合伙,在北京开了几个搏击俱乐部,生意做得不错,我跟他机缘巧合还成了不错的朋友。只不过我不知道他当年有这样的难处,他也没和我说起过。再说——"

他顿了顿,及时止住更多信息的泄露:"反正你没必要对黄涛的事耿耿于怀,更没必要为了他和我说抱歉。"

啊?真没想到,当年一穷二白的黄涛竟然这么励志,在首都闯出了自己的一片天。

我兴奋地拍了下掌,让感应灯亮起来,看着方从心激动地说:"那他有没有提起我呀?你跟他说,富贵莫相忘!太好了,那你们一笑泯恩仇——"

说到一半,我终于姗姗来迟地觉出哪里不对劲了。

他都和主犯握手言和了,怎么还会抓着我这个从犯不放呢?

方从心忙不迭地推开厚重的防火门,迈着两条大长腿边走边说:"出来太久了,回去吧。"

怎么看,背影都有点落荒而逃的意思。

我嗅到了一丝不寻常的气息。

我跑上去截住他:"哎,那你为什么非跟我过不去?"

他绕开我,眼睛都不眨一下地道:"为了正义。"

我呸。

好在通往包厢的路够长,够我截他几回的,后来我索性堵在了包厢门口,执着地说:"你总得让我死个明白吧?"

他盯着我看,盯的时间长了些,看得我心里有些发毛。我在揣测他会不会把我的话听成了"让我死个痛快"准备动手的时候,他轻飘飘地说了句:"你不记得我了吗?"

我咽了下口水。

我的个乖乖,我当年没欠下什么情债吧。

"当年你把 q/b 抄成 3/2,那 q/b 的源头是我。"

"啊?!你是当年那个抄抄党里的'袁隆平'?!"我被方从心的话惊得差点跌破眼镜。我们抄抄党藏龙卧虎,竟然出了个北大的学生!真是扬眉吐气哦!

"什么'袁隆平'?"他大概是第一次听说,好笑又好气地反问我。

"我们当年抄作业,分工很明晰的。有人负责搜集作业,有人负责分工散布。当年搜集作业的主力之一是谭同。每天早上是他负责第一个把原版作业拓出来,扔到分管的同志,也就是我那里的。"

"你们这个组织怎么听着跟地下党似的。"

我摆摆手:"谬赞了。为了保护好被抄的人,我们抄抄党都是单线联系。相互之间不清楚被抄的源头是谁。谭同是我的上线,确实是12班的,以早著称,我亲切地称他为送报纸的人。有一阵子他很勤快,能给我好几本作业,他说他们班里有个产粮大户,于是我们就笑称其为12班的'袁隆平'先生,原来是你啊。"

他睫毛一颤:"我不喜欢挤公交,所以乘早班车去学校,谭同是我同桌,去得也早。我向来是不管别人翻我作业的。后来你闹了3/2的笑话,老师把我叫去点名批评了。批评的话你可以参考我在'数学之美'上的发言。"

我一时语塞,心想难怪当年"袁隆平"先生突然断粮了,送报纸的人也失业了,原来是我害他被老师批评。时隔多年,他又在他爸的课上发现我重蹈覆辙,忍不住奚落我一番,倒是也说得过去,只是……

我挠挠下巴:"我记得当年谭同给我们数学作业的时候,还特地问我要回去政治和历史作业,说是'袁隆平'先生有用——啧,也不知道是怎么个用法。"

他舔了舔嘴唇,眼睛望着天花板:"来而不往非礼也。"

"哦。"我咂摸了下嘴,"合着有人端起饭碗吃饭,放下饭碗骂娘啊。"

"……"他终于被我呛了一下,脸色不太好看。

"既然大家都是一个组织里待过的同志,总有点同志之间的情谊吧?你在'数学之美'上下手未免也太狠了点,大话一套一套的。你又不是不知道我数学的实力,扣掉十分就是扎我大动脉,会出人命的啊——"

他幽幽地抬起头来,嘴动了动。

我叹了口气:"方从心,课堂上作弊是我不对,之前也有我欠你的地方,你想拿我开涮我也觉得活该。可我们不算有深仇大恨吧?在校园论坛上私信我,还恐吓我不会及格的,要我退课什么的是不是有点过了?好歹大家校友一场。"

他一摊手:"那不是恐吓,是基于事实的一种合理建议。"

"哈?"

"我爸上课的难度我是知道的。当初我的想法是,扣掉你比较多的分数,逼你退掉我爸的课。"他摸了摸鼻子,有些心虚地看我一眼。

"什么意思?"我听得云里雾里。

"我们公司和长宁大学有合作,我看过你们学校的选课政策,上面写的退课周是四周。"他语速渐缓,偷偷打量我的面色,接着说道,"上午我才知道,那个政策不是最新版本。"

我闭了闭眼睛,理了下思路:"你的意思是说,你是为了让我退课,才举报我,可惜玩脱了?好吧,那就当退课周是四周,你这么做是不是冒险了点?万一我没退课呢?"

"所以我私信你,让你退了。"他无辜地睁着双眼道。

"你私信哪儿说了?"

他掏出手机道:"我的原话是:'数学之美'的课你退了吧。你及格不了的。言简意赅,重点分明。"

"……"

"当然我还有最后一道防线,在四周课结束前,我本来打算跟我爸再确认一遍的。重申一下,原本我是没有坑你的意思的。"

我深吸一口气:"现在事情变成这样,你不觉得有一点点愧疚吗?"

"有。"

"没看出来。"

他拍了拍自己的心脏:"我比较内秀。满满一大包,都储存在这里了。"

我叉着腰:"咱能回楼道接着说吗?"

"怎么了?"

"那里方便推你滚下楼。"我真诚地回答。

当然这是玩笑话。

我琢磨琢磨,其一,方从心和黄涛一笑泯恩仇,又不是跟我泯恩仇。他当年那顿打终究还是由我作弊而起,他不记恨我是他宽容大度,记恨我也是情有可原。不能因为他和黄涛成了好友,就想当然地让他"谅屋及乌"了。这是两码事,不能混为一谈。

其二呢,我确实也在"数学之美"上作弊了。苍蝇不叮无缝蛋。要不是我作弊,他也不会有可乘之机。再则,人家只是好心办坏事,但退一步讲,即便是坏心办坏事,我也不是那么站得住脚的。

可见,作弊是万恶之源。虽说我在正式场合就作了两次弊,但回回都被方从心碰上了。略有点冤。

其三呢,事情还没到不可挽回的程度。既然方从心当时是为了让我退课,今天大概是来亡羊补牢的。有亲儿子这道三保险在此,退课定是我囊中之物,我就当之前的事是老天爷为了给我点人生建议,走的一段弯路吧。

于是我大度地朝着方从心说:"谢谢你不计前嫌,在照顾我的前程和纠正我的陋习间找了平衡,精心设计了这个局,虽然翻车了,还翻得粉身碎骨,但出发点是好的,也和我的目标不谋而合。不如今天我们好好合作,让你爸给我退课哈。"

方从心抿了抿嘴:"哦,谢谢你宰相肚里能撑船。那我问下怎么个合作法?"

我说:"很简单的。我教你一招。"

然后我把手往自己脖子上一放,声嘶力竭地道:"爸,你要是不给她退课,她就会死,她要是死了,我也不独活了。你想让方家绝后吗?!你想做独孤老人吗?!你想白发人送黑发人吗?!"

沉浸式表演完后,我转头看他:"我觉得你待会儿这样,方教授肯定会同意的。"

他沉默了一会儿,慢慢地抬手鼓了鼓掌:"谢谢,你要不说我都想不出来这么高级的办法。不过,你等我先找找离我家最近的精神病院在哪儿,省得我爸到时再查。"

"开玩笑的啦!待会儿你别说我作弊的事,我爸提'数学之美'的时候,你顺着他的话说就可以了。"

"希望一切如你所愿吧。"他耸耸肩。

我和方从心一起进了包厢。

我妈正高声说着什么趣事,瞧见我们进来了,随即向我投来意味深长的目光,脑袋顶上挂着一行闪亮的弹幕:你俩有鬼。

我目不斜视地在她旁边坐下,她凑过来,在我耳边说:"外面的厕所有双人雅座呀?和人家去那么久。"

我假装没听见,顾左右而言他:"你们聊什么聊得这么开心?"

我妈坐回去,码了码餐盘:"正说你们小时候的事呢。"

"是吗?"我心头还压着块大石头,漫不经心地搭了下腔。

然后我爸妈就争先恐后地忆上往昔了。

我妈先抛砖引玉,简单讲述了下我学了"凿壁借光"这四个字后,曾灵感大发,趁大人上班期间,在隔开自己房间和隔壁家小孩房间的墙上,用小钻子钻出一个隐蔽的洞,并在关禁闭的时候和对方偷偷玩玻璃球、互通有无,直到两年后搬家具才被发现的琐事。

方从心好像兴致勃勃,一手撑着头,眼角微翘地瞥了我一眼。

我爸不甘人后立马补充,说我曾在二楼阳台有过一次信仰之跃,目的是在隔壁家小孩前抢到小卖部的游戏机。

方从心嘴角勾了起来,掏出手机写写停停。

我妈再接再厉,吐槽了当年我拜托不同的长辈参加初中家长会,导致会上出现两个自称"林梦父亲"的人,被火眼金睛过目不忘的班主任一眼识破的独家记忆。

方从心不加掩饰地笑了起来。

观众反应如此热烈,我爸乘兴拿出压箱底的活儿:元宵灯谜会上林梦曾猜出"头戴大红帽,身穿五彩衣,凌晨把歌唱,催人早早起"的谜底是"妈"并惊艳四座轰动小区。

方从心没忍住笑出了声。

谢谢两位代表积极参与女儿的黑历史演讲比赛,本人表示生亦何欢死亦何惧,请赐我三丈白绫,我就地自尽给你们看。

手机一震,我收到方从心的一封校园论坛私信。

刚才我都忘记还有这种古老的联系方式,白把眼睛眨废了。

我装作不经意的样子打开看。

他写:"就你这作妖的体质,退课之路顺得起来吗?"

我皱皱眉头,没回他。

好在我方代表终于发言完毕,现在话筒交给了对方。我喜上眉梢地洗耳恭听。

冯老师清了清嗓子,说起了方从心小时候特别想买一本书,但离家最近的新华书店没有售卖,小小年纪竟然一个人乘车去隔壁县淘书,问路问到警察,被警车押送回来的故事。

我:"哈哈哈哈。"

方教授又说起搬到北京后,方从心第一次参加数学竞赛拿了一等奖,觉得很有意义,于是把奖杯拆了,给家里的小狗做了一只金光闪闪的食盆。

我:"哈哈哈。"

说到小狗,冯老师又提起小狗走失复得后,方从心在家自制了一个定位器。

我:"哈哈。"

围绕着这小狗的话题,方教授又说到了方从心给小狗制作了一个步话机,用二元选择的设计方式训练小狗和人类沟通的能力。

然后方教授花了很大的篇幅和我们描绘了那个步话机的样子。

我:"哈。"

倒不失有趣,只是画风与我的截然不同。

我的适合写进笑话集,而他的则隐隐透着一种名人逸事的风格,很适合写进作文本或者故事书里,用来激励小朋友们要像科学家一样热爱学习、善于钻研——我以前还一直以为这些段子是编辑为了骗稿费自己编的。

于是,话题自然而然就过渡到了我爸妈花式赞赏方从心天资聪颖上来。他们两个理工科出身的人,最欣赏这些聪慧的动手能力强的学生。我爸又特别有名校情结,对方从心赞不绝口,把这辈子能用到的所有溢美之词都送给了方从心。

其实我文科也拿得出手——当然没有像方从心在理科表现得那么好——但他很少夸我。我爸很早的时候带过一次文科班,在那里碰了不少壁,壁上还长出了偏见,他认为文科的孩子要么是飘飘的,要么是呆呆的。像我这种顽劣的,本应属于文理都不好,只因在文科的那一堆破铜烂铁里,算是成绩还不错的,属于特例。但矬子里拔的将军是不值得夸奖的,何况我哪算得上将军,撑死了就是一个兵长。

"林梦也很厉害的,林老师。我看过她的历史作业,不是照本宣科式地抄教科书上的话,角度很新颖很犀利。我记得有道题是问秦朝重农抑商,为什么商业还得到发展,本来历史教科书只是简单地提了一句,她却答出了三个层次分明的要点,可见她思维清晰,见解独特,知识面广,这和高中生就能用微积分解题一样难得。只是我们学校重理轻文,国内文科比赛又少,光芒被掩盖了而已。"方从心浮着一脸笑意,跟我爸说道。

服务员给我倒了杯果汁,我默默抿了口,苦甜苦甜的。

我爸掀起眼皮,看了看我:"那倒是的,从小她就爱翻历史书,做数学的时间都拿来看野史了。"

"和我正相反,我把看语文书的时间都拿来做题了。本质上是一样的,没有谁比谁更优秀之说。"

我微微抬眼看方从心,似乎看到他脑袋顶上悬浮出一个神圣的光环,背脊上也长出了一对洁白的大翅膀。

我妈更是偷偷在桌子底下踢我,不停给我使眼色。

只听方教授在一旁道:"那林梦的数学也比你的语文要好些。"说着他从包里翻出一张纸,说:"我特意把她的作业带过来了。虽然答案最后都是错的,但是确实解题思路是很活的,我看也是棵数学苗子。"

我噗地一口橙汁就喷了出来。

方教授要生在抗日战争年代,肯定是位杰出的游击队队长。上次出其不意地摸底测验,这回又出其不意地晒答题纸,完全没有套路,让人上一分钟在天堂,下一分钟去火葬场。

答题纸上 $\sqrt{2}$ 和 52 的问题经不住推敲,我抹了把嘴,几乎是蹿到方教授旁边,凝神定睛朝着纸上看去。

咦,有人把根号的那一横偷偷加长了。别人看不出来,我却是分辨得出的。

方从心是在当时举报前顺带替我纠正了吗?我默默看向他。

他正憋着一脸坏笑看我的戏。

一级紧急警报解除后,我爸抬起屁股,把答题纸接了过去,二级警报又乌拉乌拉地响起来。

我爸习惯性地拿食指一行一行地抵着看过去,时而抬头打量我一下。

"你去年是不是和我说过,你数学课得了 90 分?"我爸放下答题纸问我。

我紧张程度不亚于等在产房外面的新手爸爸,等了半天,就在以为我爸看出什么苗头来的时候,我爸反问出了这么一句。

我爸是不是被方教授拉去做游击队队员了啊?我完全跟不上他的脑回路了。

我爸看了看我妈,又跟探照灯一样从头到脚把我打量了一遍,言语间难掩兴奋:"你上次说90,我还不信,现在看看,你跟你妈一样,数学慢热了点,但好歹赶上了末班车。"

他往椅背上一靠,道:"我就说嘛,我跟你妈都是理科生,生的孩子怎么会不喜欢数学。"

我妈也过来凑热闹,捡起答题纸左看右看:"你看,老林,数学一旦有了起色,就跟打通任督二脉一样,进步很快的。是不是啊,冯老师?"她放下纸,又睨了我和方从心一眼:"这人只要有了动力,就没有干不成的事。"

我隐隐觉得事情的发展要朝着不可预测的方向发展,便力挽狂澜地说道:"运气好才这样的。方教授的数学课是有名的难,我担心我一瓶子不满半瓶子晃荡的水平,恐怕是要挂科的。今年我要保研,还是稳重一些好。"

说着,我朝我妈眨眨眼,让她不要恋爱脑,一定要以大局为重。

我妈心领神会:"那倒是的。老方,你看我家小梦不会不及格吧?"

方教授说:"你们如果担心的话,那就这样吧,你让小梦每周来我家,我给她亲自补课,怎么样?"

我又隐隐地觉得脱轨的火车要朝着我的脸碾过来了。

"方教授,那多麻烦您啊。反正我念完这个学分,以后也不用学数学了,不如稳妥点,我退课选个普通难度的课程,您也轻松些。"

"小梦,你这个思路就狭隘了。现在各行各业的研究都和数学挂钩了。在美国,越来越多的文科科目正在用数学的方式统计、建模、做研究。如果你想在学术之路上走得更远,数学可以助你一臂之力。"

不用了,方教授,数学只要不成为我的绊脚石我就谢天谢地了。

方教授又接着道:"再说,我这一届大四学生有五个,四个找我要退课。我退了你一个,其他几个怎么办?"

方教授,你不该反省一下,为啥五个大四生,四个要退嘞?再说,我敢打赌,除了我之外,其他三个都是上一级大三留级留下来的。他们进您这家黑店好歹也一年多了,生存能力肯定比我强,您不能一刀切啊!

我爸在旁边深以为然地连连点头:"我非常赞同你的观点,别说一个学科,一个国家要长远发展都离不开数学研究。多学数学、把数学学深一点总没有坏处。老方,你在退课这事上为难,也是我之前疏忽了。我们做老师的,最忌讳就是在原则问题上没有一碗水端平,要是害你被人议论,我们罪过就大了。这样吧,小梦,你基础不好,但我看进步明显,又有老方亲自给你开小灶,及格问题应该不大。再说要真退了课,你浪费三周的精力不说,现在也选不了别的课,推到第二学期还有风险,不如先苦后甜,先紧后宽。"

爸,你忘了你的一掌神功了?你忘了我一路过来你和数学老师抱头痛哭了?我是数癌晚期,只想平安喜乐地度过最后一年就和数学彻底分道扬镳了啊。

没有先苦后甜,只有苦苦苦苦苦。

没有先紧后宽,只有紧紧紧紧紧。

我捏着那张答题纸,苦不堪言。

要是当着两家人面,说出我这答案其实是抄来的,不知道我爸会不会当场变身为陆振华。

打我倒是没关系。只是刚才见我爸拿杯子的手有点抖,我这个不孝女突然想起我妈前几天和我提起过一句,说我爸最近胸口有点痛,要找个时间去医院看一看,年纪上去,三高的毛病都得防着点。

我也不好现在问我妈,我爸有没有去检查,健康情况如何,能不能承受我当众踩着他脸面承认作弊的暴力一击。

如今的偶像剧都偏离现实,但挑挑拣拣还是有部分影像可以指导生活的。比如，像我爸这个年纪的中老年人被自己家蠢不自知的败家子气得捂着胸口，戳着手指说"你你你你——"，然后砰地栽在地面上，再就是呼啸而过的救护车和灵堂上一张黑白遗像。

我觉着我不能败家到这个地步。

为了让我爸长命百岁，我只能妥协地看向了方教授。

方教授神态饱满，声音洪亮，身姿瘦削，看着没有三高的毛病，但辅导我数学半年后，估计就有了。那时那个戳着食指说"你你你你——"的中老年人就会变成他。

我的爸是爸，方从心的爸也是爸。不能为了救我的爸，把别人的爸也搭进去吧？

好在冯老师宝刀未老，火眼金睛地看出了不对的苗头："这样不好吧？现在是保研的关键时刻，方锐你平时工作又忙，你们可不能掉以轻心，耽误人家。"

你们看看，老太太这一把年纪不是白长的，时光积累下来的可都是人生智慧啊。

冯老师，为了您儿子身体健康长命百岁，请您知无不言言无不尽，睿智地秀出你的观点，替我拨乱反正吧！

老太太看了看我，说道："要不我先自学，小梦你呢先住我家，方锐没时间的时候，我来辅导。"

扑通，那是我膝盖发软触地的声音。

冯老师，就我那数学，气死身体健康的方教授大概要花上半年的时间，气死您可真是分分钟的事。

方教授拍拍她的手掌，说："哪敢打搅你颐养天年，还是我来好了。"

两人还在争抢，我沉下头，拧了拧眉头。

方从心这张乌鸦嘴，一语成谶。他说得对，我这个体质，实在不适合顺风顺水地做事。

最初的最初,我只是作个弊,以防方教授盯上我而已。

最后的最后,我作了个弊,成为方教授重点监察对象。

费了万般周折,我绕了一圈,站在了原点上,像一个莫比乌斯环。

我这偷鸡不成蚀把米的作弊行为应该写进思想品德课的教案里,聘请本人现身说法,我可以给学生们吼上三天三夜不带歇的。

问:林梦是由什么组成的?

答:是成吨的苦瓜、黄连和莲子心。

本人已"死",有事烧纸。

不不不,我就是打个比方。方教授,你不用从你那包里抱一堆纸出来的。

不不不,数学参考资料也不必。

不不不,数学作业就更不必布置了。

不不不,现在做什么题?不是快开饭了吗?哈?做几道题暖暖胃?你们数学老师都喜欢在饭桌上做数学吗?

沉默已久的方从心终于在哗啦啦的纸张声中,发声道:"我来吧,爸,我来负责让林梦数学及格。"

方教授担忧地说:"你不是一直号称工作忙得都没时间回家,哪有时间抽身?"

方从心朝他爸皮笑肉不笑地说:"我有的。而且请你放心,只要你别恶意使诈,我保证她能及格。"

方教授一笑:"哟,你这是当着叔叔阿姨立军令状噻?"

方教授的川普又回归了。我捧着纸看父子俩交锋的眼神,总觉得两人在打什么暗语。

方从心朝我勾勾手:"你过来。"

我小媳妇一样走到他旁边,他问:"你选吧,我爸教你,或许可以给你透题,没有中间商赚差价。"

为了令尊大人的身强体健,我连忙道:"不麻烦方教授,不麻烦。"

他微微一笑:"那如果我来教的话,你得按照我的法子来。"

我小鸡啄米一般应承下来。先混过这一关再说,以后他自然而然就能知难而退了,倒是不用我担心。

我妈在不远处偷偷给我跷了个大拇指。

我爸又花式夸上了方从心。

方教授又在说客气话。

冯老师又在提让我去方家住的事。

他们:欢天喜地、笑逐颜开、言笑晏晏。

我:心灰意冷、心力交瘁、心神俱疲。

上帝老儿给我关上了门,夹了我的头,给我开了扇气窗,但在气窗上堵了团毛茸茸的纸巾。

我也不知道屋里的氧气够不够我活到考试那天。

来自方从心的MEMO:

我想我犯了个致命的错误。纠正这个错误会引发我犯更大的错误,但我仍迫不及待地想犯一犯。

第四章
不可狂妄

自从知道我妈要来长宁,出于众所周知的原因,我打扫卫生的习惯瞬间终止,公寓的卫生水平达到了有史以来的最低值。我妈回到我的公寓,跳脚帮我收拾到半夜,撑着我屁股一边收拾一边骂我四体不勤五谷不分,哪个倒霉蛋娶了我可得倒霉死。

说到"娶"字,我妈又像是被按了开关,嬉皮笑脸地问我和方从心是不是处于暧昧阶段。她说中午饭桌上我俩眉来眼去,一消失就消失半天,她就看出猫腻来了。

我正沉浸在退课未遂的悲痛中,懒得反驳她,扎在沙发枕里塞着耳朵独自悲凉。

我妈拖着地大声道:"那方从心长得和当年方锐真像一个模子里刻出来的。林梦,当年妈妈没实现的梦想,你帮我实现了吧。"

我从枕头缝隙里看了看在阳台帮我紧窗户螺丝的我爸,心里默默给我爸唱了句"爱是一道光,绿得发亮",就又悲哀去了。

然后我妈丧心病狂地在我旁边絮絮叨叨普及了有关方从心的一些事。大概是她和冯老师窃窃私语挖出来的情报。

譬如方从心打小没了妈什么的。

我身子僵了僵,翘起半个脑袋来:"什么时候的事儿?"

"方从心十六岁的时候吧。"

"十六岁——也不叫打小了吧——"

"哎林梦,你这人怎么这么没同情心。你想想方从心花季雨季时,没有妈妈可以依靠,是多么容易走上歪路啊?"

"妈妈,我花季雨季的时候,你天天打牌整天不知道回来,我还编了个小曲儿,我想想怎么唱来着?我的好妈妈,打牌回到家,搓麻了一天,手气怎么样?妈妈妈妈快坐下,妈妈快坐下,请喝一杯茶。给我一点钱吧,给我一点钱吧,我的好妈妈。"我一曲唱完,抬头看她,"我没有变成解放一路上的小太妹也是很不容易的。"

在我妈的怒视下,我连忙改口:"聊胜于无!有妈总比没妈好!我百分百同情方从心!我会对方从心格外好的!"

说到这里,我妈索性放下拖把在我身旁坐下来:"我觉得你的思路很对。从小没有妈,想必是缺爱的,你在追求方从心的时候要主动些,就像今天这样,大胆地说出来,让方从心辅导你学习,机会就把握住了。我跟你讲,当年我就是追在你爸后面问数学题,才把你爸追到手的。"

"你不说是我爸追的你吗?"我挑了挑眉毛。

"哎呀,郎有情妾有意,谁追谁重要吗?"她戳了戳我的脑袋,"反正你只要沿着这条道路继续前行就好了。没准妈妈下回来,就能让他心甘情愿地来机场接我了。"

我转了个身,恹恹地说:"妈,别累着了,早点睡吧。梦里啥都有。"

我租的公寓面积只有巴掌那么大。为了省酒店住宿费,我爸妈睡卧室,我睡客厅新到的二人沙发上。但沙发究竟不如大床那般舒坦,我窝在沙发上,想着前几天我还铁骨铮铮地喊着"我命由我不由天",真到了退课这一天,老天爷就把我揍得鼻青脸肿,还揪着我衣领问我服不服,我便更觉得委屈自怜和愤怒。数羊数到凌晨三四点,睡意全无,数的一万只羊倒是变成了羊驼,在我心上的戈壁滩狂奔。

直至天蒙蒙亮,我疲惫入睡,做了个短短的梦。

日有所思夜有所梦。大概是执念太深,我梦见信息系统组的孙哥替我黑进选课中心的后台数据库,把"数学之美"给我退了,我感念他让我再世为人的恩情,以身相许。梦里唢呐小鼓吹吹打打,好不热闹,我穿着喜服,蒙上红头盖,在丫鬟的搀扶下送入洞房。结果布帘子一掀,坐在旁边佩一朵大红绸花的新相公竟然是方从心。他嗖地从屁股底下拿出两套黑白各异的试卷,摆在我面前说:"白天做白题轻松不瞌睡,晚上做黑题到位睡得香。娘子,快过子时了,赶紧先把黑题做了吧。"

我吓得瞬间就醒了。

醒过来之后,我坐在窗台上仔细推敲了一下梦。

话说,我要真以身相许,孙哥能帮我黑了选课中心吗?

我想起孙哥那如同被坦克开过道的脸,不由得心肝脾肺肾都凑在一起集体抖了抖。

把我逼急了,我真的是什么都做得出来的。当然,除了数学。

然后我昏昏地又睡过去了。好像又做了个梦,梦里方从心天女散花一样给我发试卷,我最后躺平被试卷渐渐埋没,直至寿终正寝。

这还没开始上课,怎么就开始做一堆奇奇怪怪的梦了?大凶之兆啊。

第二天一早,我在沙发上躺得四仰八叉的时候,被电话给唤醒了。家里空荡荡的,我爸妈什么时候出门的,我却一点印象都没有。

我看了看手机,是我妈的电话:"喂。"

"开门。"我妈干脆利落地道。

我以为我妈忘带钥匙了,就打着哈欠开门去了。门一打开,我那飘在半空中的元神倏地附体,我一腿软差点当场跪下。

梦什么来什么,站在门外的竟然是我的新晋数学老师和"一夜情"丈夫,方从心。

今天方从心捯饬得更人模狗样了,穿一套潮服,脚踩一双匡威鞋,脸上墨镜一遮,青春无敌,下一秒就可以直接登台101舞台跳舞去了。

我这身妆容加服装也挺适合跳舞的——广场舞。

方从心把墨镜往下钩了钩,俯身扶起我:"呀,也不用这么尊师重道,三跪九叩就不必了,一切从简,一切从简。"

妈,你这是拍《长宁十二时辰》吗?日程需要安排得这么紧凑吗?!我俩孤男寡女共处一室,你也不担心人家兽性大发,把我……我看了看对面站得跟孔雀一样的方从心——担心我欲壑难填,把人家给办了?

我忧虑地看了他一眼。

小男孩出门在外,一定要记得保护自己。

我把他请进屋,勾了条椅子让他坐,就跑去卫生间刷牙了。

刷完牙,听外面没动静,我放下水杯出门看了看。方从心正坐在餐桌边,盯着我餐桌上的小鱼缸看。

"小丑鱼?"

我点头,指着其中一条躲在水草里的鱼介绍道:"它叫尼莫。看过《海底总动员》没?"

"啊,就是那条没了母亲,父亲把它独自拉扯长大的小丑鱼?"

我的手顿了顿。我是不是戳到人家的痛处了?

他凝神思考了半分钟:"小丑鱼是雌雄同体的,尼莫的妈妈一旦去世,尼莫的爸爸就会变成雌性,很有可能和长大后的尼莫交配生子,拉扯长大倒是说不上的。"

"……"

我无语地正准备回去接着洗脸,鼻尖闻到一股浓郁的鲜香。我皱了皱鼻子,眼尖地发现方从心带了一碗楼下出摊卖的沙茶面过来。

那小摊据说是住在附近的一对拆迁暴发户开的,最早时他们就在楼下出摊,乍富后过了一段"很空虚"的生活,又出来摆早餐铺了,也算是忆苦思甜不忘初心吧。甜倒是挺甜的,卖的面分量大,辅料足,却加量不加价;就是苦得不够充分,只卖一个小时,五十份售完即止,堪比沙茶面中的爱马仕限量款。

一般来说,像我这种夜猫子是抢不到的。

我慢慢地把屁股挪到了他对面的餐椅上,用饿狼一般绿油油的眼睛盯着面,手不由控制地从餐桌上放的餐盒里摸出了一双筷子和一只碟子。

"来就来,还这么客气。"说着我将筷子伸到碗里,夹起一颗牛丸。"啪",另一双筷子就把我的筷子摁住了。

"你想吃啊?"

我点点头。

"叫声方老师我听听。"他眉眼和煦地笑着。

我收回筷子,认真地说道:"昨天让你做我补习老师,是形势所迫,情非得已。你不必当真的。"

他目光炯炯地问我:"为什么?"

我把问题抛回去:"你为什么帮我?"

他耸耸肩:"跟你说过,我内心深处储存着大量的愧疚,总要帮你把丢的十分找回来。再说,昨天我都答应叔叔阿姨了,不能反悔。"

我摆摆手:"不用了。说实在的,按照你爸上课的难度,有十分没十分都一样,反正都靠猜。你要真觉得对不起我,不如帮我做点别的吧。"

我边说边势如闪电地从他的碗里挑出一筷子的虾。

他假装看不见我偷虾,问:"什么事?"

"你有没有办法让你爸出考卷时出成判断题?实在不行,选择题呢?要是还不行,你能不能自告奋勇帮你爸出考题,然后把考题提前跟我说一声啊?"

"没有。"他斩钉截铁地说。

"回答得别这么武断嘛,你又不是别人,是他亲儿子啊,肯定有办法左右的。"我剥着虾循循善诱。

"当年我读大学时忙着创业,分身乏术,想着要是还能从哪里再挤出点时间来就好了。出于这样的想法,我选了我爸学生的数学课。前几节课我心安理得地翘了去公司加班,没过多久我收到一封来自他学生的邮件,说我已经连续三周旷课,按照学校制度,扣光了我的考勤分。我回邮件理论了一番,结果我爸替他回了邮件,他认为我学习态度不端正,决定在最后期末考试的时候,让我比别人多做两道大题,做出来不会加分,但做不出来会扣分。"

我听得瑟瑟发抖,抬起双手抱拳致意:"令尊大人真是一位刚正不阿、铁面无私、翻脸无情的杀熟小能手!"

方从心抬眼看我:"总结得非常到位。走捷径的路子就不用想了,有这个脑子你还是想点正事吧。"

我把虾壳扔在一边,目光灼灼地又看了他碗里的另一只虾一眼。看得久了,他把虾挑了出来,放到我碟子上。

我说:"既然这样,还有件事要拜托你。你之前说要查查长宁的精神病院,查到了的话,你帮我问问有没有床位。要是没有了,你就再往西边卖墓地的园林看看,跟他们说要现房不要期房,就说人着急下葬,等不起。墓志铭我想好了,你记下来:天堂里没有车来车往,也没有数学。哦,把物化生也加上吧。老天爷最近特别喜欢给我找碴儿,我说话得严谨些——"

方从心笑得微翘的眼尾飞扬起来。

我继续口无遮拦地说遗言:"我死后,就把我的大脑捐出来,给科学家们解剖解剖。他们不是研究爱因斯坦的大脑和普通人有什么区别,为什么他老人家会这么牛逼吗?让他们也研究研究我的做对照组,看为什么就是学不进数学。要是研究出来了,也许能造福一大批跟我一样的患者。我虽生如草芥般卑微,但好在死如夏花般绚烂。"

方从心环手抱胸:"哎!林梦,我发现你内心戏挺多挺全的嘛。"

这回,我放胆两手齐上夹牛肉丸了:"你憋个十二年试试。十二年,受精卵都快长成具备受精能力的人了!我吐槽的都是冰山之一角,让你见见世面。"

"有这么难吗?"

"你不是华佗,没有起死回生的能力就别揽我这活儿了。"我朝他努努嘴,"你给我递一下胡椒粉。"又夹了一筷子面,嘬了一口。

他帮我拿过来,挑着眉毛说:"你这么说,我还非得试试了。我这人特别爱挑战极限。"

"你知道上一个辅导我数学的人是怎么死的吗?"

他从容不迫地摇摇头:"别担心。你死之前我不会死。"

"你知道我爸的手因为辅导我,拍桌子拍骨裂过吗?"

他镇定自若地道:"放心,我买了意外险。"

"你知道我的历届数学老师因为我得了PTSD(创伤后压力心理障碍症),若干年内见到我就跟见到鬼一样吗?"

他泰然处之地转了转筷子:"我们公司有心理医生,公费治疗不用怕。何况我不怕鬼。"

我满不在乎地说:"哦,既然你这么坚持,那就听你的吧。"我巴巴地看了下他剩下的半碗面,咽了咽口水,终究是放下了筷子,说:"赶紧吃吧,再不吃就凉了。"

他顿了顿,把最后一只虾扔给我,然后大快朵颐地吃了起来。

我吃完虾,从冰箱里翻出一根肠和一个鸡蛋,去厨房里简单煎了下,放到他碗里。

他奇怪地看我一眼。

我指了指虾壳,说:"滴水之恩,当涌泉相报。"

他像是试毒一般小心谨慎地咬了一小口,才说:"味道不错,看不出来你还是中华小当家。"

我讪讪地笑:"当年我爸每天早上要我背数学公式。为了不被骂得太惨,总要做点早餐讨好一下。"

他吃了两口,停了下来:"所以你是在讨好我?"

"也不是。"

"那是什么?"

我怜悯地看他一眼:"断头饭吧。指不定待会儿你就气血逆流至死了。"

他拼命地咳了起来,自己满脸通红之时还不忘扔个虾壳到我脸上。

哦,我想起来了,我还没洗脸呢。

问:酒足饭饱后需要添加什么催化剂能培养出一个酒囊饭袋?

答:一张数学试卷。

方从心不愧是方教授的儿子,方教授喜欢饭前做数学题开胃,方从心喜欢饭后做数学题当甜点。他这次是有备而来,等我沐浴焚香完毕,他把一张写满了问答题的薄纸放在我面前,声称这份试卷由他花费七七四十九分钟倾力打造,可全方位无纰漏地评估我的数学综合实力。

我轻轻地扫了一眼题目,问他:"多少时间做完?"

他看了看表:"四十分钟?"说着,他打开自带的平板电脑准备在旁边办公。

我点点头:"够睡了,够睡了。"

呀,一不小心把真话说出来了呢。

我拿起笔,在数学这片浩瀚的海洋上,扬起我的帆,划起我的桨。本"海明威"乘风破浪,向命运宣战来了!

十分钟过去了,船移动了。就是移的方向不大对,怎么划着划着往海底移动了呢?哎,船怎么沉了?

海明威说,生活总是让我们遍体鳞伤,但到后来,那些受伤的地方一定会变成我们最强壮的地方。

是的,海水并不能让我屈服!我在水底慢慢长出了腮,我游啊游,游啊游。咦,尼莫,你怎么也来了?你爸呢?你爸和你还在一起吗?

"林梦!"我被人推醒。

方从心在旁边默默地看着我。我默默地看向他。

唉,我叹了口气:"你再给我五分钟,我再游会儿,不是,我再做会儿题。"

我振奋精神,在数学这片浩瀚的海洋上,扬起我的帆,划起我的桨。本"海明威"乘风破浪,向命运宣战来了!

呀,看我捞上来了什么?!

一条鱼尾透亮的红头金鱼。

金鱼央求我:"放了我吧,只要你放了我,我就会满足你三个愿望。"

我说:"好,我第一个愿望是,请解题:设$f(x)$是区间$[a,b]$上的非负连续函数,试证明它在区间$[a,b]$的平均值不大于它的平方根。即$b-a$分之——"

金鱼口吐白沫,死了。

我说你还按不按剧情走了?!我这后面还有两道题等着呢!

"林梦!"

"啊?"我从桌上弹起。

"又睡了?"

"没有。"

"日子不好过吧?"

"啊?"

"刚才的呼噜声还是汽车引擎声,几分钟就改成拖拉机声了。生活水平下降得挺快!"

"你胡说,本人的呼噜声是间关莺语花底滑,幽咽泉流冰下难。冰泉冷涩弦凝绝,凝绝不通声暂歇。"

丑媳妇总要见公婆,拿不出手的数学最后还是要拿出手的。我把答题纸交给他。

方从心看了一眼我缀着几处墨的答题纸,说:"也不是没有可圈可点的地方。"

我欣喜若狂地凑过去看:"哪里哪里?"

"你看这个'解'字,就写得特别的端正,清晰可见,一目了然,看得出写这字的人有十几年的功力。"

我缩回脖子,力图挣回点面子:"主要是你这个题出得不好。"

方从心微微笑地看向我:"哦?请赐教。"

我把第二道题单独圈了出来。

"对飞机进行3次独立射击,第一次射击命中率为0.4,第二次为0.5,第三次为0.7,击中飞机一次而飞机被击落的概率为0.2,击中飞机两次而飞机被击落的概率为0.6,若被击中三次,则飞机必被击落。求射击三次飞机被击落的概率。"

"请问阁下,这道题哪里不对?"

"你得这么出——我对刘昊然现场表白,第一次表白成功的机会为0.4,第二次为0.5,第三次为0.7,我拉着朋友一起表白被刘昊然粉丝围堵的概率为0.2,两次被围堵的概率为0.6,三次则务必被围堵。求表白三次而被围堵的概率。"

"答案是?"

"1,"我说,"而且百分百被殴杀。"

他作势卷了卷不存在的袖子:"我看早晚都得死,不如让我这个'长宁刘昊然'现场把你打死。"

我站起来说:"那我可不答应!"

他面色几变,像是重新敛回一点斗志,如我之前的每一位踌躇满志又铩羽而归的数学老师一样开篇:"你听过龟兔赛跑的故事没有?"

"听过,兔子跑到一半靠在树上睡着了,被乌龟赶上了。乌龟一看小白兔好可爱呀,就亲了亲她,后来兔子还生了个小宝宝,你猜是什么?蛭子呀!"

他无语地盯了我几秒,清了清嗓子,调整了状态:"那你听过愚公移山的故事吧?"

"听过。愚公死之前,对他儿子说,移山,移山。他儿子回:亮晶晶?"

他又清了清嗓子:"精卫填海呢?"

"精卫填海的故事我给你好好说道说道。精卫是炎帝的女儿,炎帝哪儿人?陕西宝鸡的,关中平原哪里来的海呢?所以啊,精卫原本就是在一个湖里淹死的,结果人家死了之后去东海跟龙王吵了一场架,架没吵赢,就天天去东海门口扔石子抗议,那叫一个胡搅蛮缠——"

我正口若悬河地给他讲解寓言故事新知,讲到兴头处,他突然站起来撸袖子:"我看还是打一顿吧!"

哎,别呀!我错了还不行吗?!

然后方从心开始给我讲题。

讲题的全部过程因为我无法记录对方的外星语式发言,故简要概括类比如下:

"马冬梅。"

"什么梅?"

"马冬梅。"

"马冬什么?"

"马冬梅。"

"马什么梅?"

"我看还是打一顿吧。"

啊,有着屠龙之志的少年啊,曾不知天高地厚嚷嚷着要征服世界的少年啊,曾意气风发以为自己与众不同的少年啊,你是如何在一瞬间青丝变白发了呢?你是如何认清现实,缴械投降了呢?你是如何与世界和解了呢?

咦?方从心,你怎么躺我沙发上了?不起来上课吗?

要给你叫贵司的心理医生吗?要给你上氧气罩吗?要给你心肺复苏吗?

没过多久,方从心接了个电话,匆忙走了。

走之前,他也没说接下来怎么办,所以我猜他是落荒而逃,及时止损了。

他前脚刚走,我爸妈两人拿着两大提超市袋子后脚就到。我妈一边脱鞋,一边遗憾地唠叨了几句。唠叨到最后,随口问了句她让方从心给我带的面,我吃了没。

我想了想我发扬孔融让梨的精神给他留的半碗面,再想想倾情给他煎的鸡蛋和肠,认为刚才的发挥还是手下留情了。

接下去的几天,没有方从心的任何消息。虽然我知道他迟早会像历任数学老师一样选择放弃我,但我没想到只上了一堂课他就看清了我的本质及时止损了。可见他是一个擅长审时度势、懂得关爱自己的人。

我对他的辅导本来不抱什么希望,因此也没啥情绪波动,倒是我妈有点坐不住,当着我的面给冯老师打电话打听方从心的去处。两人煲电话粥煲了半个小时,我妈打探出方从心回北京的消息后,非常失落。她来长宁之前去泰溪的红花寺替我算了一卦,说我今年有特别大的一朵桃花。这次她对方从心"一见钟情",罔顾人家意愿把这朵大桃花别在了他的胸口上。现在人跑了,我妈的心愿落空,茶不思饭不想,一副"失恋"的样子,让人怪不落忍的。

我安慰她,以前每年期末考前咱家都往红花寺捐钱充会员,算算积分,我们也是红花寺的高级会员了,肯定有特殊福利的。今年那算卦的许诺给我大桃花没成,明年再找他算,指不定就送我大桃子了,后年可能就送我大桃干了。除了数学,人生处处都是希望,千万别和自己的胃过不去。

结果,被我妈赏了支筷子飞镖。

这几天我爸妈光顾着给我捯饬房子,现在房子光鲜亮丽,宛如重生,我决定冒着酷暑陪他们出去玩一玩。

我这绝对是堪比曹娥的孝女行为。

夏天的长宁是后羿的仓库,当年后羿把射下来的太阳全都储存在这里了。那个唱着《种太阳》说是要把太阳送给南极北极的小朋友,也把包裹误发到了长宁。如果你想吃烤羊肉串,就只要带上孜然,然后把一头羊牵到长宁的街上就大功告成了。

出于珍爱生命的心态,到了夏天长宁本地人是绝对干不出白天在户外活动的事的。

但我爸妈不远千里来一趟，总得带人出去遛遛，再说这次游完之后我就得一个人衣衫褴褛步履蹒跚地去翻数学这座喜马拉雅山，指不定就在那里为了真理和进步英勇就义了，还是在牺牲之前尽尽孝吧。

于是，我跟实现遗愿清单似的，起了个大早，对镜贴花黄，画了个自己从来没尝试过的特别妖艳的妆。

我爸蹙眉，我妈把着我的脸左看右瞧，问我爸我这个打扮在哪儿见过。

我妈拍着脑门道："啊，就是咱去年去菲律宾一小破村庄旅游，被导游带进了一小庙，那庙里的佛像几百年没修葺了，咱正赶上他们给佛像染得大红大绿，庙里放的全是半旧半新的半成品。小梦现在这样子，特别像是把咱吓一跳那个。"

我幽幽地放下了眉笔，正打算跟他们解释这是当下很流行的妆容以及在这妆容背后蕴含的深刻意义，屋外响起了敲门声。

我以为是快递，起身去开门。门外站的却是几天不见的方从心。

他怎么来了？

方从心见我这造型，本能地往后退了退："打扮得跟扑克大王似的，你是打算上哪儿吓人去啊？"

啊呸！

我妈一听方从心的声音跟枯木逢春似的，满脸洋溢着热情，出来拉着他的手往里招呼："从心来啦啊。哟，看你满头大汗的。小梦，赶紧去拿条新毛巾来。"我妈跟我吩咐完，问方从心："你这是从哪儿来的，还背着这一大包？"

"机场，阿姨。出租车进不了这片，得走一阵。"

我看他头顶上冒的热气，略微施展了一下同情心，依言去房间里找毛巾。

我在房间里翻半天："妈！新毛巾在哪儿？"我妈来了几天，我这东西全都乾坤大挪移了。

"就在你放内衣的抽屉里。"我妈作为远程通信之母,大声嚷道。

"……"

"我去卫生间洗把脸,自然风干就好,阿姨。"

"哦哦,那阿姨给你倒杯水。老林,你赶紧把空调打开。"

方从心的到来好比皇上突然临幸,可把我爸妈忙坏了。方从心被过分招待,难得手足无措地看了我一眼。

我正嗑着瓜子,就势问他:"嗑吗?"

他摇头,趁我爸妈在厨房里切西瓜泡蜂蜜水,轻声说道:"你还有嗑瓜子的闲工夫呢?"

我说:"浪得几日是几日。"

他指了指我色彩斑斓的脸:"我还以为你躲在家里跳大神。"

我吐了口瓜子皮:"倒不失为一种剑走偏锋的法子。你别说,我最近学塔罗牌呢,翻了五十多次了,还没翻到我数学及格,不过假以时日,必然会有给我翻到的那天!再说,塔罗牌不行,还有易经八卦、水晶球、星座什么的,总会有被我算出数学及格的时候。"

方从心给我竖了竖大拇指:"我从没见过像你这么有恒心的人。"

我妈捧着西瓜出来了。

"你来干吗?"我换个角度问问题。

我妈佛山无影脚踢了我一下:"来看你呗!"

方从心晃了晃脑袋:"补习数学,你忘了啊?"

我仔细回忆了下那天他仓皇跑掉的背影,问:"有约好要补课吗?"

他不回答我,抬头瞧了瞧我爸妈:"林老师,你们这是要带着林梦一起出去玩?那我来得不是时候,要不——"

我爸立刻打断他:"哪天不能玩!以后再去就是了。"

我妈在旁边拉我爸的衣角,眼色使得飞起:"我们自己玩,哈哈,自己玩就行。以前我们来长宁玩过,都熟,都熟。林梦学业为重,就待在家。"

我爸道:"家里来客人了,我们就不出——"

"他们做功课,我们碍手碍脚干吗?"说着我妈左手拿包,右手拿伞,跑去开门。

我爸"哎"了半天,只好和方从心告别,跟着出去了。

方从心正要张嘴,我朝他嘘了一声,蹑手蹑脚走到门边上,屏息趴了一会儿,然后猝不及防地开了门。

门外的人一个趔趄,摔进了屋里。

"妈,忘拿什么了?"我翻着白眼问。

我妈转了转眼珠:"忘了上厕所。"

"哦,那赶紧上吧。憋坏了对身体可不好。"

再次送走我妈后,我撇了撇嘴朝着沙发过去,方从心腿一伸,拦住我去路。

"给我做个煎蛋去。"

"为什么?"

"饿了。"

"不是,凭什么你饿了,我就得给你做煎蛋?"

方从心从包里往外掏一堆纸出来:"林梦,凭我特地从北京飞回来给你补课的分上,你给我做份煎蛋不亏吧?再说,一日为师终身为父,你给老父亲做点吃的,有意见?"

"我没意见,我怕我家老林有意见。"我站在厨房门口看他。北京大概已经入秋了,他穿着一件浅色的长袖衬衫,袖子被高高地挽了起来,露出一段精壮的胳膊。前面的发丝被汗水或者是自来水打湿了,贴在光洁饱满的额头上。额角那里还垂着汗珠,显得风尘仆仆,跟上次在酒店里见面的样子差不多——这种口吻好像我俩认识很久似的,但仔细一想,满打满算,除去毫无印象的高中,这次也只是我俩的第四次见面。

可能是我俩都比较自来熟,说话也越来越没有顾忌,跟处了四年的故交一样随意。

但我和徐正才是真的交了四年的故友呢,一说要给我补习数学,他还不是两股战战,一副慷慨赴死的嘴脸。像方从心这样去而复返且表现得云淡风轻,声称专程为我补习功课远道而来的,一听就很扯淡了,于是我对方从心说:"你对我有这份拳拳之心,我当然很感激,就是有点担心你,你是不是有斯德哥尔摩综合征,特别喜欢受虐啊?"

"我答应过的事从来不会反悔。而且我有信心,一定能让你及格。"

"外面的天怎么一下子变黑了啊?"我朝着窗外看去,"唷,原来有头牛在天上飞嘿。"

"林梦,你是ETC投胎出身,擅长自动抬杠是不是?"他站起来,走到空调口那儿吹风,"快去煎蛋,我饿得前胸贴后背了。"

"等一下。"在我钻进厨房之前,他叫住我,"先去洗洗脸,我担心你脸上的三斤铅粉掉锅里,我吃进去中毒身亡。"

我说:"那不能够。我家还有二两耗子药,给你下毒哪值当用三斤粉啊。你知道这粉多贵吗?"

他迈着大步朝我走过来。

我一溜烟地跑去了卫生间:"我洗,我洗还不行吗?"

我洗完脸,煎完蛋,方从心三口两口吃完,把刚才掏出来的一份文件扔到我面前:"没什么问题,就签了吧。"

"什么东西?"我捡起来看。

标题赫然写着"补习协议书"五个大字,核心内容如下:

甲方因业务需要,特聘请乙方担任数学老师。乙方出于同情甲方的心理,为甲方辅导。

甲方需每周和乙方积极协调上课时间,积极完成课后作业。

甲方需主动向乙方提供每周的课程和课后安排,由乙方去除不必要的社交活动。

甲方无条件接受乙方的监督,且乙方可未经甲方同意,自行安排、布置以提高数学成绩和效率为目的的活动或设施。

甲方需向乙方支付100元/时的课时费。时间计算以乙方为准。

甲方迟到早退将处以50元/次的罚金。

补习期间如遇饭点,甲方需为乙方提供优质、免费的餐饮服务。

甲方单方面中断课程,须付乙方10倍已有课时费赔偿金。但乙方可随时中断课程,不负任何责任。

甲方需在合同签订之日支付乙方1000元诚意金。此金额可抵扣课时费用,支付后不可退款。

双方如有冲突,以乙方为准。

我翻了翻后面几页纸,是冗长的一般合同条款。合同末尾处,他已签了他的名字。

我一目十行阅读完毕,想了想,或许他特地飞回来给我补习的说法是真的,主要目的是赚我的钱。

他双手环胸看我:"我之前说了,要想补习有效果,就得按照我的方式进行。这协议怎么样?"

"我怎么觉得这跟《马关条约》没啥两样,丧权辱国得很呢。"

他手撑着头一脸无辜地反问我:"哦?这些条款看起来是这样的吗?"

我说:"是呀,我还从来没见过这样惨的甲方,只有挨打的义务,没有反抗的权利。你读理科的,可能不大清楚,我给你普及一下:大清国呀,亡了很多年了呢。"

他笑了起来。洁白的牙齿一闪一闪的,怪好看的。

他拢了下头发:"签这个协议的目的,主要是让你斩断后路学习。毕竟钱是实打实花出去的,就像你健身,一个人在家锻炼有点难,但是去健身房办了卡,总会去跑一跑。"

我平静地说:"我在健身房办卡就跟往寺庙功德箱里塞钱一样,靠的是心诚则灵,钱到心意就到了,身上的肉就看天意了。而且那个时候办卡,有三个帅教练围着我呢,跟你这个情况不大一样。"

方从心皮笑肉不笑地看了看我:"确实是我想得不周到了。反正我不缺你这钱,给你补课纯粹是出于本人高尚的人格。这样吧,也快过节了,我搞个促销。呐,以后你小测考试在60分以上的,学费降为一折,也就是说课时费10块钱。10块钱,电费都比我贵了吧?"

"你怎么可以随便哄抬我国电价呢。"青出于蓝而胜于蓝,他这优惠力度一看就比他爸"数学之美"给我打的七折考勤分要大多了。

方从心继续说道:"你平时考试要是在80分以上,我不仅只收你10块钱每小时,还在下一次考试前返你25%的课时费,赠送化妆品一份。还有,你要是最后正式考试及格,我返你80%的课时费,送你一张出国旅游的机票。怎么样?"

方从心在纸上写写画画,我看着满页的数字,挠挠头:"化妆品什么品牌?"

"你指定一个。"

"海蓝之谜。"

"行。"

我本来是狮子大开口,在我有限的化妆品知识储备里挑了最贵的那款,没想到方从心这么痛快就答应了,心想是不是我说少了:"我要全套的。"

"可以。"方从心眼睛都不眨一下,土豪地说道,"说了,我不是为了赚你的钱。"

"那机票呢?"

"只要在地球,我都可以给你送过去。"

我咽了咽口水,残存的理智在发问:"那,那万一你把题出得特别难怎么办?"

"我只出习题讲过的部分,只改范例上的数字,连题干都不变。如有违反,全额退费。"

我咬着笔头天人交战。

方从心往后一靠,说:"我刚才看厕所的吹风机已经很古旧了,只要你今天给我交1000块诚意金,在你第一次考试及格后,我可以送给你一个戴森的吹风机。林梦,这诚意金本来就是抵学费的,相当于你额外得了个礼物。我想不出比这更划算的买卖了。"

我脑海里有个李佳琦不停地说着"买它买它买它",我眼睛都开始充血了:"你别把我说得这么拜金。我这人特别朴实——"

"我倒数五下,你要是现在答应我,我回头再额外送你一个扫地机器人。你要是不答应,我这个优惠就取消。五——四——三——"

"我签!我签!"我举手,"但我可以换个赠品吗?"

方从心耸耸肩:"当然,你想要什么?"

"助听器。"

"你要那个干吗?"

"反正我有用,价格和吹风机、扫地机器人加起来的钱差不多。你给不给?"

"好。"方从心云淡风轻地说。

我偷偷瞄了瞄方从心,一时也想不明白,是我被他当肥羊了,还是我把他当肥羊了。

依照我对方从心家境的了解,他不会真处心积虑地想赚我的钱。也许我丢的分数确实给他造成了挺大的困扰,所以他不惜倒贴钱给我补习,才能心安理得。我觉得大概率是我占便宜了。我这算是因祸得福?

别看方从心说话挺找抽的,但刀子嘴豆腐心,他是一个品德高尚的人呀!像他这样舍生取义不求回报的人,还是值得深交的。

毕竟有钱又阔绰的傻大个,我打着灯笼也找不到第二个了。

我思忖间,方从心已经在合同末页的补充栏手写了好几行,边写边说:"我们暂时约定每100小时为一个计费单位吧。考试则每30个课时左右考一次。有意见吗?"

我摇摇头。

写完后他把合同推给我。

我拿起笔签了字:"方从心,你老实告诉我,你是不是在健身房干过销售?"

方从心笑了笑,然后行云流水地从随身带的卡包里掏出一张黑卡,递到我面前:"往这张卡上打1000块,我给你写收据。"

我登录手机银行,念叨了句:"还挺正式。"

"契约精神嘛,越熟越得算清楚。"

"说得也是。我还怕你赖我的礼物呢。"

听到手机发出悦耳的到款短信声,方从心很官方地伸出手:"我也有被某些学科困扰、感觉自己资质平平的时候,我能体会你的不易。接下来我们一起微微加点油,同心协力,共创佳绩吧。"

"呱唧呱唧。"我无比配合地配上鼓掌的背景音,也把手递上去,"我猜你说的'平平'是'平平无奇古天乐'的平平,你说的'微微'肯定是'重庆火锅微微辣'的微微,不过我还是会努力的。"

镜头在哪里?我想我俩现在握手的样子值得拍下来,放到我未来办公室的墙上。毕竟这是我人生中谈的最划算的买卖。

"既然我们都是受法律保护的关系了,我有句浅薄的人生忠告,不知道要不要说给你听。"方从心说。

"但说无妨。"

"以后离赠品区远一点。没事也别去澳门。"

来自方从心的MEMO:

我处心积虑地给她挖了个坑,然后我先心甘情愿地跳了进去,还要自欺欺人地以为胜她一筹。

第五章
不得懈怠

茨威格怎么说来着？

"那时她还太年轻，不知道命运馈赠的礼物，早已暗中标好了价格。"

请把这句话刻在我的墓碑上。然后在墓碑前，为我点上一根蜡。

不好意思，把我的墓碑做得大一点，因为我有种不祥的预感，预感到我将来会有很多遗言要刻在墓碑上。最好把我的墓碑做成刻有古巴比伦《汉穆拉比法典》的黑石柱子一样，供后人世世代代瞻仰。

第二天，早在天蒙蒙亮的时候，方从心突然给我打电话，让我穿好运动服下楼跑步去。

我上次被铃声吵醒去楼下集合跑步还是三年前的军训，所以他在电话里跟我说话的时候，我还在想是不是自己穿越了。然后我一想到穿越到大一，又要重修三年数学，立刻就清醒过来了。

"我给你五分钟的时间，五分钟后开始计算课时费。"方从心在电话那头，像一个海军陆战队的教官一般大声说道。

没等我回答，他就贼酷地挂了电话。

我一手刷牙一手梳头，两脚自行穿鞋，分工合理统筹有序地在三分钟内搞定了所有的事。

这都是高中时候的手艺脚艺了，宝刀不老啊！我给自己点了个赞。

我肿着眼皮到楼下的小花园，方从心正坐在小区那破旧得快散架的躺椅上喝水。蓝色运动套装、手机臂包、蓝牙耳机配备齐全，一看就是电视上演的那种很自律很成功的男人，身后都应该配大别墅大庄园背景。他这张脸再加上这噱头的一身出现在这里，很像下一句就准备说"把这块地皮也收购了吧"的样子，与我们小区环境格格不入。

他见我拖着沉重的步伐走着S形的路线打着哈欠朝他过去，很嫌弃地挥挥手，指了指七楼的位置。

我莫名地看着他。

他朝我勾了勾下巴："衣服穿反了。"

我没有任何廉耻心地看了看七楼，想了下爬七楼来回的路程，就耷拉着眼皮一屁股坐在他旁边说："你要干吗？"

"跑步啊。"

"我知道是跑步，我的问题是为什么要拉着我跑步？"

"好的身体是革命的本钱。你要让你的数学及格，无异于一场革命，难道不应该先赚好本钱？"

"我本钱挺不错的啊。"说完，我顶着早晨的凉风打了个喷嚏。

"你不喜欢跑步？那你喜欢什么运动？瑜伽？游泳？球类？"

"我喜欢跳棋，算吗？"

"不算。"

我托腮问他："有没有那种躺在床上一动都不需要动的运动？"

"有。太平间那里还有空位，我带你去躺一躺？"

说着，他站起来："没有特别喜欢的运动项目的话，那就跟我跑吧。攻克数学就像跑步一样,枯燥无趣,需要耐力和坚持,直到某一天你会豁然开朗,体会到其中的快乐。"

"我不要。攻克数学已经要了我半条命了,跑步再要走我半条命,我就入土为安了。"

"在你跟我说话狡辩的当下,费用已经产生了。"他把手机递给我看。

我看他的手机屏幕上,有个立体旋转的锁,锁面上是一串不停滚动的数字。

"这个是什么?"

"计费器。"

"什么玩意儿?"

"我小时候给阿宝设计过一个吃饭的计时器,前两天改了改,做成了一个计费器,你用着正合适。"

"阿宝是谁?"

"我家的狗。"方从心丝毫没有负担地说。

我想起冯老师之前说过的那只用着奖杯碗吃饭,又会用步话机的狗,翻了个白眼:"你驯狗啊?"

"本质上差不多吧。我就驯狗有点经验。"他再度把那个锁放在我前面,"喏,上面显示的是流逝的金钱。你把手机给我,我给你装一个,这样我们可以同步看到,公开透明,诚信交易,绝对不存在暗箱操作。"

我从座椅上弹跳起来:"不对啊,我交的是学数学的钱,又不是跑步的钱。"

方从心又从手机里调出文档:"呐,根据合同第五条第四款,时间计算以乙方为准;第九款,甲乙双方有意见冲突的时候,以乙方为准。所以这事儿我说了算。"

"你这属于流氓条款,我不学了。"

"不学也可以,那1000块钱诚意金我就笑纳了。海蓝之谜我也省了。谢谢,谢谢。"

"不是,我什么都没学,怎么就不能退了?"

"合同里写的。"

"知不知道《消费者权益保护法》?你这属于霸王条款,我签了也没效力。"

"是吗?条款是我们公司法务草拟的,你要是有意见,我让公司的法务团队给你解释解释。你要我给他打电话吗?这会儿有点早——"他不要脸地说道。

我抱手:"方从心,合着你在这儿给我挖坑?"

"哪儿啊。这算什么坑,最多就是个小沟渠,海沟在后面呢。"

"……"我顿了顿,"你不是说你是出于高尚的道德品质才帮我的吗?再说我妈讲你事业如日中天的,还我这里讹钱呀。"

"小本买卖能赚几个钱?还是得有猪堪宰直需宰,莫待无猪空磨刀。看,你跟我怼来怼去的工夫,就又涨了一顿早餐钱。"

"……"

"跑吗?"

"哎,我衣服还没换。"我抬腿就准备上楼。

方从心一把拉住我:"没关系,路上连只猫都没有。"

"不好吧,万一昊然也这么早跑步,偶遇了怎么办?"

"昊然没来长宁,放心。"

我说:"有个理论你听过吗?"

"没听过,也没兴趣听。"

"别呀,听着听着就有兴趣了。据一家英国媒体报道,看帅哥可以保护视力,舒缓情绪,降低心血管疾病和中风的风险,从而达到延年益寿的目的。每天和帅哥凝视10分钟,相当于有氧运动30分钟,低碳环保,节能减排!什么概念知道吗?"

他没回我。

我自问自答完喊:"方从心,你看你也是一个帅哥,要不咱把这项日程给取消了,你跟我坐下来两两相望十分钟怎么样?效果都差不多。"

"这不符合能量守恒定律。"

"你看这个科学结论是英国媒体提出来的,牛顿是英国的,四舍五入这就是牛顿提出的真理。牛顿说的话,你得听。"

方从心啪啪鼓掌:"逻辑鬼才,牛顿的棺材板都要盖不住了。"鼓完掌后,他无比怜惜地看着我,"这个能量守恒定律不是牛顿的杰作,最开始是由一个德国物理学家提出的。"

"呵呵,都是欧盟嘛。"

"英国脱欧了。"

"你不仅数学好,物理好,时政也这么厉害,果然是全方面发展的人才啊。"

"谢谢,但我其实跑步一般般。"他指了指手机,"还打算聊几块钱的?我不着急,我陪你唠。"

我叹了口气,认命地迈出了第一步。

他带着我跑出了小区,小区外的暴发户早餐摊还没出来,连三岔口的大路灯都还没关,在清亮的天色中发着不明显的暖光。

作孽呀!这个时间我还能接着做两个美梦啊!

俗话说,宁可相信世上有鬼,也不能信男人的嘴。

方从心说的"跑步一般般",大概是和"不懂球的刘胖子"一个意思。

围着长宁公园跑了几公里,我跟一条老狗一样趴在拱桥上吐口水时,方从心还面不改色、呼吸均匀地在原地跑步。

我气喘吁吁地说:"你……你是不是跑……马拉松的?"

他伸展了一下他的长胳膊:"那倒也没有。当年的胖子要减点肉,总要付出点代价。后来又和健身狂热爱好者黄涛做邻居,天天被敲门跑步。只是今年工作太忙,没再跑了,实力下降得有点明显。不过林梦,你身体也太虚了,大脑简单,四肢总得发达啊!你看你都快跑出罗圈腿来了!"

你信不信我还练出了扫堂腿啊!

我累得一屁股坐在地上,连反驳的力气都没有了。自从大一参加完八百米长跑测试后,我就没这么远距离地跑过了,最后一公里几乎是方从心拉着我走完的。

"我,我怀疑你,你故意在教学时长里注,注水。我跟你讲,上次我见那么大,那么大的注水量,还是,是南水北调的时,时候。"

方从心拉着我站起来:"别立刻坐下,先走一走。"

我抱着桥栏不撒手:"你再让我位移一厘米,我就跳桥。"

他蹲下来,语气极尽耐心:"起来走走吧,这儿也不干净。"

我无力地摆摆手:"我这人特别的犬儒主义,特别崇尚以天为盖地为庐的流浪生活,上辈子我是站天桥边上说相声的,指不定下辈子我还得在天桥边上贴膜,所以这辈子我重温、熟悉下环境先。你自己接着跑吧。"

他担忧地看着我:"你是不是感冒了啊?鼻塞了?"

我吸了吸鼻子:"没有,我一跑步就容易这样。"

"哦——"他往后退了一步,语速飞快地说道,"桥栏桥墩这种地方,到了后半夜,全是醉汉撒尿的最佳场所。你那块地儿尿臊味挺大的,我建议你还是赶紧起来。"

我原地一个高空弹跳,不停地擦脸擦手,都快要把脸搓得秃噜了一层皮。方从心挤眉弄眼地跟我说:"我跟你开玩笑的,哪有什么味道。但运动后真的不要立刻坐着不动。"

我静了静,暴起朝着他追去:"老子杀了你!"

狂追了五百米后,我就像一辆备用电源都耗尽的车,直接栽进了长宁公园的草坪里。

他又要说什么,我翻着白眼道:"你就是说,说我背,背后有狗屎,我也,也不起来了!"

他嘴角微微勾起,跟我道:"你看,日出!"

哪来的日出,天都大亮了。

他拉着我站起来:"真的,有日出。骗你我倒贴你50行不行?"

行。

我站了起来,朝着他手指的方向看去。

他指的地方是长宁公园的一个小山包。别看我们小区环境不怎么样,开个出租车都开不进,但挨着大学和本市最大的公园,租金也是傲人的。当时我只是因为离学校近,找了这个地方住,但搬过来一个多月,我还没怎么享受过租金换来的其他福利。

比如说长宁公园这个免费氧吧。

我没来的原因是,长宁公园的地势有点高,我不大喜欢做势能运动——当然水平运动我也不甚喜欢。它虽是个公园,其实是建在一片斜坡上的。即便太阳升起来有那么一会儿了,但在斜坡上看对面的小山包,日光被隐去了一部分,所以看上去,也有日出的视觉感。

因为平日里没少受太阳高悬的苦,长宁当地人没有看日出的浪漫,我这人特别入乡随俗,也没有这种雅趣。

此时,太阳渐渐高升,在斜坡边上露出了一截白飒飒的光。

方从心欣赏了会儿太阳,似是被和煦的阳光柔化了,颇为温和地说:"我记得你高中的时候还得过作文竞赛的奖,现在看这红彤彤的朝阳,是不是想到了很多蓬勃向上的诗词？一想到这些,是不是有重新开始拼命一把的斗志了呢？"

我点点头："是想到了那么一首诗吧。"

方从心说："背一首我听听,我感受感受。"

"你让我背我就背呀,那我多没面子,搞得我像小时候亲戚来我家每次都被我妈拉出来表演的傻样儿。"

"刚才的课时费清零。"

"哎！你等我清清嗓子啊。"我挺直背,"杲杲冬日光,明暖真可爱。移榻向阳坐,拥裘仍解带。小奴捶我足,小婢搔我背——"

"好了,可以了。你看到初升的太阳怎么光想着有人给你捶背捏脚呢？"

"我也想了点别的。"

"什么？"

"你看那太阳啊,真的很像囫囵蛋。就是打破蛋壳后直接倒进沸水里的做法,放点糖吃,不要太美味啊,你饿不饿？"我舌头舔了舔干干的嘴唇。

方从心沉默了片刻,咽了咽口水,说了到此为止我最喜欢听的一句话："咱吃早饭去吧。"

"我现在饿得能吃下一头猪。"我立马接上话茬。

他在我前面快速地走,听到这里回头看我,眼睛盛满了狡黠的光："你怎么这么残忍,竟然想着吃你的同族？！"

"不要以为我跑不动了你就可以乱喷粪！"

"刚才让你背诗是我想多了。请你文明一点好吗？"

"不要以为我跑不动了你就可以胡乱将排泄物以抛物线或射线的方式倾倒出口。"

"既然说到了抛物线,不如我们等会说下圆锥曲线定理。"

"……"

我俩你一句我一句地出了公园,把那个假模假式的日出抛在了身后。

虽然我俩饥肠辘辘无心欣赏日出的风景,但阳光真如方从心说的那样,是蕴藏能量的东西——阳光下,丧丧的人格就像是海绵里的水慢慢蒸腾掉了,化成晨跑时的汗水,沿着脸颊和脖子滴落下来,人虽然累,精神却有了久违的蓬勃朝气感。迎着朝阳,人也很容易有向前冲的劲儿。

好吧,我认真地想,奋斗一次吧!看在1000块钱和海蓝之谜的分上!

我踌躇满志地把这个决定分享给了方从心,方从心一刻也不耽误,拿着手机地图搜索了最近的星巴克,拉着我前去吃早饭并展开补习活动。

我说:"倒也不用那么急,我们可以吃完早饭回家洗个澡再另约时间切磋下数学。"

他说:"趁你还有三分钟热度赶紧趁热打铁,怕你一洗澡,热情就被浇没了。"

我说:"你怎么对我那么没信心?或许我是个不世出的天才,天才小时候都会有点愚钝,你看威尔逊、牛顿、爱默生都是这样的。指不定哪天我就拿个菲尔兹奖。"

方从心一边点餐一边斜眼看我:"想入非非奖要不要?"

点单的服务员扑哧一声笑了出来。

笑屁啦。对方是帅哥你就无条件站在他一边呀。你这是外貌歧视,小心我告你喔!

方从心贴心地说道:"她是在笑你衣服穿反了吧?"

"谢谢你哦!你不说我还不知道呢。"

说着我就跑去洗手间换衣服了。

等我出来,方从心已经从服务员那里要来白纸一沓笔一支。想想小半个月前,我也沉溺于他的美色被这个惯骗骗去纸和胡萝卜笔,中间又穿插着举报、找人、相逢乱七八糟的事情,真是恍如隔世啊!

"想什么呢?"

我摇头。

方从心清了清嗓子说:"我先跟你宏观解释一下我们这次补习行动的大背景。"

说着他就从他手机里调出了一张PPT,上面显示的是"数学之美"课程涉及的数学知识各个板块,以及根据上次测试成绩,他给我画的以100分为y轴的柱状图。

准确地说,也不是柱状图,是几条贴着x轴的横线。

我讪讪地遮了遮脸,就听方从心说:"我原本想我给你补课,面临的是女娲补天的情况。现在看来,我要扮演的角色可能是开天辟地那个盘古。"

神话故事学得不错啊。

方从心接着说道:"我对你的要求也不多。你尽量不要让你这个大脑黑洞再扩大就可以了,别开小差,别走神,毕竟走神的时间都是钱。我也尽可能地把课讲得妙趣横生些。"

我点点头。他说的在理,对我来说,时间就是金钱。我抖擞精神,让他不要客气,尽情地蹂躏我的大脑吧。

今天方从心讲线性代数,在讲解之前,他扔出一个问题,问我如果我是皇上,后宫有刘昊然、陈伟霆等三千佳丽,从第一天开始每年随机挑选一个宠幸,需要多少天恰好宠幸完所有的佳丽。

"我左手刘昊然右手陈伟霆,我心里还想着宠幸别人我还是人吗?"

他嘴角抽搐了下:"老臣知道皇上委屈了,但为了天下苍生,还是勉为其难雨露均沾一下吧。"

我捶胸口说:"爱卿快别说了,就当朕的龙体为黎民百姓捐出去好了。"

他推了下我的头:"这道题等我们讲完这个板块,最后再来解决。"

"我裤子都脱了,你跟我说这个?"

"好,那我们设已宠幸的佳丽为n——"

"咦,我裤子怎么又穿回去了呢?"

他耐心告罄,把笔往桌上重重一拍:"皇上你快闭嘴吧,别逼得老臣弑君了。"

我在嘴边做了个拉锁的动作,他才重新讲了起来。

为了讲清线性代数的原理,他又开启了一个"为什么远古时代,智人能够脱颖而出"的大主题。我作为一个历史系的学生,听到我熟悉的领域,兴致一下子上来了。

他从远古生物统计食物数量说起,讲到了智人最初的语言其实就是一种代数模型,不拘泥于某件具体的事或物,而着眼于描述抽象的事物和关系。然后他又从语言说回到数学模型,讲回到食物统计,从捕捉到一只兔子和一只鸟讲起。

他不疾不徐地在纸上画x轴和y轴:"一只鸟儿两条腿,一只兔子四条腿,两只鸟儿的话是四条腿,两只兔子是八条腿。"

画完几个点后,他说:"你看这个累积量随着个数的增长呈一条直线,因为这个变量是一个固定值。y鸟=$2x$鸟。y兔=$4x$兔。这个2、4是个常量,我们将它统一为w,也叫标量。"

他又说:"现在我们合并统计。y腿=w鸟x鸟+w兔x兔,但如果之后又捕捉到了猴子狮子,这个式子就太长了。这时我们就引入向量的概念,用一个向量$\mathbf{x}[x_1,x_2]$分别来表明鸟和兔,再用一个向量$\mathbf{w}[w_1,w_2]$来表明每只鸟和兔分别有几条腿,所以我们现在可以改为$y=\mathbf{wx},\mathbf{x}=[x_1,x_2],\mathbf{w}=[w_1,w_2]$。"

就这样,他循序渐进地提出了变量、权重、矩阵等一个个概念。

虽然说得很浅显易懂，但如果我开小差，很快就理解不了下一个概念，所以我必须全神贯注地去听。可是又不像以前，全神贯注之后发现什么也没听明白，大脑一片空白。

我的心里升腾起一种奇妙的感觉。仿佛在走一段上坡路，沿路上有零零碎碎的果子可捡，上坡也就不像是在上坡了，以至于他讲完所有概念后，我都不知道时针已走过了一个格。

这还是我第一次在数学补习中没有走神、没有看表听完全场的。

"看，是不是也没那么难？"他放下笔看我。

我疯狂点头："我感觉我摸到了数学世界的大门了。"

"哪儿啊，数学的大门朝哪开你还不知道呢。"他不以为然。

我趾高气扬地让他赶紧放马过来。于是他在讲完例题后，随便出了几道题，说是课后练习让我做做，我抬笔做了几分钟，扔笔问他："你这和例题的关系有点远吧？"

他拿笔敲了敲纸张："这两道题之间是直系三代以内连婚都结不了的近亲血缘关系，哪儿远了？"

我那豆腐渣自信工程立刻遭受致命打击，瞬间土崩瓦解。

果然听听全都会，一做全不会。

"那你能出一个一代以内三口之家你中有我我中有你恩恩爱爱卿卿我我那种紧密的关系吗？"

他抬眼看我："你就直说让我把例题里的小红改成小明呗。"

我说："也不是不可以。"

方从心："……"

我趴在桌上气息奄奄地道："方从心，你介意我潜规则一下你爸吗？"

方从心捏着我的脖子，在我的耳边喊："有本事你潜规则我九泉之下的爷爷去，快点做题！"

吼完,方从心摊开纸,把例题和习题一左一右列在两边,说:"你骑过自行车吧?做题就像学骑自行车,别人扶着你感觉能行,一放手就保持不了平衡了,关键还是在多练。来,你先试着做,做不下去的时候我提醒你一点线索。"

我抿了抿嘴看他:"我骑自行车没人扶,自己蹬了两圈就会了。"

"那做题就像游泳。套着游泳圈游泳和摘了游泳圈——"

"打我记事起我就会狗刨了,扔水里我就是条鱼。我除了肚子上自带的游泳圈,连浮板都没摸过。"

他顿了顿,眼见着头上已冒出缕缕青烟,话语字句仿佛是从齿缝里钻出来一般一字一顿:"那做题就像做菜。看一百本菜谱也不如——"

在我张嘴之前,他及时止住了我:"好的我知道了,你一出生就天赋异禀如厨神降世。林怼怼,可以做题了吗?"

"可以了。"我安安分分地捡起笔,像一个农民逗完新进门的娇俏媳妇,勤勤恳恳地在自家田地里劳作起来。

不知不觉到了十点多钟,我妈鬼鬼祟祟地发来了若干条微信。我难得学习这么投入,便懒得理她,谁知方从心的手机又响了起来。

我警觉地看向他:"我妈加你微信了?"

方从心把手机给我看:"阿姨建了个群。"

我凑过去一看,是一个叫"方林18"的群。

我黑线三根挂在脑门上,还没等我说话,我妈电话就直接拨到了方从心那里。两人嘀嘀咕咕说了几句,方从心拍了拍我的肩说:"回去吃饭了。"

"回哪儿啊?"

"回你家。"

"你不怕我妈把你吃了啊?"我挥挥手,"算了算了,反正过两天她也走了,让她高兴一下吧。"

我和方从心顶着烈日晃晃悠悠地还没走到家,就远远看见我妈在七楼的阳台冲我们招手:"小方,小方,你要吃什么呀——"

我双手遮脸,假装不认识那位高处不胜寒的中老年妇女,拉着方从心就往楼里躲。

到了家,我妈又跟王熙凤一样迎了出来。

我连忙先躲进厕所清静清静,只听我妈那嘹亮的声音穿破层层玻璃门钻到我耳朵里:"小方平时爱吃什么?喜欢吃荤的还是素的?爱吃辣吗?葱姜蒜呢?这边没有食材,等你回泰溪,阿姨给你做家乡菜。"

呵,家里的饭菜都谁做的,心里没点数吗?我爸出差开会一礼拜,我就吃一礼拜外卖加泡面,妈,你良心真的不会痛吗?

"北京现在空气治理得怎么样?还那么干吗?阿姨会做柠檬膏,润肺的,回头给你做两瓶。"

体验一下我妈自主研发的爱心"五毒膏",尝一尝精神百倍,喝一喝醍醐灌顶,你要一口气喝完算我输。

"从心开公司累不累?不能老伏案熬夜!有没有肩颈不舒服的地方?阿姨买过一款肩颈治疗仪,也给你买一个,有备无患。"

哈,3·15晚会曝光过的三无产品,曝光后我妈赶去工厂舌战百人,获赔五台,三年过去还没发完,相逢即是缘,送你两台够不够?

我从厕所出来,一个箭步又跳进厨房。厨房狭小,我一进去,就把厨房塞得满满当当。我挨着我爸看他费力地解一海大的塑料袋。

"这是什么?"我好奇地问。

我爸胳膊肘狠狠地撞了我一下:"你轻点声。"

然后他从袋子里掏出一个个饭盒,贼头贼脑地说:"这是附近福寿宫的私房菜。你妈嫌我做菜油咸,还说方从心胃不好,吃不了我做的菜。"

"爸,你平时高风亮节的,怎么帮着我妈作弊呀。唉,我妈又要在外人面前树贤妻良母的人设了。爸,我跟你讲,世上只有好吃懒做这种人设不会崩。其他都经不住时间的考验。"

"也别这么说你妈,今天一大早她就拎着自家的食材去福寿宫做监工让大厨加工去了,诚意还是满满的。"

"我说什么了呀?"我捡了个糖醋里脊往嘴里塞,"人家方从心或许有喜欢的人,我妈这样我们好尴尬。"

"谁啊?"我爸手一顿,看我,"不是你吗?"

噗,我把排骨吐出来:"爸,您一特级教师,这才几天的工夫,就被我妈洗脑了啊。"

我爸把筷子一搁:"不对啊。冯老师说,方从心从来没在家休过这么长时间的假,以前忙得胃出血了也没怎么歇过,这次为了你一下子说休就休,我们还以为——"

我吭吭吭地咳起来:"爸,这事儿吧,说来话长了,反正有点历史原因在的。而且不见得人家休假全盘是为了给我补课吧? 我何德何能啊。"

"你看你关键时刻就是自卑,你妈能不着急吗? 爸爸跟你讲,你那手不是什么大事儿——"我爸压低声音说道。

"爸!谁说这是事儿了。"

我爸叹气:"你妈就特当回事儿,要不她也不急。你妈很在乎这件事,你知道的。"

没等我回答,我妈就在外头喊:"小梦你躲厨房嘀咕什么呢? 快点出来陪小方聊天。"

我灰着脸出了厨房,对我妈现下那种打鸡血一样的激动表示无解:"妈,我都和他聊一上午了,再聊我嘴巴都要起泡了。"

"聊什么了呀?"我妈亮着嗓门问。

"聊了向量组等价、相似矩阵、矩阵合同,你要听吗?"

我妈笑着给方从心倒凉茶,不理我这茬:"你别看小梦现在这个死相,打小可受欢迎了。那是一屁股桃花债啊。小梦,初中是不是有个浓眉大眼的小后生,每天六点多天蒙蒙亮就在咱楼下等你了?"

"妈,那是李琦,每天早上等在我那儿抄作业呢。那年我们数学老师特别变态,晚交作业一分钟就得罚站整堂课,李琦起那么早纯粹是出于旺盛的生存欲。"

"还有高二的暑假,你暗戳戳地躲在房间里接电话,一看见我进来就赶紧挂掉,以为我不知道呢,小样儿。"哦,这事我也有印象,那是我帮陶菁菁写情书出主意。

"除了这几个,还有一个青梅竹马的峰峰,以前住老房子那里,和我们林林感情可好了。现在出国留学了,见不上面,但逢年过节,他都会给我打电话的。哎哟,学校也是名牌的,在那个……那个西伯利亚大学——"

"妈,那是加利福尼亚大学伯克利分校。人家比我大六岁,哪儿青梅竹马啊,你可别乱说。"

"大六岁怎么了?哎,他学的是什么来着?"

"应用数学这方面的。"

"是,还是你记性好。他研究生快毕业了吧?"

"妈,你每年打电话聊的都是什么啊,人家双博士都快读完了。"

我爸从厨房里端出盘凉菜,接上话:"上次老袁跟我提过一句,确实是快读完了,国内好几个高校向他伸出了橄榄枝,估计是要回来工作了。好几年没见,也不知长什么样了。"

我见话题成功从我妈的饥饿营销转向聊家常,松了口气,打开一盘消消乐,随口说道:"还是老样子,奔三的人长了一张娃娃脸。"

我妈探出头:"你俩还偷偷见过?"

"ins上聊的嘛。"

"ins是什么?"

"一个外国社交软件。"

"嘁,这外国软件怎么还取个东北的名儿!认识就认识呗。那你们平时还聊什么?"

"有时聊下学习情况。我读研的决定还是和他商量的。"屏幕上唰唰地消灭了一堆黄色小鸡,我漫不经心地说道。

"那除了学习呢,你们还聊什么了?"我妈巴巴地看着我。

嗯?我从消消乐中默默地抬起了头,正好看见方从心也抬眼看了下我妈。

我妈这个见风倒的骑墙派,刚才向方从心展现我那虚假繁荣的男方市场,一听我这儿又有新商机,立马当着人家面关心起别人来了。

人家即便对我没意思,但也是有虚荣心的啊。你这样很没礼貌喔!

我收起手机,严肃认真地道:"没聊什么。"

"那他有女朋友了吗?"

又来了。我翻了个白眼:"妈——"

我妈眼珠滴溜溜地在我和方从心间转了转:"哎,你干吗呀?要是没有,我好给他介绍对象。你爸前些年送出去的学生,也有不少单着的,要是在一个地方,就相互介绍ins ins呗。要真介绍成功了,你袁伯伯不得给我包个大红包啊。"

方从心在旁边胡咧咧:"我认识一个不错的学姐,阿姨您这介绍所要是开张,别忘了知会我。"

我妈的脸立即成为一朵盛放的向日葵:"没问题,没问题。对了,小方,我听冯老师说你也没对象,但你们年轻人不爱和大人说真话,你是真没有还是假没有?"

"阿姨,这几年我都忙成狗了,哪有时间找女朋友。"方从心端着凉茶心

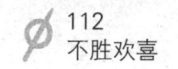

虚地看我一眼。

"那时间挤一挤总会挤出来的。你看你最近不是挤出一个悠长假期来了。你跟阿姨说说你喜欢什么样的?阿姨也给你留意着呀。"我妈一脸贼眉鼠眼。

"妈——都什么年代了。"我心想,这好不容易岔开的话题怎么兜了一圈又回来了?

方从心横看了我一眼,说:"没什么要求,是个女的就行。"

我妈立刻拍板:"得嘞,我替你找找。"

"谢谢阿姨。"

"不客气。"

我:"……"

毋庸置疑,我在我家地位最低。在泰溪老家,我们一家三口吃饭,我爸妈坐正对着电视机的座位,我则坐背对电视的位置。那里进出方便,我妈手一伸,我就得跑去厨房给女王大人拿个调料啊盛个汤啊什么的。

所以我把那个位置叫作女仆座,称自己为侍饭宫女,毕竟人在屋檐下不得不低头,住着人家的房子做好服务也是应该的。

但这是我租的房子!这是我买的桌子!为什么等到吃饭,你们坐的是干干净净的宜家椅子,而我坐的是从阳台花架下拉过来的瘸腿塑料凳子!

为什么你们每人有一个晶莹剔透的高脚杯,而我手上的却是印有"长宁大学信管中心"字样的塑料杯!

为什么你们高脚杯里盛的是醇厚清香的葡萄酒,而我塑料杯里是咕咚咕咚冒着碳酸气泡的百事可乐!

妈,我不配用你从长宁万象城里新采购的酒杯吗?爸,我不配喝你从意大利一个很有名的酿酒师那里买来的陈酿吗?

做了一辈子的侍饭宫女,终于等到有新人了,我好歹能升级成侍饭女官了吧?我怎么还在金字塔的最底层,食物链的最底端啊。

欺人太甚了!

"一套酒杯有几个?"我诘问。

"四个。"

"那我那只杯子呢?我不配拥有二氧化硅吗?"我一拍桌子起身就去翻杯子。我妈连忙在后面跟着:"你给我小心一点,你要把杯子打破了,我不管你配不配拥有二氧化硅,保证打得你成缩头乌龟。"

方从心本来吃进一口茼蒿,差点当场喷出来。

我横眼一扫,把那翻出来的杯子气势汹汹地往桌上一放,指着红酒说:"意大利的那玩意儿我也要。"

"你就吃意大利的玩意儿长大的,这会儿还跟我们计较什么意大利不意大利,你给我消停点。"我妈肉痛地看着我的杯子。

"我吃什么了我?"

"比萨啊!老洋气得来!"

方从心笑得更猛了,背脊一抖一抖的。

我在桌下踢了看热闹的方从心一脚,方从心一个没忍住,都哈哈笑出声来了。

笑屁啦,小心长抬头纹!

我妈一看方从心笑,就跟捡了钱一样,绽放着一张大笑脸,又要干杯。方从心很会来事,拿起红酒来倒。我把杯子探过去,朝他勾勾下巴,谄媚地示意他倒一点。

他把瓶子一绕,完美避开。

反了反了,我堂堂一个印在林家户口本上的嫡女,竟然要看一个外人的脸色了!

我妈终于良心未泯,大手一挥:"哎呀我这个当妈的今天高兴,特许你喝酒。"

我爸就势出来拦:"待会儿家里有一个喝醉的就够我忙活的了。两个人我可忙不过来。"

我记得我妈以前滴酒不沾,听我爸的意思,她现在在家平日里还喝点酒。离家多年,我都不知道她是什么时候养成的习惯。

我妈摆摆手:"现在不是有小方了吗?没事,喝吧。"

我察言观色两秒钟,连忙双手举杯,巴巴地看向方从心。

方从心朝我笑了笑,这回他倒是乖巧地给我倒了点。

一旦开了口子,后面我要酒就轻松很多了,跟着大家陆陆续续地喝了些。

酒过三巡,每个人的脸色都有点红。

我妈心情好,喝得有点多,脸红得跟喜蛋似的,一直拉着方从心的手说:"这是我世上最珍贵的人,你要珍惜呀。你要不珍惜辜负了小梦,阿姨,阿姨就跟你同归于尽!"

我也有点喝高了,主要表现在嘴巴麻了,但脑子还是清楚的,听了我妈的胡言乱语,心想这都哪儿跟哪儿,大白天的,唱什么戏呢。这不有病吗?

可不是有病,谁大白天聚一块儿喝酒呀。

但我嘴巴跟不上趟,就傻傻地贴在桌面上,看方从心跟个大傻子似的说:"好的,阿姨你放心。"

我妈这是逼良为娼。

不对,这个词好像不是这么用的。那该用什么词呢?我脑子吱呀吱呀地转着。

"你照顾好小梦,这是阿姨的第一个愿望。"然后她竖起三个手指头大着舌头说,"阿姨的第二个愿望是——时间倒流。"

我傻傻地笑。你当方从心是阿拉丁神灯呢?

说完我妈要再倒酒,方从心见我妈喝得有点多了,想伸手拦,我爸却朝他摇了摇头,说:"你让她喝一点吧,睡一觉就没事的。"

倒了酒,我妈就开始喃喃自语:"要是那天我不让小梦给我送资料就好了。她要不过来,管它那广告牌砸的是谁呢?小梦就是太傻了,都是我们把她教得太好的缘故。"

我咧了咧嘴。怎么会有像我妈那样想着法儿给自己脸上贴金的人啊。

"如果时间能倒流,没有那场意外,小梦还是一个文文气气弹钢琴的小女孩。我前两天碰上小梦的钢琴老师,她还在说,小梦是棵好苗子,可惜了可惜了。"说着说着我妈就开始抹眼泪了,"我当时就应该狠狠心把她送到北京的艺术学校去,跟郎朗的父亲一样。艺术成就不去说它,保她平平安安肯定是没问题的。"

灌了口闷酒,我妈看着趴在桌子上的我,缓缓地道:"老林,你看我家小梦,出了事后性格都变了。以前她没有这么贫嘴的,说话也是轻声柔气的,现在自嘲的话一套一套,跟德云社专场一样逗人玩。换作别人出了事,性格是往沉默寡言那方向奔的。只有小梦,反而嘻嘻哈哈上了。我知道,她就是不想让我难过,她也不想让别人把她当成残疾看待。所以啊,她跑长宁这么远的地方来了,躲着我们,躲着泰溪所有认识她记得她的人。这些年,她心里很苦,我知道,我知道的。"

然后我妈就扑过来了,抱着我跟叫魂似的喊:"小梦呀,小梦,妈妈对不起你,妈妈没有保护好你,你怪妈妈吧。"

她的眼泪就扑簌簌地往我脸上掉。

大概眼泪是有解除封印的效果,我那混混沌沌的脑子似乎清醒了点,口条也利索了:"妈,你说什么呀,我怎么会怪你,我下辈子还要做你的女儿呢。"

我妈情绪一下子就激动起来了,说:"那下下辈子换我来做,我们生生

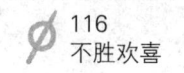

世世做母女。"

此情感天动地泣鬼神!

然后我也很激动地站起来打算继续说下下下辈子的事,不想瘸腿三脚凳人没坐稳,起来时撞到了桌子,桌子沿上放的高脚杯啪地落在了地上。弹跳出来的玻璃碎片划过我手背,血流得滴滴答答。

我那跟我承诺了三生三世母女情的母亲一看到我鲜血直流的伤势,失控地大吼一声:"啊,我的杯子!啊!这是我刚给你买的乳胶座椅垫!你不要滴在那上面,洗不掉的!!你快拿手接住!!!"

塑料母女情,就像一阵沙,风一来,说散就散了吧。

还是方从心举着我的手去厕所冲水的。凉凉的液体经过皮肤,我那艰难运行的脑细胞似乎运行得更快了,我看着镜子中的他说:"明天我们找个别的地方补习吧,你要是常来,我妈离醉生梦死不远了。"

方从心在旁边默默地点头。

"你吃完了吗?"

"嗯。"

"我送你去打车吧,刚好我去楼下买点醒酒药。"

"你别送了,我去给你买吧。"

"不要,我想下楼走走。"我很固执地说。

方从心就不说话了,我俩一前一后踩着楼梯下了楼。

午后的太阳正是最毒辣的时候。我们走到楼下,像是被暴雨挡住了一般,不约而同地在门口的雨棚下停了下来。

楼门口是逼仄的自行车停车处,有热风轻轻拂过。

我看着不远处被晒得蔫蔫的花草,说:"便宜你了,喝了我们家酒,还听了我们家故事。这得是去丽江才能买到的经历。"

方从心嘴歪了歪:"哪里有故事？你的手吗？"

他这么直言不讳地说出来,反倒让我没那么尴尬了。

他瞥了一眼我左手手腕处丑陋的疤,说:"现在恢复得怎么样？"

我在他前面表演了一下握拳:"可以握到这里喔。肌腱断裂加上尺神经损伤,勤加锻炼就不大有问题了。我妈说话太夸张了,什么残疾,只是左手不大好使力罢了。"

"但你弹不了琴了。"

"弹不了就弹不了吧。以前我妈逼我弹的时候我可遭罪了,真能被我妈打成缩头乌龟。《野蜂飞舞》听过吧？我妈觉得弹那个特炫技,老让我练,快把我逼疯了。要不是我爸说弹钢琴以后就不用学数学,我也坚持不下来呀。现在倒是轻松了,也没人逼我弹了,就是还有数学这道坎没过。唉,你说说,这东边日出西边雨,按下葫芦浮起瓢,山不转水转的人生。"

他侧头朝我冷笑了一下:"你别以为你这样说,我会把那1000块钱退给你。"

我也跟着笑了起来。

我很怕他会用同情可怜的眼神看我,或者"煮鸡汤"安慰我,但他闲聊一样跟我说说笑笑,好像我们说的只是一件很普通的小事一样。

我很喜欢他的恶言恶语,有着夏天溪流般的清凉。

麻雀肆无忌惮地在我们脚下跳来跳去地啄食。

方从心倚着门柱突然说:"我看过你以前弹钢琴的得奖视频。"

"啊？哪辈子的事儿了？你这么关注我呢。"我惊讶地看向他。

方从心舔了下嘴唇:"我转到泰溪那阵,正是你出名的时候。"

我恍然大悟:"原来是这样啊,现在想起那一阵,每天都活得兵荒马乱,有种特别恍惚的感觉。哦对,你都抓住我作弊了,肯定正赶上我最风生水起的时候来我们学校的。还别说,我这人特别有做明星的气质,上过文艺新闻,也上过社会新闻。你搜一搜我的视频也没什么奇怪的。"

方从心凉凉地看我一眼:"你打着石膏帮别人作弊,又是检讨又是得奖的,我倒没看出来你兵荒马乱的——"说到一半他顿了顿,大概是想起了我妈说的"心里苦",就说不下去了。

我摆摆手:"雷追风真是冷血无情,我都那样了,他也不心慈手软一下,照样公事公办让我当众检讨。"

"他再冷血无情,也没让你长记性。到了大学,你还不是照样作弊。"

"你比他更冷血无情好吧?'数学之美'上我被你上纲上线地反咬一口,你知道我内心吐了多少血吗?为了弥补那10分,我现在得花多少时间补上?你是不是雷追风的加强版?"

他挫败地看着我,弱弱地反驳了一下:"说的好像有那10分你就能及格一样。"

"喂,人艰不拆好吧?"

说着我俩同时笑了起来。

我不好意思地摇摇头:"怎么我的秘密全都被你掌握了?"

方从心说:"你要觉得心理不平衡,大不了我跟你说个我的秘密好了。"

我立马来精神了,把手环在耳朵上晃了晃。

他笑着看我,说:"我很喜欢一个女孩。"

"什么样的?"我眼睛晶亮地看着他。

"善良又坚韧的。"

"杉菜啊?"

"谁?"

我摆摆手,说:"我听着怎么像是暗恋?"我抽一口气,认真地上下打量了凭一张脸可以吃遍偶像剧的他,不禁捶胸顿足:"你长这样怎么还有资格搞暗恋!你就把这张脸往那姑娘眼前一晃,表白就是宣布礼成送入洞房啊。"

方从心垂着眼皮说:"那个女孩有个男朋友,感情应该不错,好几年了都没有分。"

"啊?"我搓着手。道义告诉我挖墙脚这事儿很不厚道,但我又不认识那个女的,所以道义靠边站会儿,我先站友情,于是闭眼壮胆说:"我跟你讲,你这张脸就是一台盾构机,这世上没有你撬不动的墙脚。有句话你听过吧?颜值即正义,你一定要有信心。现在快跟我说你喜欢的是哪个女生,我认识吗?有照片吗?微博微信脸书ins有没有?"

方从心烦躁地看我:"你这人怎么这么肤浅?"

天,我为了你的幸福都把道德标准降到有史以来最低值了,你还倒头来骂我。你是白眼狼王吧?

"我哪里肤浅了?我说的是放之四海而皆准的真理。比牛顿三大定律还真的真理。"

"照你这么说,我现在说我喜欢你,你就能立刻喜欢我?"

"牛顿三大定律是什么来着,你让我想想。"

方从心眼睛一斜,转身就往外走。

我又紧跟上去,看他脸色不善:"你不会喜欢有夫之妇吧?那……那不大……不大好。"

"我看你骨头有点轻,要不要我踢你一把证明一下牛顿三大定律?"

"什么呀,我们中国人补钙补很久了。方从心,你要有什么困扰,可以找我咨询呀,前三期免费哦。"

"好,我认真地问。"他停了下来。

我昂首挺胸准备接招。

"牛顿三大定律是什么?"

我思考了很久,方从心崩溃地扔下一句"打扰了"就拐进了药店。

之后的几天，补习的地点从星巴克换到了公园的八角凉亭。

这个地方是我们跑步时发现的。凉亭背阴通风，不会被曝晒，看似处在公园的斜坡中央，但因整个公园的地势偏高，坐在那里一览众山小，可念天地，不会因区区一道题的阻拦而怀疑人生，但如果被一串题阻拦真的怀疑人生了，也可纵身一跃，烦恼一了百了，总之是个两全其美的好地方。

而且殷殷朝阳、菲菲青草的风景下，人也很容易用更包容的心态对待对方无理的行为。

打个比方，方从心在我手机上装的那个计费器，是个彻头彻尾的流氓软件。只要我在上面按开始键，随即画面就锁定了，我什么操作都动用不了，只能看见软件上的数字不停地累积跳动。方从心说，对像我这样八角凉亭外爬过一只蚂蚁也能被吸引掉注意力的人来说，该软件相当于一个雷达屏蔽器，让我见钱行事，以免他真被我惹毛了，一个不小心让我分期付款，先支付一部分。

我说："你这协议上说的是每100小时支付一次啊。"

他说："我说的是每100小时为一个计费单位，又没说是什么时间付。"

我说："你这是玩文字游戏。"

他说："要不你找我法务团队去。"

殷殷朝阳，菲菲青草，我忍。

再打个比方，他每教半个小时课就留我半个小时做作业。在他休息的时间里，他在草坪上玩无人机航拍，和园林工人大聊植物的种植技术，和婚纱摄影师探讨镜头的运用。他甚至跟一个老人学习放风筝，玩高兴了后没时间检查我答案，临时掏出手机调了两道昨天的题，恬不知耻地说是让我温故而知新。

我说："你不觉得你这样上蹿下跳的，比爬过去的蚂蚁更吸引我的注意力吗？"

他说:"哦,没办法,关于人长得帅这一点我很抱歉。"

殷殷朝阳,菲菲青草,我忍。

再打个比方,方从心针对我的错题,还制定了一套别具一格的惩罚机制。如果同一类题做错三次或者摸底的例题做错,我就得和他玩一次石头剪刀布。我赢了可以免掉当日一半的课时费,输了则得一次惩罚的抽奖机会,他非常热情地问我玩不玩。

我玩了,目前为止我抽到的奖项分别有课时费翻番、公园立定跑、在草坪中央跳一段舞以及向拍婚纱照的新娘告白四项了。

他就耸耸肩说:"以前跟你说过,这辈子不要去澳门,你这个人怎么不会触类旁通?"

殷殷朝阳,菲菲青草,我忍。

在我的强烈抗议下,他在纸团里新添了一个"反转",给予我一个把惩罚过的奖项退还给他的机会。但无奈他运气太好,我至今没有得偿所愿。这成了我保留这个项目并且还没手刃掉他的主要理由。

还有个次要理由是,虽然方从心定了一堆规矩,但也不是完全死板的人。在我羡慕的眼光中,他会大手一挥把我叫去玩一会儿无人机,教我怎么航拍公园湖面才好看;风筝飞得高又稳时,他也会唤我拉拉绳子,假装我也会放风筝了。和摄影师聊熟了,等新郎新娘化妆期间,他还把我拉过去做模特,请教拍摄技巧时顺便让人家给我拍几张美美的照片。

总之,也没有泯灭人性吧。

在这朝夕相处的几天里,方从心和我之间的友谊跟春天里的野草似的猛长。该友情最核心地体现在他允许我开他的车这事上。当年他用人生中赚到的第一笔钱,给自己买了辆车作为纪念,这几年都不离不弃,甚至还从北京开到了长宁,所以是初恋一样的宝贵存在。

我呢,本龄三年,以前偷偷拿压岁钱考了个驾照后一直没得机会摸过方向盘。我爸妈大概有事故应激障碍,说什么也不让我碰车,我手痒心痒很久了。对于方从心这么大方共享"初恋"这件事,我也是很感恩的,而且我投之以桃报之以桃仁,把我赚到的第一笔钱买的礼物作为交换送给他使用了。他非说不用了,我说你不用客气呀,他说:"谢谢你了,我没有抹口红的习惯。"我说:"是吗,那真是可惜了。"

只好就此作罢。

对了,方从心还有个广大直男朋友最缺乏的素养,那就是在我开车的时候,他非常安静地坐在旁边,从来不出声瞎指挥,只有手紧紧地攥在把手上,眼睛也闭得很严实。可见他对我的车技非常信任。

因此我爸妈要回泰溪时,我就极力主张由我开车送他们去机场。刚开始我爸妈没答应,方从心还帮我搭了几句腔,只是没开半公里路,我就被我妈的惊声尖叫给轰下车了。可见方从心比我爸妈更信任我。

有这样坚实的信任为基础,我现在已经把方从心纳入了我的朋友圈——是他要是结婚,我会给红包的那种朋友。

可惜我妈对我和方从心目前感情的升华相当不满意。

虽然她之前致力于为我和方从心创造单独相处的机会,但她没想到我俩学完就各回各家,没给她留下任何和方从心单独交流的时间。她之前看偶像剧积攒的一身绝学并没有如她臆想的那样有用武之地,所以走得很是不情不愿。

我劝我妈早点死心,如果真有那么一出我和方从心共同出演的青春偶像剧,我撑死了就是剧末演员表上一个微不足道的群众演员,主要工作是推动男女主的故事情节发展。我说你要不再等等,也许再过半集女主角就要登场了。

我妈不屑一顾地说:"就冲我们和方家这关系,你也是带资进组的演员,我绝对可以帮你揽下一线的资源。"

方从心把我们送到机场,趁他上厕所的时候,我妈又拉着我的手,叮嘱我一定要及时上报和方从心一起的动态,如有需要,她随时可以人肉快递户口本过来。

而我苦心孤诣地唤醒一个假装沉睡的人。

我:叽里呱啦,叽里呱啦。

我妈:不听不听,王八念经。

我:心急如焚,连比带画。

我妈:心不在焉,云淡风轻。

我指了指她的脑袋说:"妈,你这里是不是装了屏蔽信号?待会儿安检时可别被人拦下来。"

我妈指了指我的脑袋说:"只要你不跟我们一起过安检都没事。不然金属探测器会报警。"

"为什么?"

"因为你是个铁憨憨呀。"

"……"

我说:"妈,你这是牛不喝水强按头。"

我妈:"小梦,你这是当局者迷旁观者清。"

我:"真的永远假不了,假的永远真不了。"

我妈:"假作真时真亦假,真作假时假亦真。"

我:"妈,考研吗?来长宁读中文系呗。"

我妈:"不了,要念起码也得是我女婿上的大学那样的档次。要是北大不行,你最次也得给我找那个西伯利亚水准的。"

我:"……"

我妈："好了,我们这两个碍眼的老东西也走了,接下来你们可以孤男寡女干柴烈火地待在家里了。"

我："……"

我爸妈走后,我和方从心的补习地点从户外转至室内,从此开始了没日没夜、没完没了的补习生活。

我们熟起来后,方从心放下了健康向上的人设负担,同意我早睡早起身体好、晚睡晚起心情好的心得,把晨跑改成了夜跑。

协议上规定了我补习期间得提供优质餐饮的服务,于是他每天很不要脸地卡着中午饭点之前到我家,然后翻着APP上各种外卖菜单,要求我现场照做。我虽然数学不好,保研之路风雨飘摇,但也没沦落到考不上就去新东方烹饪学校读研的程度,于是我做了两天就很有骨气地罢工了。于是方从心提议每顿饭返10%的学费。我沉下心想,现在文科生读了研也不好找工作,前一阵看的一系列言情文里,女主三岁背唐诗五岁背宋词十岁就会自己作诗十五岁就上了哈佛读文学,最后回国做了总裁秘书,被总裁呼来喝去,回家还得熬夜改文案。文科生就业难问题可见一斑。我要是会做饭了,以后毕业了也多条出路,于是就把骨气收了收,顺便把钱也收了收地照做了。

再后来是十一长假了。我本来想着趁本科最后一个十一约徐正一起出去转转的,方从心翻了翻日历指责我说,都火烧眉毛了你怎么还有心思出去玩?要谈恋爱什么的等考完试你想怎么谈就怎么谈。

我一听这说法特耳熟,貌似高考前我们班主任口头禅就是这句,就很恍惚地说,我听说你之前工作挺忙的啊,你现在天天在我家待着你不烦啊。

换来的回答是方从心宣布考试。

方从心和他爸可真是一家人呀,都喜欢搞突袭。

然后我就考了个59。

我说总共三道题怎么会判出59分。

他非常仔细地给我分析了每个步骤的分数,我本来对数字就不敏感,听得稀里糊涂的,只见他又意味深长地看着我说:"要是以后正式考试你考了59分,你会不会因为现在虚度年华而悔恨,会不会因为现在碌碌无为而羞愧?"

我说:"保尔·柯察金·方,我没志气,我不悔恨,不羞愧。"

他又说:"没到60分的话就没有一折优惠了。"

我指着脸颊上的液体说:"哎呀,你看看,我现在流下的是西湖的水悔恨的泪。"

他说:"你能不能别在这桑拿天省钱省到关空调了?"

我说:"我那是省钱吗?我那是环保。每天节约一度电就能救下一棵树,森林会不会在地图上消失就靠我了。"

他说:"那电费我来付。"

我说:"来,空调遥控器给你。"

他说:"那森林怎么办?"

我说:"有你这么一棵郁郁葱葱的大树站我前面,我愿意放弃整片森林!"

经过友好磋商,方从心答应我,小考三局两胜,前提是我不再心猿意马地想着跟别人一起出去玩了。

我看他比较好说话,心里感觉很踏实,这意味着以后有五局三胜、七局五胜、九局七胜……的机会,反正我是绝对不会原价付钱的!

十一假期,方从心算是在我家住下了。

他说我现在这个进度比他预计的要慢很多,而且之后他可能会很忙,现在多学一点,以后才能轻松些。

我说:"好的,但你睡在我家沙发算怎么回事啊?"

他说:"我后半夜回家还要加加班的,趁你做题时我睡一下没问题吧?我又没说睡你的床。"

我两手在胸口一抱:"那是另外的价钱!"

他说:"你怎么这么流氓,我卖艺不卖身的。"

我就嘿嘿嘿地淫笑了一下,被他狠狠地推了一下头后继续干活去了。

干了两天后,方从心最终敌不过我的美色,不是,敌不过我家狭短的沙发,滚去房间的长飘窗那儿睡了。

而且他每次醒来后,都会从兜里掏出现金,真的付我另外的价钱。

我就很老鸨地接过钱,眉飞色舞地说:"客官,下次再来啊。"

方从心刚开始时,敌不过我的厚脸皮,表情还有些别扭,到了后来那叫一个放飞自我,还配合我的演出,整整衣冠,财大气粗地说:"这个房号我包了,你不许再让青青接客了。"

青青是我放在飘窗上的恐龙小布偶。

每个人心里都有一个奥斯卡梦,我觉得假以时日,他势必会涅槃重生,长成一个谁也不认识的方从心。

这么学啊玩啊的,七天长假也就走到了终点。自始至终,方从心没再提过有关我手的事了。他不会故意看我的手,也不会故意不看我的手,开玩笑时也不会顾忌,把我当成再正常不过的普通人来看待。

我本来就是个再正常不过的普通人。我很喜欢他这种行事风格,在心里单方面地把他升级成了很重要的朋友——他要结婚我不仅会包个大红包,还可以女扮男装成伴郎帮他挡酒的那种——如果他缺伴郎的话。

最后一天,他背了一个大包到我家,叮里哐啷地在我家倒腾,成效也非常显著。

首先他在我书桌兼餐桌的桌子边装了个摄像头,不仅可以让他时时刻刻监督我,还可以每天向他汇报我坐在桌边看书的数据。

我当然极力反对,这玩意儿侵犯我隐私。

他就把摄像头打开给我看,镜头能捕捉到的有且仅有书桌那一旮旯。而且摄像头不捕捉声音,我也能单方面关闭摄像。

我勉强同意。

其次,他又在我门上装了个人脸识别器。只要识别出我的脸,这扇门就会发出一个振聋发聩、整条走道都能听到的声音:今天你学数学了吗?

而我非得用高亢饱满的声音回答"学了"后,门才会打开。

我当然不同意这么愚蠢的做法。

他说,还有一套方案可供选择。他可以让那个识别器用机械的声音发出"谁是世界上最美的女人",我再用高分贝说出"我"之后,门也会打开。

我说:"你心里这么看我我很感激,也非常认可你杰出的审美能力,但是我不想被邻居当作精神病患者抓起来。"

他说:"你不是在精神病院预定了床位吗?怕什么。"

最后这点算靠谱。他把我家所有的遥控器整合成了一个智能家居系统。从此之后我再也不需要在家撅着屁股找遥控器了,但是与之相应的,在我作业没及时上交,或作业质量不如预期的时候,方从心获得了远程关闭我电视和空调的权利。

我的墓碑上再加上这句吧:这世上,可以惹黑社会,可以惹高利贷,但绝对不要惹理工男。

来自方从心的MEMO:

我强行送了她几套电子元件和在她生活中留下痕迹的痴心妄想。

第六章
不可轻敌

假期之后的第一天,就有一堂"数学之美"课。

好久没听到方教授念紧箍咒了,还怪想念的。

我手持一杯速溶咖啡刚迈进教室,一个粉色T恤上印着米老鼠的女生蹦蹦跳跳地过来,青春无敌地朝我摆手:"学姐好!"

我怔了怔,她指了指自己:"我是化院的葛纯纯呀,假期前跟你打听小哥哥,还把你拉进不离不弃群里那个。"

我恍然大悟:"哦哦,咱班长得最好看的女孩子原来叫葛纯纯呢。"

葛纯纯眨了眨眼:"学姐你这杯子里装的是甜味剂吧?嘴好甜啊。"说着,她拉着我坐到"休闲区",旁边几个同学随即跟我打招呼。

"嗨,我是π。"

"我是燕子。"

"我是claire。"

难兄难弟集体奔现,我自我介绍道:"嗨,你们好,我就是那个传说中没看到第二页介绍盲选了这门课从而走上不归路的未亡人林梦。"

"失敬失敬。"

"久仰久仰。"

"学姐的大名如雷贯耳。"

我大手一挥,举杯道:"既然大家都在一条黄泉路上,我也没啥好说的。就让我们青春做伴活得潇潇洒洒,对酒当歌共享人世繁华吧。"

葛纯纯:"学姐你好厉害,这句歌词你居然能说出来。你说到一半我都在心里哼上了。"

我放好杯子,把书从环保袋里拿出来:"那是因为你没听过我唱歌,改天一起去唱歌。"我挺待见这帮叽叽喳喳的小姑娘的。

那个网名为燕子的小个子女孩说:"纯纯,你刚才说到哪儿了?"

葛纯纯一拍掌:"对了对了,刚刚才开了个头。"她坐在桌子上,背对着黑板,抱手问我,"学姐,之前我跟你打听的那个小哥哥,你知道是谁了吗?"

哦,我想起来了。葛纯纯是因为向我打听方从心才结交的,我撂了一句"帮她打听"后,就没给她信儿了。

可是还没等我说上话,葛纯纯就已经迫不及待地开口了:"你们谁也猜不出来他是谁!他就是——咚咚咚咚——"她双手打着鼓点,给自己配上紧张的背景音,"他就是传说中'见人杀人、见鬼杀鬼'的方教授的儿子!"

行啊,小姑娘。别读化院了,就凭你这侦查能力直接开侦探社吧。

众人哗然:"真的假的?"

"你忽悠谁呢。"

"有什么依据没?"

葛纯纯双手环胸:"依据?依据就是,你们不觉得小哥哥和方教授长了七分相似吗!"

对不起,没让你做侦探真是苍天有眼。

众人喊了一声,葛纯纯嘘了下,让大家少安毋躁:"其实当然是有依据的啦!我怎么可能空口造谣呢。"说着她掏出手机,翻出一张照片,显摆似的在我们眼前晃了晃,"喏,这是小哥哥今年夏天新鲜出炉的北大毕业照。"

那是一张像是不小心按到了手机拍摄按钮误拍下来的照片。照片显示的是一个草坪,穿着学士服的毕业生们三三两两凑在一起,摆着各种造型拍照。入了框的人有正脸的,有背面的,也有虚影了的,反正看不出主题。

我们几个趴在手机上研究了半天,面面相觑了一会儿,迷惑地抬头:"哪个啊?"

葛纯纯啧了下,伸出三个手指头推了推屏幕。灌木丛那一处风景被放大了些,她指着上方一团黑乎乎的人影道:"喏,这个就是。"

"什么鬼啦!"claire吼了一声。

说真的,把方从心泡在墨汁里往宣纸上滚一番留的印儿都比这个有辨认度。

"你真是长了一双善于发现美的眼睛。"我发自内心地夸道。

"一般一般吧。接下来我详细跟大家汇报下我的工作成果。"葛纯纯站起来,像新品发布会上的产品经理一样跟我们介绍起方从心来,"小哥哥是北大信科的学生,今年提前一年毕业。大一的时候,他和另一位大四学长参加了一个大学生创业竞赛,得奖后拿到了第一桶金,随后就成立了一家叫木木木木的互联网公司。据说那位学长长得也是很帅气,不过他英年早婚了,所以被我那'扫弟收哥机'移除了资料,不然也可以给你们欣赏欣赏。"

"什么鸡?"我打断她。

葛纯纯捂嘴一乐:"哦,是我进的一个群啦。"她打开QQ,给我看那个群名,原来是叫"扫弟收哥机"。

葛纯纯接着说道:"说回我们那位小哥哥。这位大神三年读完大学又在大一时就开始合伙创业,自然是不会像普通学生那样待在校园做一只供人观赏的吉祥物的。除了必须现身的专业课,他在学校那是神龙见首不见尾。除此之外,他不玩微博,没有朋友圈,也不玩别的社交媒体,不接受采访,作为一个互联网行业的工作者,他却没有在互联网留下一点点生活足迹。据说他本人行事低调,性格内向,所以说,能拿到这照片我也很不容易了。好在之前那堂课,我也没少拍,大家不用遗憾哈。"

我想了想他在我家模仿恩客的样子,实在想象不出"内向"的方从心是什么样子。葛纯纯这话完全可以塞到洗衣机里甩一甩水分再听。

燕子问:"既然小哥哥这么低调,你怎么知道他就是教授的儿子啊?"

"问到点上了。"葛纯纯从桌上跳下来,"其实我刚才说的那些信息是从我一个姐妹的室友的堂兄一个上北大的好哥们儿那里打听来的。"

大家非常不给面子地嘘了一声。

"哎呀哎呀,穷人家哪来富亲戚,我上哪儿找北大的朋友去呀。"她不恼不怒地说着,"但我也不是凭空打听的,有人给了我一个名字我才能按图索骥。你们猜是谁?"

"别卖关子了,再拖下去就得上课了。"燕子失了耐心,催得飞起。

"佟筱。"

众人齐齐倒吸一口冷气:"她啊!"

我犹如穷乡僻壤来的乡下人,没见过世面,一脸无知地追问:"谁啊谁啊?"

"学姐,你不知道佟筱吗?"

我摇头,露出了一张渴求知识的脸。

"每个选了'数学之美'的苦行僧心里都供着一个考神,那个考神的名字就叫佟筱。"

我说:"那敢问这个小兄弟为何封神呀?"

燕子摇头:"不不不,佟筱是女生。"说完,燕子遥望远方,抚了抚不存在的长须,沧桑道:"去年'数学之美'考试那个横尸遍野、生灵涂炭的惨状,想必学姐你也有所耳闻了。可以说,在那场战役中活下来的,都是令人肃然起敬的英雄。然而在那累累白骨上,却矗立着一位不染一滴血的天神。那时,她不过是一位名不见经传的大一新生,经此一役才一战成名,因为——"燕子顿了顿,看向我,"她拿下了全班唯一一个满分。"

我姗姗来迟地倒吸了一口气。

"她是哪个院的?"

"计算机学院。学姐,你知道他们学院奖学金含金量是全校最高的吧?上学年末,她拿到了他们学院的特等奖学金。一般这样的天才,骨子里是很孤傲的,但佟筱本人亲切大方。她家人在海外做生意,不愁吃穿,可她平时在力拓培训班里做老师,非常海派。"

说到这里,葛纯纯又给我科普:"学姐我是长宁本地人,我来给你科普一下。长宁中学是我们儿著名的国际学校,这你知道的吧?这个力拓培训班呢,挨着国际学校,听说是早年长宁中学出去的几位老师一起创办的,主力培训SAT/ACT/AP课程,也就是美国高考和美国大学预先课程,这些成绩是去美国留学的硬性指标,最近几年留学战场厮杀激烈。那里的培训老师卧虎藏龙,个个都是从美国高校回来的高才生,常春藤大学的博士生都不稀奇。唯独佟筱是那里教学的本科生。厉害不啦?"

葛纯纯提起佟筱时那打鸡血的语速,像极了我给别人安利我偶像的样子。我点点头,从那位一直静静吃瓜的π手中偷来一把瓜子嗑起来。

燕子是个急性子,再度打断她:"好了,还有两分钟就上课了,佟筱有多牛大家都知道的,你赶紧进入重点。"

"重点是什么来着?"葛纯纯顿了顿,"哦,想起来了,我接着说。话说计算机学院的女生宿舍和我们化院上下楼,平时也相互串串门什么的。前两天我去楼上找我小姐妹闲聊天,聊着聊着就给她看了下小哥哥的照片,刚好碰上佟筱到我小姐妹那个宿舍借开水,我为了蹭蹭这条活锦鲤,借机也把照片给她看了。谁知她一脸蒙圈地问我为什么打听方学长。你说巧不巧,原来,那位小哥哥曾是佟筱的补习老师。"

燕子不禁说道:"难怪佟筱能封神,原来是由大魔王家里的小魔王亲自培训出来的呀。"

我眼皮跳了跳。同样是学生,人和人的差别咋就那么大呢?人家一培训,成了一条龙,我一培训,依旧是条虫。

葛纯纯:"嗯,当时我也这么想的,立时拜托佟筱,让她帮忙打听下,能不能让小哥哥也给我们在线点拨一二。我们不求满分,但求及格。她满口应承下来了。我以为她只是客套,没想到那天下午,她专程来我宿舍,一脸抱歉地知会我,小哥哥无法帮忙,他说他其实不收学生的。"

我喉咙一阵痒,禁不住吭吭咳嗽起来。

小哥哥最近这些天一直在帮他某个不长进的学生补课啊同学们!

"不对呀,佟筱不就是她学生嘛。"燕子说完,众人眼神一阵暧昧,发出一串"啧啧啧"的声音。

你们啧什么啧呀,要收个学生就是情侣关系,那佟筱是大房,我还是小姨太太呢!

Claire:"真是的,难道我们这些路人的存在就是为了推进主角剧情吗?哎哟,求个补习,还能帮主角发糖,人家甜甜蜜蜜,我们只配蹲在旁边吃酸柠檬。"

葛纯纯:"你先别着急酸。那时佟筱怕我失望,说如果大家真的很需要辅导的话,她可以免费帮忙。她也会争取邀请小哥哥帮我们上一堂课的。我以为她只是宽慰我,但没过多久她就联系我,让我统计大概有多少个同学报名,她好备课。怎么样,是不是人美心善,活该当主角?!"

大家一阵雀跃,纷纷点头。

葛纯纯搓了搓手:"虽然佟筱家里不缺钱,父母都已定居海外,去培训中心上课也是为了跟那些美国青年一样独立,但咱不能真占人家便宜呀,是吧?所以呢,我琢磨着,咱要真想让她培训,就按照培训中心支付的课时费标准由咱每个人分摊。你们看,考神亲自下场辅导,钱均摊完也不会太贵,我觉着是个两全其美的法子。你们替我想想有什么纰漏没有,要是觉得这方案可行,我就发在群里,让大家报名。"

大家连连称是,夸葛纯纯想得周到。

要我说,还是咱差生有道义。有资源也不想着藏着捂着独享,第一时间奉献给大家,又是征求意见又是起草报名的,够义气。

我嗑完最后一粒瓜子,掸了掸手,朝她跷起大拇指。

这时铃声响起,话题戛然而止,大家纷纷落座。多日未见的方教授已踩着铃声进来。

我掏出手机给方从心发信息:你介意再收十几个学生吗?

方从心回:教你一个就抵一打,你还想干吗?

我:打扰了。

嘤嘤嘤,就不能像对大房那样跟我好好说自己不收学生的嘛……

葛纯纯意犹未尽地凑过来:"学姐,两分钟前,我正式担任这次辅导班筹办组组长了。"

"恭喜你啊,领导同志。"

"你要有关于这次辅导班的任何问题,可以跟我说呀。"

"问题倒是有一个。"我皱着眉道。

"什么问题?上课方式还是收费情况?"

"你那个扫弟收哥机的群能拉我进去吗?"

"……"

下课后,葛纯纯雷厉风行地新成立了一个名为"数学之美考神圣光降临小组"QQ群。没过两天,原先不离不弃组几乎全部的成员都被她的三寸不烂之舌动员报名了。原本群里常点的金曲《安魂曲》也因为佟筱救星的出现升级成了《马赛曲》。面对这种解放军来了的欣欣向荣之势,我略微有点坐不住。

葛纯纯在QQ上呼唤我:学姐你怎么还不来报名呀?

我:每次投资前都有一个漫长的决策期。

葛纯纯:我上次看你上课时逛淘宝下订单挺果断的啊。

我:有些东西,值得。

葛纯纯:学姐,我们全组人都在恭候你的加入。

我:为什么呀?

葛纯纯:想见证考神化腐朽为神奇的奇迹时刻。

我:长宁大学还有没有点尊老爱幼的优秀传统了?

葛纯纯:学姐,佟筱说她会押题。嘘,你别跟别人说。

我的耳朵边上又长出了一个李佳琦。方从心虽说是方教授的亲儿子,知父莫若子,但他不像佟筱那样一节不落地上过方教授的课,在押题上确实有可能不如佟筱那么优秀!否则佟筱怎么可能拿到满分?这课能拿满分的还是人吗!

我:这么秘密的事你为什么跟我讲?

葛纯纯:学姐,我总算知道以前你为什么孤零零坐后面了。你上次课抹的风油精熏得我那包三天都没散了味儿。看你被折磨的样子,我实在是不忍心甩下你。

我:拜拜。

葛纯纯:报不报?

我:报。

有方从心辅导,有佟筱押题,中西药结合疗效好!

葛纯纯：1000一个嚯。

我：太贵了！你不是说白菜价吗？这是月球上种的白菜啊？

葛纯纯：学姐，这是早鸟价，明天就要2000了。你知道力拓培训班老师的时薪多少钱吗？全市最顶尖文凭的人一半都去那里了。再说1000块钱你去哪里买题啊，重考的费用都不止这个价。舍不得钱套不到题！

我心说，你是不是和方从心一个销售大学毕业的？但她说得完全到我心坎上了，我手速飞快地在早鸟价期的最后一天转账了1000块钱。

经过方从心和佟筱的双重拔毛，我的荷包遭到了历史性重创，本来是靠吃土过日子，现在土都吃不起了，得喝西北风了。

赚钱去！

我赚钱的地方是在学校的信管中心。

一年前，我蹭校园电视台编导，也就是我首席闺蜜王姿琪的光，做了一档讲校园历史节目的供稿人。其实我们主校的历史并不算长，但学校认为校史得像陈年佳酿一样有年头才能彰显文化底蕴，于是几年前并入了另一家新中国成立前就成立但已行将就木的艺术学校。这样人为延长寿命后，今年初春，学校举办了99周年校庆，邀请了众多校友和名人前来，很是风光热闹。

这么一个大型活动当然需要人手，那时全校师生总动员，而徐姐是校宣组的工作人员，被临时调到了信管中心的运维科，组建了一支工作内容相当分散的游击小分队。我就是被徐姐特意点名要过去的，主要工作是在新落成的非常气派的校史馆前，亲切接待各位贵宾为其讲解。

后来，校庆结束，我以为这支小分队会就地解散，没想到徐姐说，99周年校庆是预热和彩排，百年才是正日子，就像我们普通人过完阳历生日还有农历呢，明年年初继续接着贺。

我的兼职工作就被保留下来了。

明年春天的校庆离我们还很遥远，而且工作都熟门熟路了，偶尔帮其他部门打杂的工作也不算繁重，这些天我们工作的重心逐渐转至内部消消乐夺冠大赛，过得很是尸位素餐，恬不知耻。

我很珍惜这份透着"人傻钱多速来"气息的工作，尤其在现在这个缺钱的时刻。

我走进信管中心的电梯，里面已站了好几个信息系统组的同事。我们部门因为是游击队，常常流窜作案，所以整个信管中心的人我都很熟。

我拎着早餐，叫了一串"唐哥""孙哥""李哥""骞哥"，说了句"这么早啊"。

"能不早吗？昨晚压根没走。"唐哥打了个哈欠。

唐哥那荒芜的头皮上东倒西歪犹如被霜打的几缕乱发告诉我，他们又通宵加班了。

孙哥从兜里掏出手机："唉，林梦，你消消乐这关过了吗？有空你来我们组帮我打一下。"

他们部门孙哥跟我最熟，在我这个"消消乐"免费形象大使的影响下，百忙之中仍不忘过关，精神可嘉。

旁边躲在角落里一直打哈欠的骞哥突然插嘴："对了林梦，听说你要走啦？在这儿待了得有一年多了吧？走了以后也记得过来玩啊。"

"是不是准备考研呢？怎么说走就走了？"唐哥搭腔。

哥哥们的关怀让我一头雾水："谁说我要走了？"

唐哥亮了下手机："哎，我刚才收到赵贤琥的微信，说你们这里进了一个新兼职生。你们组那么闲，我还以为——可能是我搞错了吧。"

孙哥颇有眼色地改口风："就是就是，那肯定是小虎子搞错了。"

"是啊，你们组本来就是机动的嘛。"

"嗯,我们道听途说不当真的。"

直男哥哥们你一句我一句地找补,不宽慰还好,一宽慰有个冲破天际的声音排山倒海地在我耳边响起:我要失业啦!!!

电梯门开,话题被迫中止,我神色淡定地跟同事们说了再见,端庄地挺直身子,迈着模特步走出了电梯。

电梯门一关上,我一溜烟小跑到厕所,蜷坐在马桶上,瑟瑟发抖地查看邮箱里有没有辞退邮件,企业QQ里有没有我漏掉的信息,微信里有没有我不曾点开的红点点。

经过三次核查,确认所有通信工具尚未通知我辞退的事,我冷艳高贵地塞上耳机,继续迈着猫步走向办公室。

我的耳机质量很好,《大悲咒》的音乐不会外泄一分。

走到办公室门口,咦,赵哥、唐哥、孙哥、李哥和骞哥你们怎么都上我们这儿来了?

不用这么真性情吧,我要真走也不会今天就拍屁股跑了啊。

哎呀,电梯里那番话我也没放心上,不用带零食过来安慰我的嘛。

要说我一落魄学生,平时也没给哥哥们捎点吃的喝的,临了还得你们惦记,只怪我这人实在是太惹人喜欢,太闪闪发亮——

哎,我这不是站这了吗,你们怎么还往里走呀?

我摘了耳机,就听屋里有个陌生的女声在说:"以后还请你们多多关照了。"

我再往里走几步,呵,屋里可真是别有洞天啊!我第一次知道咱小分队逼仄的办公室像神仙的收妖袋一样可大可小,竟然能容纳这么多的人呢。

我顺着这些狼崽子的目光看去,那万绿丛中一点红的是一名女生。背对着我,我只能看见她白皙的长长的天鹅颈。

最近正在热播一部人气时装偶像剧,我在超话里见过有粉丝细扒女主角的服装赞助,其中的某一条正穿在眼前这名女生身上。

她转了个身,继续和其他人客气,我才瞧见她白嫩自然的正脸:大大的眼睛,薄薄的小红唇,乌黑的长发又厚又多,透着温和含蓄的美,像是从童话故事里走到人世间的白雪公主。当然,白雪公主也没什么了不得的啦,我还配齐过七个小矮人呢。

想来,这就是那个新晋兼职生了。

唉,只见新人笑,哪闻旧人哭。

前面那几个笑得跟嗑了药一样兴奋的大猪蹄子麻烦让让哎,本弃妇要坐到工位上唱"等闲变却故人心,却道故人心易变"了哎。

我屁股刚落到工位上就脚点地,把椅子滑到赵贤琥那边。他虽然人称小虎子,长得也有点虎里虎气,举手投足却像一只冷艳高贵的波斯猫——母的那种。

此时,他正对着镜子一丝不苟地涂润唇膏,完全没理会另一侧的热闹。

我支着头问他:"小虎子,那是谁呀?"

"咱新来的兼职生。"

"什么名儿?"

"佟筱。"

我本来就是随口问问,没想到听到了这如雷贯耳的大名,顿时傻住了:"谁?"

赵贤琥又从抽屉里拿出一支护手霜,慢条斯理地说:"计算机学院大二的学生,佟筱。她在他们院挺有名的,在信管中心也是有脸面的人物。你没听说过?"

确认不是同名同姓,此佟筱就是葛纯纯口中那个无所不能的考神,我咽了咽口水:"她来我们小组实习?"

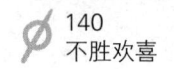

"是啊。"

"拜托,我虽然常居消消乐榜首,你们也不至于请她来撼动我的地位吧?你们要有意见,我直接让贤就好啦,杀鸡焉用牛刀啊。"

赵贤琥翻了个白眼给我看。我恭敬地欠了欠身:"您继续说。"

"隔壁系统组前几天出了个急活儿,得扩招兼职,而他们部门走审批不如我们这儿来得快,所以李头儿问徐姐借了个名额,人呢安排在我们小组,但活儿归他们组分配。"

我做了半天听力理解,领略出中心意思来:"就是说我们为他人作嫁衣裳,人家呢是身在曹营心在汉是吧?懂了懂了。"

赵贤琥打量了我一圈:"你懂什么了?本来我们就是机动部队,按照各个时期不同的需求,临时替换不同特长的人很正常。我猜徐姐会请你吃海鲜。"

"什么?"

"爆炒鱿鱼啊!"赵贤琥幸灾乐祸地朝我笑。

"啊?"我一口气又吊了上来,"人在家中坐,祸从天上来。凭什么他们部门缺人还能挤对走我呀。徐姐人呢?"

"家里三岁的乖娃子被别家糟蹋了,情绪崩溃中,今天来不了了。"赵贤琥淡定地道。

"啊?!"我差点没从位置上跳起来,一时也顾不上我那屋漏偏逢连夜雨的糟心事儿,张口结舌地说,"这,这,这……"

赵贤琥慢悠悠地放下润唇膏,又慢悠悠地抬眼看我:"你想到哪里去了。是徐姐家里那只被捧在手心里的贵宾犬,据说被一只土狗给那什么了。"

"……"

"所以说今天徐姐心情不好,不来上班了,没事儿别打她电话。"他抿了口花茶,"有事更别打,讨骂。"

大伙儿都来看看哈,这是什么人不如狗的世道!我在家被方从心当狗教育,出门还得为一条狗忍下冤情,我,我容易吗我?!

我悲愤地趴在桌上,眼珠子又往佟筱那方向转了转。佟筱的工位上,整齐有序地放着一本浅蓝色的魔力斯奇那记事本、一支凌美钢笔和一个百乐的笔袋。最角落的位置放着一管樱桃口味的欧舒丹护手霜和一个花纹复古的金属相框,离得有点远,看不清相框上是什么。

反正比起我这条讨骂的"土狗"来,佟筱是"贵宾犬"级别的。

我掏出手机,看了看银行账户的钱,正想国家什么时候能对我精准扶贫一下啊,就听赵贤琥道:"这回系统组请的外包有个小帅哥领导,你不去看看?"

我萎靡的精神立时重振,把手环在耳朵上:"请做个主题报告详细向我汇报一下。"

小虎子道:"系统改造拆分了好几块业务,其中教务系统、OA系统、资产系统这些校园管理平台系统建设是两家公司分别负责,安防监控系统又是一家。不过系统建设平台中标的其中一家突然卷进了一个税务风波,法人都被羁押了,所以他们家的业务要临时合并到另一家公司,现在老李和那家公司在紧急配合调整方案,都搞了好几宿了。"

我向他扔去一对白眼球:"大哥,你这属于离题作文啊,难道你听不出来我的重点是小帅哥吗?"

赵贤琥故意如梦初醒地晃了下头,然后冷漠地横我一眼:"哦,小帅哥啊——小帅哥和佟筱熟,你找她打听去。"

"哦?"我赶紧八卦地眨了眨眼。

"前两天佟筱来我们小组办手续,特地去系统组找他了。"

我搓手道:"会不会做人啦!有才有貌又有钱,还和我们抢帅哥资源。"

赵贤琥下巴一抬:"喏,人家又去找帅哥去了,你还不跟着去?你不是系统组集体认领的童养媳吗,可以任性为所欲为的那种?"

我转头一看,佟筱的位置果然空了,连带着走了一批哥哥。

我立时准备抬屁股走人。

赵贤琥拉了我一把:"哎,你真去啊?"

我嘴巴一咧:"孙哥早上让我帮他通关呢,我去友邦建设下。"

"你帮人家通关,戴眼镜干吗?"

废话,不戴眼镜怎么看帅哥啊。

我擦着镜片说:"保护视力啊。走啦。"

系统组紧挨着我们楼层,不过比我们霸气多了,光一个大开间就几乎占了整整一层办公楼。因为常年加班且李头儿提倡女的当男的使,男的当牲口使,整个开间弥漫着一股男生宿舍独有的臭味。所以我特别理解佟筱为什么暂时坐在办公室门口的小桌旁。那儿空气最好。

我兜里还放了一包麦片,想着用这个作为"建交"的见面礼是不是有点寒酸时,后面已传来一阵交谈声。其中一人说话声非常耳熟,光听声音就能想象出他是男生宿舍里会每天叠被子洗澡洗衣服的那种具备做男主角资质的人。

出于敏锐的八卦直觉,我纵身一跃就近扑进了一个空着的工位,随手捡起一本杂志架在前面,然后偷偷摸摸地在杂志和隔板的视线缝隙处窥到了一张熟悉的脸。

真的是方从心啊!

不过方从心也没辜负我戴眼镜看帅哥的苦心。他今天跟以往不太一样。之前的碰面,他穿得很休闲,头发蓬松,发旋处总有几缕碎发翘着,少年气十足,这才让我第一次见面时误以为他是大一的学弟。然而今天看到工作状态中的他,完全又是另一种面孔:修身的白衬衫,黑色的窄边领带,头发也简单地抓过几下，一副精英派头。

话说世上怎么有人能做到既可以有青春勃发的少年感，转眼间又具备成熟稳重的老板气质？

好了这位方老板，你不是忙项目吗？我这几天跟被打入冷宫似的，都没得着临幸，不，补习的机会，你怎么有空跑这里来了？

我默默地把杂志下移了一寸，只见佟筱正朝他走过去，手里似乎还拿着一份打印出来的文件。

什么意思？讨论下工作？

我眯着眼睛临时调取大脑数据库。

葛纯纯说方从心的公司叫"木木木木"。我上次在系统组找孙哥时，好像见过他正在纸上画一个系统升级改造对标单位的树状图，好像其中一家中标的公司叫"林林"？

我在心里念叨了几嘴"木木木木"和"林林"，终于琢磨过味儿来了。

我还说孙哥写的字就跟那大碗宽面一样，它可真是又大又宽呀。原来不是林林，而是木木木木。

所以方从心说的长宁项目就是我们学校系统升级！话说他的创业公司已经可以承接这么大的业务了吗？！

我看了看方从心，又看了看佟筱，心中不禁感叹大家都是两只眼睛一个鼻子差不多年纪的人，有人已经做到了行业里的翘楚老大，譬如方从心；有人是拿着优质奖学金还要到处实习工作的学霸，譬如佟筱；有人却是顶着不及格的雷徜徉在事业边缘还在安然划水甚至还有闲心启动八卦触角的学渣，譬如我。

吃百家米育百样人。

我也终于知道前几天"数学之美"课前大家的啧啧声是为什么了。佟筱和方从心站在一处，金童玉女，天生一对璧人，这要放在电视剧里，观众一眼就能看出这是主角们出场了。我这嘴也是开过光的,我前几天让我妈再等半集女主角就快来了,没想到女主角早在我不知道的地方展开剧情了。

不过,我比"数学之美"上那拨小姐掌握着一个更大的八卦。我想起方从心跟我说到的秘密,当下就发了个QQ信息给葛纯纯:佟筱有男朋友吗?

葛纯纯:怎么可能。

葛纯纯:没有。

我:是"怎么可能没有"还是"怎么可能? 没有"?

葛纯纯:也可以有。

我:你信不信我下周上课倒一瓶风油精在你包上?

葛纯纯:好啦好啦。好像有个帅帅的富二代,追她很多年了,说不清是男朋友还是普通朋友。

我:那你们还啧啧啧?

葛纯纯:我没有CP还不许我搞CP啦!

我:可以,你的CP是真的。我给你点一首《真相是真》。

我默默地关了对话框。

这就对上了。方从心说过,他喜欢的人有男朋友。我当时还让方从心以颜值横扫天下,现在看看,长成佟筱这样的仙女儿,并不是能那样轻轻松松拿下的。他俩外貌智商势均力敌,看来佟筱的墙脚可不好撬。难怪他那么苦恼。

我饶有兴趣地看着他俩,暗自决定这出养眼的电视剧我追了!

这要真是电视剧就好啦,我还可以按一下遥控器把声音调高一点。

现场收音真的好差,我恨不得把耳朵摘下来往前面移上两三米。离得这么近,我愣是一句话也没听清楚,只见着方从心朝她笑了笑。

方从心眼珠乌黑有神,一笑的时候眼尾会微微上翘,显得很勾人。

佟筱抿嘴一笑,将一缕碎发拨到耳边,又是风情万种。话说佟筱是不是贿赂上帝了,让上帝把美貌、才智、金钱一股脑儿全塞给她了?

方从心被同事叫了一声"开会",他转了下头,又朝佟筱笑了笑,佟筱也笑着和他挥了挥手。

我意犹未尽地看了出哑剧,想着要不要跟CP粉葛纯纯更新下最新八卦,突然手一轻,眼前豁然一亮。

方从心站在我面前,夺去我手中的杂志看了下封面,一本正经地说:"这本《长宁大学信息数据调研内参》是有什么隐藏的乾坤吗?倒着看才能看明白啊?"

我尴尬地摸了摸脖子:"这么看书能治肩颈。哈哈,哈哈。"

哈完了一会儿,我看他不走,也不好抬腿走人,挠了半天脖子只好说道:"哎,你怎么在这里啊?"

"你今天不在运维组待着,跑这儿玩来了?"他随便翻了下杂志,津津有味地读起其中一篇文章来。

"你怎么知道我在运维组?"问完我就想起来了。根据协议,能交代的我都事先交代了,他当时还难得夸我自食其力的精神可嘉呢。

嘤嘤嘤,你大房抢人家的饭碗啦!

我把这句骚台词咽下,然后严肃地板着张脸说:"你赶紧忙你的去吧。"

"你既然这么闲,做会儿题吧。待会儿把题发你。"他拿杂志拍了拍我的头,在远处同事再一次召唤下,两条腿终于挪向了该去的地方。

走了三步,他又折回来一步,在离我几尺远的地方说:"晚上等我一起回家吧。今天我估计能按时下班。"

本来闹哄哄的办公室一下子寂寂无声。

刹那间,全办公室埋头工作的文员好像听到饲养员指令的鸭子一样嗖地齐刷刷抬头了。

……

大哥,凭什么刚才你和佟筱说话就轻言柔语私密得跟装了吸音棉似的,围观群众集体失聪啥也没听到,到我这儿就无损保真音质直接推送听众耳蜗了啊?我还指着在系统组里培养一两个男朋友人选呢,李主任都说让我在这个和尚庙里随便挑,买一送一、包退包换。我告诉你,你这是传播虚假信息,扰乱我的正常市场秩序。

大家听我解释,事情不是你们想的那样。我和方从心不是那什么关系。各位不要以讹传讹——

"佟筱,你带上电脑一起开会吧。"方从心站在会议室门口叫佟筱过去。

他又看了看我:"你——你给我下楼买杯咖啡去。"

方从心大步流星地进了屋,很快就有吃瓜群众如丧尸般围了上来。

我决定来个釜底抽薪的绝招,于是举着三根手指对天发誓:"我跟人家清清白白,没啥关系。要是我说谎就天打雷劈。"

咔嚓——窗外一记闪亮的光透过窗帘缝照进来,紧接着就是轰隆隆连绵不绝由远及近的打雷声。

天啊,我忘记天气预报说今天有雷雨了。拜托,雷神不用这么赶着过来抢戏吧?

"所以你和小方总是一对啊,佟筱还是属于大家的对不对?"吃瓜群众甲说。

"谢谢你啊林梦,给我们创造机会。"吃瓜群众乙道。

"还别说,我看你和小方总长得更有夫妻相。"吃瓜群众丙插嘴。

我默默地看向丙。

丙望天了两秒钟:"长得互补也算是夫妻相。"

你们这帮混球这么欢欣鼓舞干吗!难道没有一个人为我的绯闻感到一丢丢嫉妒和失落吗?!之前我来你们这儿溜达,一个个声称我要是毕业了还没对象,就可以点兵点将随便选一个当男朋友,绝不反抗,转眼间你们就拉我出去堵枪眼呀!

我泫然欲泣地夺门而出,踩着逃生通道的楼梯,一口气跑到楼下咖啡店泄愤。

"一杯美式。"我气喘吁吁地说完,走到旁边的小槽里拿奶球。

"今天加三块钱可以有一个牛角面包哦。来一个吗?"

我摇摇头。现如今,工作飘摇,钱包里的数字不允许我铺张浪费。

等出餐的时候,也不知怎么回事,我突然想起我爸无意中提过一嘴方从心胃出血的事。听小虎子的意思,这几天方从心挺忙的,他不会废寝忘食到痼疾重犯吧?

他要身体不好,谁给我补课呢?

还真别说,方从心补课还是有点效果的。上周在风油精的辅助下,方教授的课我居然没睡过去。

他可不能倒下。现在对我来说,他就像是冬天里的秋裤,穿上去容易脱下来难呀。

"还是给我一个牛角面包吧。"

"加五块钱可以给两个哟。"

"不用了,一个就可以了。"穷人是没有资格买两个面包的。

"加十块钱可以送一个手机小挂饰喔。"

"哦?给我看看。"我扒着柜台伸着脖子看。穷人买不起面包,但永远买得起小饰品。

服务员拿出了几枚。我一眼就挑中了一头憨态可掬的企鹅。

"你眼光真好,这个和那个戴项链的是一对,不拆开销售的,要加二十块才可以。你可以买来送给男朋友呀。"

"没有男朋友就不配拥有企鹅了吗?!"我叉腰问。

"是吉祥物,有了企鹅就有男朋友了啊。企鹅是忠贞爱情的代表呢。"

小姐姐笑眯眯地道。

"好吧,那给我来一对。"

"一共48。"

我眼皮跳了跳:"怎么这么贵!"

"爱情是无价的。"

我一边付钱一边说:"小姐姐,你这么会销售,窝在这个店里太可惜了。你就是下一个松下幸之助啊。"

我拎着咖啡面包和一对挂饰上楼,猫着腰进会议室。会议室正在放幻灯片,乌漆麻黑的一片,里面满满当当坐了三排人。都是搞信息工作的理工男,开会一般都有事说事,没有那种官僚的会议风气。大家讨论得热火朝天的,有几个快要坐到桌子上去了,还有一个半躺在黑板边的转椅上,发型跟稻草窝似的乱七八糟,像是被炮弹轰炸过却下不了火线的可怜伤员。

等我适应里面的光线,才找到方从心坐在最角落的位置。他正一手偷偷按着胃,嘴里还跟大伙儿说着一些我听不懂的词。

我走过去,把东西搁在桌子上溜之大吉。

到了门口,我想起来我忘了拿那一对挂饰,只好又猫着腰溜回去,正好瞧见方从心正盯着企鹅,一脸疑惑不解又很觊觎的样子。

我忙以游泳运动员触壁的姿势瞄准挂饰一个纵身越过去,可惜方从心大概是豹子转世,直觉灵敏身姿矫健,我已经这么出其不意地出击了,他竟然迅速地往旁边一错,拿着挂饰的手举在身体另一侧,看向我:"楼下的咖啡店是腾讯家的?怎么会送QQ周边产品?"

我喋血几升。我说这企鹅怎么这么眼熟呢。

"怎么会是QQ! QQ的围巾是红色的!而且它家雌企鹅脑袋上有蝴蝶结!快点还我。"

他依言把那戴项链的企鹅给了我。

我睨眼:"怎么着还东西还得走程序,一个一个给啊。"

他说:"哎呀我发现这只企鹅还挺帅,和我的英姿也匹配。正巧我手机缺个挂饰,你就送给我吧。"

"你一个赤条条的苹果手机,哪里有挂的地方?"

"我明天要换华为。"

"你这不是新换的iPhone吗?"

"支持国货,拥抱5G。"

"你见过哪个总出门谈客户还带个卡通挂饰的啊?你又不是QQ代言人。不是,我没说我这个像QQ啊,我是说,我想说什么来着,对,这有损你霸道总裁的光辉形象。"

方从心不耐烦了:"哎我说林梦,我辛辛苦苦教你这么多天,我收你一个挂饰你和我计较半天?那行,先按照合同把课时费交了。"

"我这不是给恩师奉送咖啡一杯了吗?"

"课时费。"

"还有牛角面包一个。"

"课时费。"

"拜拜,复读机。"

我刚想站起来,孙哥就在旁边塞手机给我:"小梦,通关通关。"

我接过来:"密码呢?哦,我想起来了,是你生日转换成二进制后的前六位。"理工男诡异的思维真是让人无语。

我默默退出了会议室。还没等我打上一局,我自个儿的手机就收到了邮件提醒。

方从心给我发来"40分钟加强版训练"的一套题,要我在吃午饭前发给他。

我关了邮件,捧起孙哥的手机战斗。

方从心又发来温暖的祝福:"吃午饭的时间我定义为11点。"

我假装没看见,继续埋头战斗。玩了一会儿,我隐隐觉得哪里不对劲。我虽然退隐江湖多年,但是侦察敌情的功力未减半分。寒窗十几年苦读被班主任在窗口突如其来的死亡凝视无数次吓破胆后,再投入做一件事我也能分出几成心思留意周边环境的异常,比如这次我手速了得地通关后已经感觉到了办公室东南角处有两束炽热的光源。

我抬头朝光源处看去。会议室的玻璃门边上,是方从心捧着咖啡杯对我进行眼神杀。

"做——作——业。"他用0.5倍的语速方便我破译他的口型。

也得益于寒窗十几年被吓破胆后的无数次心理重建,我乖觉地收起手机,直直地站起来,双手交叉放在腹中,毕恭毕敬地朝着他鞠了个90度的躬:"嘻!"

我对着手机奋笔疾书了近一个小时,踩着11点的死线发了过去。

没过五分钟,就收到了方从心的回复。

"士别三日当刮目相看。"他说。

"承让承让。"

"你的表现让我想到一个数学经典问题。"

"哦?"

"一个进水口和出水口同时打开的蓄水池,什么时候才会把水放满。"

"哦。"

"你的出水口是黄果树瀑布吗? 关一下阀门行不行?"

"你就说我对了几题吧。"

"两题。"

"居然有两题!"

"……晚上你给我在家里等着！我得给你点颜色看看！"

这位大哥你教训人就教训人，哪儿学的虎狼之词啊。

我一副老爷爷地铁看手机的表情皱着眉看。

"学姐——"头顶上忽然而至悦耳的女声。

大意了。佟筱比当年的班主任还厉害。也不晓得对方看到我手机上的内容没有。

我左手迅速按了锁屏键，一边抬头展开一个社交笑容："你好啊，佟筱，叫我林梦就好了。"

"我初来乍到，有很多不懂的地方，还要请你多多指教了。"说着佟筱向我递来一支未拆封的欧舒丹护手霜。

这让我兜里那包麦片非常上不了台面，何况她随便让我指教指教工作就要送个欧舒丹，那我日后正式请她指教指教数学的时候我得送个啥啊。一想到这，我立马把她的见面礼推了回去。

"哎呀，我们除了偶尔坐一坐同一个办公室，一丁点业务交叉也算不上。哪怕你真在我们部门干活，凭你的智商，我手里那点活儿你随便学一学就搞定了。无功不受禄，你不要客气。"

这么说好像自己一文不值似的，我换了个上扬的调给自己铺台阶："我也就消消乐还行。"

"哦？"她眉毛微翘，看上去兴致勃勃的样子。

我得意扬扬地打开手机，把最新一关的记录给她看。

她饶有兴趣地看："三消游戏吗？这是什么？"

"这是道具啦，这个可以重新换一个布局，这个可以消灭单独的色块……"我一个个解释给她听。

她认真地听完，总结陈词道："似乎也没什么用。"

我以专家的身份劝勉:"关键时刻还是有点用的。"

她礼貌地问:"我可以玩一下看看吗？第一次玩,你记得提醒我别踩雷啊,学姐。"

"没问题。"

终于有我可以指点考神学霸的一天了。我叉着腰,严肃认真地做动员指导工作:"玩这个啊你首先要有全局观,不能只顾眼前有什么就消什么。这个藤蔓会束缚你的动作,所以你也得合理管理时间。你第一次玩,可能没玩多久就成死局结束了。你先体验一下功能,回头我教你诀窍。"

事实上,确实没过多久,这一局就结束了。

手机上,黄色小鸡正给我放彩带,庆祝我取得历史最高分的佳绩。而且如佟筱所说的那样,道具于她来说确实是个摆设。

佟筱把手机递还给我,温和又有些尴尬地说:"新人手气好。"

没意思。

有脑子了不起吼！

一时有些尴尬,我挠着头,也不晓得要说些什么,场面就更冷了,可是佟筱也不走,我只好随便乱说:"佟筱,我有个朋友,挺喜欢你的,托我问问,可以追你吗？"

我已经是一个成熟的观众了,可以自己学着推进剧情了。

佟筱一下子愣住了,大概我的问题太过直接让她始料未及。

她微笑着说:"谢谢。"

我心想,谢谢是什么意思？是可以啊,还是不可以啊？

她没在这个话题上继续展开,反倒问我:"你和学长很熟？"

我想她说的学长应该是方从心,于是点点头:"还可以,他是我老乡。你们也很熟吧？"

佟筱也学着我点点头:"还可以。"然后她神秘地眨了下眼,"他知道我很多秘密。"

她真美,眨眼的时候我作为一个女的,心跳都漏了半拍。

补上那半拍后,我又想,秘密本身就有独占性的暗示,是情愫养成的不二法宝。方从心肯定是因为知道了她不能说的秘密才对她怦然心动的。

"在我最困难的时候,也是他无私地帮助了我。"

无助的心上人在自己面前挣扎,他岂会隔岸观火?他恨不得替你挡下生活中所有的刺!

"他做过我一段时间的老师。记得有一次,我用辛普森公式舍近求远地做一道证明题,可能那时我只是想在他前面秀一下吧。学长却没有戳破我,说我做得很好,还建议我可以用其他简单的方式再试试看。他说话时声音特别温和,像春天里的一阵风。"

说完,她低头一笑:"学长真是一个温柔又包容的人。"

啊,这独一份的温柔!他在我面前可没"做得很好,建议你用其他简单的方式试试"这种时候,当然了,客观上,我也没给他说这种话的机会。

我舔了舔嘴唇附和道:"哈哈,他是挺像,那啥,一阵风的。"

我默默咽下"龙卷风"三个字,也顺便咽下了辛普森公式是什么东西、和《辛普森一家》有什么关联诸如此类的疑问。因为我担心她没听懂我这是玩笑话,以及非常恐惧她万一很认真地跟我解释这个公式的算法而我没听懂的话,会更加尴尬。

然后,佟筱支着头看我:"但他对你好像不大一样。"

不不不,因为他对你和对其他人不一样,才会让你觉得他对我和对你不一样。

我可不敢做影响你俩剧情发展的绊脚石,我忙摆手:"差不多的吧,哈哈。他是我的数学老师。"

佟筱意味深长地啊了一声。

我深刻体会了一下这个"啊"后面的意义,可能是跟"他不收学生"这个设定有冲突了,我连忙纠正道:"我们不是老乡吗?我——主要是我妈拜托他做我的补习老师了。他勉为其难地教我呢。"

佟筱莞尔一笑:"看上去他对你好像比较严格。"

我指了指手机上的消消乐:"毕竟没有前任学生那么优秀。"

佟筱摸着下巴摇头:"有哪里不对劲。"

我还觉得你俩不对劲呢,光说我干吗。我头顶上天线都架好了,瓜子也已经摸出来了,正想向佟筱追一下他俩前几集干什么了,孙哥又趴在会议室门口油腻地喊:"筱筱!"

我陈年米饭都被这一声做作的"筱筱"给翻出来了,当即就当着孙哥面拉了个垃圾桶吐给他看。

孙哥道:"呀,林梦,怎么了?本来中午给你一起订工作餐了,你要胃不舒服——"

我把垃圾桶往座位下一踢,小嘴一抹:"孙哥,我要两荤两素再加一个例汤。筱筱,你快去啊,孙哥叫你呢。"

佟筱:"……"

来自方从心的MEMO:

今日成就:骗取情侣挂件一个。太幼稚了,还是不挂了。

想了想,挂在车钥匙上倒是不突兀的。

第七章
不安好心

生活平淡如水地过了一两周。徐姐没来上班,不仅如此,还请了十天年假。整个运维组群龙无首,我无事可干就去系统组观察方从心和佟筱,顺便蹭他们的工作餐。

我看方从心挺开心的,每次见到我,先是嫌弃一番"你怎么又来了",嘴巴却是向上翘着的。可见佟筱来了后,他那喜悦的心情藏都藏不住了。

通过这几天观察,我也看出来了。他对佟筱那是真的温柔,说话客客气气的,从来没大过声。有时候还从家里特地给她带水果糕点来。我在旁边巴巴地看,也能讨来几个歪瓜裂枣。

但每次给我,他都要说一句:"便宜你了。这是我奶奶特地给佟筱拿的。"

师奶奶前两天还给我快递了一箱坚果呢,我还看不上你手上那点东西。

这一天下班时分,我正抱着我的环保袋盯着墙上的时针倒数,方便第一时间飞奔过去打卡时,我的手机叮地响了一下。是邮件到达的声音。

谁这么不懂事呀,竟然在下班的关键节点发邮件!

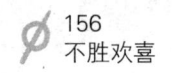

我拿出手机,打开邮箱,嚯,邮件题目挺唬人的:费用催告函。

尊敬的林梦女士:

您的课时已于2019年10月9日累计至200小时。课时历史请点击此处查看。依照MM-001-0001号协议,您的课时费单价为100元/时,此次课时费用为20000元。鉴于您在其间测试三次综合评估成绩为61分,符合一折优惠政策,费用减免至2000元,另有三次课时费翻倍的惩罚措施计500元,扣除已缴纳的1000元诚意金,您还需缴纳1500元。

请您于2019年10月15日前将此费用汇至账户:

方从心　招商银行　6214　××××　××××　××××

温馨提示:逾期缴纳将影响您的折扣优惠。

北京木木木木信息技术有限公司

何小平

2019年10月10日

看完这封措辞严谨、格式官方的邮件后,我的大脑就只剩下两个字:离谱!

紧接着微信又收到了方从心的信息:下来吧,我下班了。我在地下停车场等你。

这一两周,只要赶上我上班,我都是蹭方从心车回家的。一是省公交费,二是顺路去我家一起补习。

我一个火箭速度跑下楼。

到了停车场,我火眼金睛地甄别出方从心打双闪的车,一路小跑过去,支在他车窗上,气喘吁吁地伸出两个手指头。

"耶?"

我翻了个白眼:"耶个屁啊!200一次代驾费。你昨天不是通宵了吗?今天累了吧?老司机带你飞啊。"

"敲诈啊你,200一次。"

"敲竹杠是你的专项啊,我都怀疑你家开竹林,敲竹杠不用心疼呢。跟你比起来,我这哪算得上敲诈?"

方从心摆摆手:"太贵了,要不起。"说着要摇起车窗。

我连忙拦住:"大哥你别着急呀,我这代驾有特殊性服务。"

"你注意准确断词断句。"

"特殊性的服务。"

"比如?"

"音乐服务,live版,让你感觉置身音乐会现场,不要8888,也不要888,现在只要88,下单吗先生?"

"可以。"方从心朝我勾了勾下巴,"上车吧。"

"不是我做代驾吗?"

"前面那条路不好开。"等我上了车,方从心吩咐我,"来点音乐先。"

我单手握拳在嘴边支起麦克风:"好,现在为您献上一首2019劲爆金曲《野狼disco》。心里的花,我想要带你回家……"

方从心忙不迭地关起车窗:"能不唱吗?"

"不唱的话要188喔。"我眨着眼睛看他。

"你等我想想我的课时费算对了没有。"

"哎,18,行了吧? 18!"

"不行。"

"男人不能说不行。"

"……流氓！"

"何小平是谁？"

"谁？"

"何小平。"我把手机打开给他看，"你们公司的何小平给我发了一封看上去很隆重的邮件。"

方从心趁堵车的工夫，拿过手机瞧了瞧。"呀，原来一转眼已经到了收获的季节了啊。"他笑着感叹了一下，看着前面打了下方向盘，"何小平是我们法务。"

"那个活在你口中一直威胁我的法务？"

他皱了下眉毛："怎么说话呢，他是帮助你成长。"

我翻了个白眼说："你们法务还兼做你个人财务啊？"

"他自愿的。"

"哈？"

"其实也不是做我个人财务。你没注意吧？我和你的合同是以公司名义签的，所以我俩的事儿得报备公司。"

我一下子跳起来了。得益于方从心平日里拿着鸡毛当令箭，我手机里也保存了这一份电子版的合同，立马打开手机看。

果然合同上的乙方，是"木木木木"。

"不懂就问，这是有何深意吗？"

方从心一边开车一边说："深意就是，你要不付钱，那不是欠我个人钱，而是欠组织钱。你的对手是一个庞然大物！"

"……我没钱。"

方从心沉着嗓音道："我们公司人事很复杂。如果不以公司的名义跟你签，我请不出这么多假，虽然我请的这几天都不够公司欠我假期的利息的。"

我可能是涉世未深,不大听得懂公司跟我签合同和他请假之间的联系,但好歹也看过几部党派林立、明争暗斗的职场剧,想不到互联网企业也是这么钩心斗角,就假装听懂了那样点了点头。

马克思说,要抓主要矛盾。这些尔虞我诈的细枝末节不重要,我比较关心付款的那个部分。

"能让你们公司签约的都是大客户,四舍五入我现在是木木木木的甲方爸爸,我这个当爹的,有句话想问一问。"

"不可以。"方从心说。

"啧,我还没说是什么事儿呢。"

"我们公司不当穷爸爸的儿子。"

"瞧瞧你们这遭人唾弃的价值观。"我鄙夷地看了他一眼,"我有个新买卖想和你谈一谈。"

"不谈。"

"你以前不是说喜欢一个有男朋友的女孩吗?我帮你搞定她。"

吱——一个急刹车。你要不是我债主,就冲我今天差点撞玻璃,我现在就下车揍你一顿了啊。

"谁,谁啊?"方从心难得张口结舌。

我一副过来人的表情掸了掸身上不存在的灰,淡定地说道:"嗨!这普天之下,还有我不知道的事儿吗?"

说完我睨他一眼,从牙缝里冒出两个大字:"佟筱。"

镜头在哪里,给我这个洞察秋毫、推进关键剧情的龙套一个近景!再配上咣的背景音!

"谁!"

我揉了揉我左半拉快聋了的耳朵:"你这么激动干吗,佟筱啊。我跟你说,你不见得没机会。你听我给你分析分析。本来吧第一天佟筱不稀罕认识我的,我和你聊了几句天后,她竟然拿着大礼来找我搭话,可见我的出现引起了她的警觉。这些天,我总觉得她有意无意地打量我。我要是跟你走得近一点,她还会在旁边奇怪地笑,今天吃饭时还打听我跟你除了学习外有没有讨论点别的,足以说明她对我围在你身边的事很介意。"

我停顿了会儿,方便他消化我接下去的逻辑推理和总结,说:"有时候感情就是这样的,你天天追在人家屁股后面跑,人家不见得珍惜。你当着她的面对别人示好,她反倒在意起来了。所以,你一定要若即若离!"

我正苦口婆心地给他上恋爱教程,方从心不耐烦地打断了我:"不是,你哪只慧眼瞧出我喜欢佟筱的?"

我手一摆:"不要给我戴高帽啦,慧眼倒是不至于的。佟筱长得多美,你俩颜值都在一个水平线上,看着就特别赏心悦目。我见你俩在一起啊,感觉左边矗立起一个教堂,右边开张了一所民政局,你俩随便一走总能进去一个,然后顺便为人类优秀种族的繁衍做出卓越的贡献。"

"熊猫和企鹅外表都是黑白色的,那熊猫和企鹅怎么不结成对?"

"方从心,你是不是特别喜欢体育运动啊,我看你单杠双杠抬杠都挺好的哈。"

"还不是你太八卦。"

"八卦是人的本性。再说,我妈给你拉纤做媒,那时你嘴真甜,说只要女的就行,到我这里怎么就成我八卦了?我好心还被你当作驴肝肺了!"我手一抱,"那你还要不要交易!"

"不要!"

"我还没说交易的条件呢。"

"就你这猪脑子,我不稀罕听!"

这还是我第一次听方从心这么赤裸裸地骂我。以前他调侃我,好歹还是带玩笑的,现在那纯粹是谩骂。被骂的是我,但你看他那气鼓鼓看窗外的表情,跟我欺负他似的!

怎么着?你有情绪我也有!谁没有窗啊!我也有!我也看窗外去!窗外风景多好!

"小姐给点钱吧。"车窗外,一个拄着拐杖的老乞丐敲了敲我的车窗,朝我笑了笑,露出丢了半壁江山的黑乎乎的牙。

……

大爷您挺会掐点啊。

我摇摇头,拉下车窗:"大爷,我身上也没钱。再说,明儿我就是您同行,相煎何太急呀。"

乞丐从兜里掏出一个二维码,嘿嘿地看着我笑。

瞧瞧这惠及民生的移动支付!

我叹了口气,掏出手机扫了扫:"您还是别在机动车道上要钱了,太危险。"

乞丐嘿嘿地转身走了。

等乞丐走了,方从心的气好像也消了:"说来听听。"

"什么?"

"你那个交易说来听听。"

"你先说对不起。"

"对不起。"方从心答得从善如流。

我惊诧地看着他。

方从心挑了挑眉毛:"怎么了?"

"你们霸道总裁不该说,我的字典里没有'对不起'三个字吗?你这么听话地道歉,岂不是很没尊严?"

"这位甲方爸爸,你是不是有斯德哥尔摩综合征?来,说出你的需求,你到底要不要我道歉？要道歉的话是以什么样的形式道歉？"

说着说着，方从心这气儿又上来了。他这几天是不是班加多了，脾气见长啊？

我连连摆手："我哪儿敢提呀。切腹行吗？"

方从心的眼皮跳了跳。

"那我现在展开说说哈。刚才给你分析的那些，你听进去了吧？追女孩子要怎么样？！"

方从心漠然地看着我。

我伸出四个手指头："若——即——若——离。啧，上课要集中思想，多多体会，学而不思则罔，知道吗？你现在思考问题还是不够深入，拘泥于表面——"

"你信不信我现在切了你的腹。"

我头一缩，然后继续神采飞扬地道："开动你的小脑筋。若即那部分我想不用我多说，那怎么做到若离呢？"我拍拍胸口，"利用我呀！让所有的大炮朝我开！让所有的利箭朝我放！我就是炮火纷飞中的战士！我就是万箭齐发中的草船！"

方从心被我饱满的情绪带动，瞳孔里散发着求知的信号。

呐，谁也逃不过"真香"理论。

"具体是指？"

他这样好学勤问，我45度看天，抹了抹刘海："你对我偶尔秀一下好就可以了。"

"我对你难道不够好吗？"

"你的良心被阿宝吃了？"

"我明白你的意思了。就是我们演戏给佟筱看，激发她的醋意是吧？"

"有慧根！有前途！北大清华要读哪个自己选——哦，对不起，你已经选过了。"

"那你也得对我好吧？你打算怎么个好法?"方从心正色看我。

"我难道对你不够好吗？我继续正常发挥就好了。"

"阿宝吃的是你的良心吧?"

"你希望我怎么样?"

方从心手指头敲着方向盘："我先随便想一想,你给我送午饭吧。"

"不行。"

"1500块钱晚交一个月。"

"晚交三个月,课时费降到1000块。"

"三个月考试都考完了。两个半月,1300。外加每天开车接送服务。"

"两个月,1100。"

"一个月,1200。再加礼物顺延。"

"一个半月,1150!"

"成交!"

我伸出手："限定款对象,你好！请问你接下去具体要定制什么态度的呢?"

方从心："什么意思?"

"对你好也有好几个级别的。死缠烂打型呢,显得我有点廉价,但是可以显示出你只是应付我,日后佟筱追责,你也方便有说辞。打个比方,我给你送饭,你就可以一直说不好吃,表现得很嫌弃,但我还是坚持每天给你送饭。这个有心理工伤,需要加价500。"

"还有什么选项?"

"还有就是相敬如宾型。暗戳戳的,暧昧的,让她感觉我们有点猫腻,又拿不出确凿的证据。这个呢工作量不大,但是万一佟筱不够敏感,可能就白费了。这个加价300。"

他点点头:"还有没有别的?"

"啊,还有一种就是我俩腻歪一点的。不过你付出得有点多,而且风险很大,以后佟筱秋后算账,你会比较难堪。不推荐使用。"

"这款要加钱吗?"

"不用。"

"那我就这款吧。"

"……这位大哥,追女朋友要舍得花钱啊,一分投入一分回报,500块钱真的是良心价了,你堂堂一个老板——"

"没钱,地主家也没余粮。"

"大哥,我在信管中心演戏牺牲很大的,你知道吗?为了你,我都舍弃掉系统组整个后宫团了,你不适当加点钱啊?"

"你男朋友都没意见,我还怕你后宫有意见?"

"咦,你什么时候发现我男朋友的秘密的?刘昊然对你说的吗?!"我大惊失色道。

就在我睁大眼睛夸张表演的那个瞬间,我的视野里猝不及防地落入了了不得的东西。

刚才嬉皮笑脸的心情荡然无存,我立刻没了戏瘾,疯狂地拍着方从心的手说:"快追前面那辆宝马!"

"怎么了?那是左转道,拐过去就出城了。"方从心不急不缓地说。

我急吼:"出城算什么,人家都有胆子出轨了!快,捉奸!"

方从心的表现真的可以用非常俗的四个字形容,那就是"虎躯一震",他立马打着方向盘踩着油门,像是离弦之箭,嗖地把SUV开出了F1赛车的速度。

仗义!

趁他追车的工夫,我伸手去够后座上的书包,摸了半天也没摸到眼镜盒,只好着急忙慌地把所有东西全都倒了出来,然后眼疾手快地戴上了眼镜。

可惜左转后就是条单行线,我们和那辆车之间还隔着个面包车,视线受阻,方从心按了两次喇叭,大面包车依然不慌不忙地做着插足我们和宝马之间的第三者。

"你那无人机呢?"我问方从心。

"没带,但是我的车装了全景记录仪。"

"记录仪未必看得清楚。"

"我的可以。"方从心说,"我的车被我改造过,摄像头也是极高清的。蚊子飞过是公是母都能看清楚。"

我震惊于他对初恋无微不至的爱护,一时没反应过来。

方从心见我没回应,缓缓地看了我一眼,声音略微沙哑地问我:"你……你还要看吗?"

"我当然要看!"

他把手机给我,根据他的指引,我在他的手机上笨手笨脚地调取了自动存在云盘上的视频文件。

方从心这回特别温柔,轻声轻气的,也不骂我笨拙了,让我略微感受到了佟筱说的春天里的风的感觉。

但我现在没时间体会那阵风,我忙着干大事呢。

那坐在红色敞篷宝马车的司机位上的白富美我不认识,但坐在副驾驶上,刚才被我撞见和白富美卿卿我我的那个浓眉大眼的男生,经过我两眼精密比对,十有八九是赵孝孝——我室友张子琴"明媒正娶"的男朋友。

虽说刚才做了一段时间的心理建设,但看到这个视频,我还是惊呆了。

连赵孝孝都能出轨,我再也不相信爱情了!

张子琴和赵孝孝的爱情故事很是轰轰烈烈。

张子琴是医学院的美女,她只读了五年小学,再加上提前一年入学,所以比我们小上两岁,长相上也确实是那种林黛玉妹妹的类型。刚分配到我们宿舍的时候,我和王姿琪的放浪形骸还只是初见端倪,秉着圈地自浪的原则,在宿舍里也不敢说虎狼之词,始终小心翼翼地护着这位心思单纯的小白兔,并时刻替她提防外面那些对她虎视眈眈的大灰狼。直到某一天,她解剖了一只真正的小白兔后,在饭桌上津津有味地跟我们讲起解剖的各个细节,又开始在宿舍里像抚摸小白兔一般抚摸柳叶刀时,我们才意识到她是硬核少女,于是顺其自然地将其放养了。

放养了之后,张子琴茁壮成长,跟我们分享了老师在课堂上作为案例分析的人类性行为迷惑大赏,兴致勃勃地给我们展示了皮肤性病学书上的图片,又跟我们普及了尖锐湿疣和扁平湿疣,方便我们迅速判别。我和王姿琪那时已经吐啊吐啊地吐习惯了,所以就掷地有声地问她为什么我们要学会判别!她是不是在暗示什么!张子琴很无辜地说,技多不压身啊,多学总没有坏处,然后又捧起那本每两页就绘有一个烂掉的生殖器的书复习去了。

本来张子琴在我们宿舍就是很王牌的长相,经过这几年教科书的腐蚀以及我和王姿琪的熏陶,我们隐隐有点担心我们宿舍的土壤可能比较适合养大富大贵的牡(母)丹(单)花,而不适合灼灼其华的桃花。就在那时,我们理工科学校装点门面用的艺术学院冒出一个学画画的、长得也颇有艺术气息的学长大张旗鼓地来追张子琴了。

那个学长就是赵孝孝。人如其名,那果然是二十四孝男朋友的架势。每天给我们宿舍全体人员晴天打水雨天打伞,早上送肉包子晚上送鸡爪子,让我们这些单身狗抢先体验了拥有男朋友的快乐。那时张子琴始终对赵孝孝爱搭不理的,我们多方试探,张子琴总说没感觉,我们只好继续无耻地云共享了这个准男友的爱心服务。

不过事情总是峰回路转。后来赵孝孝决定孤注一掷,约张子琴去学校后山的草坪那儿表白,还预备在草坪上摆个硕大的心形蜡烛搞浪漫。我们都觉得张子琴不吃这一套,而且心形蜡烛这种土了吧唧的手段早就被我们在宿舍里吐槽过一万次了,纷纷劝他回头是岸。然而也不知赵孝孝哪来的孤勇,坚持直男审美硬要去摆。我们吃人嘴软,只好想方设法配合他把张子琴约去了那里。

草坪依山而建,我们仨本来想去那里远远围观的,但是扛不住天寒地冻风急天高,就只好悻悻地候在一个远处的小木屋里,并贴心地捧着水杯和毛巾等赵孝孝铩羽而归前去安慰。哪晓得等到一半就见有人朝我们狂奔而来,那人边跑边喊:"快跑啊,草坪着火啦!"

我们仨面面相觑了大概三秒钟,然后不约而同地逆着人流一路狂奔去草坪。跑的过程中我们已经猜到了是怎么回事。天干物燥、黑灯瞎火的,那一排蜡烛被小风一吹,点着了落下的松针,那星星之火就一下子燎原了。学校北坡那里是个风景区,植被覆盖率高,烧起来也快,等我们赶到时,那火那叫一个大啊。

哎呀妈呀,赵孝孝,你这是在玩火呀。

我们仨赶忙给毛巾倒上水,遮住半张脸防烟,然后向漫天的大火拼命喊:"张子琴!赵孝孝!"

好在学校的保安都过来了。因为是消防安全的重点区,器材设备齐全,这一边保安架起消防水管往高处喷,另一边又有保安搜寻有没有其他人,并斥责我们赶紧走。

我们就哭着喊着地一步三回头,想着送室友来脱单,最后却送她来脱皮,大伙儿哭得都非常走心。正鬼哭狼嚎间,赵孝孝驮着张子琴分外狼狈地出现在我们面前。

赵孝孝说,他表白的时候,两人都背对着蜡烛,没注意后头真火烧屁股了。后来忙着找保安灭火,匆忙间张子琴崴了脚,看上去才会这样兵荒马乱。

赵孝孝说完话,我们仨一人一只手把张子琴从赵孝孝的后背上给抬了下来。

赵孝孝要是玩"谈恋爱吗?送命的那种",我们再怎么拿人手短,也是不答应的。

后来,赵孝孝被学校记过。不过他心里仍然美得很,因为张子琴被大火烧燎了脑仁,觉着经过此役,赵孝孝这人很靠得住。

再后来,赵孝孝请我们大伙儿在食堂小炒部吃饭。我们仨虽然对张子琴180度的大转弯很黑人问号脸,但还是给他名分,饭间颁了个大红色的绶带,绶带上写有龙飞凤舞五个大字"芳心纵火犯"。他在我们的注视下,全程佩戴绶带吃完了那顿饭。

这样温馨的场景被某些好事者拍了下来,做成了配字为"你的爱情,就像一把火"的表情包在校园内外广泛传播,导致他们成为外校人员一来我们学校,就说要瞻仰瞻仰"烈火男女"的名胜所在。

没想到纵火犯玩火玩得挺野啊,玩出圈了。

我气得牙疼,也不知道该怎么办,就先让方从心追着车。

他气势不足地问我:"是他吗?"

"九成九是。"

"那还追?"

"嗯,万一零点一成不是呢。"这事儿可不是闹着玩的。

方从心就不说话了,沉默着跟在车后头,没过多久,他把车头一拐,开进了一条狭窄的胡同小道。

"我刚才扫了眼地图,走这儿能堵住他们。"他收了两侧的后视镜,然后一脚踩死了油门。

那种小巷里飙车的感觉,实在是太刺激了。

我以为我的人生顶天能拍一部小清新的青春片,没想到有生之年还能拍好莱坞大片。

羊肠小道到了尽头,一辆卸货的小三轮横亘在路中央。我想好莱坞追车的戏码拍到这里,就该是你追我赶的跑酷了,所以我当机立断地下了车,往路口跑出去。

正当我犹豫怎么走的时候,方从心拉住了我:"就在这里等。那条路没有岔口,他只要不在半路停车,就得从这里过。"

我点点头,不甘示弱地说了声"这一片其实我也挺熟的,而且我的方向感也很好",然后聚精会神地朝着车开过来的方向看去。

方从心顿了顿,把着我的肩转了180度:"是那边。"

站在胡同口,弄堂风呼呼地吹,人冷静下来,那种坐快车的后怕才阵阵袭来,难免手脚冰凉地瑟瑟发抖。我想我的脸色也肯定不好看,因为方从心很担忧地看着我,轻声地问我:"你没事吧?"

我诚实地道:"我有点冷。"

方从心只着一件衬衣,比我御寒的部分也只是多条领带。但电视剧里男主角能分享的除了外套就是围巾了,分享领带的一般都不让播,所以我目前对他能提供的帮助不抱希望。

没想到他一把揽住我的肩说:"这样会不会好点?"

正当我惊愕的时候,他又说:"即便不能暖和点,至少待会儿你也会有底气些。"

我被他的这番言辞说得如坠云雾:"什么意思?"

说到一半,前方有两道耀眼的光贴着地面扫过来。

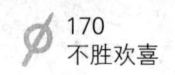

开什么远光灯?!

我骂了声脏话,屏息凝神看着对面的车,直到它飞速地越过我,溅了我一身泥点。

我把这辈子会说的脏话全都说了一遍。妈的,那残存的一丁点可能性也没有了。

我气得原地嗷嗷嗷跳脚。车开出八丈远,我心里不停地咒骂:"赵孝孝,我祝你早日得尖锐湿疣扁平湿疣软下疳硬下疳!"

骂完之后我觉得这个诅咒有可能连累到张子琴,又找了个树摸了摸,连说了几声"呸呸呸"。

呸完后,我从裤兜里掏出手机想拉个宿舍三人小群商议。俗话说三个臭皮匠赛过诸葛亮,群策群力总好过我现在两眼抓瞎光骂娘好些。然而此时手机很不给面子地关机了。

张子琴的手机号是一对AABB的组合,宿舍里的人我只记得她的号码,要不要现在借方从心的手机给她打一个,让她去找赵孝孝对质呢?

可我这么贸然跟她说,她一点心理准备都没有。再说,她最近都在医院临床实习,万一顺手拿起一把柳叶刀,将所学解剖知识悉数应用在赵孝孝身上,杀了奸夫事小,她牢底坐穿事大啊。

还有,我该把这事儿告诉张子琴吗?

我不知不觉地蹲在树下,就正方反方两种观点在大脑里做了一期《奇葩说》后,也没个结论,只好灰头土脸地搓了搓脸。

"好点了吗?"

身边突然传来一句问候,吓了我一跳。我刚才想得太投入,都忘了还有方从心在旁边等着了。

此时,他跟我一样,蹲在路边的凤凰木下。

我皱着眉头看他:"跟你咨询个事儿。"

"你说。"

我指了指他:"假设你是女的,我是男的。你看我做这个哈。"我伸出手,演了一下把方从心耳边的碎发撩到耳后,稍作停留,又拿手背蹭了蹭耳朵的动作,像是探讨学术问题一般认真地问:"你觉得普通朋友这么做越线吗?"

方从心一动不动地僵了大概有三秒钟,宛如一座雕像。

我推了推他:"喂,你蹲大号呢?"

方从心嗖地跟蹿天猴一样蹦了起来,又吓了我一跳。

我拍了拍屁股,跟着站起来,正打算和他继续探讨一下,方从心突然出其不意地抬起手,将我落在额头的一缕碎发挽在左耳边,然后摸了摸我的耳朵。雨天潮湿微寒,他的指腹却干燥温暖,热传递得有点不符合常理,我脸腾的一下就烫了起来。

就在我不知所措的那一瞬间,他又突然拧了一把我的脸:"你自己说说,普通朋友之间这么做吗?"

我目瞪口呆了半晌,半天没说出话来。

我刚才边讲解边演示还不觉得这有多暧昧私密,现在方从心突然碰我那么一下,我耳朵都要烧起来了。

就像螃蟹再硬的壳一煮照例通体发红,我虽然脸皮厚,但一旦红起来那可是一点都不含水分的。我敢打赌,我现在的脸肯定红得像小时候上台表演画的红脸蛋一样。

为了掩盖我内心的虚弱,憋了半天,我大吼一声:"你吃我豆腐!"

方从心恬不知耻地打了个响指:"正解!"

我看他完全淡定自如,只好暂时把他当君子看,琢磨了一圈,又说:"你说得有道理。正常朋友之间不那么搞,但是也存在一个逻辑漏洞。万一他们像我们刚才那样,刚好碰见了有其他熟人在暧昧,为了确认情况,自己亲身试验一把呢？就像镜子里还有一面镜子的那种效果,你懂吧?"

方从心木木地看着我:"不可能。"

"为什么?"

"因为没有人会像我们这么傻。"

我深以为然,但还是挣扎了一下:"可是你得承认有这种概率。"

"你要跟我说概率问题,那我现在可以给你普及一下极小概率实际不可能性原理。"

我连忙说:"请这位先生不要把生活作风问题上升到数学问题,也不要把简单的事情搞复杂。"

方从心耸肩:"数学不会骗人,它才是最简单的东西。"

我认识的数学和他认识的数学可能不是同一个数学。也懒得在这会儿跟他饿,因为我脑海里又有一个新思路:"那有没有可能他俩是亲兄妹啊？要是两人是那种关系,突然前去质疑会不会破坏原有的信任感?"

方从心的眼神一下子黯淡下来。他撇开眼睛,望向了别处。

我也不知道怎么探讨着探讨着他还得看看风景,一恍神方从心突然抓着我两肩膀用力按了按:"林梦,如果你只是想保持这段关系,不用那么费心找借口的。只是你这样太……太不像你了……徐正他有那么好吗？值得你为他这样处心积虑地脱身,值得你这样自欺欺人?"

哎呀妈呀,这是什么八点档狗血大剧里的姿势和台词呢？

"你眼瘸啊,那哪是徐正,那是赵孝孝啊。"

方从心那痛心疾首的表情就挂在半空,然后嘴角抽搐了一下,又莫名爆发出一句:"赵孝孝又是从哪片地里长出来的啊？你交新男朋友了?!什么时候的事儿,我怎么不知道?"

我也很不解地看这位眼角眉梢都荡漾着怒气的兄弟:"是啊,我也不知道我什么时候交新男朋友了,关键是我还不知道我什么时候交旧男朋友了。你怎么比我妈还魔怔啊？怎么着，我交多男朋友了你有提成？"

我顿了顿，仔细回忆了一下前因后果，琢磨出哪里出问题了。

我指了指刚才那辆红色宝马行进的方向："赵孝孝是我室友的男朋友。"

方从心手指头颤巍巍地指着我，嘴巴一张一合地半天都说不出话来。

我轻轻地把他手指头掰进手掌里，他才吼了一句："不是你男朋友你这么上赶着追！"他原地来回走了几步，又气势汹汹地瞪我："林梦！我人生中第一次收到罚单短信！我刚才追也不是不追也不是，追了怕你难受，不追怕你瞎想，你……你……"

"你"了半天，他也没说出下文来，我忙不迭地说："哎呀你也不要这么讲。张子琴是我的好朋友。朋友的男朋友就是我的男朋友，不是，我是说，大家都是好姐妹，当然要当自己的事情来办了。"

我见他怒气未消，连忙转移话题："哎呀我现在搞明白了。那赵孝孝肯定是出轨了。那女的百分百不是他姐妹。我现在就给张子琴打电话。"

我作势掏出手机，方从心突然又叫住我："你等一下。"

"怎么了？"

"你不要什么事都这么说风就是雨的，也许真有可能是妹妹或者姐姐。在没搞清楚之前，你先不要通知你朋友，免得她乱想。"

我点点头，想了一下又觉得哪里不对劲了："哎不对啊，你这人怎么这么双标？刚才你还骂我自欺欺人呢。"

"我有吗？"

我伸出两只手，虚空地前后晃着："喏，你就是这样晃我。我脸上还有你刚才喷我的唾沫。铁证都在，你休想抵赖——"

还没等我说完，方从心已经往停车的方向走去了："饿死我了。"

我在后面紧跟着碎碎念："方从心，你这人不客观啊。哦张子琴的男朋友可以有姐妹,我男朋友就活该没姐妹啊?我跟你讲,男朋友老公一定要找有姐妹的哦,万一以后夫妻两人有什么问题还可以找小姑子商量啊,养老的事也可以均摊一下——"

砰,方从心在我前面关了车门。

我边说边走到副驾驶位,不料开车门未果。我拍拍车窗:"开下门。"

"别上来了。你给我指挥交通去。"

"为什么?"

他指了指折起来的后视镜:"看不清路。"

"刚才也看不清路,你开得不是跟车神一样?"

"所以我吃了罚单。"

我一时语塞,望了一眼那绵绵长长一波三折的胡同小路:"可是很长啊,得走很久吧?"

"我看看我收的罚单是多少钱的。"

"再长的路也有走到头的时候。"我一挥手,"倒——倒——倒——"

虽说我尽职尽责地做了指挥员,但"圣上"允我上车的时候脸色依旧不大好看。我心说哪怕我没及时指出捉奸的对象和我没有直接关系,也罪不至死吧。瞧这肃穆庄重的劲儿,都让我怀疑我们开的并不是一辆普通的私家车,而是一辆通往火葬场的灵车了。

灵车快开到我家的时候,我实在憋不住了,探询道:"那罚单多少钱呀,值得你生这么大气?挺好看的一张脸,老沉着显摆你腹黑呀?我跟你说现在腹黑的男主都不流行了,现在女孩子都喜欢温柔贴心懂事的了,你这样追不到佟筱的哦——"

"500。"方从心斩钉截铁地阻止我跑题。

"500呀,也还行。要不我还了您消消气?分期行吗?我保证一年付清。你看啊,明年就是2020年了,2020年我们国家就全面小康了,那时我肯定有钱了,明年我一定还得上。你瞅我干吗?我跟你讲,你现在怀疑我就是怀疑国家——"

"你能更胡说八道点儿吗?"他把着方向盘拐了个弯,把车倒进了路边的小坡道里,利落地下了车,但我眼睛比脚快,我瞄到了他下车时偷偷笑了下。

我颠颠地跑过去,嘴欠道:"不生气啦?你说说你大老爷们儿,跟我一介女流生气,要不是你长得好看,你早就注孤生了懂不懂——"

方从心冷着脸说:"你刚才不是说,找男朋友还得找有姐妹的吗?像我们这种独生子本来就是注孤生的,长得好看又有什么用?不像某些人,李琦啊峰峰啊徐正啊——"

"方从心你的心眼可太小了吧?什么话都得被你拎出来批斗一番,我招你惹你了——"

正说着,有什么东西晃过了我的大脑皮层,我一下子顿住了:"哎,你怎么知道徐正的?"

"阿姨以前提过。好饿,要不要先去附近买点吃的?"

"我妈?"我叉着腰说,"不可能,我妈都不认识徐正。"

"嚯,瞧你这地下情。"他酸溜溜地丢下一句。

"什么地下情?你说我和徐正?"

方从心插着兜在前面走。"我又不是你妈,你没必要瞒着我。"他顿了顿,刚才小家子气的样子荡然无存,一脸关切地看我,"前一阵子阿姨撮合我俩的时候,你不和她明讲,还有,我听说徐正也是学数学的,你也不找他帮忙。你俩是不是出问题了?"

当然出问题了。徐正这个月的餐费还没打进来,十一长假也没来找我混,我猜他可能是追到我们数学学院长得最好看的学妹了——这是他考我们学校研究生的主要动力。

据说,情场得意学业就不会得意,我很担心他考不上研究生。

方从心见我沉默许久,拍了拍我的肩膀,像一个大哥哥一样语重心长地对我说道:"听说大四是分手季,有这样那样的问题是难免的,只要两人一起面对,总会过去的。你们在一起好几年了,感情想必也很深厚,要不是原则性的问题就别轻言放弃。"

说到后来,方从心的口气慢慢变得硬邦邦的:"这些经验我也是从书上看到的,不见得准,我随便讲一讲,你随便听一听好了。"

我觉得方从心说的话特别像我翻数学参考答案的样子,就是看着每一步都很有道理,但你连起来看还是完全没明白为什么会得出这样的结论。

我说:"你劝诫得对,我要是有机会也会朝着这个方向去努力的。"

他双肩耷拉着说道:"嗯,有时间一起吃个饭。"

"徐正早些时候也说找你一起吃个饭。要不约个明天?"

"明天我要加班。"

"那周日呢?"

"后天也加。"

"下周?"

"我接下来都会很忙。"

"要不明年?"

"明年我的工作也比较满。"

"那不如下辈子?"

"下辈子——"方从心停了下来,抬起眼皮说,"好了,单身狗眼不见为净,并不很想看你们秀恩爱。我刚才只是日常客气一下,你不用当真。"

我说:"哎呀我还想讹一顿饭,结果讹还不成。虽说这事儿和你没啥关系吧,但为了避免三人成虎的情况发生,我现在开个记者发布会哈,徐正不是我男朋友。我知道我和徐正这事儿吧,好多人都晓得的,但其实事情并不是他们看到的那样。"

方从心用一种很奇怪的目光看着我,那是介于班主任审问我到底有没有抄别人作业和同学审问我到底有没有作业可以给他抄之间的眼神,有些居高临下又有些摇尾乞怜的样子。

"我和他的事说来话长了,就不和你汇报细节了吧。"

"那你长话短说。"

我说:"你这么八卦干吗?"

"你说的,八卦是人的本性。"

我无不艳羡地道:"我数学活学活用的功夫要是有你一半,就不用请你当老师了。"

"真的假的?你们真分手了?"方从心执着地问,而且他问得还挺严肃。

我莫名其妙地说:"我分手组织给遣散费还是怎么着?"

"分了没?"

"没有。"我一字一顿地说。

方从心快要扑过来,我连忙举手投降:"分个毛线啊。我俩压根都没在一起过。"

"不可能。"

"怎么不可能?只要我没失忆没重生也没穿越到平行世界,我和徐正就是普通朋友啊。啊,仔细想来也不普通了,是世上最为夯实的金钱关系。他每个月给我几百块钱,一看关系就不是那么纯洁。"

方从心眯起眼,看我唱大戏。

"饭友啦饭友。"没人铺台阶,自己给自己接梗很无聊的好不好?"哎,你先说你怎么认识徐正的?徐正说他仰慕你,还怨念没逮着机会近你真身呢。"

方从心仰头："你看这天怎么一下子这么黑了,是不是又要下雨了啊?"

我抬头看了看黑乎乎的天："我想天这么黑的原因主要是因为地球自转,我们所处的地方现在转到了背向太阳的那一面,也就是我们日常所说的晚上了,毕竟现在已经七点了。"

我把手表探给他看。

"手表不错,够抵1000多块钱的学费吧?"

我说："你刚才不是说饿了吗? 要不要加入饭友团? 除去中午那顿,还有温馨晚饭哟。"

"徐正一个月给你多少钱? 我出一半。"

"喂,正常的台词不是'我出双倍'吗?"

"我看着像他那样冤大头吗?"

"头围确实是他看上去大些,但密度肯定不如你。看你平时也挺金本位的,你脑子里全都是金子吧?"

"还好。"方从心轻轻地笑了一声。

我俩走到楼梯口,因为一楼的灯前两天坏了,我也看不清他的表情,走到二楼时,楼梯感应灯突然一亮,我看见方从心还笑着呢。

"你的笑点是不是和普通人不大一样啊? 有这么好笑吗?"我说。

他收起笑容,又一副酷酷的表情说："待会儿你先做作业,我要睡个觉。困死了。"

方从心果然是困了。我去厨房倒杯水的工夫,他已经在我房间睡着了。躺之前,他给了我一张黑色的卡,说今天他心情特别好,让我随便点餐。我说现在送外卖不带POS机,我要是拿你卡点餐我就得把你的卡绑到我账户下,你不如直接给我发个红包就好了。他说每次发红包多烦啊,你要想绑就绑上吧。我说一旦绑上意义可就不一样了啊,你确定一定以及肯定要和我结为饭友,不管我贫穷还是富有,缺陷还是完美,健康或是疾病吗?方从心就抓着卡说没想到你和徐正还这么有仪式感啊。我说哪能呢,徐正一土包子一般都给我现钞,说甩我钱的时候特别有感觉,可不像恩客你一样时髦。说完方从心就抽着嘴回屋睡觉了,他说再不睡怕自己脾气不受控制一不小心动手打我。我就目送着他进屋,一边双手合十,学泰国人尖声尖气说了声"刷我滴卡!"

我非常大方地在外卖平台上点了一桌满汉全席,然后依照方从心之前布置的任务开始做作业。才做了一道题,大脑就离家出走了。

张子琴和赵孝孝的事儿,我该怎么和张子琴说呢?

室友沈学云还在过美国时间呢,这会儿应该还没起床。

王姿琪这家伙前两天跟我说她快回来了,这种事要是商量,还是得当面讲,要不我等她回来再议?

还有啊,说起来还真是好久没听到徐正的消息了。他之前给我的饭钱我单独开了个账户,偷偷给存了点,他要是真追上女神,我就把饭钱交出去当份子钱好了。

"活着吗?"我送去温馨的问候。

没过多久,徐正发来一个微笑的表情:"有何指教?"

"跟你打听打听有什么发大财的办法。"

"翻翻刑法,判得最高的来钱最快。"

"你干吗呢?"

徐正给我发了个定位,我一看地址,竟然是力拓培训班,那不是葛纯纯说的主营出国辅导的培训机构吗?

"快要考研了。我觉着以前那种培训方式不够沉浸,所以在这里报了一个老外开的班。"

"效果如何?"

"已熟练掌握手语。"

"认识佟筱这位大美女吗?"

"这世上除了你这位大美女,其他人我概不认识!"

"求生欲不用这么强,就说你认不认识。"

"这里谁不认识她?"

"她是我的同事。"

"你竟然不在第一时间安排我和大美女的联谊?你该当何罪!"

"我说求生欲不用那么强,也不是让你不要求生欲的意思。让我翻翻我林氏法典,看你该当何罪。"

"信号不好。喂——喂——喂——拜拜。"

我关了手机屏幕,门外就响起了叩门声。我想是外卖到了,忙起身去开门。谁知门一打开,外面却不是穿黄色衣服的外卖员,而是拎着一黑色塑料袋、戴着墨镜的张子琴。

我看了看黑黢黢的过道,又看了看那比脸大的墨镜,心里合计张子琴是知道赵孝孝出轨的事儿,把眼睛都哭肿了。

也不晓得那黑色塑料袋里是不是赵孝孝的人头。

我连忙把犯罪嫌疑人请进屋。

她推了推眼镜:"我也不知道去哪儿躲,就想着来你这儿歇一歇。"

我又看了眼黑色塑料袋,胆战心惊地问:"你躲什么啊?杀人毕竟是犯法的,我也不能窝藏——"

她就开始解开塑料袋。

我把眼睛捂住,从指缝里瞧她慢悠悠地解开,从黑色塑料袋里面拿出一个人头——不是,是一堆酒精和药。

然后张子琴摘了墨镜,露出青肿的骇人的右眼。

我去!

我一拍桌子,大吼一声:"赵孝孝是反了天了,竟敢家暴!我现在就杀了赵孝孝去!"

张子琴一把拉住激动的我:"你瞎联想什么呀?孝孝怎么舍得打我,我这是工伤,被一个患者家属打的。"

"啊?为什么啊?"

"我在市人民医院皮肤性病科实习,今天来了一个女的,要我们主任亲口跟她保证,她老公的尖锐湿疣不是传染的。我嘴快了点,说尖锐湿疣都是性传染,你别被你老公骗了。她就上手打人了。没想到那人个子小,劲儿还挺大。我怕孝孝见我这样心疼,上你这儿疗养两天。我跟他说我家里有事,临时回老家了。"

"哦——"

张子琴摇摇头:"唉,女人真可怜,宁可被蒙在鼓里。"

"是啊。"我低头看鞋。

门外又响起了叩门声。这回外卖真的到了。

张子琴见我接过满满一大袋外卖,疑惑地看着我:"林梦,你怎么点这么多,你一个人吃得完吗?!"

我这才想起还有方从心睡在我房间里呢,现在可不是解释的时候,我结结巴巴地说:"我,我饿。"

"你是不是甲亢了?明天来我们医院抽个血。"

"不用了吧。"我心虚地说道。

"怎么不用呢,我跟你说,一定要把疾病控制在萌芽阶段,千万不能掉以轻心。打个比方这个尖锐湿疣吧,你得——"

我把饭菜一一拿出来:"不说尖锐湿疣了,你坐下吃饭。"

"怎么了你?跟平时不大一样,有点怪怪的。"张子琴一边拆着筷子一边说,"最近大家都有点怪。孝孝也是。"

我扒拉一口饭,盯着筷子上残余的米粒说:"他哪里怪了?"

"前两天他给我发微信,多了一个句号。"

"哈?"

"就是最后一句话,老跟着两个句号。"

"这哪里怪了?这不很正常吗?"我在心底赞叹张子琴是当代福尔摩斯,但嘴上还是敷衍了一句。

"你不懂。等你谈恋爱就有感觉了。对了,我们医院还有好几个单着的实习生。有一个有点像低配版的刘昊然,你要是感兴趣我介绍给你。"

我心里记挂着赵孝孝的事儿,随口说了句"再说吧"。

"你也别太挑——"

说到一半,张子琴突然顿住了。

"怎么了?"我顺着她的目光看去,然后就看见穿着一身褶皱衬衫、翘着几根头发,赤脚站在我家客厅中央的方从心。

张子琴嘴巴张成了O形,一会儿看看我,一会儿又看看他,一会儿又看看满桌的菜,然后嗖地站起来,对我说:"是我僭越了!你可以挑!你会挑!他……他,他不是那个你数学课上的……那个……"

我的天,医科生的眼睛是扫描仪吗?"数学之美"上那么印象派那么久之前的照片都能甄别出来。

"你听我解释!事情不是你想的那样!"

"你好,我叫方从心!"方从心走过来,朝张子琴伸出了手。

张子琴连忙也伸出手,伸右手的同时左手已经捡起了墨镜戴在了脸上:"你好,我是张子琴。"

方从心微微一怔。

我朝他挤眉弄眼,让他先不要透露今晚的事,方从心心领神会地朝我点了点头。

有默契!

然后我转过头认真跟张子琴解释:"他是我补习数学的老师!刚才他累了,进屋歇了一下而已。"

方从心很认真地帮着解释:"是的,我刚才躺在飘窗上的。"

张子琴就用气音跟我说道:"有意思吗有意思吗?刚才你俩串供的微表情我都看见了!你们这对'奸夫淫妇'!"

"……"

"好啦,你就别金屋藏娇了。我不会嫉妒的,我家孝孝比你家这位……方——"

"方从心。"方从心体贴入微地补充。

"对,比你帅多了。"张子琴笑着道。

我俩表情一滞。

"开玩笑的!"张子琴大声地说道,"哎呀今天是我没有眼力见儿,贸然过来,我走啦。"

我连忙拉住她:"你这个鬼样子去哪里呀?"

张子琴嬉皮笑脸地说:"我当然是回我租的房子去了。我之前是担心孝孝万一来了会撞见,不过我都跟他说回老家了,他应该不会去那边的。他是本地人嘛。"

说着,她一提黑色塑料袋就抬腿走人。

"吃完饭再走啊。"

"我又不是爱迪生,搁这儿研制电灯泡。走啦!"她转头对方从心笑了笑,"下次等方便的时候,请我们吃饭呀。要很贵很贵的哦!"

方从心诚意十足地说:"一定。"

我心说你也够能凑热闹的,人家说什么你都能应。

"饭桌上我一定会把当年你们欺负孝孝的恶行加倍地还给你的!我等

这个时刻很久了！不过一码归一码，你来我这儿看病，我还是会给你打五折。"张子琴俏皮地在墨镜背后隐隐约约地眨了眨眼，等着我给她解释。

我心里挺难受的，哪有心情扯这个。

方从心这个二愣子还跟着搭腔："那我争取去一去。"

"扑哧。"张子琴笑了起来，"哎呀我感觉已经报复了一半了。"

说着，她就潇洒地走了。

门一关上，我立刻就趴在桌上不想动了。

张子琴比那个打她的可怜女人还要可怜。因为她的好朋友正在替伤害她的渣男遮遮掩掩，让他更肆意地多欺骗她一天，让她多一天活得像个笑话。她失去了爱情，同时也失去了友情。

我万分唾弃刚才做鸵鸟的我。

方从心坐在我身边，一声不吭地看着我。空调的风微微吹着。家里很安静，只有钟表秒针在咔咔地发着声。

"方从心。"我瓮声瓮气地叫他。

"嗯？"

"你不要去做破坏人家感情的事，好不好？"

"好。我一直忍着没做。"

"那你干吗答应我要和我一起刺激佟筱，动摇她的心呢？"

"有时候，太靠近喜欢的人，和喜欢的人待得太久，理智就会麻痹，道德标准也会降低，人会变得贪得无厌，想要靠得更近些，待得更久些。"

"哦，那是不对的。"

"嗯。"

"那你现在决定不去打扰他们了，我那个1150的欠款还能再拖一个半月吗？"

"不可以。"

"为什么啊?"

"因为她没有男朋友。"

"啊?!"我坐起来,"你怎么知道?"

"她亲口说的。"

"那你之前说你喜欢的人有男朋友?"

"她现在没有男朋友。是我误会了。"

"你,你什么时候知道的?"

"刚才。"

我想了几秒钟他说的那个"她"会不会是我,因为一小时前我还刚刚开了记者发布会,但方从心的手机闪了一下,我看到"佟筱"的微信名字了。

这不是巧了吗?

只听方从心又说:"所以我现在可以没有思想负担地若即若离。"

"人家都主动和你说没男朋友了,你干吗还若即若离?"

"你说的,追女孩就要这四个字。"

"哦——也不是那么金科玉律啦——"

"但我很想执行看看。"

"好吧。我仔细跟你讲解下这个追女孩子的步骤哈……"

然后我就引经据典,把偶像剧里演的那一套都说了一遍。

我看方从心听得挺认真的,眼神手势都很有反应,我就越说越多,一时都有点收不住。坏心情似乎也被暂时拯救了,正说到口干舌燥的时候,方从心突然说:"该做题了。"

"我这不是跟你讲理论吗?"

"理论没什么用。赶紧做题去。"

"没用你听半天!你这叫过河拆桥!"

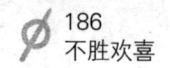

"拆什么桥,就你这豆腐渣工程桥有什么值得拆的啊。"

"……"

来自方从心的MEMO:

天堂和地狱离得很近,只在她一句话、一念间。

我看到我人生的曙光了。

第八章
不准打架

第二天一早,我收到了学校给我发的保研通过的邮件。因为之前导师跟我打过招呼,我也没有特别欣喜雀跃的感觉,毕竟"数学之美"要是挂科,这通知也就收回去了。

而且从昨晚上床到今早起床,赵孝孝与陌生女子暧昧不清的样子和张子琴说"女人真可怜,宁可被蒙在鼓里"的神情交替在我眼前闪现,折磨得我精神恍惚,心力交瘁。我想这事儿不能再拖下去了,我还是得趁早和张子琴说清楚才是。

可是问题又归结到了原点:怎么说才好呢?

我纠结了很久,想的各种方案不过是正面往张子琴心口上还是从背面往她心口上插刀的区别,就更加神伤。

昨晚陆陆续续下的雨,浇落了不少半青不黄的残叶。我出来得早,学校的保洁还没来得及彻底打扫完。我有一下没一下地踩在落叶上,肩膀突然被人一拍。

我扭头,哟,这个小黑妞是哪个非洲国家的?

小黑妞朝我笑了笑。

我再定睛一看,我的妈,这……这竟然是长宁大学首富、我的首席闺蜜王姿琪!你去我国西部美黑了啊?!

先不说这个了,回来就好回来就好,你都不知道我一个人承受了多大的秘密!!!

我握着她的手,委屈地看着她。

她箍住我的手,激动地看着我。

然后就听她说:"你是我朋友吗?"

我说:"我要入了传销,第一个发展的下线肯定是你。你呢?"

她说:"哪怕你有朝一日做了数学老师,我也敢把孩子送到你班级里。"

好了,话说到这份上,证明是肝胆相照、生死相交的好朋友了。可以说正事了。

我刚想张嘴,王姿琪双眼亮得跟审问室里的大白灯,撩起自己的刘海问我:"说,你看见了什么?"

我看了看她光洁的脑袋,伸手摸了摸:"没长痘,长大智慧了?"

"屁啦!"她拍掉我的爪子,"这儿写着八个大字:坦白从宽,抗拒从严。你这个人民的叛徒,还不向组织老实交代!负隅顽抗,牢底坐穿,知道没有?"

我拍了拍自己的脑袋,问她:"那你看见我这儿有什么东西没有?"

她摸了摸:"反骨?"

我也拍开她的手:"你没看见我这儿长了一圈问号啊?"我落下刘海,边走边问:"吃早饭了吗?一起去阿梅姐那里吃啊。"

"宁吃单身狗给的糠,也不舔狗男女踢翻的肉汤。"

我看表:"我给你十分钟,你再不进入正题,我就自个儿吃去了。"

我作势要走,她一把拉住我:"哎呀,哎呀,我刚才说的是片花,现在就放第一集。"她甩了甩不存在的水袖,往后退了一步,正色看我,道:"你当年是不是答应过我,我们要一辈子都在一起不离不弃,一起住养老院,相互给对方插导尿管的?"

我点了点头。誓言不敢忘。

王姿琪在我耳边幽怨地唱起了闽南语歌:"啊哈,心爱的心爱的人/你讲只爱阮一个人/只剩孤孤单单的我目眶红……"

我说:"我可以跳过第一集吗?"

她说:"不行,情绪铺垫没到位,我怕你第二集入不了戏。"

我捡起地上的枯枝架在她脖子上:"这样可以了吗?"

她点点头:"可以了。我给你放最后一集。"

我说:"好的,我洗耳恭听。"

然后她火力全开地开骂:"好你一个负心人!竟然在我眼皮子底下暗度陈仓!要不是张子琴昨晚上跟我说你有男朋友了,我还不知道要被蒙在鼓里多久!来,你给我点首《绿光》,不,给我来首《草原之歌》,啊,我家里有个草原,架不住'董小姐'往外蹦跶啊!我就出去了一个多月,你就耐不住寂寞了啊,我就这么被三了啊。"

我重新把枯枝架上去:"最后一集最后一分钟。"

"我想见见你的男朋友。"

"我哪里来的男朋友?"

王姿琪一拍大腿:"我看你是不见棺材不掉泪!张子琴都说她撞见你和你男朋友同居了!"

我说:"撞见同居算什么?我都撞见张子琴的男朋友出轨了!"

王姿琪的眼睛一下子就圆了,她伸出手:"你别搞围魏救赵这一套,我还不知道赵孝孝,他哪有这个胆啊……"

"是真的。"我把昨天从方从心云盘上下载下来的视频文件给她看。

王姿琪将信将疑地拿起我的手机,才看了几秒钟就跳起来了:"赵孝孝这混蛋在哪儿！我杀了他！"

"我也去。"

"要不我们策划一个东方快车谋杀案。跟那谋杀案一样，叫上张子琴，每人来一刀。这样警察很难破案的，除非是福尔摩斯。"

"东方快车谋杀案是波洛的案子。"

"都差不多吧。快，叫张子琴去。"

"可以，你去叫她吧。因为她现在还不知道。"

"啊？"王姿琪眼珠子都掉出来了，"我还说她真是烈性女子，自己后院都起火了，还有时间跟我在这儿吃你的瓜。你怎么没和她说啊？"

我眼睛一闪一闪地看着她。

"这事儿是你撞破的，得你去跟她说。"王姿琪脖子一缩。

"张子琴跟你感情最深。她第一次实习写病历被主任骂得一无是处的时候，首先就找你哭，说明她最信得过你。你去说，她心里好受些。"

"还是你去吧。"

"你去。"

我问："我们还是约好一起插导管、生死相依、风雨与共的好朋友吗？"

王姿琪抬头看天："夫妻本是同林鸟，大难临头各自飞。夫妻都这样，何况——"

我开嗓唱："红尘来啊来去也去也空，日落向西来月向东，真情难填埋无情洞。"

"好了好了。"王姿琪摆摆手，"你在我面前干什么都行，请别唱歌行吗？"

于是我俩沉默着往校外的阿梅餐厅走去。

我俩在一起，除了睡觉，没有不说话超过两分钟的时候，所以到了第三分钟，我转头问她："你有主意了没？"

王姿琪毕竟是亿万身家的传承人,见多识广,和她赫赫有名的母亲一样有魄力有胆识,我想她刚才沉默良久,肯定是有谱了。

果然,王姿琪颔首:"有。"

我两眼冒光:"快说,怎么办?"

"我们剪刀石头布吧,谁输谁去说。"

"……你是个天才,我怎么就想不出这么高级的办法呢? 来,一二三!"我出了个布,王姿琪出了个剪刀。

她把剪刀往头上挪,成了个"耶"。

我连忙摇头:"不算不算,三局两胜。"

但王姿琪显然没有方从心那么好说话:"什么三局两胜,你都多大了,一局定输赢。"

"你非要这样不仁不义吗?"我叉腰。

王姿琪想了想,说道:"晚上我们约张子琴出来一起唱歌。她不是喜欢唱吗? 你就趁她唱得高兴的时候跟她讲。"

"是我们一起讲。"我纠正她。

王姿琪不接我这茬:"反正在包厢里,她要是想哭想号想喝酒都没事儿,哭累了号累了也能躺会儿,喝醉了也不奇怪不丢脸。明天一睁眼,又是一条好汉! 记住,我们得从'男人算个屁'这个角度去开解她。"

我点点头,拍着胸脯说:"你放心,'男人算个屁'这件事对我们来说都是经验之谈。"

王姿琪挑眉:"你不是有男人了吗?"

"没有。等处理完张子琴的事儿,我再跟你讲。"

我俩边说边走,就走到校门口梅姐开的餐馆了。

梅姐三十多岁,还没结婚,开这家店的契机有点玄学。

几年前,她为情所困,无所事事地挂着一脸失恋相在商场买买买的时候,被一个销售员精准定位,塞了她一张冥想班的宣传单。上面有毕业的学员现身说法,声称这个冥想班效果非常卓越,一般上两周课,红尘中的男欢女爱便能放下了。

梅姐听进去了。

那冥想班远在马来西亚,请了一大堆佛法高僧讲佛理,要求学员们清晨诵经打坐,非常有禅意。

然后每个学员领一捧花生米、两粒大枣、一杯清水,开始一整天的冥想。

虽说日子过得清苦,但没有人退课,也没有人缺席离开。

毕竟冥想班在一座孤岛上,四周全是汪汪的海水。没有船,谁也没那本事游回家。

为期七天的冥想课结束,很多人顿悟得涕泗横流。肚子都吃不饱,还想啥男欢女爱呀。

梅姐也顿悟了,还找到了新的人生目标。登上陆地,她先是吃了一大盆饭,然后收拾了细软,在我们学校周边开了这家小餐馆,以分量大管吃饱的特色著称。

大一的时候,我和王姿琪还在这里打过工,所以知道这些内情。

是的,王姿琪因为坚守新闻梦想,没有听母上安排出国修习经营管理,打从上大学,母上就断了她的粮。当时王姿琪的生活费,一半来自工薪阶层的爸,一半来自打工收入,她是我这辈子见过最有钱也是最没钱的白富美。不过后来她成为B站大佬,陆陆续续接了些外包的活,所以还是能继续逍遥地做白富美。

不,现在是黑富美。

还没进餐馆,我们老远就听见梅姐那洪亮的训人的声音了。那声音要是能化为实物,都快捅破房顶了。

"老林!跟你说多少次了!采购东西一定要警惕,给你看的和卖给你的不一定是同一种米。你看看,这米是新米吗?"

我朝王姿琪勾勾下巴:"老林真惨。"

"老林也是,这么多年了,买东西还是被人骗。"

我踢她一脚:"听力不好,总是有不方便的地方。"

王姿琪自顾自地去前台倒了杯水:"对了,我上次去老林住的地方看他,他电扇好像不太好用了。我一直忘了买。"

"你别买了,我已经送过去了。阿梅姐还给老林换了个凉席。"我嘿嘿地笑,"而且我前一阵子给老林配了个助听器。"

说完,我随便找了个座位,朝着后厨喊:"梅姐!别训啦!老林听不见的!快给我们盛两碗虾仁粥!"

老林从玻璃窗那里探出头,朝我们挤挤眼:"我听得见。"

梅姐又接着喊:"这米你赔了吧!"

"啊?让我把这米煮了啊?行。"老林说。

我和王姿琪笑得前仰后翻,纷纷给老林竖大拇指。梅姐遥遥地瞪我们:"你俩给我等着。"

我们当然等着,等来老林偷偷给我们上了俩茶叶蛋。

"最大个的双黄蛋。"老林试图轻声说,但分贝仍直达后厨。

"噎不死这两只没良心的小兔崽子。都多久没来我这儿了。"梅姐喊。

我朝老林做了个OK的手势,老林笑着走了。

没过多久,又上了两碗虾仁粥。

我正埋头吃鸡蛋,余光里瞧见虾仁粥,吓得半个蛋黄塞我喉咙口半天,差点真噎死。

我去,王姿琪那盛虾仁粥的碗大得都可以洗头了,哪看得见粥啊,那是满盆的虾仁!

老林你也太厚此薄彼了吧!要上一起上呀,凭什么我这碗清汤寡水的,连个虾壳都没捞到!

我一拍桌子,抬头一看,穿着红色围裙的人却不是老林,而是一位长相周正、眉眼浓烈的男生。

我一个字还没说,就听王姿琪在我对面火力全开地骂他:"你怎么在这儿?你不好好在学校补习功课,上这儿来打什么工!现在是赚钱的时候吗?!学习才是你的第一要务!"

我那半个蛋黄是咽不下去了。

妈呀,王姿琪当年跟我一起逃课,到了期末,见到主课老师还叫错姓儿呢。这话从谁的嘴里说出来我都信,搁王姿琪说,就像老鸨劝姑娘从良,她也太不要脸了吧!

那被训的兼职生倒是一声不吭,笔直笔直地站着,既没有知错就改的样子,也没有死不悔改的样子,一双澄澈的眼睛直勾勾地盯着王姿琪。

此刻的我,自下而上地感觉到了一阵暖意。

我想,那肯定是因为我现在是个发光体,像个贼亮贼亮的灯泡。

我搓了搓手,说:"这位小弟弟——"

"禽兽,你把你脑袋里那套污浊的东西放下。"

我,我说什么了我?我看上去很像调戏丫鬟的纨绔子弟吗?

"小弟弟,微信号有吗——"王姿琪扑过来捂我的嘴,"给个电话号码——"

王姿琪瞪他:"还不快走。"

小弟弟看了看我,很乖顺地走了。

我端起王姿琪那海大的碗,往自己碗里拨了半盆虾仁:"梅姐老是找我们这些吃里爬外的人给她打工,这馆子迟早被你们吃没了。"

拨了一下，我的雷达捕捉到异样，转头一看，小弟弟在不远处死死地盯着我手上那个大碗。

呵，有人爱护了不起哦！

我悻悻地放下碗："谁啊这是？"

"我弟弟。"

"异父异母能结婚的那种弟弟啊？"我敲了敲饭碗，"某些人还有什么资格说我，自己惹了一身桃花债怎么没主动向组织交代？你这个畜生，未成年小朋友都不放过！"

"他十八岁了。"

"嘤嘤嘤，我可以。"

撬了半天王姿琪这蚌壳，我东拼西凑地摸了一个大概。

小弟弟名叫苏旭。众所周知，一旦上帝赋予了这个姓，这个人的经历就注定不能简简单单一笔带过。苏旭是西南小边镇成长起来的孩子，有着非常坎坷的人生遭遇——生母自杀，生父坐监，养父车祸，养母病故，四四十六个字，字字都是血。

今年苏旭高分考上长宁大学的计算机系，却因养母无人照料决心辍学。王姿琪刚好在他们那里拍纪录片，听闻这件事后去他家做了很久的动员工作。后来养母去世，还是王姿琪跟他一起张罗的丧事。之后苏旭就被王姿琪一起带来学校了。新生注册本来就比其他人要早，他整整晚了两个多月，不过学校并没有追究，还照例给他补办了贫困生助学金。这前前后后的手续人情也是王姿琪帮着跑帮着欠的。

这么说起来，王姿琪返校都好几天了，她对我可真藏得住。

断断续续地听完，王姿琪最后心虚地跟我讲，之前她说服苏旭的时候，编了个故事，声称自己也是特别穷的地方出来的，她的好朋友，也就是本人我也没钱，但在长宁大学过着幸福美满的踏实日子。她要求我千万别露出马脚,一定要在苏旭面前装穷,保护好他的自尊心。

我不大明白她为什么会要我装穷。我难道不是从里到外,从上到下都散发着穷的气质吗?我需要装吗?!

等我吃完,餐馆的早高峰就来了。来自长宁大学和长宁工业大学的大学生进进出出,人手不够,我和王姿琪放下饭碗在大堂做了会儿收盘子的服务员。

老林买的陈米也要解决。梅姐说有种米茶的做法,就是用小火把米烘烤出来,回头再放些调料冲泡着吃。忙完大堂,我和王姿琪就躲在后厨烤米。苏旭也想过来帮忙,被王姿琪一个眼神劝退了。

他怕王姿琪,我可不怕。我朝着他勾勾手。

王姿琪还要扯学习的经,我就很是主心骨地说:"学习和打工不矛盾,我们不都这么过来的吗?学习也不是什么事儿,回头我给你找个计算机大拿,单独给你补课。"

王姿琪说:"你哪认识的大拿?"

我说:"就你有事能瞒着我,我还不能瞒着你啊。小旭,快点过来搭把手。"

苏旭感激地朝我笑,一边笑一边偷偷打量王姿琪的脸色,见她没再发飙,又朝我笑了下。

哎哟,我都看见他跟我摇尾巴了。

一口气忙到中午。掏出手机一看,竟然已是中午的饭点了。

我连忙让老林给我盛两个菜,我带去学校吃。老林三下五除二给我盛好,放在了打包盒里。

我甩下和苏旭拎不清的王姿琪,一个人拎着塑料袋赶去信管中心,走到一半又觉出哪里不对了,绕道去了小卖部,买了一套塑料饭盒,借了热水冲了冲,然后一股脑儿把吃的全都倒进去了。

这么一耽误,上系统组那儿都到一点了。

我趴在会议室玻璃上观察环境。

方从心在。佟筱怎么不在呀?

空旷的会议室内,正和旁边那个年纪轻轻就秃了半个头的小后生讨论的方从心突然抬起了头,见到探头探脑的我,脸一下子沉了下来,语气嚣张地说:"你怎么才来,快把我饿死了。"

说着,他就朝我走过来。

我把塑料袋往我身后一藏,悄声说:"你先别急啊,等等佟筱。"

"佟筱今天有课,不过来。"

"啊?!你怎么不早说!亏我一路跑过来!"我气急败坏地说道。

"她不来难道我还得饿着啊?快给我。"他一把夺过了塑料袋,"我去我办公室吃。"

我本来不想跟着去,但我还得跟他评理呢,只好在后面迈着小碎步追,一边压低声音理论:"方从心,你别过分啊。佟筱要不来,我演戏给谁看?我可不做那无用功。你要我每天带饭也行,加钱!"

"多少钱?"

"29。"

"怎么这次有零有整的?"方从心打开了一扇办公室的门。

废话,白斩鸡+白灼菜心+例汤+米饭是29块钱的大套餐,我卖了那么多次我能不知道嘛。

我瞧了瞧,这办公室布置得可真是糟心。

除了一个文具柜、一张桌子和两把椅子,啥也没有,比库房还寒酸。

方从心从桌子底下掏出一盆绿植:"喏,今早路上看见有人出摊卖,觉着这个跟你挺像的,买来送你的。"

我虽做过一段时间有关绿植的研究工作,但皮毛都没碰上,就指着这盆小绿叶子问:"这叫什么呀?"

"含羞草。"

含羞草我还是听说过的。我捧着脸娇羞了一下:"呵呵,我也没有那样羞花闭月吧。"说完我碰了碰它的叶子。

"咦,不是说含羞草的叶子一碰就会合起来的吗?它怎么不闭啊?"

方从心就等我问呢,还没等我最后一个字落音,他立马眉眼飞扬地说:"因为这盆含羞草脸皮厚啊。"

"……就为了羞辱我,你还花钱买盆含羞草。以后你把那钱给我,直接羞辱更省事。幼稚大王!"

方从心拨了拨饭菜,讪讪地看着我:"生气了?"

本来我也没那么气,但他这么虚弱地问我一句,我的肺突然就跟炮火点了引线一样炸了。

"别人说你脸皮厚你开心啊?我做什么脸皮厚的事情了?我不就欠你钱了吗?有钱了不起呀!有钱你就可以为所欲为,想让我送饭我就送饭啊!我一上午快累死了,还着急忙慌地赶到这里,就怕耽误你搞对象,人家不在你不说句对不起,还一脸理所当然,我欠你的啊?我跟你说,泥人还有土性,耗子逼急了还咬人呢。你送我盆草,你还内涵我!你还指着我谢谢你呢?"

方从心站起又坐下,坐下又站起:"我没——内涵你——吧?"

"你说呢?"我挥挥手,"我走了,你慢慢吃!这盆草你留着吧,就你这破办公室,也就这草衬得起。你嫌弃个屁!"

说着,我就夺门而去了。

走到楼下,小风一吹,我心想,我可真是长能耐了,我都敢骂债主了!

转念一想,骂就骂了,谁怕谁。这世道,欠债的才是大爷!

下午，我忙着按照学校的要求办理保研的相关手续，又上了两节专业课，晕晕乎乎就到了晚上。

然后，我以庆祝我保研成功和庆祝王姿琪活着回来为由头，给张子琴打了电话，让她来学校附近的大歌歌KTV报到。

张子琴对柳叶刀和唱歌都是真爱，戴着墨镜就来赴约了。

大歌歌KTV，一听这个名字就很骚。它家是今年夏天才开的，促销期的狂热劲儿还没过去，我们刚一进去，站在门内两侧戴黑色耳麦的一排服务员就齐齐给我们鞠躬，异口同声喊道："欢！迎！光！临！"

喊完之后，又跟军训集合一样踩着有条不紊的碎步聚在一起用荧光棒摆出一个个五角星的形状，然后每个人转着圈，把五角星弄得上上下下眼花缭乱，用心良苦地营造一种土味。

我们也是第一次来，热情地捧完场，就直奔自助区拿吃的。

我们猜待会儿张子琴听完我们说的，肯定什么都吃不下，就不停地劝她先吃饱了再唱。

等进了包厢，我因为是揭秘渣男真相的主讲人员，心理负担很大，也不管她们号叫着让我停下来，一根筋地做麦霸，给自己壮胆。

我一曲唱毕，王姿琪翻了个白眼："你说说，就你这乐感，谁信你曾经会弹钢琴啊！"

张子琴狠狠地在桌子底下踢了一下王姿琪。

王姿琪说："我们把她当自己人，说话不用那么顾忌的。就像她等下和你说什么，也不会有任何恶意一样。"

说完，王姿琪就给我递了下眼神，示意我接着讲。

我狠狠地点了点头，然后铿锵有力地说："我想尿尿。"

王姿琪恨铁不成钢地说："那你还不快去！"

我放下话筒就往外走。

在厕所里蹲了半天,我想跑得了和尚跑不了庙,这一关迟早都要过,回去的路上吩咐服务员再送几瓶啤酒过来壮壮胆。

进了包厢,张子琴却不见踪影。

"人呢?"

"去厕所找你去了,你没碰见?"

一鼓作气再而衰三而竭,我现在这口真气跑得差不多了。

正低头重新酝酿的时候,啤酒送上了桌。

我一看,我面前一瓶黑啤,王姿琪面前一罐可乐。

这服务员怎么回事啊——我一抬头,嘿,苏旭。然后就又一次上演了王姿琪骂苏旭的一幕。

我现在正是紧张的时候,哪里管得了他们这种打是亲骂是爱的戏码,随他们去,继续打坐酝酿真气。

王姿琪之前说苏旭是小地方来的、什么也不懂的小鸡仔,所以才忙上忙下亲力亲为地帮。我看未必,这才几天工夫,就能搞定两份兼职,他可没那么弱鸡。

你看王姿琪骂了半天,苏旭轻飘飘的一句"这里消费很贵的"就把王姿琪的嘴给堵住了。

王姿琪平日里不是转速那么慢的人,现在一副张皇失措的样子,真是关心则乱啊。

我只好解围:"没事,我虽然穷,但我男朋友有钱。等下我男朋友来付钱。你忙你的去吧。"

苏旭一出门,王姿琪就颠颠地跑过来跟我说:"还是你反应快。今天不AA,我付。"

"你这么懂事我就放心了。"

8 不准打架

我俩在包厢里左等右等,张子琴还没回来。正想着出去找找,苏旭推门进来了,看着王姿琪说:"跟你们一起来的那个姐姐在追一个男的。"

"什么?"我俩同时站起来往外走。

走了两步,我们就听见张子琴在不远处喊:"赵孝孝,你这个混蛋给我站住!"

我们连忙循声追上去。只见张子琴的墨镜早就飞了,顶着一只骇人的右眼跑着。赵孝孝不愧是学画画的,趁这几天张子琴不在,染了一个奶奶灰的头,正跌跌撞撞地跑,乍一看这画面挺像拍丧尸片的。

这都不用脑补。看图说话,张子琴肯定在这里撞见赵孝孝偷腥了。

要不是张子琴手里拿着把不知从哪儿顺的水果刀,我们早堵赵孝孝去了,可谁让她持刀呢。

我得益于前些天跟着方从心夜跑,脚力还可以,抢先跑到了张子琴的旁边。张子琴正目露凶光对赵孝孝吼:"你……你信不信我让你做凡·高!"

赵孝孝是真的怕了,捂着耳朵屁滚尿流地说:"琴啊,我错了。"大概是真的怕做当代凡·高,赵孝孝跑得也忒快了点,一转眼就跑丢了。

但是张子琴还是执着地追,不过步伐明显放缓了。

然后追着追着,张子琴突然掉了个头,不过迈了几步,赵孝孝和我们撞了个正脸。

原来张子琴追了一圈后弄明白这里设置的过道结构就是一个大闭环。合着你追我赶的同向运动掉个头就是相向运动。她等在这儿瓮中捉鳖呢。

不愧是理科生!捉奸都捉得有水平!相较之下,艺术生的脑子就相形见绌了,你看赵孝孝的脸都白得跟张纸似的。

这里的年轻保安和门口那批迎新的服务员一样透着一种奇怪的憨土味道,面对这一突发事件,气喘吁吁地追上来,学警匪片播报:"放下武器!最后一次警告,放下武器!"

惹得张子琴百忙之中还抽空看了看这位小哥。

我趁两人都大喘气的时候，做了个向下压的手势："张子琴，你持刀追人可是犯罪，这里都是摄像头。你想宰他，有的是拍不到的地方。"

张子琴听我说完，气息颇稳地说："那你给我拿个苹果去。要是警察问，我就说我边削苹果边追人玩。"

"……"

好在张子琴听劝，把刀一扔，露出一个惨淡的笑容："我就是想吓吓他。我的刀是救人的，我以后也不想拿刀时想起这个垃圾。"

扔完，她又看我："你是不是早就知道了？"

"嗯，昨天。你要是想骂我就骂，想打我就打。"

"就凭这贱人还想挑拨我们朋友的关系？！林梦，让你为难了，还特意让我来唱歌——"说到一半，她突然纵身一跃，朝赵孝孝扑过去，"我不打他去打我朋友，我脑子被驴踢了啊！"

站在旁边的王姿琪敏捷地捞了她一把："别打了别打了。"

"不打这种渣男留着过年做腊肉吗！"张子琴跨在赵孝孝的身上喊。

我也连忙趴上去。于是赵孝孝、张子琴、王姿琪和我四个人从下往上以汉堡王多层烤鸡腿堡的姿势叠在了一起。

赵孝孝作为底层面包坯子，发出了一声凄厉的叫声。

王姿琪抓着张子琴高高挥起的手："别打了！脏了你的手。"

赵孝孝还在地上挣扎，像只仰天躺的乌龟一般手脚乱舞。一堆混乱间，我的鼻子一酸，有两道滚烫的液体从我鼻孔处流了下来。

我蒙了一下。

我再转头往上一看，王姿琪正被苏旭反抱着；低头一瞧，是赵孝孝傻愣举着手的脸。

我再往前倒带，貌似这混乱的一拳本来是落在王姿琪身上的。但人家有甜甜的爱情作为盔甲,电光石火间被苏旭给拉走了。王姿琪一走,我受力不稳,脚一软,刚好迎上。

"你敢打我朋友!今天就是你的死期!"张子琴怒吼!

"干什么干什么!"一阵严厉的充满着威严的声音传来。

我仰着头看去,是警察来了。

于是,我们几个浩浩荡荡地去了派出所。本来可以就地笔录的,但派出所就在大歌歌KTV的对面,警察叔叔嫌这里吵,要我们集体去那边休息休息。

这还是我第一次进派出所,也没经验,心里不免七上八下。

王姿琪偷偷问我:"不会影响你保研吧?"

她不说还好,她一说我神经更紧张,鼻血也流得更猛了,那真是如黄河之水天上来,奔流到海不复回。

我在滚滚的鼻血中想,我那刚到手的保研资格还没焐热呢。

张子琴也没工夫管赵孝孝的事儿了,不停给我鼻孔里塞新的卫生纸,天不怕地不怕地朝警察说:"警察叔叔,那人打人。"

赵孝孝立马说道:"这是误伤!是你们要打我,我出于自卫才这样的。"

我们仨齐声喊:"谁打你了?你哪只眼睛看到我们打你了?!"

警察一拍桌子:"吵吵什么!"

然后开始了漫长的笔录工作。

笔录完,警察把我单独叫到一边,说看监控了,两边都有责任。我这要是验伤,也达不到拘留的标准,建议我让赵孝孝赔偿了事。

张子琴今晚杀红了眼,听说我要接受调解,嚷嚷着要请律师咨询。警察说,你请律师来,顺便也把你们老师叫来,接你们回去。

张子琴说:"请就请。"

王姿琪立马附到她耳边，让这个像是得了躁郁症的女人暂时恢复下理智。

张子琴听完利弊，立马改了口风，掷地有声毫不丢脸地反水："我们调停。"

警察这回却较真了，非得让我们请学校的老师过来。任凭我们说多少好话，也不答应。

"瞧瞧你们还有没有点学生样儿了！"

我顶着两团卫生纸，跟张子琴和王姿琪蹲在一起想办法。

"要不让同学假扮一下？"王姿琪说。

"带证啊！"警察在远处盯着我们三个小脑袋补充。

"我今天跟我们头儿说我头晕要去看眼睛才请假出来的，这事要是穿帮头儿会把我另一只眼睛打对称的。"说完，张子琴弱弱地瞧向王姿琪，"要不你找找你妈疏通下？"

王姿琪垂着眼皮掏手机。

这么多年，王姿琪都没要她妈的零花钱，就是为了争口气。现在巴巴地找回去，不仅前功尽弃，指不定阿姨会趁机提出一二三四的要求来。

我蹲在地上画圈圈："我倒是认识我们学校一位教授，他应该能帮我们掩护。"

"你导师啊？"王姿琪问。

"我导师这两天在外地开研讨会呢。我说的是'数学之美'那个方教授。"

"哦！你爸老乡那个！"王姿琪说完，又犹疑地看我，"那你岂不是要冒通知你爸的风险？你爸不会打飞的过来打咱吧？"

张子琴刚才都没落泪，这会儿倒是流马尿了："这都怪我！"

"怪个屁啊！要怪也怪赵孝孝！"我说道，"而且我有不惊动我爸的办法。"

我摸出手机,看了看方从心的微信。

一个下午过去了,他也没给我发信息。估计是被我那莫名其妙一顿骂气得不轻。

他本来说话就是那样刻薄,心里又不是真那样想的,我何必较真呢。

早不骂晚不骂,非得挑今天骂。现在求人家办事,没脸了吧?

他说得没错,我可真像那盆含羞草啊!

我看了看旁边两个看着我的朋友,再看了看远远站在派出所门口焦急等待的苏旭,在心底叹了口气。

没皮没脸就没皮没脸吧。

我捧着手机找了个安静的角落打电话。

方从心倒是接得快:"喂。"

"喂。"

"你怎么还没到家做题?今晚不是没课吗?"

我听他好像没有生我气,就壮着胆说:"我跟我朋友在KTV唱歌。"

"哦。还有人受得了你唱歌?"

"……"

沉默了会儿,他在电话那头说:"对不起,我开这些玩笑又让你不舒服了吧?"

我连忙摇头,一想到他也看不见,连连说:"没有没有。我就是来大姨妈了,心情不大好,借题发挥了一下。但你相信我,我对你,对任何人都不玻璃心的。"

"哦。"

"看在我给你做饭、为人真诚的分上,你能原谅我今天口出狂言吗?"

方从心却不直接回答:"你猜我今天中午吃出了什么?"

"什么?"

"一个酱料包。"

"是吗?"

"上面还有个梅姐的商标。"

"呵,好奇怪啊。"

"晚上我在梅姐那里吃的晚饭。29块钱,撑死我了。"

"是挺实惠的。"

"所以看在你给我做饭、为人真诚的分上——"

"我错了!我保证以后一定沐浴更衣、焚香三个时辰后给你做米其林大餐——但,但我现在有点急事,可不可以求你帮个忙?先赊个账?"

"什么忙?"

"方教授在家吗?"

"在。"

"你能不能让他带着学校的证件来一趟交一区派出所?"

"怎么了?"方从心语气一下子凝重起来。

"我被人打了。警察说,要老师才能接走。我导师不在,别的老师估计不会来,来了也怕影响我保研资格。"

"林梦!"方从心的怒吼声都快穿破耳膜了。

我委屈巴巴地说:"你不来就不来嘛,吼我干吗……"

"这么大的事你是怎么等到现在才说的!你给我乖乖等在那里,不要怕,我十分钟,不,五分钟就到!"

说着,他就挂了电话。

五分钟后,方从心果然带着方教授风风火火地到了。

方教授好像是直接从被窝里被挖出来送到这儿的。身上一套深蓝色的丝绸睡衣还没换,见着我,很没有师德地说:"我第一次见到你,就觉得你肯定是个人物,想不到这么快就让我见识到你的风采了。"

我们仨站成一行,缩手缩脚地说:"教授好。"

方从心越过他爸,一把把我拉过去了,捧着我的脸左看右看:"除了鼻子还打哪儿了?"

我忍着他把我的脸揉成胖头鱼:"没有了。"

方从心拍拍我的脑袋,左右四看,大声嚷着:"谁打的?谁啊?"

方教授在旁边不满地说道:"你不要搞得跟黑社会性质组织一样嘛。警察同志,你跟我说说,是哪个玩意儿打我的学生啊?"

我们仨一下子底气就上来了,手指头齐刷刷地戳向赵孝孝:"就是他!"

方教授问我:"是不是我们学校的?"

"是!艺术学院的!不过已经毕业了。"

方教授说:"毕业了更好办事。你还不让何小平来?"

"爸,他在来的路上了。"

王姿琪悄悄问我:"谁是何小平?"

"是他的法务。"我说。

"那这个帅哥是谁?"

张子琴凑过来:"就是我跟你说的林梦的男朋友。"

王姿琪瞪大眼睛:"我去,你男朋友是方教授的儿子!林梦你可以啊,上次还跟我说数学及不了格,现在都已经有人保驾护航坐上直通车了!"

"什么什么数学不及格?"张子琴饶有兴趣地问。

"就是——"

我横眼过去:"现在是讨论这些的时候吗?!"

张子琴:"现在不讨论这个,难道要我们讨论赵孝孝为什么找那个斜眼女吗?!"

我说:"你们随便讨论。我插嘴阻挠算我输。"

没过多久,那个传说中的何小平也光临了派出所。

何小平矮矮胖胖,眼睛小小的,像尊弥勒佛。一到场,他先是很有派头地扫了一圈,然后大步流星地走到我们面前,停在王姿琪那儿说:"你就是林梦吧?你欠我们公司的钱什么时候还?"

我弱弱地举手:"是我。我才是林梦。"

何小平瞧了瞧王姿琪,又瞧了瞧我,再看了看方从心:"哟,不好意思,之前小方总说,是个有点黑的小矮个儿,我以为是她呢。"

这是哪个野鸡学校里毕业出来的法务啊!一张嘴就得罪俩,靠谱吗?

很快,何小平用实际行动证明了他这张嘴是管用的。在他的帮助下,赵孝孝欠了我一屁股莫须有的医疗费。

于是,比刚才更庞大的一群人又浩浩荡荡出了派出所。

派出所门口,不怕死的苏旭拦住了脸色比锅底还黑的方从心,问:"你是林梦的男朋友吗?"

方从心就以一副"你打哪儿来就回哪儿去,老子现在没心情和你说话"的烦躁眼神看了看他。

"谢谢你过来帮她。"

方从心看我:"你新宠啊?"

"不敢不敢,嫩草塞牙。"我卑微地说道。

王姿琪蹿出来了:"怎么了?"

苏旭关心地伸头:"你没事吧?"得到肯定回答后,苏旭指着方从心说:"主管让我在这里等她男朋友来要钱。"说完他又看我:"林梦姐姐,刚才你说你男朋友很有钱,等下会来付钱的。"

旁边何小平插嘴了:"发生这么大的事,我们没追究你们KTV的责任算是你们的幸运了,你们还敢来要钱——"

没等他说完,方从心就从钱包里唰唰唰掏出来几张粉色票票说:"是,对不住,刚刚忘了。"

我连忙扑过去抽回一张:"不用那么多。"

钞票在我手上停留了0.1秒,又被王姿琪夺走了:"这里服务员全靠小费活着的。大风天你让人家在外面等这么久,有钱人难道不给点小费吗?"

说着,她就把钱塞到了苏旭手里。

妈的,在空中扔一团棉花都不见得飞得走,哪来的大风!有异性没人性,说好的你付钱呢?!

然后就是各回各家各找各妈。

王姿琪刚回来没来得及找房子,暂时住在学校附近的酒店,就和张子琴一起走了。苏旭也回了KTV继续工作。我刚刚体力运动有点大,在派出所又吸了一宿的二手烟,现在只想回家洗个澡,但方从心说要带着我去医院看看。

我不愿意,说他小题大做,方从心又说不去医院也可以,但是必须让我回他家,因为他奶奶早年间去西南支过教,跟当地土著学过一些医道偏方,让她帮我看看,他也好放心。

我还是不想去。方教授打了个哈欠说,我爸妈把我托付给他们,现在却没有尽到照顾的责任,心里有愧,要打个电话给他们道歉。

我想了想,说,那我还是去吧,对身体小心一点总没错。

方教授说,那他们既然照顾得好,这电话也就不用打了。

于是,我们仨带着何小平往方从心的家走。

我也不晓得何小平为什么跟着去。因为方从心已经直接跟他说,你可以回去了。何小平就戗说你这个渣男怎么把我当成餐巾纸用过就扔,边说边含情脉脉地跟方从心眨了下眼睛。然后他就在方从心的默许下,大摇大摆地上了车。

开车至方从心家所在的别墅区,冯老师已经披着外衣在楼下等我们很久了。见到我们下车,冯老师焦急地迎了过来,对我嘘寒问暖一通,见我并无大碍才放下心来,哭笑不得地向我转述方从心把方教授拉出来救人的场景。方从心声称我在外面被人打变形了,吓得方教授着急忙慌衣服都没换就赶去救火了。

"还好还好,没有变形。我想林梦要是变形,不就成了林林夕了吗?"冯老师捂着嘴哈哈地乐。

今天这事儿搞出这么大的阵仗虽然是个意外,但打扰到这么多人我实在是很不好意思,对这个一点都不好笑的冷笑话拼命地笑了笑。

到了屋内,冯老师取下我塞在鼻内的纸团,说那是非常不科学的做法,然后从冰箱里拿出一包冷敷袋要我敷在鼻梁上——尽管已经止血了,还是得仰着头多敷一会儿,又嘱咐我今晚不要做运动刺激毛细血管,尽量保持冷静就好了。

方教授说,我给她出几道数学题思考思考,心就自然静下来了。

可以,但没必要,方教授。你都不知道我面对数学有多热血沸腾激情澎湃。

好在方教授只是说说而已,在方从心的驱赶下,方教授回房间休息了,回去之前他对着方从心冷笑:"我是不是你们口中常说的工具人?该我出场时就催我催得要死要活,我碍事了又一脚踢开?"

何小平心有戚戚地点头,表示确实是这样的。

方教授走后,冯老师给我盛了一碗温凉的桂圆八宝粥,让我敷完后吃。老人一般睡得早,今天为了我熬那么晚,我催冯老师早点去休息。冯老师故意学着方教授感叹工具人的样子,两手叠在后面幽幽地飘走了。

等两位长辈一走,我也没什么形象好计较了,立马把冷敷袋一扔,抱着碗就喝起来。我本来担心张子琴,光顾着喂她,也没顾得上自己的肚子,今晚又是追跑又是被打的,早饿得前胸贴后背了。

大概是我吃得太狼狈,方从心都没忍心说我,只是捡起那个冷敷袋,帮我摁在鼻梁上。

我说不用敷了,方从心说要谨遵医嘱,我说那我自己拿吧,方从心说奶奶让你半仰着头,你一手举碗一手拿勺,要用脚拿这个吗?

我就只好端起碗来飞速地往嘴里倒。等我几口吃完放下碗,何小平在我正对面,支着头,贼溜溜的眼睛看着我。

方从心接个电话暂时离开了,客厅只剩下我和他两人。

为了不冷场,我说:"今晚谢谢您了。这么晚了让您为我跑一趟。"

"应该的。您是我们公司的客户,我帮着维护客户利益就是维护客户和我们之间的关系。"

他一说客户,我就心虚了。我又把上次在方从心那儿没问明白的问题重新提了出来:"我这点钱对贵公司来说算什么,哪值得您兴师动众。"

"嗐,不是钱的事儿。"

"我听方从心说,好像和党派什么的有关系。"

何小平点头:"确实。"他从餐桌上拿出两个调味料瓶,一左一右地放好,说:"我们公司有两个派系,一个派系是大方总,一个派系是小方总。大方总是小方总的堂哥。小方总就是方从心咯。"

我不禁想到了九龙夺嫡的故事,正襟危坐道:"我懂了,为了利益两人不顾兄弟情分对着干了,是不是?"

何小平"嗯"了下。

"那现在大方总和小方总,谁占上风?"

何小平指了指左边的调料瓶,五官聚在一起叹了口气:"当然是大方总了。那简直是对小方总无情虐杀,有时候欺负得太惨,我们手下人都看不下去了。"

我嘴巴张成了圆形——平日里方从心在我前面光鲜亮丽吃五喝六的,没想到他在公司这么惨啊。我以为他这战斗力不说稳赢,怎么也得混个势均力敌吧?

"你们大方总还有没有点人性了?自个儿弟弟还虐杀。"

何小平:"你别激动。冯老太太说了,你不能激动。"他摆摆手,又叹了口气,苦哈哈地说:"商场如战场,怎么可能兄友弟恭?我给你看看哈,前一阵子大方总给我们群发的那封邮件,啧,我都想替小方总撂挑子不干了。"

说着,他把手机掏出来,翻了一会儿,示意我看。

这个来自 yuke.fang@mmmm.com 的邮件是这样的:

下周一为本人和爱妻结婚三周年纪念日,公司特决定放假一天。请大家怀着美好的祝福,共度美丽的假期。

下周一来公司加班的人,辞退处理。

若有紧急且重大事务,请找公司万年单身狗方从心。不要骚扰本人。谢谢。

Rick

我凝神读完:"嗯——怎么说呢,和我想象中那种刀光剑影的邮件不大一样。关于党派利益,您能说得再具体一点吗?"

何小平皱了下眉头:"这你还看不出来啊。在我们公司,大方总代表的是老婆派,小方总代表的是没老婆派,老婆派老是在公司里嘚瑟,讽刺没老婆派没老婆疼。"

什么老婆派没老婆派,我还老婆饼没老婆饼呢。

我说:"你能正经点吗?"

何小平信誓旦旦地说:"我哪里不正经了?我说的都是真的,大方总是妻奴,自打结婚后在公司天天秀恩爱,这家公司的名字还是他老婆的名字。"

"木木木木?"

"嗯,合起来就是林林嘛。起公司名字时,小方总还不大乐意,不过好像被大方总用什么办法说服了。不过那时他俩还没那么闹腾,有话都好说,后来嘛大方总确实有点嘚瑟,明里暗里都嘲笑讽刺小方总。"

"你们这是单身歧视,单身狗怎么了?单身狗吃他家粮了还是喝他家水了,犯得着这么说人吗?"我站起来骂道。

"说了你别激动。"何小平把我按回椅子上,"本来单身狗也不至于这么被嘲笑的。主要是吧,我们公司在大方总的舆论宣传下,连新来的保洁阿姨都知道小方总暗恋一女的好多年了,连个屁都没敢放过,这才被大方总嘲笑的。"

"啊……"我想起了佟筱,"方从心应该是有所顾虑吧。"

"确实是。那女的好像有个男朋友。听说男朋友隔三岔五地在网上发一些两人吃饭的照片,整得跟个美食主播似的。"

我心说世上怎么还有跟徐正一样无聊的男人,每次来我们学校蹭饭,手机还咔咔咔拍一堆照片,说是回去啃工业大学的菠萝炒玉米这种黄色废料时可以拿出来回味回味。

何小平掩面感叹:"哎哟,你说说,我们小方总累不累!苦不苦!惨不惨!"

我连连点头:"累!苦!惨!可是,这跟和我签协议有什么关系呢?"

"怎么没关系?在大方总日积月累的刺激下,小方总终于火山爆发,真的要辞职不干了。这么一搞大方总有点慌,问他干吗去,他说做数学老师去。大方总就开玩笑建议以公司的名义聘请他兼任数学老师,给他按补习时薪发工资。前提是他不在长宁大学这项目上撂挑子。因为他一撂挑子,大方总就得扔下老婆顶替上。他老婆刚生完二胎,他走不开。哪知道小方总来真的,还即刻给自己放了大假。"

我终于晓得了,合着我才是工具人,我就是两人相互下的一块大台阶呀。

我暗戳戳地问:"那时薪大概是多少钱?"

"我一个法务怎么知道这些?"

"你一法务不还给我发催款函了吗?"

"哦,也是,大方总说我太闲,让我亲自抓这个项目。"何小平伸出一个手指头,说,"这个数。"

我说:"100一个小时啊?"

何小平摇摇头:"10000一个小时。"

难怪当时方从心给东西给得那么大方那么土豪,我嘴巴又圆了:"我,我有这么值钱吗?那……那我要是和方从心狼狈为奸一下,年入千万不是梦啊。我要的不多,去三个零就可以了。"

"嘿,精明。不过这事儿本质上和你没关系,小方总为了照顾成家的大方总,兢兢业业任劳任怨这几年也不容易,大方总只是借坡下驴,换个方式变相补偿下小方总罢了,谁还在乎真上课还是假上课啊。"

"哦——"我还沉浸在那巨额的时薪带来的震惊中,只听何小平话锋一转:"但这个事儿后来又有点变化。"

"怎么了?"

"大方总伺候老婆坐月子什么的,日常事务比较繁杂,公事私事一搅和吧再聪明的人也有糊涂的时候。等看到合同的时候才回过神来,发现自己是被小方总诈了。小方总那是拿公款到长宁追老婆去了。他暗恋的女的就在长宁大学,他怎么会撂下长宁大学那项目不管呢。所以这个钱,大方总不打算给了,还催着我要客户的补习费,也就是你的钱。嘿嘿嘿。那催款函就是大方总让我发的。不好意思。"

"啊！那1000万一眨眼就那么没了？"

"是呀,煮熟的鸭子就因为那女的飞了。可惜。"何小平晃了晃脑袋。

我眼睁睁看着发财分赃的机会就这么没了,肉痛得不行,禁不住说:"事情都坏在这女的在长宁上了。我觉得你可以找找她,让她暂时转个校,价钱都可以谈,回头项目结束了再转回来。"

何小平愣了愣,抱拳:"你真是商业奇才。"

"过誉了。你晓得佟筱的吧？要不要我给你她的联系方式？对了,方从心说,佟筱没有男朋友。"

刚才还滔滔不绝的何小平一时没反应过来:"佟筱是……"

"就你们家小方总喜欢的那个,叫佟筱。我听方从心亲口跟我说的,说是有什么误会。"

"真的？"傻了半天,何小平问出两字。

我说:"不会有假的。方从心都让我偶尔搞点暧昧刺激她了。"

何小平那张大饼脸一乐,意味深长地说:"呵,你们够有情趣的。他瞒了我不少事啊。"

我摆摆手。"你不能怪他,他也才知道。你说他一北大的,连喜欢的人有对象没对象都搞不明白,还为此被人欺负。要我说也是活该。"我顿了顿,"没有帮你们大方总说话的意思哈。我对事不对人。"

何小平笑得更欢了:"确实,确实。"

"哎,你们公司两个帮派,你站哪个派啊？"

"我跟我老婆正分居,我现在算是骑墙派。"

跟何小平聊了这么久,我也不拘谨了,抱拳说:"中庸之为德也,其至矣乎。"

这时,接完电话的方从心进来了,见我俩聊得正欢,非常警惕地看了何小平一眼,严肃地问我:"他跟你说什么了?"

何小平朝我眨眼。

我心说我当然知道方从心也是要面子的嘛:"没什么,他说他和老婆分居的事。"

方从心奇怪地看着他:"你什么时候有的老婆,我怎么不知道?"

何小平拍拍屁股起来:"嘻,这不瞎聊天嘛!"

我就很震惊地看着何小平:"你骗我干吗?"

"看你单纯,随便骗骗。"

"那你刚才说的那些话是不是真的?"

"你猜。"何小平嘻嘻地笑,转头对方从心说,"哎哟,不用你赶,我现在就去楼上睡觉。别客气别客气,我自个儿带了身衣服过来,啥也不用给我准备。哎呀这几天酒店住得我那个不舒服啊——"

说着,何小平摇头摆尾迈着大步上楼了。

等他上楼,方从心说:"以后你和他少说话。"

"为什么?"

"人的生存法则之一,不要和掌握太多秘密的人走得太近。"

"为什么?"

"掌握很多秘密的人要么嘴巴守得牢,要么会打听。你觉得他是哪种?"

"后面那种?"

方从心点头:"你看你脑袋空荡荡的,也不会拐弯,被人卖了还帮人数钱。你和他说得越多,他套走的信息就越多。"

"没——有——吧。"我回想了一下刚才透露了什么秘密没有,脑子转过来了,"你说谁脑袋空荡荡的?"

"你看你这反射弧还不承认你脑袋空荡荡。"方从心嗤笑了一声,在桌边倒了杯水,咕咚咕咚喝了几口,站在窗边对我说,"今天这事怪我。我之前不想让你去做他们俩的恶人,才拦着你没给她打电话。要是那时打了电话,事情也不至于闹成这样。"

我一下子没反应过来,愣了好几秒才明白他说的是张子琴和赵孝孝的事。

见我没说话,他又走过来两步:"你也是,赵孝孝那么多人可以打,怎么就偏偏打你呢?你就是太实心眼儿——"

"你这是典型的受害者有罪论,我被人打就是我错啊?"我揉了揉鼻子,"好朋友打架我们总得去拦着。王姿琪有人心疼,被人抱走了,我没人心疼我就得被打,什么道理?"

方从心眼神一黯:"我没那个意思——"

"我这么说也不对。我怎么没人疼?你看你就对我挺好的,大晚上特意跑来捞人。方从心,谢谢你,要没有你,我们几个今晚还不知道怎么过呢。"

方从心大概是个顺毛怪,我这么一说反而就低下头喝水去了,也不像以前那样什么话都要找点刺儿来怼我了。

我顺着话说:"要不你喜欢我吧。"

"噗——"哎呀妈呀,值当你吓得喷水吗?!

"你慌啥?我就是随便说说。我也不知道何小平说话到底有多少是真的,但听他意思,你单恋佟筱挺久的了。佟筱那难度系数确实有点高,竞争对手过去现在未来都少不了,你受的罪老长老长的,追上了也不见得省心。要我说你换个人呢?打个比方我这款的,一定很好追,追上了也很踏实。"

方从心拿纸擦嘴,一声不吭。

喂,一句话不说也太不给面子了吧,至少说一句"你也不比佟筱差"的奉承话,让我下得了台啊。

我清了清嗓子,只好自己给自己垫话:"不过,你也不是我喜欢的类型。我也要找看上去安全一点的。除非刘昊然哭着喊着非要我嫁给他,我才勉强调整一下我的标准。"

方从心把那团纸扔向我:"做梦去吧你!"

可不就是做梦,我难道还真能指望你喜欢我呀。

可是,你不喜欢我,你让我乖乖在派出所等着,让我不要怕;你不喜欢我,你捧着我的脸问我还伤哪儿了;你不喜欢我,钞票唰唰唰地给苏旭花。

我才不要这样自作多情。

"我要回家。"我意志消沉地站起来。

"太晚了,在这儿睡吧。"

我看看他。

"客房。"他补充说道。

"难道我有一丁点误会要上你房间睡的意思吗?好歹你这是城中大别墅,我还是知道别墅的客房数量的。"

"那你坚持回去干吗?"

我灰着脸说:"我姨妈巾没带。"

方从心脸色一滞,挠了挠头,很不自在地说:"我车上有。"

我很惊恐地看他:"你怎么还有这种恶趣味?"

方从心又是一副恨不得来打我的样子:"昨天你在我车上,把你包里的东西全都倒出来了,也没捡干净。早上我送我爸去学校,我爸帮我捞出来的。"

我脖子一缩:"那谢谢方教授了。"

方从心瞪我,我背脊一挺:"看你避之不及的样子,姨妈巾是什么污秽之物吗?!我看你上了北大,学的还是封建糟粕。女性地位的提高真是任重道远啊——"

嘿,方从心还是第一次被我说得哑口无言呢!

最后,方从心还是送我回家了。因为我一想到要和方教授住在一个屋檐下,我就浑身不自在。

"我爸又不会吃了你。"

"你不懂。你想想你隔壁住着一个杀手是什么感觉。"

"……"

　　来自方从心的MEMO:

　　想来想去,开心的成分多一些。毕竟最难的时候她想到了我。

　　她说让我考虑她看看。我温水煮的青蛙可以吃了吗?

第九章
不得怀旧

到了家已经是凌晨一点了。万籁俱寂的深夜,我给王姿琪发信息,她果然和张子琴待在一起。我问她张子琴状态怎么样,她就语音电话拨过来了,说张子琴在厕所偷偷哭了一会儿现在睡着了。

"张子琴提了一嘴,问你能不能不要赵孝孝的医药费了,或者她补给你。不过她说完就后悔了,不让我跟你提这事。"

"为什么?"

"赵孝孝艺术学院毕业后不是一直没找着工作嘛,家里也是普通人家,这么晃荡一年了,挺自卑的,两人早就渐行渐远了。赵孝孝不过是把分手这个步骤提前了一段时间,只是他的吃相太难看了点,不然还是好聚好散的。"王姿琪顿了顿,"到大四了,谁还谈简简单单轻轻松松的恋爱?"

我漱了漱口:"看她在派出所咋咋呼呼恨不得把赵孝孝吃了,关起房门来还是心软。"

"毕竟爱过。"

"我象征性收一点点吧。无论如何都不能让做错事的人不付出代价。那钱我也不敢用,回头捐了去。"

"嗯。我也是这个意思。"说完这个话题,王姿琪另开一个话题,"今天那个从天而降的救星真是你男朋友?"

"不是。我要有男朋友瞒着你干吗?"

"他喜欢你吧?"

"别胡说。人家有喜欢的人,好多年了。佟筱,认识不?"

"没听过。不过我觉得眼神不会撒谎,你是不是搞错了?"

"你一个母胎单身说什么眼神不眼神?你先把自己那点事儿整理清楚就行了。"说完我就打了个哈欠。

"跟你谈过恋爱似的。"

"早点睡吧。我快困死了。"我准备挂电话,没想到王姿琪最后又补充了一句:"林梦,有时候自作多情也不是坏事,万一是真的呢?你别因噎废食。"

挂了电话,我栽在床上想,哪里来的万一啊。

我在自作多情这事儿上栽过不少跟头,闹出过不少笑话来。

人生这么漫长,时间大浪淘沙,所有的喜悦、愤怒、难受、悲哀都像细沙一样,在奔腾不停往前走的日子里沉淀下来,成为不见天日的河床。

只有尴尬的时光,你随时扭头回望,都会看见它漂在水上,像一层脏兮兮的黑石油,不会自行腐烂,也不会被岁月分解。只要你稍微一回头,它就跟嗅到了营养一样,张牙舞爪地从你脑皮层里冒出来,让你垂死病中惊坐起,哆嗦着给自己点个蜡。

就像现在的我,本来困得眼皮都睁不开了,一想起那一件件令人难堪的往事,就禁不住尴尬得双手双脚都蜷缩起来。

我念初二时,有个没落的童星转到我们班,我一直没怎么在意,直到某一天,这个风云人物似乎一直目光灼灼地偷看我。

这绝不是我的幻觉。我的同桌提醒了我。连老师也发现了异样,叫他答了好几次问题,他才勉强收回目光。但下了课,他照样有意无意地把目光瞟向了我。

我猜他肯定是喜欢上我了。这令我紧张,同时又生出一些探索的欲望。于是我那天表现得格外淑女,连去厕所都不愿。因为淑女是不能和厕所联系起来的。一下午我只在那里坐着,辛苦地憋着尿,优雅地喝着水,说话也柔声柔气,笑起来更是情不自禁地捂嘴。

那天是他值日,我故意等到很晚。他扫我的座位时,我本应站起来的,但他像是触到了什么机关一样,瞬时弹得老远。我站起来指着桌子底下的纸团让他扫一扫,他涨红了脸迟疑了很久。我心说喜欢一个人真的可以像书上所说的那样惊慌失措吗?

然后我就听他慌慌张张地说:"你的裙子……你看看你的裙子。"

我转头一看,原来是我的裙子被我塞在内裤里了。因为教室靠厕所,我又坐在后排,被同样从厕所里出来、跟在我后面的人看见了。

这一整天投来的关注的目光,不过是一场笑话。

后来高一开学那会,我去图书馆借书时,也有过别人给我塞纸条、让人怦然心动的艳遇时刻。我拿着纸条娇羞地走出图书馆,绕过一群又一群嬉戏打闹的同学,一路思考我是该接受还是该拒绝,并脑补出接受或拒绝的各种剧情,到厕所偷偷展开一看。

是"你裤子拉链开了"七个大字。

再后来高考完的暑假,发生了一件自作多情的极端事件。

我们泰溪虽然是个小镇,但重教兴学,高中学校狠抓成绩的同时又狠抓早恋。情侣们为了防止暴露,谈恋爱堪比地下党接头。像我们这种没谈恋爱的,就以为大家都在好好学习。哪晓得高考一过,地下党迎来解放,出现一批又一批搞对象的。这种风潮导致像我这种形单影只的人分外可怜。

于是,毕业的一场场大聚会就变成了四五个单身狗抱团成一个小团体分别聚了。

我和徐正就是这么熟起来的。因为我和徐正将来都要到长宁来上学,以前又是同班,自然就聚到了一起。不过那时的徐正说话时阳光热烈,安静时又隐隐透着一种忧郁,完全没有现在的二皮脸气质,而且人高皮肤又白,显得很干净——说实话,在高中,哪怕大学,男生干净就是一个很重要的优点了。

我心里其实觉得有点奇怪,为什么徐正这样的人还单着。

后来徐正带我们这个小团体去和另两个单身小团体搞大聚会唱歌。徐正坐在麦克风支架前,预备要和另一个男生一起唱《小酒窝》,尽显苍凉。他拿着话筒,问:"在座的女生难道没有一个愿意和我唱这歌吗?有酒窝没酒窝的女生出来支持一下呗。"我脸颊一侧有个若隐若现的梨涡,我猜他是向我喊话求助,就自告奋勇地上去了。大家吹起口哨又是鼓掌。我倒是后知后觉地有点不好意思,对他摆着手说:"不唱了不唱了。"

他朝着大家喊:"你看,都被你们嘘回去了。快出来个人,再不出来我找有酒窝的点名了啊。"

结果大家集体喊我的名字,我只好又上去合唱了。

一曲唱毕,徐正说:"唱得不赖。难怪黄毛说你有个好嗓子。"

"我以前看黄毛和你一起打过球。"

"我俩是好朋友,可惜后来他没上学了。那时他常跟我提你,我其实挺想和你结交的,但你……你那会儿不是出事了嘛,就没敢和你套近乎。再后来我就转到别的班去了。"

于是他领着我找了个空位,坐在一起继续聊。

"黄毛以前喜欢过一个女生的,走之前还让我好好照顾她。"

"谁啊?"我问。我从没听说黄毛喜欢过谁。他又是打工又是打架的,到了学校就是睡觉,后来改邪归正后忙着补课,也只成天跟我和几个交好的男生凑在一起,哪有时间看别的女生?

徐正说:"远在天边,近在眼前。"

"啊?"我低头往嘴里塞了块西瓜,突然意识到了什么,一颗西瓜子卡在喉咙口,吭吭地咳起来。

莫非他喜欢的是我?

"其实没有他的嘱咐,我也会照顾她的。"

为了压制那有可能让我错过重要信息的咳嗽,我拧开桌上那瓶依云拼命地喝水,只听徐正淡淡地说:"毕竟我也喜欢她。"

我因为过于震惊,来不及倒气,一口水直直地喷在了他的脸上。

现在想想,我喷水的力度可比今晚方从心喷的强多了。

喷完后,我作为贫民窟女孩,第一个想法是那么贵的水我怎么给浪费了呀。然后我才深感羞愧,连忙找纸擦,好在坐他另一侧的女孩子及时从包里翻出了一包纸巾。

他接过来,轻声说了声谢谢。我在旁边抹了下嘴巴,急着追问:"那,那你怎么不早点跟她说啊?"

"我觉得我这样做对黄毛很不仗义,就一直没敢告诉她。可是我想通了,感情这个事并没有先来后到。"他低下头安静了几秒钟,又道,"我得说明,我并不是因为我们即将要去一个地方上大学,赶潮流才跟她表白的。我喜欢她真的很久很久了。如果她听到我的话后,也愿意回应我,明天十点请她务必准时出现在易生商场的光明电影院,我在那里等她。"

跟周杰伦歌里唱的那样,爱情可真是一场龙卷风呀,把我吹得晕头转向,都不知道把我刮到何方了。

这天晚上回到家,我辗转难眠。徐正的告白实在太突然了,搞得我一点心理准备都没有。我一边怨念他留给我回应的时间太紧,一边又偷偷地想,喜欢一个人很久是什么感觉啊。

我没有心上人,像间寂寞的空房间,如果有人真挚地敲门,我是很容易开门的。我想,门外那人要是把"小兔子乖乖,把门开开"多唱几遍,没准我也能开。

天蒙蒙亮时,我想起这阵子恶补的言情小说里,那些痴情男主一往情深深几许的经典场面,暗自地将自己代入了女主,不由咬着被子甜甜地笑,甜甜地睡过去了。

第二天我睡过头了,一醒来已经十一点了。我急匆匆地将衣柜里所有衣服都扔出来放在床上,毫无章法地试穿,越急越乱,脱裤子时绊了一下,脑袋直直撞在桌角上。我看时间又过了一刻钟,心急如焚地套了条嫩黄色的雪纺裙,打了车就去了。

我在车上想,要是徐正已经走了怎么办?一般影视作品里,男主为了等女主回复而默默超时等待的时候,总会遇上天降暴雨的恶劣天气,虽说今天晴空万里,而且徐正很聪明地没有选在户外,却也难保他不会早已黯然神伤地离开了。

所以当我下了车,我几乎是拿出百米冲刺的速度跑上五层楼的。

徐正还在,像块望夫石一样,直直地望着入口。

我跑过去,气喘吁吁地道:"对,对不住啊,我,我起晚了。"

"啊?"

"你定的十点,可是我一眨眼,一眨眼,就这个时间点了。真不是故意,故意晾着你的。"

他手里拿着两瓶依云,开了一瓶给我:"你先喝点水,润润嗓子吧。"

我大口喝去了半瓶,解释完见他抓耳挠腮地不知说什么才好,心知他是高兴得说不出话来了,就故意岔开话说:"你想看什么电影?要不看《大鱼海棠》?"

他元神出窍地说:"哦,哦,好。"

选座时,他还沉浸在震惊中,一脸呆滞的表情。直到我掏出付款二维码准备买单,他才回过神来,忙不迭地说:"我来我来,不好让女孩子请的。"

付完钱,他突然盯着我说:"你头上流血了。"

"啊?"我摸了摸那呲呲痛的地方,确实有点血丝。

"怎么弄的?"

"着急出来找你给磕的。"

他又静默了几秒:"我给你去买个创可贴吧。"

"不用了。电影都快开场了。"

"电影什么时候都能看,处理伤口要紧。你等我。"说完这话,他就匆匆走了。

我一个人抱着依云,傻傻地坐在大堂沙发上,目光柔柔地等他回来。

过了大概半个钟头,他才出现。不过看上去,脸色更差了点。

"你再晚一点,我的伤口就痊愈了。"我开着玩笑,"创可贴呢?"

他啊了一声:"对不起,没买到。"

"算了,看电影去吧。"我说。

"不看了,没有开头也看不懂。我带你去处理一下吧,没有药店就去医院。"

"不至于吧。"我忸怩,心想喜欢的体现果然是呵护、紧张和小题大做,就害羞地跟着他下楼了。

结果刚下楼就有个铺面颇大的药房。

"这不是有吗?"

他挠头:"我眼珠子是画的。"他在货架上挑了一款可爱款的创可贴,取出一个给我。

我一手把刘海掀上去,另一手撕创可贴,单手操作不是那么容易,尝试两次失败后,徐正接过去,替我撕开,说:"我来吧。"

他吹了下伤口:"疼的话你吱一下声。"

他一口热气吹在我脑门上,倒是我的脸先烫起来了。只是他温热的手触碰在我的肌肤那一刻,我下意识地躲开了。

他的手就干干地悬在了半空,场面一度尴尬。我也不知道为什么要躲,只好将脑袋又微微凑过去,直至他轻轻地贴好。

为了活络下气氛,我故作风趣地说:"你都是看过我大脑门的人了,其他人都没机会看的,你要对我负责哦。"

说完之后,空气直接降到冰点。我甚至听到了乌鸦飞过发出的嘎嘎的声音。

"你说你睡过头了,直接过来的?"好在他率先打破了僵局。

"嗯。"

"那我们先吃点饭吧。"

"好。"

吃到一半,我妈打我电话,她说她正在易生商场和小姨她们一起吃饭,问要不要给我打包一份回去。我吓得半死,虽说早恋的严控期已过,但一点都不想约会第一天就被我妈撞破。

徐正注意到我紧张兮兮的表情,我坦诚相告,徐正就说:"那你先找阿姨会合吧。"

我说:"没事的,吃完饭再说。"

他很坚持:"以后再吃。"

我只得给我妈回了电话,说我也在商场,找她蹭下半顿饭去。

我妈当然严厉质问了我脑门是怎么回事,还要过来撕创可贴亲眼检查伤口大小,我捂着创可贴誓死不从,跑去卫生间连连自拍,生怕半路创可贴掉了。欣赏了半天照片,我登录微博,甜滋滋地秀了一张,然后在正文里勇敢地写了一句现在想来仍想自杀的话：

谢谢爱心创可贴，余生请多关照【爱心】【爱心】【爱心】@徐正不是徐峥

我那会儿吧，言情小说补得有点多，脑子里全是"现世安稳，岁月静好""愿得一人心，白首不分离""许你一世温柔""你若不离不弃，我必生死相依"这些深情的套话，动不动就沉醉在想象中的爱情里。加上毕业季正是情侣秀狂潮，我也不甘落后感情充沛地宣布脱单了。

我在家里不时刷下微博，一心想看看徐正的爱的宣言。但等了差不多一天，评论和私信除了祝福还是祝福，不见徐正人影，也没有徐正的任何信息。

第二天，徐正打电话约我见面。出门前，为了补偿前一天迟到害他等我那么久，我大清早起床精心打扮，提前半个小时就到了指定的广场。

徐正见到我，吞吞吐吐地说道："你可不可以把那条微博删了。别人都在误会我们。"

我不解："误会什么？"

他看了看我的脸色，深吸一口气说："我喜欢的人不是你，是张卉。"

我人站在原地，其实灵魂早就飘荡在半空中，格外冷静地审视着如木桩子杵着的我的身体，然后它穿梭时空，去更早更早的记忆库里寻找关于张卉的资料。

张卉是我们泰溪纳税大户的公主，在我们这儿上课上得挺随心所欲的，想来则来，不想来轻轻松松能请到假。她爸爸早早为她准备好了出国之路，据说为此还给海外某所著名大学捐赠了不少资金。不过不知道因为什么，她和她爸爸闹掰了，到了很晚的时候才报了高考。她性情清冷孤傲，

在我们高中没什么朋友，不参加我们的单身聚会，也不参加情侣们组织的毕业会。

我顿住了。大脑拼命倒带，记忆定格在前几天的KTV包厢里，五彩斑斓、影影绰绰的灯光中，掏纸巾的那只手上。

画了红黑相间的指甲油，那是张卉惯用的颜色。

她参加的唯一一次聚会，正是坐在徐正的另一侧。

徐正说，黄毛喜欢的人远在天边近在眼前，指的并不是我，而是张卉。

以前黄毛跟我经过一家高级便利店的时候，问店员有没有依云水。我当时说他疯了，买那么贵的水干吗。他说他看有人只喝这水，想尝尝看是什么味道。我说，水都是H_2O，无色无味，真要尝出不一样的，可能就是人民币的味道了。

张卉因为三天打鱼两天晒网的学习状态，高考考得很烂，只录到了专科职业学院，盐田职业学院。那是长宁的卫星城市，离长宁大概只有几十公里的路程，也可以说，考的和我们是一个地方。

在影院苦苦等待而并未出现的依云水主人，是张卉。

那个两颊有深深的酒窝，眼睛上有长长的睫毛的女生，是张卉。

那个被我李代桃僵的女生，是张卉。

所以，那个被徐正喜欢了很久的人，是张卉。

徐正说，张卉昨天确实来了影院，他下楼买创可贴的时候碰上了。不过她不是来和他看电影的，而是跟他说抱歉的。

我说："哦哦，难怪你去了那么久，回来后脸色又不好。"

他说："不好意思啊，我前天在KTV的那番话确实容易让人误会。"

我说："哎呀呀没关系的呀，误会解开不就好了吗？只要张卉没有误会就好了啊。"

他说："她不会误会的，黄毛跟她表白过的，她知道我是在跟她表白。"

我说:"哦哦,黄毛都没跟我讲,他要告诉我,指不定我可以帮他出主意——哦,对不起啊,没有帮他不帮你的意思。"

他说:"没事,我没多想的。"

我说:"那就好。"

他说:"那你能把那条微博删了吗?我怕张卉误会。"

我说:"你不是说她不会误会的吗?"

他说:"我是怕她误会我跟她告白不成,就和别的女生在一起了,这样显得我对她的感情很廉价。"

我说:"哦那确实,还是你想得周到,表白被拒也要售后保修的。"

他说:"你还好吧?"

我说:"当然,当然。"

他说:"那我们走吧。"

我说:"你先走好啦,我妈妈等下要来接我去吃饭的。"

他说:"你跟你妈妈感情真好。"

我说:"世上只有妈妈好嘛。"

他说:"那再见咯。"

我说:"再见,给你添麻烦了,不好意思。"

他说:"没事,那我走了啊,再见。"

我说:"再见再见。"

我坐在广场的躺椅上,也不知时间过了多久,暴雨倾盆而至,我淋成了一只落汤鸡。

影视作品里的大雨虽然迟到,但绝不会缺席。

之后一天,我发着高烧正准备删博,见微博里躺着一条来自徐正的私信。他说是他考虑不周,分手太快会令大家对我有不好的传闻,那条微博不用删。

我说:"那张卉会误会的。"

他留一句:喜欢才会误会。

唉,失恋的明明是他,为什么我要无辜躺枪。

我说:"没关系我删了就好。"

他说:"千万别,我已经觉得很对不起你了,不能再让你闹笑话了。你再过一段时间吧,或者等你有男朋友了删就好了。"

我说:"那好吧。"

整个暑假,因为我实在觉得丢脸,后续的聚会只要有徐正就不参加了。但我听说当别人调侃起我俩时,他从来都是笑呵呵地应着的。我知道,徐正是怕我被大家看笑话,是出于好心。

只是我觉得这样让我俩更尴尬了。

我不解释吧徐正还得演下去,想解释吧真的说不出口。真是令人窒息的难堪。

所以我迫不及待地到了长宁大学。在这儿我和王姿琪一见如故,某次促膝长谈,围炉夜话时,我将这段丢脸的糗事一五一十地告诉她,请教她这个事怎么解决。

她嫌弃地说:"大家都是金鱼记忆,你俩好还是没好,谁真惦记?默默忘了不就好了。怎么着,还得有个分手典礼请大家出席啊。"

我想了会儿,说:"话是这么个道理。但如果现在徐正有新的喜欢的对象了,会不会因为我而退缩耽搁了呢?或者有女孩子正喜欢着他,偷偷一打听,发现我俩是情侣,又在他不知道的时候黯然离去了呢?"

王姿琪说:"你想的会不会有点多?他这样是他活该好吧?他当时干吗把表白的话讲得这么不清不楚,就不能锣对锣鼓对鼓地说,非要她来她去的,装文艺给谁听。"

"其实他也是冤枉的。就好比我乱穿马路,他把我撞死了。他成了肇事司机,赔钱又坐牢,不是他的问题,他却要背上心理压力。这不公平。"

王姿琪翻白眼:"既然你想给他减轻负罪感,就跟他说有男朋友好了。"

我说:"那我为了解决一个假男朋友,还要去雇一个假男朋友啊?"

王姿琪摸着下巴说:"哪要这么复杂。在微博上传几张情侣照不就得了。"

第二天,王姿琪就带我去商场,让我试穿了好几套衣服,倚着不同的塑料男模摆可爱的剪刀手,她则在前面一边拍一边喊:"头低一点,眼睛往这边看,笑一下,好。"

商场服务员看我们的眼神像是在看一对神经病。

拍完系列照,王姿琪就在手机上一顿操作。没过多久,成片出来,我倚在打了马赛克脸的模特前,真是好小鸟依人。

"库存够用一阵了吧。你隔天发一张,发几次人家就明白怎么回事了。哎,其实我觉得是你自作多情,人家未必在意。"

但我还是断断续续地发了两个多月,直到他评论了我一个只有我懂他懂的拥抱的表情符号。我想这事就到此为止了。

直到一学期结束,徐正舰着脸来我们学校要饭吃,说漏嘴提到那天我和王姿琪摆拍的时候,他就在旁边购物的事,我才意识到我持续不断地丢了多大的脸。

为了掩饰出糗的心态,我用尽全身力气踢了徐正一脚。大概我那一脚很有正骨的作用,徐正打开了不要脸的结界,时不时地过来蹭饭吃了。接触多了,这些往事似乎就慢慢被埋在了记忆的腐殖层里。

或许徐正已经忘记这些事了吧。可是我一直记得这些。

它告诉我,如果你觉得有人喜欢你,一定要记得,那只是你觉得而已。不要愚蠢地去想万一。因为没有万一。

等我把这些往事细细碎碎地在心口磨了几遍后,天就擦亮了。后来我睡着了,也没睡踏实,迷蒙间,听到手机响了一声,拿出来一看,是方从心的微信:你是不是有点喜欢我了啊?

我立马抖擞精神,即刻给他回过去:你放屁!

方从心:那你昨晚上说让我喜欢你。

我冷汗涔涔:那只是我打的一个比方。比喻句你不懂吗?

方从心:哦。

收了手机,我正打算闭眼再睡会儿,他一个电话打过来,说:"既然没睡,现在下楼跑步去,十分钟后我到你家楼下。"

然后他态度恶劣地挂了电话。

谁跑谁是小狗。我快困得升仙了。

十分钟后,我蹲在小区楼下,恭迎方从心的大驾。

见到他第一句就开骂:"不是说好夜跑了吗?还有,你别学霸道总裁单方面挂电话,这样显得你很没素质——"

方从心从背后拿出一盆草,也不管我说没说完:"这个补给你的。"

我一看,怎么还是那盆含羞草啊?没完了是吧?

方从心碰了碰含羞草的叶子,随即一排小叶子齐齐合拢起来:"呐,这盆是要脸的,养在你这里,你别给我养死了。"

我接过含羞草,习惯性犟嘴:"那可不好说,人都快养不活了。前两天尼莫刚走,尸骨未寒呢。"

"你要养不活就还给我。"

我一躲:"送出去的东西哪有要回去的道理。是吧,羞羞?"我又摸了摸羞羞的叶子。

方从心笑了笑:"鼻子没事了吧?"

"要有事你还叫我下来跑步?"

"那你上去吧。"

"不跑了？神经病啊，大清早的让我下来领盆草。"

"那你要是觉得吃亏，要不跑一跑？"

"不了，再见！"我跑上楼，把含羞草放到餐桌旁，就慢慢地踱到阳台边上。透过阳台的栏杆望下去，方从心正缓缓地走出小区。白色的T恤下摆被清晨的细风吹得一鼓一鼓的。

我纠正了自作多情的坏毛病，杜绝了万分之一的可能，可是我还是偷偷喜欢上了一个人。

在家里足足睡了一上午，我被饿醒了。

醒来时坐在床上认真想了想，我的喜欢是从什么时候开始的呢？

昨天中午我还心无旁骛地给方从心和佟筱送饭呢，所以准确地说，我的动心也就是昨天晚上的事儿。话说回来，方从心从天而降救我们于危难之中，又出人又出钱，形象特别"伟光正"，谁还没点少女心，为护花使者心潮起伏一下呢。

你看张子琴就发了微信过来，问我如果方从心确实不是我男朋友的话，介不介意让他乘虚而入去慰藉她受伤的心灵一下。

我回了她一句：老娘肉体还受着伤呢，你靠边站着去。

张子琴就说：你看，你喜欢他。

睡了一觉，我脑子也清醒了，不像昨晚那样穷途末路了。我不慌不忙地想，喜欢有什么好怕的。我喜欢了那个过气小童星大概5个小时，我喜欢徐正一天，充分证明我的喜欢是能朝生暮死的。估摸着没过多久，我这新一轮的爱情小火苗也能自然而然地消亡，于是很放心地起来找吃的。

方从心给我发来微信，问我什么时候可以给他送吃的。

发完后，又补充了一条：佟筱在。

我一下子就看到了消亡的曙光,振奋地说:我来不及做饭了。下楼给你买点外卖,再故伎重演偷梁换柱一下行不行?

方从心说:那还是要梅姐家的套餐吧。我办了他们的储值卡,报我手机号就行。

过了一会儿,又说:我办的时候,看到墙上的员工大合照,试着提了下你的名字。梅姐说她会给你提成。

我想,方从心真是越发合我的意了,那消亡的小火苗又燃起来了啊。

我觉着我都要去做爱情的间谍了,必要的研究作业还是要做一做的。

我以前以为我在方从心和佟筱之间充其量就是个龙套,现在凭借自己的努力,番位不断上涨,摇身一变就有点阻碍男女主角感情戏的女二号架势。想想我都女二号了,我总不能看上去太次,让人怀疑是带资进组的,怎么也得展现下努努力还能和佟筱分庭抗礼的实力,好让剧情显得有说服力吧?

鉴于外貌实力非常悬殊,去韩国加工的话时间也比较仓促,我决定另辟蹊径,展示我的心灵美。俗话说,眼睛是心灵的窗户。佟筱那扑闪扑闪的卡姿兰大眼睛,都够得上落地窗了,一看她的心灵就非常敞亮。我也不甘落后,通过用眼线笔、卧蚕笔、眼影、睫毛膏等工具非常认真地对我这对排气窗做拓展补救工作后,成果斐然。

因为我拿着饭盒去找方从心的时候,方从心指着我苦心营造的白白亮亮的卧蚕说:"你在角色扮演吗?"

要不是佟筱在外面若有似无地看着我们,我就把饭盒里的糖醋排骨扣在他头上了。

但我现在对剧本的理解是,我俩正处于我对方从心发动猛烈追势,而方从心也开始有所回应的阶段,所以我敞着办公室的门,让佟筱看见我把饭盒里的糖醋排骨全都拨到他的饭上,再坐下来,背对着佟筱,像一只小松鼠一样偷偷把糖醋排骨运回自己的饭碗里。

我想:爱情是你们的,面包总得分我点儿吧。

老林给我盛的糖醋排骨真多,恨不得把梅姐卖的都给我了,毕竟沾了我的光,我分一点吃也理所当然。

方从心见我吃得香,又给我夹了两块,指着我旁边的塑料袋说:"那是什么?"

"狗粮。"

方从心一愣,艰难地说道:"倒也不用让佟筱吃真的狗粮吧?"

我差点把排骨喷到了他脸上。我深刻怀疑方从心和我待在一起之后智商断层式下跌了。

我说:"那是我给徐姐家的贵宾犬送的礼。你看看我多惨,为了保住工作,都得巴结一条狗。对了,上次去你家,都没见到阿宝。"

方从心吃饭的筷子在空中停顿了片刻,说:"阿宝今年年初的时候就没了。"

我心里一咯噔。我没有养宠物的经验,尼莫我也就养了一个月,跟方从心和阿宝一起长大的经历完全不能比,只好说:"那时你很伤心吧?"

"嗯。阿宝是我的家人。失去家人,难免伤心。它在我怀里停止呼吸的时候我还哭了。"他温和地很难看地笑了笑。

我完全没料到方从心会这么坦诚。在我的认知里,男人在异性面前承认自己哭是一件特别没面子的事情。可见,他没怎么把我当异性看待。

我连忙把我刚才多夹过来的排骨夹回去,苍白无力地安慰了一句:"你也别太伤心了。"

我这人特别不擅长安抚人,所以我之前很担心怎么和张子琴说起赵孝孝的事儿。憋了半天,我跟方从心说:"要不你就把我当阿宝好了。不不不,我不是说你把我当狗的意思,我是说情感寄托,不不不,我也没说要做你的家人。我是说那什么……你拿我当阿宝驯就行。嗐,这事儿你倒是早做了……"

方从心吭吭地笑了起来,说:"你比阿宝可难养多了。阿宝哪会吃那么多排骨。"

"废话,阿宝几斤我几斤?我还长身体呢我。"

"你往哪个方向上长啊——"

在我的眼神杀下,方从心立马改口风说:"你吃的东西都去哪儿了?一点都没见着肉,真是浪费粮食。你知道我国还有多少贫困人口吗,你光吃不长肉对得起他们吗?"

我就很满意地说:"好了好了。到这里就可以了。再说下去,我就担心你是《皇帝的新装》里的群众演员了。说到《皇帝的新装》,你有没有觉得皇帝其实是在搞一场大型人体艺术啊?不然丹麦那么冷,一丝不挂地游行难道会没感觉吗?"

"好了好了,吃你的饭吧。"

"你晓得有首歌就叫《皇帝的新装》吗?我还会唱这首歌——"

"不必了不必了,好不容易吃下去一点饭,全都吐了太可惜了。"

"你要这么说我可就非唱不可了。"

"你要敢唱我现在就让你数学考试。"

"有话好好说,不要上来就使用核武器。哎,你发现没有?佟筱要被气走了。"

方从心偏了偏身子看:"没有吧。"

我着急忙慌地说:"你别动作这么明显,小心露馅。"

"我又不像你背后还长眼睛。"

"只要把她当成班主任,把你当成同学扔过来的数学答案,我背后长出眼睛算什么,我整个人就是'天眼'计划的化身。"我拍拍胸脯说,"哎,她脸色怎么样?"

"你不是有天眼吗?自己看。"

我往地上扔了一支笔,借着捡笔的时机瞥了眼佟筱,看见佟筱正向我们投来打探的目光。

我握着笔转过去,跟方从心说:"你要不要和佟筱若即一下?"

方从心眼皮都不抬:"你是不是报过间谍班?"

"没有,看过所有的007系列电影后,你也会跟我一样优秀。不跟你瞎扯了,你快点和佟筱去搭讪一下吧。我们剧本的准则是,发完刀片一定要发糖。"

"怎么搭讪?"

"就说她今天戴的项链很好看。"

"哦。"方从心站起来,走到门口,只听他跟佟筱大大咧咧地说:"佟筱,你的项链很好看,我想送林梦一条,能告诉我哪儿买的吗?"

又听佟筱说:"这是蒂芙尼的蓝宝石。"

我一脚蹦过去说:"他开玩笑的,哈哈,方从心刚才说他今天一到这里就留意到了你的项链,特别衬你的气质。"

"我认真的啊,你喜欢我就买给你。"方从心无辜地对我道。

买个屁,你连1000多块钱的学费都不给我免,还跟我扯10000多块钱的项链。

佟筱说:"你们感情真好。"她侧身又拍了拍我的肩说:"林梦学姐,你要珍惜。"

然后她就摇了摇头,抱着一堆材料走了。

我追在后头问:"你吃饭了没有啊?下次我给你带啊。你喜欢吃什么?"

佟筱背对着我很酷地挥了挥手。

等她彻底消失在我的视线里,我瞪了眼方从心说:"你看她都被我们气成那样了,还保持了该有的风度,搞得我这心里特别过意不去。不是我说你,你对喜欢的人下手未免也太狠了,你这是给未来的自己挖坟吧?你这一铲子下去就是一个棺材位了,你想结冥婚呢?"

方从心鄙夷地瞥了我一眼,信心满满地说:"你懂什么。我这叫置之死地而后生。"

我说:"大多数人是置之死地而往生到西方极乐净土去了。你好自为之吧。"

告别了方从心,我抱着狗粮前去找徐姐。赵贤琥说徐姐回来了,据说度完假心情还算平静,让我前去请个安顺便套套话。

徐姐刚吃完饭正戴着眼镜扫地雷。我目不转睛地看了五分钟,默默帮她指点了好几个雷区,完成一局后,徐姐见我跟见了鬼似的吓了一跳:"你怎么在这儿!"

我说:"我来加班呀。无偿的那种。"

徐姐喝了口水说:"你是不是过来问你兼职的事情?我也开门见山地说吧。现在单位正在搞自查,我这边也有压力。从这个月起你工作内容缩减四分之一,薪资减半。你能接受吗?"

我跳起来说:"徐姐,我不怕辛苦,我个人恳请组织把我的工作内容增加四分之一,薪资给我翻番就行。"

徐姐眯着眼说:"把你打消消乐的时间增加四分之一,你是打算在我们这里办消消乐的培训班呢?你要不要我给你把工作砍一半,薪资减到四分之一啊?"

"徐姐,您之前给我发高薪资,是做得仗义。您现在把薪资回归到正常水平,是做得正义。无论做什么我都感谢您,钦佩您。"

"瞧你这嘴皮子,一天天嘚嘚的。"

"我不仅嘴皮子勤快,行动也是很有效的。"我连忙把狗粮给献出去,"这是给小贵宾犬买的礼物,不成敬意。小贵宾犬的遭遇,我都听说了,您节哀顺变。"

徐姐就唉声叹气地道:"哎,可怜我家小美啊,好好的一条贵宾犬,竟然被那……唉——"

我搓着大腿道:"木已成舟,您也别太伤心了,咱往前看。您看小美虽说是怀了野孩子,但野孩子也有狗权,是吧?要不咱就把它生下来。您要是心里膈应呢,您就把孩子送给我。我找个爱狗人士给您养。您看行不行……哎,您别打我呀,我跟您说,我那养狗的朋友为了之前那条狗还流眼泪呢,一大男人容易嘛……哎哎哎,我这就走,这就走。哎都来看看呀,残暴上司殴打下属了嘿……"

虽说没有丢工作,但薪资锐减,脆弱的经济来源遭到毁灭式的打击,我在家里唱穷得响叮当变奏曲的时候,葛纯纯通知我,他们租了力拓培训班404的教室上补习课,从今天开始的前三天每天补习两小时,以后每周补习四小时。

方从心给我的作业量本身就很多了。保研的邮件收到后导师又给我开了一堆书目。佟筱的课程量看似不小,我不大有信心能坚持去上。我出钱主要是为了买她押的题,所以我打算走一步算一步地先上几节,暂时不和方从心说这事儿了,省得被他花式嘲笑一番。

力拓培训班在长宁中学附近,我坐了半个小时的公交车才到。地方倒是很好找,玻璃墙面上贴一堆名师像的就是它家了。

离开课时间还早,我这个阅读强迫症患者又趴在宣传广告上读简历,刚读到"袁崇峰"那一行,有人拍了拍我的肩。

我转头一瞧,哟,这形销骨立、面黄肌瘦的兄弟是哪位呀?

"你来这儿干吗？"徐正问我。

我说："我来补数学。你还在这里上英语呢？"

徐正唉声叹气地说："林梦，你觉得我俩是不是很有夫妻相？我刚才在厕所仔细照镜子了，越看越像——"

"啊呸。"

徐正接着说道："你看我俩既然长得这么像，不利用下就浪费了。不如你剪剪头发，再束束胸——"说着他状似无意地瞥了下我的胸，说，"不束也看不出来，替我去考英语吧？"

我说："你要不提束胸这事我还能考虑考虑，你一提这事就是你们学校的菠萝炒玉米粒——黄了！"

徐正勾肩搭背地道："好兄弟别呀。嗤，好姐妹，好姐妹成了吧？"

正说着，佟筱踩着高跟鞋哒哒地迎面而来，特意看了眼徐正放在我肩上的手，施施然地对我说："林梦学姐，好巧啊。"

我摆手："不巧不巧，我来上你的课。"

佟筱愣住，我说："我这人特爱学习，就喜欢到处上课，待会儿也请你多多指教了。"

佟筱认真打量了一下徐正，又施施然地走了。

徐正当然是一阵打听。

我没理他这茬，反问他："佟筱在这儿是不是特别受欢迎？"

徐正摇头："这边上课的基本上都是为了出国的。她才大二，没有出国经验，再聪明再漂亮很多人还是不会买账。"

这倒和我想的不大一样。

徐正问："对了，你有她微信吗？"

"哎，那是谁啊，看着怎么这么像张卉呀——"我趁徐正一转头的工夫，就跑上了楼。

结果,补习课上,佟筱真的当着大家的面指教了我。我坐下没多久,她就叫我上台解数学题。

这世上有三样东西是掩饰不住的:贫穷、咳嗽和扶不起的数学。

我当然没做出来,不过这也没啥好丢脸的。我要什么都会,我还要你这老师干吗?

回到座位上,佟筱特意远远地看了看我。我总觉得,这眼神不大友好,透着一种下马威的味道。

估计她是这两天被我和方从心刺激到了,姗姗来迟地试图碾轧我的智商了。

课上到一半,王姿琪给我来电,我挂了电话,微信问她怎么了。她让我速回一趟家,还让我给她一个我家的地址。

我莫名其妙:发生什么事了?

王姿琪:苏旭好像怀疑我的人设了,非要送我回家。我这不是没找着地方住,一直住在酒店里吗?我带他上哪儿啊?我现在正在学校附近兜圈呢。

我:你找张子琴去。

王姿琪:张子琴嫌原来住的地方有赵孝孝的影子,一气之下搬出来了,这几天一直蹭我的房间住。

我:那你要不跟苏旭实话实说好了。你怕他不喜欢你只喜欢你的钱啊?不会啦,他为什么不喜欢别人的钱偏偏就喜欢你的钱呢,说明他还是喜欢你。用这个逻辑思考思考,这事儿是不是就豁然开朗了?

王姿琪:我给你十分钟。你不过来我就咬舌自尽。

于是,为了救我朋友的狗命,我拿着包当着佟筱的面翘了她第一次课。

唉,不是我说,佟筱上课都没方从心一半好,老子舍近求远地到这里自取其辱,老子生气了,老子还真就不捧场还真就翘课了!你瞪我我也不怕！——下回，下回我一定当面给你赔礼道歉！

急匆匆地往家里赶，到了小区门外，王姿琪远远地迎过来，演技拙劣地说："哎呀你怎么才来，我钥匙丢了，你赶紧替我开门去。"

然后转头对苏旭说："好了，我也到家了。你回学校吧。"

苏旭说："我想喝杯水。"

"我给你上小卖部买去。"

"我想喝煮开后放凉的温水。"

啧，陈奕迅唱得没错，被爱的人真是有恃无恐，作妖作得都没眼看。王姿琪一边吼："你还来劲了！"一边又看着我说："哈哈，哈哈，不知道方不方便呢。"

我像一个无脸怪一样带着他们上了楼。

站在门外，系统问我："今天你学数学了吗？"

我僵着脸说："学了。"

然后门就开了。

王姿琪确实也没有一点富家千金的沉稳气质，站在门外咋咋呼呼："这是什么高科技啊林梦？"

苏旭在后面问："你也第一次见吗？"

王姿琪点头又摇头："不是不是，见了好久了。我就是帮你感叹一下。"

进了屋，王姿琪颠颠地拿起我放在餐桌上的水壶跑去厕所给苏旭煮水去了，进去三秒钟后又灰溜溜地去了我的房间煮，最后才摸到了厨房的门。

我跟苏旭欲盖弥彰地说："王姿琪刚从地方上回来，对我家情况还不是很熟。"

苏旭打量了一圈，指着我餐桌上的摄像头问我："这是什么？"

在我眼里，苏旭和王姿琪就是两个小朋友扮家家酒，还非要拉着我入局，我懒得搅和进他们这趟爱情的浑水，就随口说："我男朋友监视我的道具。"

王姿琪表情为之一震,碍于场合把一系列的吐槽咽下了嘴,两眼发光地看着我。

你误会了,这位见多识广的小姐,我们乡下人不是很懂你们城里人的玩法。

苏旭说:"你们住在一起,这样会侵犯另一个人的隐私吧?"

说着,就把目光投到了另一个人身上。

"林梦姐,你男朋友这样做,非常不尊重你。你不该和这样的人在一起。"说完,苏旭诚恳地对我说,"你是王姿琪的朋友,我会尽我所能帮你。你需要我的帮助吗?"

我觉着苏旭要么不说话,一说话就让人想到电脑界面里"是"和"否"的选择界面。

我好奇地问:"怎么帮?"

他耸肩:"帮你拆了。"

我说:"这摄像头看着还挺贵的,万一要我赔怎么办?"

他摇头:"不是物理拆除,我黑进它的系统,把程序破坏了就可以了。"

顿了顿,他又说:"不会被立即发现的,我会暂时让它一直重复以前的视频片段。"

然后苏旭问我借了电脑,我就眼睁睁地看着我的电脑界面变成了一个黑屏,上面开始闪现一行行代码。苏旭则像是变了个人,没有表情、十指飞快地操作着我的键盘。

我默默地看向王姿琪:"你把他带回长宁之前,有没有检查过他的身体里藏着一块芯片,他的真实身份其实是个人工智能啊?"

没过多久,苏旭在我的电脑上一顿骚操作完毕,停下来对我说:"好了。要我帮你把你的门禁也去掉吗?"

我小鸡啄米一般点头:"好啊好啊。"

然后苏旭又沉浸在破解方从心结界的世界里去了。

就在我以为一切都将顺利进行的时候,苏旭这张机器人脸起了波动。

"怎么了?"我问他。

"你男朋友来了。"

我站起来打开门看:"哪儿呢?"

苏旭波澜不惊地说:"在这里。他在拦截我。"

然后我就看见屏幕上,一段段代码未经苏旭操作就被人远程书写上了。

我这个文科生处理机器的流程大概是先拍一拍,拍一拍不行的话就重启,我感觉在这个异度空间里,我就像个白痴。好在此时白痴不止我一个,旁边王姿琪看上去也很智障地张大嘴巴盯着屏幕。盯了会儿她还低头给他放上了《黑客帝国》的影视原声带,还很燃地问我:"你觉得我们像不像科幻剧里等着被解救的束手无策的地球人?"

再过了一会儿,苏旭收起了电脑:"我输了。你男朋友要我转达你一句话:你有时间搞有的没的,还不如踏踏实实做做题吧。"

我盯着满屏的代码问:"这是电报还是莫尔斯密码?竟然还能传达这么长的话。"

苏旭摇摇头:"不是的,他刚才加了我的联系方式,说代表木木木木聘用我为他们正式的员工了。他给我开工资。"

"……"对于这样意想不到的转折,我和王姿琪表示不敢相信,我说,"那,那你是不是他们有史以来最年轻的员工了?"

苏旭摇头:"不是,你男朋友说,他开创这家公司时,比我略小一点,让我不要得意。"

我:"……"

苏旭又说:"他还让我跟你道歉。他说在KTV我顾此失彼,害你受伤,是我的不对。"他顿了顿又看向王姿琪,说:"但是我也不后悔。"

小忠犬直球式的告白真是令人难以招架,我心说你告白就告白,踩着我算怎么回事啊?苏旭那一大口气还没完:"哦,对了,按照方总的指示,我把摄像头的语音也打开了。虽然我还是不齿他的这种行为,但是我现在作为员工,只能这么执行了。"

我:"……"

苏旭低头掏出手机,说道:"啊,他要我收回'不齿他的这种行为'这句话。"

我心说你个没有骨气的墙头草,还没正式入职就方总方总的,对他很有气魄地喊道:"你可不能助纣为虐啊。我和王姿琪是住一起的,我没隐私没关系,王姿琪怎么办?"

苏旭说:"可以一键关闭的。方总说了,学习时打开,不学习时关上就好。"

他指导我一番软件设置后,说:"好了,林梦姐,你该做题了。王姿琪,我们走吧,别耽误她学习了。"

王姿琪靠在墙上:"我去哪儿啊哈哈,这不就是我的家?"

苏旭眼皮一垂:"我送你去酒店吧。我在那个酒店做保洁。"他伸手阻止王姿琪发飙,"你不要生气,我这就把那些兼职工作都辞了。"

"我生气的点是这个吗?"

"难道你是生气我没有第一时间戳穿你的谎言吗?"

"……"

我摸着下巴想,苏旭这只扮猪吃老虎的小狼狗有点意思。

王姿琪不情不愿地跟着苏旭走了。我站在门边上,客客气气地目送他们消失在走道上,一关上门,就麻利地坐在餐桌的摄像头前聚精会神地看起数学来。

现在只有数学这种神奇的力量可以阻挡方从心蓄势待发的责骂了。

什么叫活久见?活久见就是有朝一日,我林梦居然沦落到宁可看数学的地步!

  来自方从心的 MEMO:
  在梅姐餐馆要走了一张她大一的青涩照片,办卡补偿。
  要是可以把没有我陪伴的那段时间也一并补偿给我就好了。

第十章
不可动心

不过,善恶终有报,天道好轮回。之前一直是方从心捏着我的把柄,我处在下风的地位,哪晓得友军这么快就到了。

新一节"数学之美"课后,我正跟葛纯纯簇拥着人群走出去,有人叫我:"小梦!"

我抬头看,竟然是冯老师。她穿了一套暗红色的亚麻唐装,显得红光满面、精神矍铄。

我喜出望外地说:"师奶奶,您怎么来了?方教授还被同学们围着问问题呢。"

冯老师摇摇头说:"我是来找你的。"

"我?"

"不请我下食堂吃一顿吗?"

"请请请。"我连忙带着她往食堂走。外面的太阳还有点大,她又站在我的左侧,我的左手使不上力,只好用右手勉强打着伞帮她遮了大半的光。

拐弯的时候,冯老师不着痕迹地绕道到我右边,说:"虽然方锐在这里教书,但我还是第一次进长宁大学。"

"是吗？那吃完饭带你逛逛呀。"

为了说话方便，我带冯老师去了小炒的单间。

冯老师坐下来，扇着一把随身带的折叠纸扇道："下次来，一定请你带我转转，今天其实是有别的事拜托你的。"

我见她如此郑重，想来是有了不得的大事等着我去办，也不敢看菜单了，竖着耳朵前倾出半个身体听冯老师发话。

"小梦，你能不能陪从心去看看他的牙？"

"哈?!"我是不是听错了？

冯老师接着说："就在长宁医院口腔科，那里有个我相熟的大夫姓章，你们去了报我的名字他就晓得了。"

我舔了舔嘴说："师奶奶，我当然可以陪他去，但是……"我挠挠鼻子，"方从心也是成年人了。看牙不是什么大事，我陪着去是不是太丢人现眼了点……"

冯老师拿手帕擦着脸，慈祥地笑了笑："对绝大部分人来说，看牙不过是一件特别特别小的事，但对从心来说，这可是天大的事。也不知道为什么，从小到大，他就特别害怕看牙医。这几天智齿反复折磨着他，他痛得都睡不着觉，半边脸都肿了。饶是这样，他也忍着没去看。他这么大一个人了，我陪着去不大合适，所以想请你帮一下忙。"

我脑补了一出耀武扬威不可一世的方从心在医院里号啕大哭的场景，忍不住就想大笑一场。

想不到啊想不到，你也有这么见不得人的一面！

我挠了挠头："师奶奶，方从心不见得愿意让我去吧。"

冯老师却摇头："不会的。"

"为什么偏偏是我？"我很好奇。

冯老师把手帕叠好了放到拎的环保袋里，说道："哎哟，哪有那么多为什么,因为我在长宁认识又认识从心的年轻人没几个呀。"

哎呀师奶奶这你就不懂了吧,我问到这个份上,难道是为了听你没得选择才来找我的吗?当然是想听你说"因为你在他心目中和别的女生不一样",然后跟我揭晓一下在我不知道的地方,他是如何这样那样地对我与众不同的。

师奶奶一看就是言情小说看得太少了。

冯老师见我不吱声,不大高兴地道:"你要是愿意去,我就……我就给你介绍个生意做怎么样?听说你在外面租房子,花销应该挺大的吧?"

我一听这个就来劲了。什么言情不言情的,我要看的是商战小说!

我巴巴地问:"那是什么生意?"

冯老师说:"我有个朋友,年纪和我差不多大。他是位养猪大户,从小到大都是卖猪肉为生。最近说是要修家谱,顺带也要挖掘一下养猪的历史,包装一下企业文化,跟我打听有没有这方面的人才。我听说你是学历史的,你看你能不能胜任?"

"承蒙您看得起我,但我学的主要是人类史,这猪的历史吧……"

"要写得好,能给小一万块钱。"

"这猪的历史一看就是未来的蓝海研究方向。您还别说,我对猪特别有感情,《小猪佩奇》我都看了三遍了。您真是找对人了。"

冯老师眯着眼笑着说:"好,等我回去就联系他。那从心牙齿的事——"

我拍着胸脯说:"包在我身上。"

"你说半天,他可能还是不愿意去医院。"

"我背他去,我做他的腿。"

"哦,那我就放心了。"

和冯老师吃完一顿素餐,我抹嘴就往信管中心钻。我算是看出来了,不是一家人不进一家门,冯老师和方从心都是买卖高手。我要先不把方从心送去医院拔牙,冯老师也不会把那位的电话号码告诉我。也就是说,现在搁在我发家致富道路上的绊脚石就是方从心嘴里的智齿,我务必要把这块绊脚石拔掉才行。

我一进他办公室就暗暗地关上了门,当着玻璃窗外佟筱的面拉上了百叶窗帘,然后媚笑着坐到方从心的对面。

"hello,方厎厎。"

我说怎么几天也不见他到我跟前嘚啵一下,这脸果然是肿得没法看了。

方从心见我进来,也没什么好气儿,凉凉地扫了我一眼。

"哟,这脸——您是在养猪头肉吗?"我贱兮兮地瞎扯淡,"你说咱国家的AI技术怎么还没发展到远程无痛替换牙齿的程度呢?"

方从心支起手掩住了半张脸,依然不搭腔。

我还是第一次感觉到他乖顺的一面,瞧瞧这小鹿斑比似的眼睛。

我见他不理不睬的,踢了踢方从心:"大男人怎么还怕拔牙啊,打了麻药又不疼。"

"你又没被拔过。"

"我……我是没拔过,但我没吃过猪肉还没见过猪跑啊。再说了,我手都动过手术呢,应该不比拔牙轻松吧,我还是有发言权的。早死早超生咯。不是,早点拔少受罪。听我的。"

方从心又看了看我的手。

"真的不算痛。不然我怎么能手术完没多久就上学了呢。"

"我不是怕痛,我是不喜欢事情不受我控制、全盘依靠对方的感觉。"

"怕痛就怕痛呗,说什么高级理由啊,你以为你真是霸道总裁呢。"

方从心的脸本来就肿歪了,现在被我这么一戗,显得更歪了。

我见他这副模样,只好哄一哄他:"你生日快到了,想要什么礼物?"

他把不肿的脸往我这边侧了侧:"你先说你买得起什么礼物吧。"

我说:"小学老师有没有教过你,贵和珍贵是两回事。空气免费,但很珍贵的,知道吗?我虽然买不起礼物,但是我会动手做啊。"

"比如?"

"纸飞机?"

方从心又没好气地转过去了。

我把他的头扳到正对着我,兴致勃勃地说道:"我给你弄了条小狗。"

他眼皮动了动,说:"不养。"

"我们一起养好不好?你去北京就放在我家,要在长宁就放在你家。你看我有寒暑假,你呢要做空中飞人,这样养狗是不是很有共享经济思维?"说完,我举手保证,"我不会让小狗跟尼莫一样惨的。"

方从心貌似有点动心,吸了下鼻子问:"哪来的狗?"

我说:"徐姐家那只狗还没生,给了我她朋友家的,是只三岁的蝴蝶犬。她朋友要移民了,正在给狗狗找爱心人士收养。"

方从心说:"你一分钱没花,礼物送得真划算。"

我立马撸起袖子给他看:"什么呀,你看看为了给你要狗去,我都被徐姐打成这样了。"

他赶紧凑过来仔细看了看:"这不是蚊子包吗?"

我说:"它虽然看上去是个蚊子包,但其实并不是,你仔细观察一下,像不像是徐姐咬的?"

方从心立马落座,懒得听我胡说八道了。

"你还要不要?"

方从心低头看着文件,哼了句:"你非要给我,我就养养看。"

我立马蹬鼻子上脸:"你要养养看,就去拔下牙。"

方从心抬头,烦躁地看我:"你那么关心我拔不拔牙干什么?"

我说:"哎我关心你,难道还有错啦?"

方从心愣了半天没说上话来。

我拉着他起来:"都说牙疼不是病,疼起来要人命。我可舍不得你死。快点吧。"

方从心一边笑着说"哪有那么容易死",一边放任我把他拉起来。

我说:"是,祸害活万年。"

方从心推了我脑袋一下,说是去和同事交代下工作就跟我去,让我在办公室等他。

大功告成,我转着转椅,吹着空调风,给冯老师发短信告知我不辱使命圆满完成任务。听见门后有脚步声,我边说"我们走吧,方屎尿"边转过去,一看,竟然是脸色不善的佟筱。

她一定是看到刚才我和方从心拉拉扯扯的样子了。我之前刻意和方从心走近,她都没啥反应。这次我无心插柳,没想到倒让剧情那么快进入了这一幕。

我噌地从座椅上站起来,戒备地看着她。不知道这种第一轮就能打败我这个消消乐霸主的高智商生物在吵架这事上是不是也那么杰出,为了显得我跟她的智商差距没那么大,输得不那么惨烈,我不得不全神贯注地应付她接下来要说的话。

只见她朱唇微启,用她从来没有过的洪亮的声音对我说:"林梦学姐,你缺了三堂课了!"

……

这个声东击西的思路很独特,但我不会轻易被你转移注意力的!我厚着脸皮说:"我缺了的那三堂课,是和方从心玩儿去了。"

来啊来啊,说出你的真实想法,你要敢打我一巴掌,我就宣布方从心是

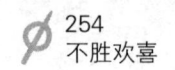

你的了,还得麻烦你陪方从心去拔牙。

哪知佟筱气焰嚣张地说:"我不管你和学长干吗去,那是你们的事,但是我不允许我的班级里有学生不及格,败坏我的名声。林梦学姐,下节课你要是不来的话——"

她眯起眼危险地看我。

"我就把你在培训班私会别人的事告诉学长!"

"……"

你怒气冲冲跑过来是跟我说这个吗?!我的数学是你要操心的事吗?!

我双手合十,卑微道:"下次我一定去。"

"上课之前如果不把作业做好的话,押题部分是不会透露给你的。"

"哎,必须做好。"

"学习一定要持之以恒。"

"是是是。"

"反正林梦学姐你一定要记住,我是不容许我的学生不及格的。"

"同一个世界同一个梦想。我也是。"

"那就好。"说着,佟筱就踩着高跟鞋出门了。

佟筱前脚刚走,方从心后脚就来了,他见我愣站在那里,奇怪地问我怎么了。

我摇摇头,看着佟筱离去的背影说:"方从心,谈恋爱的时候,你喜不喜欢对方戗你,挖苦你,骂骂你,威胁你?"

方从心捂着半张肿了的脸看了看我,半晌后说:"偶尔觉得有点好玩吧。"

我很吃惊地看着他。原来他早知道佟筱温顺的外表下有一颗刺刺儿的心。很有可能他就是喜欢她这种反差萌。

我说:"我现在有首歌要唱给你听。"

我见方从心皱起眉来，立马说道："你听不下去我也得唱。因为这首歌是为你这种受虐人格专门创作且流传成经典的。你听着哈。"

我清了清嗓子，用美声唱法哼了起来："我愿做一只小羊，跟在她身旁，我愿她拿着细细的皮鞭，不断轻轻打在我身上。在那遥远的地方，有位好姑娘……"

我还没唱完，方从心不堪其辱，落下我跑去停车场了。

在我全程live献唱《在那遥远的地方》陪同中，方从心一言不发地把车开到了医院。不过到找停车位的时候，方从心开了下金口，说："你看都没有停车位，要不就下回来吧。"

我想我唱了那么久，他都宁可跟我再开一会儿车，也不愿意进医院，可见他是真的害怕拔牙。

那么他会不会怕得哭出来呢？让我们拭目以待。

我拉着他就往口腔科走。

得益于冯老师提前打过招呼了，我们在护士台报了下名字，没多久一位头发灰白的医生迎了出来，自称是章主任。他摘下口罩看着我说："你就是方从心吧？老大一姑娘啦，还跟小朋友一样害怕拔牙啊。男朋友陪着也好，壮壮胆。"

我指着后面那个近190厘米的大高个说："章主任，不好意思，是他。"

章主任就用大笑掩饰道："哎呀哎呀，不好意思，老冯就跟我说了个名字……"

方从心捂着半张脸，眼睛带刀地说："没事。"

你没事，但我有事啊，我笑得肚子都快疼死了好吗？！我第一次见到方从心吃瘪哎！

拍完片，章主任指着末端一颗横着长的智齿，分析了一下手术的过程——大概就是把牙龈扒开，把牙齿锯裂，一粒粒取出后再缝合。

听完后，方从心视死如归地躺到长椅上去了。

我正忙着用手机记录方尿尿的拔牙视频呢，只听他突然对我吼了一句："你过来。"

为奴为婢的我连忙跑过去："怎么了？"

"借我手用一下。"

"手还是手机啊？"我还没反应过来，我的手就被方从心抓过去了。

章主任两眼弯弯地隐在口罩后笑了笑，然后一边在助理的帮助下看着牙，一边说："这个小女朋友的手是怎么回事啊？"

被方从心那么拉着，我手腕上的疤一览无遗，我试着侧过来一些，轻描淡写地说道："被广告牌砸的。"

"肌腱断了？那你算幸运的了，广告牌只砸了你手。"

旁边那位助理突然说："你是不是叫林梦啊，泰溪人？"

我扭头看他："是啊，你也是吗？"

"啊，我是你们隔壁县的。天，你竟然在长宁！你的事我有印象，我还为你在论坛上骂过那一家人。"

我完全没想到在这里遇上当年的知情人士，不由得有些尴尬。手被方从心拉着，我也不能找理由走开，只好硬着头皮说："啊，是吗？谢……其实没必要……"

小助理却没听完我说的话，自顾自地说道："主任，林梦在我们老家人称'小窦娥'，那时她的事在网上沸沸扬扬的，或许您也听过。那会儿是夏天吧？我们老家台风天多，台风过后的次生灾害虽说都有预防，但发生得还是很频繁，最要命的就数高空坠物了。林梦的手就是被这种坠物给砸的。不过，本来是砸不到她的，她离得远，眼看那广告牌掉下来，有可能要砸到另一个小姑娘，千钧一发那一瞬间她跑去推开那小姑娘了。结果广告牌砸到了她俩中间的位置，翘起来的一个边沿压到林梦的手，另一个边沿剐到了那个姑娘的脸。林梦她一个十几年都在练钢琴的艺术生肌腱断裂,另外一个小姑娘脸颊靠耳朵的地方留了个疤。本来两家都是受害者,但后来那个小姑娘家人说经过精密计算,那个广告牌本来砸不到她家孩子的,就是因为林梦推她一把才会这样,还去公安局闹,非要说林梦涉嫌谋杀,又去法院提起诉讼要求民事赔偿,最后逼得人家警察去病房里录了好几次口供。警察不搭这茬后,他们在林家小区门口发传单,还在网上造谣,挖出了林梦以前写的暗黑系的短篇小说,说林梦的性格里有反社会的因素。要不是后来发现有车载摄像头刚好拍下了这一幕,林梦不定要被抹黑成什么样了。主任,这是什么恩将仇报的世道啊,真让人心寒。"

章主任的技术大概不大好,方从心攥我的手越来越紧,我吃痛地哼了声:"你想再废我一次手啊?"

他的手倏地松开了。我挠了挠头,说:"没有您说的那么严重,前前后后还是有很多好心人帮助我的。"

"谁啊?"小助理道。

"我们政教主任雷追风呀。哎呀说出来也是不好意思,我那会儿上学还作弊,被老师抓包了上台念检讨书,念完后轮到我们政教主任总结发言。他就在主席台上突然看着我说,让我们勇敢地去做好人,不要害怕,有人讹我们的话,学校给我们撑腰。后来,学校发动资源,找校友律师帮我搞定了很多事,网上风波才慢慢平息。"我低头想了想,"之后我还遇上了很多人美心善的朋友。我在泰溪的同学、长宁的同学,还有信管中心的徐姐、李主任、孙哥骞哥这些同事……我知道他们都是因为这件事对我特别特别好,特别容忍的那种好。您看隔了这么多年,还有像您这样为我鸣不平的,世道倒也没那么令人绝望吧。"

章主任把一颗小碎牙轻轻地放在洁白的瓷盘上,抬眼看了看我。

就在我生怕他说出对我的溢美之词时,他眯眼笑着问我:"所有人都对你这么好,那你小男朋友对你好吗?我看他刚才吼你的样子可一点都没看出来好。"

我一只手还被方从心拉着,只好半叉着腰,神气活现地说:"确实不大好。章主任,我知道您也替我鸣不平呢,您下手千万不要客气。话说您累不累啊?要不您在旁边歇会儿,我来拔拔看。我左手不行之后,右手力气特别大,单手能扛起矿泉水桶……"

我正口若悬河,躺在手术椅上的方从心发狠地捏了捏我,眼神凌厉得不行。

章主任把最后一颗碎牙拿出来说:"怎么能让女孩子干体力活,你女红怎么样?要不要过来缝一缝?"

"哎。章主任,您还别说,我总算逮着机会把他嘴巴缝上了哈……"

章主任哈哈地笑,边笑边对方从心说:"不好意思,我现在笑得有点手抖,待会儿要是缝到没麻醉的地方,你就忍忍啊。"

方从心:"……"

三五天后,从牙痛中解脱出来的方从心在冯老师的吩咐下,亲自护送我前去长宁郊区的养猪基地拜访柯爷爷。同行的还有我刚从徐姐朋友那里接过来养了一天的蝴蝶犬小Q。

方从心后知后觉地从冯老师那里得知了我是因为10000块钱的稿费才积极促成了拔牙的事,加上前期因为牙齿的客观原因,如同遭了禁术,一直压抑着对我的冷嘲热讽的心,现在禁术一取消,技能反弹得很是明显。

"你还愁赚钱没路子啊?我教你一招。你就在网上直播你做数学,我保证有一堆人给你捐钱,痛哭流涕地求你别做了。"

这一路荒郊野外的,我要中途被踢下车,一时也找不到办法回去,所以我就忍他。

"听说你要写猪的历史,哎,终于有机会记录同胞的一言一行,想必心情特别激动吧?"

"待会儿要是见了亲人,不要对它们露出眼馋它们身体的眼神。"

……

小Q,妈妈教你的第一课是咬人。你看旁边这个全身皮痒的人,你要不要咬咬看?

好在柯爷爷是一位和蔼慈祥的农民企业家。他听闻我们要来之后,大清早地就在基地门口等我们了。我们刚一下车,就拉着我们先去基地里的小食堂吃全猪宴。

一张玻璃大圆桌中间提前放了一只油亮油亮的烤乳猪,烤乳猪旁边一只红双喜大搪瓷托盘上则摆着一只肥猪头。在圆桌一圈又放了水晶肘子、大酱骨、排骨炖土豆、干锅肥肠等肉菜。

啊,感觉自己好罪过啊。我这随便来一趟,屠刀下就多了几只小肥猪的冤魂。

我眼睛直勾勾地看着饭桌,只听又有年轻人相互拌嘴的声音从外面传来。

循声看去,是一对长得有七分相似的姐弟:大的约莫十八九岁,一条裤腿空荡荡的,长得很清丽;小的约莫十四五岁,嘴上有一茬青青的毛儿。此时姐姐拄着拐,正怒不可遏地看着她弟弟,大概是碍于场合,把不好听的话咽下去了。

柯爷爷拉着他们坐下,跟我们解释道:"我听说你们一个是北大的,一个是长宁大学的,都是杰出的高才生。我是农民出身,就上过四五年书,赶上灾荒以后再也没进过学校。前些年,老乡喊我去赈灾,我捐了点钱,送了点物资过去,物资对接人就是冯老师。隔了一年去探望受灾区,发现冯老师还在那里支教,我和她一来二去就这样熟起来了。这几年,冯老师身体不大好，定居在长宁，我在冯老师的帮助下，也开始自学看书、学管理。我很感激她，冯老师推荐的人，我是信得过的。"

柯爷爷说完，又有点不好意思地笑："看见你俩这么年轻又能干，临时我有了些新的想法。你看这两孩子是我孙子孙女。大的叫柯桥，在隔壁省读大学，每个月坐高铁回来一趟。小的叫柯路，才高一，略微差点，尤其是数学——"

"那是略微差点吗？"柯桥打断爷爷，不满地横着眼看柯路。柯路缩着脖子不说话。

老人也不怪她，继续说道："上次柯路在看一本书，叫什么什么真题。我说这题咋还分真的假的，柯路说真题就是跟考试一样的题，我以为他这是作弊呢，特地赶去学校问老师，生怕这孩子搞歪门邪道。我是上赶着去闹笑话了，老师跟我解释完，倒没笑我，就是让我给柯路找找数学方面的培训老师。"

"培训老师市面上很多吧？"

柯爷爷摆摆手："是，这我也知道，柯桥以前在那个鼎鼎有名的力拓培训班上过英语和数学。但柯路有点伤脑筋，已经有好几个数学老师放弃了，我也是病急乱投医，逮着谁就问。这不，你们来了嘛，就问问你们看，能不能做柯路的数学老师啊？"

这真是载入历史的时刻。我林梦活一世，竟能活到被长辈拜托辅导人数学的这一天。

我面露难色："柯爷爷，方从心不是学生，平时没什么时间补习；我的数学——指导小学一年级还凑合，指导高一学生'毁人不倦'的——就算了吧。"

柯爷爷立刻说道："没关系没关系，我只是逢人提一提。你们就当认识两个弟弟妹妹好了，来，吃饭。"

这个吃饭时的小插曲在我参观完养猪场后很快被我清理到大脑垃圾站了。毕竟我来有正经事做,柯爷爷找了个空置的办公室,让我们看柯爸爸当年整理的家谱。

我看着家谱上清隽的手写体,不由得问柯爷爷:"对了,柯路的爸爸妈妈也在长宁吗?"

柯爷爷眼神一黯:"五年多前,长荣高速上出的车祸,都没了。"

"对不起……"

柯爷爷摇头:"人各有命。"

"那柯桥的腿也是那次事故中轧伤的?"

柯爷爷点头:"那丫头一直争强好胜,没了腿更是积极上进,倒是没让我操过心。"

正说着,隔壁姐弟俩吵吵嚷嚷的声音传来了。

柯爷爷无奈地朝我俩笑笑:"只要这两个人待一起,就没有不吵的时候。"

这时,一个文员打扮的人进了屋,把柯爷爷叫走了。

屋里只剩我和方从心两人。我低头研究家谱,方从心则在手机上发邮件,然而我俩不由自主地把椅子往靠近隔壁那道墙上挪了挪。

只听姐姐在咆哮:"你那脑子是核酸外面裹了排囊泡吗?"

我很迷茫地看向方从心,他立刻贴心地解释给我听:"她骂他草履虫、单细胞生物的意思。"

"哦——"我明白了。不懂数理化真是不行,被人骂了还得请翻译啊。

"我就问问,你那脑子放在脖子上是不是装点门面用的?跟你说了多少次了,A 是集合,B 是 A 的子集合,符合 B 的当然也符合 A。就像我跟你说,你不能吃屎,你就不要再来问我,姐,那猪屎鸭屎能不能吃?因为你一旦问了这个问题就说明你脑子里装的都是屎,懂吗?!"

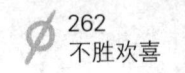

我默默地看了眼方从心,感谢他平日里对我一经对比立刻化为春风细雨般的教育。

"我得帮帮弟弟去。我们差生天生一家亲,可不能任由人欺负打骂。"我拍着屁股站起来,打开门,探出头,笑呵呵地说道,"哎呀,柯桥,老远我就听见你说话啦,先消消气。根据我的经验呢,有时候,大脑它有自己的想法,不是靠你吼就能解决的。"

柯桥见我进来,有点不好意思,但还是戗了一句:"换了你,指不定嗓门比我还大。"

"行,我来辅导他。你歇会儿去吧。"

柯桥将信将疑地看了看我,最后还是放下书走了。

柯路蔫头蔫脑地把自己脑袋埋在一堆黄冈例题里,等他姐走了,还是没精神地耷拉着。

"明天考试?"我翻着书问他。

黄冈考题是我不愿触碰的噩梦。于我来说,那纸张比符文还可怕,我煞有介事地翻了两下,因为身体机能实在排斥我做这个场面,我把书往桌上一扔,索性抱着手看他。

柯路惨淡着一张脸,抬头看我:"你怎么知道?"

"嗐,但凡能把人按在这里看书,那准保是考试的力量。"我随便说道,"想不想知道请假的办法?"

有人在我后面清嗓子,我转头看,是方从心从隔壁过来了,跟我挤眉弄眼的,生怕我带坏小朋友。

柯路头也不抬地说:"方法都试过一遍了,没用。"

"辣手摧花的办法试过没有?"我转着笔看他。

柯路摇头:"那是什么?"

我嫌弃地皱眉:"你连这个办法都没听过,竟然还敢这么随便对待老前辈？坐正了说话。"

柯路一下子来精神了，正襟危坐道："请讲。"

我把笔往桌上一搁："明儿考试半小时之前，去重庆面馆点一碗最辣的小面再加两勺辣椒，把嘴唇辣成姨妈色方可离开。到课堂时，额头发汗，嘴巴红肿呈紫色，你不用开口，老师会直接让你去医务室。"

方从心扑过来捂着我嘴跟柯路说："你别听她胡说八道。"

哎，我说你要拦早拦呀，我都说完了你拦有个毛线用？

他又跟我唠叨了两句："你自己不上进就够了，还给别人宣传作弊的一百种方法。人家要是以后没考上大学，你给安排出路啊？"

柯路帮我把方从心的手移开，眼神晶晶亮地说："哥，我不作弊更考不上大学，这事儿不是这位漂亮姐姐的锅。刚才跟爷爷一起吃饭没留意，不知这位姐姐芳姓是？"

你看看，本来是一朵多灿烂的花儿啊，刚才生生被数学摧残得卷了叶子了。

我说："好说好说，长宁迪丽热巴。"

柯路嘻嘻笑："那我是长宁白敬亭。"

我："白弟弟吉祥。"

柯路："迪丽姐姐免礼。"

于是，在这一来一去间，差生和差生之间独有的中二角斗信号瞬时被激活了。

紫禁之巅，云雾郁郁，罡风烈烈，西门林梦白衣胜雪的衣袂和乌如炭木的青丝随风鼓动。只见美人持剑而立，眼神阴邪，等那个不知天高地厚的玩家叶孤路送上门来。

叶孤路不知道的是，在"沙雕"世界里，西门林梦若称第二，是没有人敢说第一的。

"迪丽姐姐平时有啥爱好?爱看电视不?我最爱看《回家的诱惑》,每天晚上睡觉前一定要看一眼洪世贤才能安心入睡。你呢?"叶孤路首先亮出了"旭日东升贱贱剑"。

"《乡村爱情》,早上不看下谢广坤的脑门,起床都没有力气。"西门林梦不甘示弱,回击一记"风送紫霞贱中自有更贱剑"。

"那迪丽姐姐有啥爱吃的?米其林餐厅里我最中意的是沙县小吃。我有沙县小吃的VIP卡,姐姐哪天想去报我的名字免费送一听可乐哟。"叶孤路剑柄一收,推出一掌。这难道是江湖失传已久的"穿心狗血掌"?

"谢谢,沙县小吃一般般吧。要说米其林,我最爱的还是兰州拉面。白弟弟去的时候,出示我的微信号可以多得一片牛肉。"西门林梦躲过曾有百发百中死亡率的掌风,回掷一记"满嘴跑火车"派的"招牌智障拳"。

在两个来回不分胜负后,两位高手玩家火速陷入激烈的战况。

"那姐姐有啥其他爱好?我是退堂鼓十级荣誉选手。"

"我最新的奖项是吹牛大赛全国巡回比赛总冠军。"

"工作经历呢?我在全球百强企业里干过,肯德基里的鸡翅是我炸的。"

"我在创业,目前正在研究扫二维码就可以打电话的项目,一旦启动就会开启上市通道,你有兴趣投资吗?我算了算,保守估计400%的收益率。"

"姐姐不愧是名震江湖的大神。这世上能收我三招脑残神功的人已经不多了。"

"是弟弟长江后浪推前浪。"

我俩各自拱手致意。

柯桥在我们决战之前进来拿水杯,因为战局紧张,没有当下走开,而是和方从心两人面无表情地看完了全场。

只听柯桥对方从心说:"他们两个是阿呆和阿瓜吗?"

"是吧。"

"你女朋友?"

"不想承认。"

"平时带着她不容易吧?"

"嗯。令人头秃。"

"我也是。"柯桥拿起水杯,满是同情地看了方从心一眼才飘走了。

柯路见他姐一走,真心实意地问我:"姐,你觉得,我要高三再学数学,来得及吗?"

"有点困难。"

"为什么?"

"那时你长大了,你姐更打不过你了,你还能学好啊?"

坐在旁边一直拿死鱼眼看我们的方从心这会儿扑哧笑了起来。

我白了他一眼,对柯路说道:"所以说,还是现在开始学吧。"

柯路丧里丧气地说道:"我看我姐学数学都不费那脑子,怎么到我这儿就不行了呢?姐,你说我们是不是天生就是二啊?"

我斜眼看他:"你要说就说你自个儿,拉着我说二干吗?我聪明着呢。"

柯路说:"能来写猪的历史的人,会聪明到哪里去啊?哎哎哎,姐,我错了,我就是感叹下我们这些智商盆地的人的悲哀。"

我说:"你怎么会这么觉得,画蛇添足的故事你听过没?从前有个人叫马良,他有支神笔,只要他画的都会变成真的。"

柯路打断我:"姐,我再傻,画蛇添足和神笔马良的故事我还是知道的。"

我说:"我觉得你不知道。这个马良啊他没别的爱好,就特别喜欢养蛇,所以他画了很多蛇。有一天,他一不小心,在一条蛇的下面多画了几笔,这条蛇就成了有脚的蛇。这条蛇呢和大家不一样,遭到了很多同伴的嘲笑。有的蛇说'看呀这条蛇是残疾的蛇',有的蛇说'它好笨呀,到现在还不会跟我一样滑',它就变得很自卑,常常背着其他的小蛇哭,但它没有放弃,自己偷偷学习滑行。它滑了很久还是没有学会,只会踮着脚快速地爬,脚上的肌肉倒是越来越发达了。出去玩的时候,它老是被它们落在最后,等它到家的时候,其他蛇都吃完饭了,它就只能饿着肚子睡觉。"

柯路听得聚精会神,见我停顿了下,催着我赶紧往下说。

"有一天,这条有脚蛇又被其他小蛇欺负,它气得不行决定要打回来。其他小蛇就朝它做鬼脸,说有本事你追上我们呀。它就拼命爬拼命爬,突然它脚下一轻,居然腾空起来,随便一摆动尾巴,就飞到了小蛇们的前面。原来,这条有脚的蛇是鳞虫之长——青龙!"

说完我看了柯路一眼:"这个故事蕴含的哲理,你懂了吗?"

柯路说:"我懂了。你的意思是,我的数学虽然不好,但我可能在其他领域里特别杰出,就像这青龙一样,是吧?"

我说:"你懂个屁。我说的是你姐。你姐少了一条腿,就像那蛇多了四只脚一样,那不是残疾,那是因为她注定要做龙。"

柯路低着头,回味我说的那番话。

半晌后,他认真地对我说:"姐,你说的很有道理。"

"有道理个屁。我说的就是让你在其他的领域变成一条青龙!"

方从心终于忍不住,在旁边哈哈哈哈地笑了起来,留柯路一脸蒙地还在思考,到底是他还是他姐才是那条注定不平凡的青龙。

我举着右手说了声阿弥陀佛:"只要心里有龙,皆可成龙。"说完我就两手一摆,肩一耸:"没错,我就是成龙。你看我这样像不像成龙?"

柯路终于从迷思中走出来:"姐,我刚才以为我们在弱智方面平分秋色,现在我觉着我离你还是差一大截。"

我说:"你敢说我弱智!那我考考你,如果你是一只乌鸦,飞到麦田里发现半瓶水,怎么办?"

柯路兴奋地说:"这道题我会。只要把石头扔进瓶子,等水位高一点就可以了。"

我叹气:"所以你只能做一只乌鸦呀。柯路,你是个人!用你的脑袋好好想想,现代文明教会你什么了?你叼根麦秆掐了一头不就是吸管了吗?多省事儿啊。你费劲巴拉地捡石头还得对准了瓶口扔进去,你当你是小精卫呢?"

柯路两眼又迷茫了。

我拍拍书:"行了。青龙是天上飞的,乌鸦也是天上飞的,没啥本质区别,天高海阔,任你翱翔。你不必羡慕青龙,踏踏实实做乌鸦吧。先把这几页书看了,回头让你方大哥给你出几道题就……就看破人生了。"

我把书推到方从心的面前,他象征性地翻了几下,就还回去了,现场写了几道题,让他半小时后做。

出门的时候,我问方从心:"你出的题够简单吗?"

方从心说:"天地良心,经过你的训练,我还不知道怎么出题才能让人愉悦一点吗?"

我点点头:"嗯,有前途。"

方从心笑了笑,突然两只手拼命地揉了揉我的头发。

我今天一早刚吹的日系知性齐肩短发,不由得大吼一句:"你干吗!"

方从心笑说:"没有啊。就觉得你超级超级好玩的。"

我瞪了他一眼,心里美得不行。两个超级呢。就像前面带两个VV的VVIP,一看就是很高贵的那种了。

方从心说:"林梦,你去做孩子王吧。"

"嗯?柯路已经不算孩子了。"

"他算。我想你适合做老师。"方从心认真地说。

"你确定让一个能传授一百种作弊方法的人去当老师？"

方从心笑了笑，把我乱糟糟的头发整理好："我确定。你要是做老师，我愿意成为你的学生。我还愿意成为一个孩子。"

我的心不由触动了下。

我目前的人生都是走一步算一步那么过来的。上小学时，有初中在等我；上了初中后有高中在等我；上了高中，又有大学在等我；读完本科，还有研究生在等我。我按部就班地去执行，但从来没想过我未来会做什么。

我们系正在找工作的同学，因为就业压力大都海投了一批专业不对口的工作。比起前途飘摇的小企业，考一个教师资格证去学校做教职工成为一件趋之若鹜的事。

我也曾想过这样做，但我的同学和导师告诉我，凭我的专业成绩完全可以熬到博士，做小学初中老师哪有大学老师那样好呢？

于是我默默地保研了。拿到保研通知那一刻，我觉得这只是事情进展到一个阶段标注的一个新记号而已，心中并不激动。

我大概忘了，我当时想报考教师资格证，只是纯粹地想在中学的校园里做一个温柔版的雷追风吧。

作为差生，我和柯路一见如故。本来我们计划吃完午饭带上资料就回市区的，但柯路的数学补习之路比我还坎坷。方从心花极大的耐心讲解，我则花极大的耐心灭方从心的火气，这样一耽搁，天不知不觉都擦黑了。

为表感谢，柯爷爷非常热情地邀请我们留下来吃晚饭。他晚上还得赶去市区参加一个市政府牵头的农民企业家颁奖典礼，跟柯桥柯路叮嘱半天待客之道才匆匆离开。

盛情难却,我只好继续祸祸佩奇的族类。

吃着吃着,方从心皱着眉头问我:"我们是不是忘记一件特别重要的事了?"

我正啃猪蹄,听他这么说,也觉得好像是有一件事儿忘记了,抓着猪蹄想了想,脑子却空空如也,就摇摇头继续啃去了。

方从心闷头吃了口菜,表情看上去有点痛苦。可能他的大脑也是空空的,但他作为学霸很少碰到这种情况,所以有点不大适应。

于是他一直盯着我看,看得我心里发毛,我舔了舔油油的嘴,刚想说点什么,他说:"你再舔一下。"

"哈?"

他眨着眼睛,认真地说:"你再舔一下。"

我依言伸出舌头舔了舔。

方从心突然眼睛一亮,说:"想起来了!中午的时候,小Q在桌子底下跟你现在一样啃猪蹄的。现在小Q不见了!"

我自动略过他拿小Q和我做比较的说法,从椅子上跳起来,环顾四周:"小Q呢?!"

方从心拉着上蹿下跳的我,问道:"我们先想一想最后一次见小Q是什么时候。"

我茫然地看向他:"我们今天带它出来了吗?"

方从心:"……"

柯路说:"现在大家都下班了,天也黑了,这儿都是田地,小狗要是跑丢了很容易被村民逮走吃掉的。"

我谢谢你。

柯桥支着拐杖走过来:"中午我没留意。你先说说那狗长什么样吧,有什么特征吗?"

我:"一只蝴蝶犬。两岁多。喜欢汪汪汪地叫。"

柯桥默默地看了我一眼,看向方从心:"你补充一点有用信息吧。"

"蝴蝶犬你知道的吧?"他从手机里调出一张蝴蝶犬的典型照片,说,"小Q的耳朵装饰毛尾部都是棕色,背部右侧处也有个棕色的圆斑。我最后一次见到应该是给柯桥辅导函数奇偶性例题的时候,按照习题量来说大约是五点半。现在是七点。走丢时间不算太长,我们分头找找看。柯桥柯路你们找人一起在室内几个楼里找找,我和林梦去户外看看。"

说着,方从心就拉着我走了。

我想起昨天小Q的主人把小Q交给我时还抹了很多眼泪,我信誓旦旦地保证她回国时,每年都能看到健健康康快快乐乐的小Q。现在别说每年了,才第二天我就把小Q给弄没了。要不是方从心记得,我可能到家都不记得这事儿,我也忒没责任心了吧!

外面天彻底黑了。乡村不像城市里到处都是光源。基地上的路灯又暗又稀,我喊了两声"小Q",想这么大地方,往哪儿找去。再想想柯路说的不远处的村民要是把小Q逮了去,也是极有可能的事,想着想着,呼唤的声音都带上了哭腔。

方从心拉着我的手说:"林梦,我们先别急。你得联系下小Q的主人,先问问他们小Q喜欢去的地方。"

"他们还在去香港的飞机上,在那里和父母聚一晚上再一起飞去美国,现在联系不上。"我拿出手机给他,"不过他们给了我养小Q的日志。我给你看。"

方从心接过手机仔细看了起来。

我六神无主地站在一边。平原上任何风吹草动都让我升起一丝希望,又归为失望。来回几次,自责和焦虑感逼得我心脏跳得又猛又急。我咬着牙不让自己陷入崩溃,松开手想去河道附近转转,但方从心拽着我的手把我拉回去了。

他一边看手机,一边说:"你不要走开,我会解决的。"

我想不出来他通过看日志能想出什么解决办法,但他说得那么有把握,暂时抚平了我焦躁的心。我站在他旁边,任由他继续牵着我的手。

我不是在吃他的豆腐。我需要一点点力量来度过这个艰难的时刻。

看了会儿,方从心给柯桥打电话,让他们赶紧去办公室后面的饲料仓库看看。

没过一会儿,柯桥打来电话,说小Q找到了。可能是趁工人开门时小Q溜进去了,后来工人关了门,办公室的人也都下班了,那一块儿偏一点,所以刚才我们都听不到狗呼救。

我在电话里听到小Q的汪汪叫声,瞬间觉得那是天籁之音,差点落下泪来。

心中一块石头落地,我惊魂甫定,问方从心:"你怎么知道小Q去那里了?"

"日志上有记载,小Q特别喜欢粉末状的东西,曾经把家里的面粉袋咬破戏耍。小狗和人类一样都有一定的行为模式。柯爷爷带我们参观时,我记得办公室对面是存放饲料的仓库。刚才我们在办公室辅导学习,我猜小Q看见工人开了仓库,跑进去了。"

"你可真像福尔摩斯。"我发自肺腑地夸他。

他咧嘴笑了下:"也是幸运,一下子猜中了。"

我说:"要是那里找不到小Q怎么办?"

他摇头,露出迷离的表情。

我说:"你刚才还信誓旦旦地说,你会解决的。"

他耸耸肩:"找到有找到的解决办法,找不到有找不到的解决办法。"

"找不到是什么解决办法?"

他挑了挑眉毛看我:"剖腹谢罪?"

我拍了拍胸口,说:"好在找到了。不然我罪过大了。"

方从心笑了起来。晚风吹来,他的头发松松软软地立了会儿,又温柔地趴回去。

"今天要没有你的话,我都不知道该怎么办。刚才我真的要吓哭了。"

"嗯,我看出来了。可是你没哭。"

"因为哭不能解决任何问题。"松懈过后,我一屁股坐在机耕路边的枯草上,叼了根狗尾巴草说。

乡村的晚上真是美好。夜色像是黑绒一般优雅,还能看到满天繁星如一颗颗璀璨的小钻石镶嵌在上面。近处是蝈蝈和青蛙的交响曲。风吹过来,会有沙沙的波浪声点缀。

方从心跟着我坐了下来,和我一起享受了片刻的宁静。我俩的腿齐齐地靠着,脚的位置却差出一大截。

他好高啊,天塌下来果然有个儿高的人顶着,我想。

方从心突然说:"哭虽然不能解决问题,但偶尔有用,而且哭一哭也没什么大不了的。林梦,那个时候你哭了吗?"

我收回神思,反应过来他说的"那个时候"指的是出事那一阵,抖动的小脚丫不由顿了一下。

我说:"我不记得了。"

方从心沉吟半晌:"你骗人。你哭了的。"

"跟你见过一样。"

"我亲耳听过。"

"什么时候?"

"早自修。我到得很早。你也很早。"

"我是为了抄作业。"

"我是为了给你作业抄。"他随口接了句话。

我看了他一眼,他笑了下说:"我习惯早起不行吗?"笑容随即融入风里,他说:"我听见你在厕所哭了。"

我皱眉看他:"你这是什么怪癖?你躲女厕所听我哭干吗?"

方从心歪歪头:"因为你哭得很大声。我在楼上都听见了。"

"胡说。我哭得很淑女的。"我横他一眼,见他要笑不笑的样子也无所谓了,说,"就哭了那么一回吧。压力大的时候你还不许我哭一哭啊。"

"以后你想哭的时候可以找我啊,反正我都听过你哭,不在乎看你丢脸。"

"呸,你这什么盼头?盼我哭啊。"

方从心双手支在身后,半躺下来看辽阔的天空:"即使过去了那么久,即使身边有很多温暖的事可靠的人,想起那段时间偶尔还是会觉得很委屈,觉得想哭的吧?"

我从地上边爬起来边说:"知心姐姐要是找我做情感热线,得付我钱啊。"

这人什么毛病啊,刚才小Q丢了我没哭,现在小Q找到了还勾着我掉眼泪。

谁知爬到一半,被方从心拽了下,我跌在他身旁。他翻了个身看我,眼睛比天上的繁星钻石还闪亮:"林梦,我对你不好吗?"

我不知道他为什么突然这么问,望天眨了眨眼:"还凑合吧。"

"那你拔牙那天感谢了徐姐、孙哥一堆人,就是没提我,害我被主任欺负。"

我说:"我不说当然就是为了害你被主任欺负啊。我有生之年,能赶得上几回你被人欺负这种盛事。"

方从心扫了我一眼:"你天天看得见,不就你一天到晚骑到我头上吗?"

我说:"含血喷人喷多了小心贫血。"

方从心懒懒地笑了笑,然后拨了下我飞在半空中的一缕碎发。"不提我就不提我吧。我就是想跟你说一声,他们对你好,不是因为你的手。"他直直地看着我,眼睛里盛满了温柔的光,"那是因为你本来就值得,林梦。"

他可能不知道,我那时没有提他,是因为这个世界上,我最不希望他是基于我的过去而对我格外好的那个人。

现在这个人温和地和我说,他们对我好,是因为我值得那么好的对待。

我想,这真是糟透了。有人在爱情的小火苗上泼了桶油,我就眼看熊熊烈火漫山遍野地烧起来了。

喂,119在吗?快救救我这只快被烤熟的迷途羔羊吧。

迷途羔羊跟着猎人惴惴不安地欣赏了会儿乡村夜景后,掸了掸屁股就回基地了。到了基地门口,脏成一团的小Q迎了出来,带着一身细尘兴奋地扑了过来。

我带它不过一天的时间,它对我就这么亲热,而我却连它什么时候丢了都不自知,我亲昵地蹭了蹭它的小脏脸,说了好几句对不起。方从心在旁边开解我,说小Q对我这么热情,可能是因为我衣服上沾了太多猪蹄肉末,让我继续不要有任何心理负担地薄情寡义下去,被我一脚踢开了。

然后我们带着小Q去洗澡了。柯桥、柯路平时光看猪了,此时有一只美艳的小Q要沐浴,全都来凑热闹。其实我也不懂怎么给狗洗澡,好在方从心有经验,而且小Q看上去很喜欢他。我们四双手下去,它只知道往方从心那里靠。排得上号的还有柯路。柯路觍着脸说小爷我长得帅,人见人爱狗见狗亲。

我和柯桥暂时不想理小Q这个小色鬼,双双出来了。

在外面吹着风,柯桥朝我的手勾了勾下巴:"你自杀过?"

我摇头:"意外。你那腿呢?"

"跟你差不多吧。看你左手握不大紧。"

"看你右腿走不了道。"

我俩在风中站了会儿,感觉自己这对话特有王家卫的风范,装着装着相视一笑,说:"交个朋友吧。"

我说:"你有没有生活上很不方便的时候?"

"最不方便的是大家都喜欢用异样的眼神看我。"

我深以为然:"你这一看十有八九是意外。我可惨了,还得找机会跟别人说我这不是自杀啊。你说哪有自杀的时候留那么难看的疤的啊。但别人都会这么猜,就像你刚才那样。可是他们不像你一样直接问,只对我露出一种同情的眼神,我可真是受不了。"

"对对对。我也是最受不了这个了!"

王家卫的电影风格随即转为残疾人吐槽大会。

等方从心抱着小Q出来的时候,我和柯桥已经聊得欢天喜地相见恨晚了。方从心支着小Q的前爪说:"小Q,你看你妈妈,多清闲。"

我和小Q握握手:"小Q小Q,爸爸给你洗澡香不香?"

说完,我就觉得哪里不对劲了,但方从心似乎没听出问题,抱着小Q用非常软萌的声音对它说:"外面风大,我们去里面吧,刚洗完澡可不能感冒了。"

走了两步回过头来大声喝我:"你不进来啊,说了外面风大,感冒了还怎么补课!"

人不如狗,人不如狗。

来自方从心的MEMO:

我想给她世上最好的东西,只要她不眼红红。

这和我让她想哭时便可以哭的心不矛盾吧?

第十一章
不许告密

我以为我和柯路的缘分也就是这一面,没想到过了两天,我接到了他的电话。

那时我正被佟筱捉到黑板前做题。逃了好几次课被佟筱耳提面命后,我现在成了佟筱的座上宾,即坐在讲台旁边特配的教师休息座供大家敬仰。葛纯纯他们最近的学习重点是如何计算赔率,以方便组"林梦今天究竟能不能解出题来"的赌局,所以佟筱一点我名字大家就开始激动地鼓掌。

我一个大四的老人,被台下的人起哄起习惯了,脸早就不要了。不过,我心里还真有点不服输的劲儿。我挺想给佟筱做道题出来让她刮目相看一下的。

可惜这种逆转的剧情也只能在大脑里爽一爽。现实情况是我拿起粉笔写个"解",做到第三步后就放弃了。

佟筱笑里藏刀地说:"有进步。都能解到第三步了。"

我一时也不大分得清,佟筱对我到底是出于什么样的心理。因为在信管中心,我总觉得佟筱看向我和方从心的眼神怪怪的。可是,她又像是毫无芥蒂一样为了我数学成绩的提高在做不懈努力,真是令人费解。

下了课,我赶回家,在楼下碰见有人正坐在躺椅上。手机屏幕照得他一脸蓝灰色,我乍一看吓得"啊"地尖叫起来,再定睛一看,原来是方从心。

方从心一看我回来,没好气地质问我去了哪里,为什么不接电话。我掏出手机一看,竟然有好几个未接来电。

我问他出了什么事,方从心说:"柯路找你。"

"为什么?"

"不知道,他不肯跟我说,但他给我打了两个电话,好像挺着急的。"

我一边上楼一边说:"啊,他可能是要向我表白。我看他比苏旭小不了几岁,正是血气方刚喜欢姐姐的时候。可惜犯法的事我不能干——"

方从心推了下我的头:"有谱没有?"

我开了门,进了房门给柯路拨回去,又在方从心的注视下开了免提。

那边贼兮兮的声音在说:"姐——"

我想起他那神似郭麒麟的小肿眼睛,乐呵呵地问:"怎么了?"

"姐你说话方便吗?"

我看了看杵在旁边的方从心说:"方便。"

"我今天想你想了一宿了,你怎么才给我回电话呀——"

我一听,半躺着的身体不由坐直了。我刚才纯属胡说八道,小朋友你可不能张口胡说哈。

方从心在旁边清了清嗓子。

"你旁边还有人?要有人我就不说了。"

我不耐烦地道:"你有话快说有屁快放,再不说我真挂了。"

"别呀姐,明儿开家长会,您能来一趟吗?"

"你开家长会找你爷爷,找你姐去啊。"

"我爷爷去广西了还没回来呢,我姐倒是能坐高铁回来,可是我怕她回头掐死我。"

小时候都是我请别人演我家长,我真是老了,竟然已经长大到可以扮人家家长的岁数了。

"柯路弟弟,不是我不帮你。主要是你姐那个特征挺明显的,一般人假扮不了——"

"我姐平时出门都戴假肢,一般人看不出来。再说刚开学那阵开家长会的班主任做小手术正在休养,现在由副班主任主导,估计对我姐也没啥印象。你来呗。"

"我不去。我要去了万一被你爷爷发现,我这活儿还干不干?"

"我给你钱。"

"不是钱的事,还有冯老师的人情关系呢。"

"你真不来?"

"你们家长会怎么这么频繁?"

"这是第一次月考总结大会。"

"不会每月都总结一次吧?"

"不会,就这么一次。姐你来吧你来吧你来吧。"

他复读机一样撒了会儿娇,我实在拗不过他,最后半推半就地说:"就这一次。"

"必须的!谢谢姐!"

挂了电话,方从心在旁边倒了两杯水,怪我:"你才认识他多久,就这么惯着他。"

"你不懂。"

"你跟我说说我就懂了。"他把其中一杯水递给我。

"发生车祸的时候,柯桥第一时间扑去搂了弟弟,结果她腿没了,她以前芭蕾跳得特别好。"

方从心看了看我的手。我接过水杯低下头:"柯桥或许是世界上另一个我,柯路或许是世界上另一个徐晓兰。他这些年,和我妈一样肯定也很痛苦,没长歪已经很不容易了。"

我现在能越来越自然地和方从心说起手的事了——为了让别人不注意到我的手,我以前总是习惯性地避开"痛苦"两个字。

方从心抿了口水,垂着眼皮问我:"他给你打电话说的?"

"没有。"

"那你怎么知道?"

"柯桥和我说的。她说,看得出来她弟弟很喜欢我,可以的话,她想请我多开解开解他,还让我转告他,她虽然总骂他,但她从来没有后悔车祸那天的本能。她还说考完这次试,或许她弟弟就会找我,让我看情况答应好了,不用为难。"

站在智商制高点的人都比较可怕。方从心、佟筱、柯桥一个个都是未卜先知神秘莫测的大拿。我们这种凡夫俗子估计就是被他们计算来计算去的棋子罢了。

"所以你答应了。"

我指了指冰箱:"前两天柯桥给我邮寄了一箱腊肠一箱腌肉。吃人嘴软,不得不答应。"

"明天我送你过去。"

"为什么?"

"长宁中学是我们准备开拓的客户之一,我去转转不行吗?"

"你们怎么老在长宁打转? 要不要成立长宁分公司?"

方从心喝了口水说:"也不是不可以。等忙完这一阵吧。"他把水杯放下,看我:"你最近是不是有什么事情瞒着我?"

佟筱跟他说我补习的事了吗? 他们最近聊得怎么样? 聊起了我吗?

我四两拨千斤地说道:"你是说我和刘昊然地下恋的事吗?"

方从心喊了一声:"不说拉倒。"说完他从兜里拿出一张绿色的名片,"这是之前许你的东西。你带着老林去这个地方配就好了。"

名片上写着西门子助听器门店的联系方式,我把名片收起来,扭捏道:"你不是说还要拖一个月给我吗?——你怎么知道这是老林用的啊?"

方从心打了个哈欠:"大概是我用脚想的吧。"

"……"

"你一个小姑娘,怎么和老林认识的?"

"你再用你的脚想想。"

方从心转了转脚指头,说:"想过了,它说你们是一个餐馆工作的员工。"

我说:"真是一双会思考的好脚。"

方从心支着头问:"普通同事不至于这样吧?"

"老林是孤家寡人,本来有个女儿。他女儿活着的时候,一直想考长宁大学,不过挨到高考前人就病没了。老林活着也没啥念想,进长宁大学替女儿看完一圈后就决定投湖了,还是被另一个准备投湖的人给拦回来的。你再用脚指头猜猜,那又是谁?"

"我猜是梅姐。"

我扫兴地说:"你怎么一点都不配合? 梅姐应该是被人三了,从马来西亚冥想课上顿悟回来,做鬼也不想做饿死鬼,吃了顿饱饭就打算做水鬼去了,哪晓得有人捷足先登准备往湖里跳呢,她只好先跳下去救人。结果,两人都活下来了。于是梅姐开了个餐馆,老林在这里做帮手。这也是梅姐喝醉的时候跟我们讲的。我对老林好,当然是因为他这么多年从梅姐那里抠出很多好吃的东西给我来了。"

我转头看,发现方从心竟拿着水杯靠在沙发上睡着了。我小心翼翼地从他手里拿起杯子,正打算去屋里找条薄毯子,手却被人一拽。

方从心鼻音浓重地道:"林梦,是不是给你很多好吃的,就可以了?"

"嗯?"

他睁开眼笑了笑:"我也给你买好吃的吧。"

我说:"那你去楼下帮我买个烤冷面吧。"

方从心立马抱着沙发枕闭上眼睛说:"我随便说说的。半个小时后你叫醒我。晚饭你给我做清淡一点的。要是做鱼,不要有太多的刺,青菜的话记得不要做成蒜蓉的。哦,我今天特别想喝汤。啊,对了,羞羞的水你浇了没?我看它怎么没精打采的。"

"……"

为了体现家长对子女教育的重视,第二天傍晚,我盛装打扮全副武装地在家里等方从心来接我。方从心一见我就说:"你穿成这样是要去结婚吗?那真对不起啊,我今天没穿正式一点。下次你要是想结婚可以提前和我说一下的。"

我就想到去机场接我爸妈的时候我恭喜他们百年好合的样子,默默觉得我和方从心除了智商,其余都非常相配,而且他这么讲四舍五入就是跟我求婚了,这样的人生巅峰时刻百年难得一遇,我拼命忍着心里放的烟花,黑着脸上了车。

自打我上次因为他开玩笑翻脸后,方从心就得了玩笑后遗症,看了看我的脸色说:"对不起,我玩笑是不是又开过分了?"

我挥了挥手:"好啦,司机师傅,带我去见新郎吧。"

到了学校,我心里其实挺忐忑的,以前都是我偷偷趴在窗户外看我爸妈的脸色,以此判断是先走为上回头补一顿大的,还是先被打一顿消消他们的气再说,一下子角色转换不过来,我还在教室门口鬼鬼祟祟地探着头考察军情。

柯路跑了出来:"姐,你来这么早呢。"

他又看了看我的绣珠旗袍:"姐,你结婚来啦?"

去去去,这叫成熟美。小孩子懂个屁!

他越过我看向方从心:"姐夫,我姐穿成这样你也不管管。我多丢人呀我。"

方从心弹了下他的脑门:"你姐不穿成这样,难道就不给你丢人了吗?"

柯路嘿嘿地笑:"姐夫说的是。"

我摆手:"什么姐夫啊,给你红包了吗你就随便叫。"说着我就环顾四周压低声音问:"你班主任呢?"

"我副班主任在二楼呢,他说你来了,要我带你过去一趟。"

我一听班主任找我就习惯性地腿软,连忙问:"干吗单独找我?你是不是又干坏事了?"

我说完发现这口气跟我妈当年骂我的时候一模一样。唉,养儿方知父母恩。

柯路两细眉毛一下子变八点了:"姐,这事儿真不能怪我。就你说的,吃重庆小面挑辣的吃,嘴能肿,我就照办了,结果被我们副班主任看出来了。你那辣手摧花的手艺是不是不太靠谱啊?"

我疑惑地道:"不会啊,这一招我吃遍天下鲜,不应该有问题。你们副班主任到底是何方神圣,你带我去会会。"

于是,柯路带着我和方从心一起去了二楼的办公室。

二楼的办公室还坐着几位老师。柯路远远地喊了一声:"袁老师——"

我见到一张熟悉的脸,那是前几日站在伯克利门口意气风发的人。

"峰峰哥哥!"我惊得下巴都掉了,"你……你不是在——"

还没等我说完,袁崇峰一把捂住我嘴,当着柯路和方从心的面把我从办公室拖走了。

我站在操场一棵歪脖子树下,拼命眨了眨眼睛,确认站在对面这人就是我多年的邻居袁崇峰,才把下巴合上:"峰峰哥哥,你不是在西伯利亚念博士吗?"

"西伯利亚?"

"对不起,嘴瓢了。"我又瞪他,"现在西伯利亚还是伯克利重要吗?重要的是你为什么出现在这里吧?前两天你还在ins上晒了学校的照片,你这是玩哪一出啊?"

袁崇峰说:"啊,那是早年间的库存照片,避免我爸妈起疑用的。我和导师打了个招呼,gap一年(间隔年)。回国也不知道去哪里,刚好赶上你向我咨询保研,我就想不如来长宁好了。闲了几天,网上看到长宁中学在招合同制的奥数竞赛老师,管理不像正式编制的老师那么严格,我发了份简历,没想到被录取了。再上了一阵子班,他们说有个副班主任请几个月的产假,让我顶替一阵。哪晓得我当上没几天就赶上班主任阑尾炎住院,事情就变成现在你看到我一个人独撑大局的样子了。不知道待会儿家长们会不会拿着我这个工作没几天的副班主任做文章,去校长那里闹。"

我听他避重就轻说了一堆在长宁怎么找工作的事儿,突然回国的事却轻描淡写地一笔带过了,想来他不愿意说这些,只好顺着他说:"难怪我在力拓培训班的名师榜上看见你的名字了。我当时还琢磨这世上怎么会有名字、照片、经历都那么像的人。"

"那个时候我刚到长宁,为了混口饭吃,在那里教过几节课。不过按照学校的要求,已经不去了。力拓那边大概还没撤吧。"

"你这么光辉的履历挂在那里金光闪闪的,人家当个招牌用怎么舍得撤。峰峰哥哥——"我话在嘴边转了两遍,压下一堆疑问,关心地问,"你现在住哪里?"

"学校职工宿舍。你呢?"

"我住长宁公园那边。"

"我最近在找房子,还是想搬到外面,住着自由些。前几天倒是有中介给我推荐了长宁公园旁边的荟聚所,我还没去看,离你那里近吗?"

我雀跃地说:"近啊近啊。你要搬过来我们可就天天能见上面了。就像小时候一样,我还能给你端盆红烧肉过去……"

"袁老师。"柯路缩头缩脑地过来了,后面还跟着木着脸的方从心。

"怎么了?"袁崇峰问。

"教室里已经来了几个家长了,您要不要先去看看?"

我说:"你赶紧去忙吧。"

"你也是家长。"说着他瞥了眼柯路,"你哪来这么远房的弟弟?"

我摸着柯路毛茸茸的脑袋说:"哈哈,哈哈,刚认的干弟弟。"

袁崇峰又抬头看方从心:"那这位是……"

"他是我数学补习老师,方从心。"

袁崇峰伸手过去,笑着说:"我这是第一次见开家长会,家长还带自己的老师出席的。你好,我叫袁崇峰。"

方从心回握:"没事,毕竟你第一次开家长会,没见识过也正常。"

我一听这阴阳怪气的语调,怕袁崇峰听了不高兴,边走边岔开话题:"峰峰哥哥,你是怎么看出来柯路吃辣把嘴吃肿的事啊?"

袁崇峰笑:"你忘了?你小时候那么做的时候,幸亏我在路上提醒你牙齿上有辣椒,你才得以安全过关。想不到还有人犯跟你一样的错误,我当时想着怕不是你教出来的弟子,没想到是真的。"

柯路和我都很不好意思地低下了头。但柯路显然是做做样子,一方面我这个师傅出过洋相,他也不怕被嘲笑了,另一方面是听说袁老师是师傅的老熟人,就更无所顾忌地跑向教室。

到了教室,袁崇峰立时被新到的家长们围个里三层外三层。我站在教室外不停地跟方从心碎碎念,以表达我刚才被压抑了一路的海啸般的震惊:"我的妈呀,峰峰哥哥竟然无声无息地回国了!他以前说他在我这里受了工伤这辈子都不会当老师的。他还老说最讨厌做老师了!可是他竟然做老师了!方从心,你知道我这个震惊程度吗?就好比,好比,好比你出国一趟,回来我在酒吧里看见你做脱衣舞男了。你说震惊不震惊!"

方从心瞪着我看:"凭什么他出国回来当老师你都要大惊小怪的,我回国却非得去做脱衣舞男才能引起你的注意?还有你一大学生没事去什么酒吧?"

我一边探着头看教室,一边道:"哎呀我就是随便打个比方嘛,你要嫌脱衣舞男有伤风化,那你回来做个摆блощу摊的好啦。反正我都会大跌眼镜的。我跟你说,峰峰哥哥在我们小区方圆五公里以内,那是东方明珠一般的存在啊。每个挨过打的孩子谁不记得一棍子下来都会伴随着一句'你瞧瞧人家峰峰'啊。外人眼里,他品学兼优、谦逊有礼的嘛。"

等我念得差不多了,我听见坐在第一排的家长正和旁边那位烫着一头松狮般鬈发的大妈说道:"这个学校怎么回事,让一个没有经验的老师来当班主任,他们是不是对班级的管理太不重视了?"

这种舆论苗头要是任其发展,家长担忧的情绪很有可能蔓延,非常不利于袁崇峰开展工作,我连忙紧急启动公关预案,拉着方从心大声说:"我听说这个袁老师是美国名牌大学毕业的高才生,一回国就被力拓培训班预订走了,要不是长宁中学特地邀请,人家袁老师还不见得来呢。其实袁老师教书是一等一的,只是刚好赶上班主任出了点事,没办法赶鸭子上架几个礼拜。在这种时候,我们更要对袁老师好一些,以后他肯定会对柯路更上心的。我们家柯路的数学可全靠他了。"

我拉了拉方从心的衣角,方从心凉凉地看我一眼。我掐了他一下,他才不情不愿地说了声:"是吗?"

"是啊!趁现在不抱他大腿,什么时候抱。我这里有三张卡,你待会儿给他送去。"

我又掐了下,方从心配合地道:"不用了吧?现在国家规定老师不准收礼。"

"那我不送卡,明天我给袁老师送一桶鸡汤总没关系吧。"

"我也要喝——啊!没关系,你就大胆地送吧,吃不死他——吃不美他!"

我俩就像白云黑土一样大声表演完了一场舞台剧,坐在第一排的家长立刻不说话了,眉来眼去地相互输送暗号。

表演一收工,方从心说:"你这属于虚假宣传。万一他没这本事呢?"

"怎么没有?当年我的数学就是他补习的。要没有他,我连中考都悬。六年哎六年。"我伸出手指比画了一下。

方从心默默看了我一眼,说:"六年啊,那么久你怎么没把他气死啊?"

我胳膊肘撞了他一下,他吃痛地闷喊了一声:"喂。好歹我是你的现任吧。"

我开玩笑说:"你这个现任老师总共才认识几天,前任是六年,感情能一样吗?"

他低头看着鞋尖,我隐隐约约地听他委屈巴巴地说了句"我也六年了"。

我也不大确定他到底说了什么,他倚在门口大概是觉得无聊了,微微侧过头看着我说:"我们回去吧。"

"家长会还没开呢。你看看整个班级都无组织无纪律,我替他维持一下秩序,你要有事你先走。"

"你不走我可走了啊。"语气带着点撒娇。

"老师,李华艺的座位你可不可以帮我们往前调两排?"有个胖墩墩的家长大声说道。

"我们也想调。"紧跟着就有家长起劲。

我一看似乎又不是简简单单能搞定的事,也没心思揣摩他是什么意思,随口打发他:"嗯。拜拜。"

"喂。"

"又怎么了?"我转头看那两个家长往袁崇峰面前钻,有点不耐烦了。

"我在学校外面等你。"

"哦,拜拜。"

挥完手我就投入到整顿秩序的洪流中去了。

我只对家长会的前半场熟,后半场一般都逃之夭夭了。这是我第一次全程参加完家长会,我才知道当班主任有多累心。每个家长都有没完没了的问题等着问,小到学习问题,大到性格问题,都不是一句话能解决的事。有些家长可能是把班主任当神父了,恨不得像说童话故事一样从"long long time ago(很久很久以前)"开始说起。这闸口一开,没个半小时收不了场。

我想象中温柔版的雷追风可不是处理这些事情的。

等送走最后一位忧心忡忡的家长,时针已经指向十点了。我俩精疲力竭地坐了下来,袁崇峰傻笑着说:"我感觉我把这辈子的话都说完了。"然后他看看我,说:"今天谢谢你了,要没有你,我估计今晚不知要忙乱成什么样子。"

我疲惫地摇摇头。

袁崇峰起身道:"走,请你下馆子去。"

我还真饿了,不客气地跟在他后面出了校门。

晚风徐徐吹着。路边的桂花树也开了,随风飘来阵阵清香。我说:"你还记得吗?你妈做桂花糕特别好吃,每次做完都让你给我拿一盒过来。"

袁崇峰说:"你这么一提,我现在就特别想吃。可惜我不敢回去,你也先不要跟他们提。"

"哦。"我点头,"你让我保守这么大秘密,也不给我带点美国的特产贿赂我一下。"

"你想要什么特产?大樱桃?花旗参?坚果?"

我说:"苹果呀。"我伸出两只手比画一个四四方方的形状,"这种体形的苹果。"

袁崇峰假装没看懂:"苹果还不好买,这就给你称两斤去。"

正说着,后面有辆车大灯亮了起来。袁崇峰担心有车通过,揽着我的肩往里一拐,进了一条小胡同:"这里有一家专门做酸菜鱼的小馆子。我带你尝尝去,我觉得味道挺好的。不过,在美国待了那么多年,回国随便吃都觉着正宗。"

我说:"酸菜鱼当然是老家开在泰春路尽头那家最好吃了。"

袁崇峰说:"你快别勾我馋虫了。再说下去,指不定我就冒着我爸妈中风的危险回去吃大餐去了。"

等我们大快朵颐地吃完酸菜鱼,袁崇峰坚持送我回了家。那时已是晚上十一点了。我今天大脑运动过量,到了家随便冲了个澡就上床睡着了。

隐约间总觉得好像忘记什么事了,但脑袋里仿佛塞了个铅块,又黑又沉,我还没来得及思考,就遁入了梦乡。

接下去一礼拜,风平浪静。

小Q被方从心接去打疫苗后,就被冯老师给扣住了。方从心似乎很忙,既没有催促我做作业,也没有叫我送饭接人。徐姐说是给我减去四分之一的工作量,真实情况是减了一半,剩下的那一半也不用非得去办公室坐班时间做。所以这一阵子,我没机会见他一面,甚是想念。

佟筱最近像是被其他事情羁绊住了,也没心思针对我了。有一回上课她甚至还迟到了。这对一向早到五分钟、办事严谨的佟筱来说就有点不寻常了。

我寻思,方从心和佟筱两人不会瞒着我已经谈起甜甜的恋爱了吧?

袁崇峰回国的原因不明,我还是有些担心,让柯路替我多多留意。他对卧底身份很是珍惜,隔三岔五地给我汇报袁崇峰鼻尖长痘、袁崇峰理发了这种屎尿屁的事儿,被我一顿嫌弃后消停了,暂时也没给我发回有价值的消息。

唯一令我心绪波动一下的,是徐正的QQ换了一句特长的英语备注。我心说这补习班也不是白上的,竟然有徐正主动说英语的一天。

我仔细瞧了瞧,写的是:I don't need sex. English fucks me everyday.(我不需要性生活。英语每天都在折磨我。)

我给他点了根蜡烛,送上了我的祝福。

不过,王姿琪也没传来动静就有些反常了。我这个人注定不能平平淡淡过日子,主要是不能和数学相安一生,我看猪的历史我也编得差不多了,就扔下数学作业去学校里找王姿琪玩去了。

到了学校,我给王姿琪打电话,她一接起来就压低声音说:"怎么了?"

我以为她在上课:"你要不方便,我等会儿再找你。"

"等等。"她叫住我,"你在学校?赶紧到北区雅风凉亭附近来找我。"

我听她神神秘秘的,更加来劲了,踩了辆共享单车就往北区走。雅风凉亭就是我们当年等赵孝孝告白扑街的地方。我正站起来蹬脚蹬上坡,上到一半被一个裹着黑丝巾戴着墨镜穿着黑西装的女人给拦截住了。

我吓得差点摔倒,两脚点地从单车上跳下来,只听那女人跟我说:

"嘘——别出声。"

我扶着车把的手一抖:"王姿琪你干吗呢?"

"捉奸。"

"啊?又是赵孝孝!他还有完没完了?不是,他已经完了啊。"

王姿琪连忙摇头:"不是不是,其实也不是捉奸,你跟我走就好了。"

她见我一身姜黄色的运动衫,不满地道:"你怎么穿得这么扎眼!待会儿小心点,别被他们发现了。"

我心说你这一身黑才扎眼呢,但还是跟着王姿琪弯下腰,亦步亦趋地钻进了小树林。

到了一棵几十岁的老榕树旁,王姿琪朝我使眼色,我顺着她暗示的方向看过去。

我去,这画面真是挑战我的想象力。苏旭小忠犬和佟筱大美女正一左一右坐在躺椅上说话呢。

都说寸头是检验帅哥的唯一标准。苏旭剃了个毛寸,显得五官更加立体,无处不透着一股正气,实在不符合他现下脚踩两条船的行为。

我低头问蹲在我身边的王姿琪:"你怎么知道他们在这儿,你跟踪他?"

王姿琪轻声道:"我有这么不道德吗?!我看的苏旭的手机。"

"……"

"不是你想的那样。我看苏旭这几天有心事,问他他也不说。刚好手机来消息,被我不小心瞥见了,是我视力好,不能怪我偷看。"她越抹越黑地解释完,说,"那个就是你跟我提过的佟筱吧?"

我点头,想了想:"他们现在应该算是同事或者合作伙伴了吧?"

王姿琪酸溜溜地说:"同事关系?什么事儿需要到小树林里来开私会呀。"

"你别这么说。人家都是单身,总有见面的自由吧?"

王姿琪哼了下:"你当然开心了。情敌下桌另开一盘,你省心了吧。"

我踢了踢她:"哎王姿琪,你有点良心好吧?我是那个意思吗?你要喜欢苏旭你就先下手为强。"

"我什么时候喜欢苏旭了?我是担心他小小年纪,一谈恋爱就荒废他的才能。"

"嚯,你这个阿姨当得真称职。"

"什么阿姨?你说谁阿姨?"

"对不起我说错了,是妈。"

王姿琪一看我嘴皮子活泛起来了,立马反唇相讥:"你还说我,你不也一样,有本事你也先下手为强呀。"

"我怎么不敢先下手。我现在就下手给你看!"我掏出手机咔咔拍了两张照片,发了一份给方从心。

然后我蹲在旁边遣词造句删了写写了删地打了一行字:你看看你这几天消极怠工,也不叫我过去。老婆就要跟别人跑了,你还要不要了?!

发出去一会儿,我越看越觉得这话有点像寻衅滋事挑拨离间的"绿茶",就默默地把消息撤回来了。

我和王姿琪跟两只鹧鸪一样撅着屁股蹲在大榕树后面,继续察看苏旭和佟筱的动静。

十分钟过去了,两人依然坐在椅子的两头。我要和王姿琪过去,指不定还能挤挤往中间坐上呢。而且看两人表情,都很肃穆沉重,不像小情侣风花雪月,要说小情侣分崩离析更贴近点儿。

"佟筱是个什么样的人?"

我说:"大才女大美女。平时温和大方,涉及专业领域又有原则。家里有钱还自力更生,挺完美的一个人。"

王姿琪抬眉看我:"你能不能对你情敌的评价带点个人感情色彩啊?"

"你要是认识佟筱,也会这么说的。好像至今为止,我都没听见有人说佟筱的坏话。"我想了想,"非要鸡蛋里挑骨头的话,有些地方确实有些奇怪。"

"快说。"

"佟筱在力拓培训班做兼职老师。一般只要老师愿意提供时间,力拓就不会空置教室,方便招到更多有需求的生源。前几天我和峰——我一个在那里上过班的老乡聊天,提起那边老师的提成是按照学生数量和成绩提升加权的一个数。我听徐正说,佟筱在力拓并没有想象中那么受欢迎,但我那天闲着没事看墙上挂的课表,她可是开了好几个时间段的课的。"

"你是说佟筱有可能和公司一样,为了招更多的学生,赚更多的钱才开这么多班?"

"嗯。我替她算了算,除了力拓的收入,她还有一份学校的高额奖学金、一份信管中心的兼职,前一阵子她还积极推动了'数学之美'补习班的建立。说起来这事也透着点不对劲。最开始一个小学妹拜托佟筱找方从心补课,但我之前探过方从心的口风,他仿佛压根不知道这事,后来佟筱觉得抱歉没有帮到大家,说是要免费补课,但这么大规模的补习量谁也不好意思做白嫖党吧?可能是我太恶毒了,不相信世上有这么天使的人,我总觉得佟筱其实一开始就是冲着收钱的目的来的。当然她教课的态度、能力没话说,也对得起这个价,我只是就事论事地说这个发起的经过……王姿琪,你说你有钱也独立吧,但没像她这么拼命的。怎么说呢,好像——"

"好像她挺缺钱一样。"

我点点头。之前藏在心底的点点疑问被穿成线,今天说出口,才发现真有些奇怪的地方。

王姿琪点点头:"嗯,确实是怪异。你看她今天穿的这身绉绸连衣裙,乍一看是华伦天奴的款,但仔细看那个粉红相间的袖口设计,并没有原款那样精致。"

我不懂华伦天奴的原款是怎么精致,但王姿琪的话我有点听明白了:"你的意思是说,她穿的可能是件仿品?"

王姿琪点头:"嗯,她是哪儿人?家里人干什么的?"

"上次听葛纯纯说,好像在国外。"

"要不要找私家侦探查查?"

"查什么啊,你真当你开侦探事务所呢。再说,人家装穷还是扮富的,跟我们有什么关系?"我拉着她准备走。

等我俩走到开阔处,王姿琪在后头大喊:"喂,你是不是已经知道点什么了?"

我学那天佟筱朝我挥手的样子,给王姿琪留了个边走边挥手的背影。

可惜酷不过一时,就踩了一脚狗屎。

只听后方传来王姿琪一阵浪笑,我看她是解除对佟筱的警报了。我想,或许她可能也想到什么了吧。

告别王姿琪,我就去了信管中心游击小分队。

我推门进去的时候,赵贤琥正在看网剧,门吱嘎一响,他一键切换工作界面,发现是我,远远地就给我扔了个纸团:"你学徐姐咳嗽是故意的吧!"

我嘿嘿嘿嘿地笑:"吓死你了吧?"

说着我就朝佟筱的工位走过去。我记得上次瞥过一眼佟筱在异国他乡拍摄的一张自拍照,总觉得哪里怪,现在这么一瞧,我一下子看出问题所在了。

手受伤后一切归于平静的那一年暑假,为了放松心情,我爸妈带我去过一次利马,那是秘鲁的首都,一个充满着西班牙殖民地风情的城市。

我对那边记录了前哥伦布时期艺术品的拉科博物馆的印象很深,手记里写得最多的也是博物馆的见闻，其他流水账则是靠我爸妈无处不用的单反相机。

其中有一张相片拍的是我们在利马街头一家名不见经传的咖啡馆歇息。夕阳为层层叠叠的繁花染上一层金黄，我觉得那张照片很美，有一阵子拿来当过手机界面，略有点印象。

我们从利马回来后没过几个月，我妈的同事在我们的推荐下也去了那个地方，回来后告诉我们，那个咖啡馆连同充斥着涂鸦的围墙一块拆掉了，说着她还给我们在手机上展示了那片废墟，只有街道牌和落在地上的咖啡馆牌匾证明了这里曾经有过人文美景。

所以初见佟筱这张照片时，我只觉得眼熟，现在才想起来，原来照片显示的正是那个咖啡馆，只是从另一个角度拍摄罢了。咖啡馆名、露出的街道名字，围墙上的涂鸦都和五年前的场景一模一样。

那时佟筱还在上初中吧，决然没有照片里那位那么大了。哪怕佟筱这几年都没怎么长，自拍照上那件supreme的卫衣也是这两年才有的款。

除非利马完全一比一复原了咖啡馆，复原了围墙，复原了涂鸦，不然佟筱这张照片就是拿一张过期的老照片修的。

那她为什么要修这样一张照片呢？

因为有钱人的设定通常是旅行爱好者，挑一个不容易被识破的又带着点异国风情的街头作为照片，能塑造她白富美的人设？

我不知道我的猜想对不对。

我不希望佟筱是这样的人，但即便她是这样的人我也没资格鄙视她。她没有伤害任何一个人，一不偷二不抢，靠自己的双手赚钱，这和我上"数学之美"时，虽然明知老师不计分，也还是冒险抄答案，把自己包装成一个好学生一样。我们越在某个地方虚弱，就越想掩护好它。

或许她也有她的故事。

走出办公室前,我走到赵贤琥边上,出其不意语速飞快地留下一句:"这剧的女主角后来自杀啦!"然后就在赵贤琥"林梦,我杀了你"的号叫声中溜走了。

来都来信管中心了,要不看看方从心去?

我在楼下买了杯美式咖啡,悠悠地走到他办公室门口,趴在窗户上拢手看了看,里面空无一人。

我踱到会议室门口,还没等我张嘴问,之前见过的那个秃了一半的小伙子正好开门,见到我念了句"你总算来了",一扭头就对方从心心花怒放地喊:"方总,林梦找你来啦。"

偌大会议室里其实只有方从心和小秃头两人,他头都不抬地说:"忙。让她等等。"

我在会议室门口喊:"那我等多久啊?"

方从心没理我。

小秃头轻声跟我说了句:"应该不用很久的,我们都讨论完了。"然后转头又问方从心:"方总,五分钟够了吧?"

方从心又说:"你让她等我一炷香的时间。"

小秃头"哦"了下,然后看我,八卦地问:"你俩吵架了吧?"

"没有啊。我们吵了吗?"我故作大声地问。

结果,方从心依然不抬头,也不搭我的话。

小秃头分外同情地看着我:"你俩肯定吵架了。小方总都低气压一星期了。"

我说:"你家小方总低气压就低气压,跟我俩吵架有什么关系?再说我俩真的没吵架呀。"

我在会议室门口坐了会儿。孙哥又拿着手机过来找我帮他打消消乐,我百无聊赖地打了几盘,孙哥随口说道:"跟你说个八卦你听不听?"

"我说你一个理工男这么八卦,是跟小虎子学的吗?"

"那你听不听?"

"听。"

"前两天有个老头来咱这儿找过筱筱,在楼梯口拉拉扯扯的,我刚好在楼道里抽烟看见了。"

"是吗?"我不动声色地消了半局色块,说,"那老头长什么样的?"

"有点穷酸刻薄相。我看筱筱挺慌的,但也没叫人,看着不像是不认识老头的样子。"

"美女受难你不英雄出面一把?"

"我想出呀,被小方总捷足先登了。他好像正在楼下那个楼梯口打电话,听到动静上来了。"

"后来呢?"

"后来小方总好像把那个老头打了,筱筱眼泪哗哗地流,就靠在小方总身上哭了。再后来,小方总说找个别人看不到的地方,他们就走了。"

"你没跟着去啊?"

"我还没有那么不懂事。"说到这里孙哥顿了顿,压低嗓音跟我道,"前一阵子看你一趟趟往这儿送饭,跟小方总打得火热,我们大伙儿都觉得你跟他有戏呢,谁知——唉,小方总年轻有为、技术一流,但在私生活上确实有点,有点风流。林梦,你堵在这里死心眼地等小方总没用,人家一有新欢就这么晾着你,你又不是招之即来挥之即去的人,咱有点骨气,算了,不等了。我们整个系统组的人都等着你挑呢,你别一棵树上吊死。"

我把这一局打完,抬头看孙哥:"咱一系统组那么多人,我挑哪个呀?"

"你随便挑。"

"要不孙哥你吧。"

"你再挑挑。"

"孙哥,我觉得你挺好的啊。"

"你别这么主观,你再想想别的人选。哎那谁叫我过去开会呢,我走了哈。"

我一个人又在会议室门口等了会儿。小秃头打了杯水正要往里进,我叫了他一声:"你问问他还要多久行吗?"

小秃头捧着水杯喊:"小方总,林梦问你还要多久?"

方从心说:"你跟她讲,等不了就可以走。没人让她傻等。"

小秃头朝我露出了"我什么都没听见,但我希望你听见了"的眼神。

我朝他笑了笑,说:"那麻烦你再帮我传一下话。你跟他说,我等不了了。我走了。这杯咖啡有点凉了,你不介意的话你喝了吧。谢谢你。"

说着,我就推开另一侧的消防门,从安全通道下了楼。

走到拐角那里,想了想,大概是在这里,佟筱靠在方从心身上了吧。

呵,你朝我发什么火呀?我拍佟筱和苏旭的照片给你看,你迁怒于我干吗?再说我怕你多想,撤回照片了呀。是,我是看到你"正在输入中",你肯定看到照片了,但他俩私会的事也不假,我又不是凭空捏造的,有必要这么对我吗?

卸磨杀驴也不用那么快吧!

哼,老子才不要喜欢你!你和你的佟筱滚得远远的去吧。

没你们,地球照样转,老子数学照样及格。

我才不要哭。我的眼泪早在不能弹钢琴的时候哭完了。

还跟我说什么"你可以哭",呸!

呜呜呜呜呜。

流着泪跑回家,我关起房门习惯性打开了摄像头,抹着鼻涕做作业。这世上负心人太多,指不定还没数学可靠呢。

做了两题，徐正给我打电话，让我出门聚一聚："看见你给我留言的蜡烛啦。今年你总算没忘记我的生日，过来一起切蛋糕吹真的蜡烛吧。"

我瞥了眼日历，看见日子旁边画着蛋糕，才想到今天真是徐正的生日："我不去了，没买礼物。"

"说的就跟前几年买了一样。我特意为你定的火锅口味的蛋糕，就在老地方，王姿琪也来，快点哈。"

寿星这么说，我不去也得去了。

徐正订的生日派对在长宁靠近领事馆那边的酒吧街。

酒吧就是方从心说的那个"大学生没事去什么酒吧"的酒吧。

以前我觉得进酒吧显得特别成熟特别社会，一个人又不敢去，徐正就借着生日会的名义在酒吧包个小包厢，让我开开眼。我连着开了三次眼了，今年再踏进去，只觉得灯红酒绿，喧嚣吵闹。

"你怎么那么没精神？生病了吗？"徐正一见到我就说。

比我先到一步的王姿琪也说："对啊，下午你不还挺好的吗？"

我揉了揉鼻子："办公室里吹了会儿空调风，头有点痛。"

徐正说："难受吗？我去给你买点药。"

我拉住他："不用了，多喝点水就好了。待会儿我早点走。"

徐正说："那你在沙发上歇会儿吧。那儿有枕头，我让服务员给你拿条毯子。"

我依他说的躺着去了，后来陆陆续续又有徐正的朋友进来。之前都打过照面，我点头示意了下，听他们随便聊了会儿，又开始了狼人杀。

刚开始我还有点精神陪他们玩会儿，再过一会儿我好像就睡着了，只是睡得不够深，隐隐约约地，听见有人在灌徐正酒。也不晓得徐正喝了多少，一直在哀叹考研之路多半是要夭折了什么的。王姿琪说："哎你考我们学校的研是不是为了林梦啊？"徐正说："我要是为了林梦我就考历史系去，我考数院干吗?"

王姿琪又说:"你喜欢林梦的事到底准备什么时候说,你要再晚一阵子就没你什么事儿了,以后也别说了吧。"然后王姿琪就开始唱:"当初是你要分开,分开就分开,现在又要用真爱,把我哄回来。"再然后大家就集体开唱了。

睡过去之前,我想,难怪徐正跟我们去KTV唱歌,严令禁止我们唱《爱情买卖》,王姿琪却偏要唱,原来是因为这个。我以为是徐正审美水平高雅呢,原来是喜欢我呀,可见他的审美确实不高雅。

时隔这么多年,真有人喜欢我了,又有人在我心房门口唱"小白兔开开"了。可是,这次不一样,我的房子里已经有人了啊。

我醒来时,派对已进入了尾声。我迷瞪着眼和他们一起吹灭了蜡烛,尝了一口口感怪异的蛋糕,又被人灌了几口酒,就回家了。徐正在众人默契的眼神下,被安排出来特地送我回去。

我一路担心他趁生日之际给我告个白什么的,所以走得特别沉重。

到了我们小区附近,徐正阴森森地说:"我俩这么一前一后地低头走,也不说句话,特别像地狱使者押送鬼魂去阴曹地府的样子。"

他这么一说,我汗毛都竖起来了,跳起来狠狠地打他:"你吓我干吗!"

徐正贱兮兮地笑,拉着我的手说:"林梦,你害怕的话我以后都牵着你手好不好呀?"

我心说你这样比刚才说鬼还可怕,挣扎着说:"徐正……"

他随即松开:"我知道你听见了。"

"我听见什么了……"在他的注视下我心虚地道,"是听见了那么一丁点吧。"

徐正说:"唉,我这也算还债了吧。当年惹你在泰溪广场上毫无形象地大哭,我一直觉得我挺混蛋的。"

"你……你看见我哭了?!"虽说那已经是几年前痛哭流涕的场面,被人看见总是没面子,"我那时哭不是因为失恋,是觉得丢脸。"

"后来你为了我还费心做了那么多事,林梦,你这人特别善良。那句话怎么说来着,上帝以痛吻我,我却报之以歌!说的就是你吧。"

我说:"去你的报之以歌,就我唱歌那水平,上帝不得以为我是在报复它。"

徐正哈哈哈哈大笑了许久。我觉得他笑得有点过了,笑声收尾的时候极其不自然。

然后徐正抹了把脸说:"林梦,我本来想考完研跟你说这些的,但送你回来的路上,我决定不考研了。"

"啊?"

"嗯。四级词汇第一个单词就是'abandon',你的名言也是'人生无难事,只要肯放弃'。"

"喂——"

徐正笑:"我刚才想明白了,念书和告白一样,勉强不得。我不是念书的那块料,读研究生也只是因为我要是考上了就可以跟你表白的意气,其实并不知道读出来又能干什么,何况我肯定考不上。我这人做事总是蹉跎来蹉跎去,不到毕业在即绝不会行动。英语这样,感情也是这样。以前这样,现在还是这样。"

说着他从钱包里翻出一张光明电影院的电影票给我看:"林梦,我也不知道为什么,当年我们差点看成的《大鱼海棠》电影票竟然被我保留下来了。但是你看,去年我还能依稀看见电影的名字,现在热敏纸上已经空白了。我想你如果曾经对我有一点点期待的话,到了今天,也该像这张电影票一样了无痕迹了吧?所以,我不考了,也不告白了。"

"哦——"我低着头应了一声。

徐正敞开双手:"不给我一个拥抱吗?"

我迎上去,拍了拍他的肩膀:"徐正。"

"怎么了?"

"我们还是朋友对不对?"

"当然。"

"那每个月的餐费你照旧会打过来的吧?"

"你大爷的。我走了,回去多喝水,别感冒了。"

"嗯。徐正,谢谢你所有的事。Happy Birthday!(生日快乐!)"

"去,你这辈子别跟我说英语了!"说完他苦恼地道,"老子为什么要在双十一这种倒霉日子出生!注孤生!"

我莞尔一笑:"撒扬那拉(意为日语"再见")。"

来自方从心的 MEMO:

在心里说十遍,她那么好,值得很多人喜欢。

但一看到那些人,就生气地想,她那么好干吗。

第十二章
不可乱情

刚才在酒吧睡了一觉,喝了点酒,吹了会儿风,又费脑子听徐正说了几句掏心窝的话,到了家里,我一点困意都没有了。

我想人的情感真是诡异。A喜欢B,B喜欢C,C喜欢D,一个个单箭头像是一群寂寞的带鱼。所以相互喜欢的感情是多么来之不易呀,就像方从心和佟筱那种。

我坐在马桶上思考了会儿人生,想着要不要佛一把,祝福一下方从心,转念想起方从心今天对我的恶劣态度,想老子又不是抽水马桶,凭什么吃了屎还要装开心!

我滚回沙发,打开手机,习惯性地打开淘宝,终于后知后觉地觉出哪里不对劲了。

徐正的生日是双十一!徐正生日会例行结束动作是购物付款!今天他们为了方便徐正告白所以假装不在意地散了,我因为受着方从心给的鸟气也给忘了。一看手表都快一点了,最低价肯定没有了,我为了两份无疾而终的爱情错过了一个亿!

爱情它配吗?它不配!

离两点钟抢购时刻还剩不到一个小时,我连忙打开淘宝,把收藏夹、购物车里的东西一一比对,坐在桌前把津贴券、十几天前下的定金一笔一笔地记录下来。正聚精会神的时候,我忽然听见一个奇怪的声音。

我无意识地抬了下头,随即发出了一声凄厉的叫声。

"啊!"

有只肥大的老鼠正在加装的电线管上散步,被我这么一吼,立刻加快脚步往阳台方向跑过去了。

我的阳台是后期密封的。我连忙跑过去把阳台门关上,像只待宰的鹌鹑一样趴在玻璃门上观察,同时感官大开,屋内任何动静都被无限放大传入我的耳朵内。

然后我就听见了敲门声。

大半夜的又是谁啊?我哭。

门外有人焦急地喊:"林梦,是我。你怎么了?"

我一听是方从心的声音,三两下就跑过去开门,一见到他就快哭出来地说:"我这儿有只大老鼠。"

方从心睁大眼睛说:"老鼠?!"

我撇了撇嘴:"我忘了,你胆子还没我大呢,你连拔牙都不敢。"

方从心特别横地看了我一眼:"在哪儿呢?"

我伸手一指:"在阳台。"

他径直朝阳台门走去,打开门去了阳台。他前脚刚踏入阳台,我后脚就锁了门。

方从心拍着玻璃门说:"你真义气。"

我隔着玻璃叫板:"你以前不是有屠龙之志的吗?你先别屠龙,屠只老鼠给我看看。"

然后我趴在玻璃门上指挥方从心屠鼠:"那边,那边!不是左边!啊,

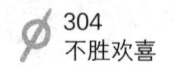

去右边了！你用扫把！"

再然后我眼睁睁地看着那只胆色非凡的老鼠慌乱中朝着他的脸飞过去了，再再然后屠龙少年胆色更为惊人地徒手把它拍了下来，一脚把它小命给收拾了。

我打开城门，拍着双手高呼欢迎英雄凯旋。

方从心去楼下扔了死老鼠，回来后进了厕所反复洗了好几遍手。大敌已灭，我恢复理智，站在门口问："你怎么这会儿来啊？"

"不能来吗？"

"不能。你不看看几点了？这都后半夜了。"

方从心挤了一手洗面奶，搓着脸说："林梦，你别过河拆桥。我跟你说，有大老鼠就意味着家里可能有一窝小老鼠。"

我立马唱："我家大门常打开，开放怀抱等你。"

"你不唱歌我们还能是朋友。"

我说："我今天做完题忘了关摄像头了。你刚才是不是就在楼下，用摄像头看我呢？你听见我的尖叫声才冲上来的吧？"

"你想多了。刚好经过。"

"你开车去哪儿能经过我家啊？"我抱手看他，"是不是下午那么甩我脸觉着对不起我了，专程给我赔礼道歉，在楼下磨磨蹭蹭不敢上来呢？别不好意思，看在你是灭鼠英雄的分上，我原谅你了。"

我把毛巾递给他："哎，你和佟筱在一起了吧？恭喜恭喜啊，在单身节前脱单，还挺会把握时机的。"

方从心擦完脸，把毛巾甩我头上："脱单个屁！我看是某些同志忙着脱单呢。一脱还拉俩。"

方从心跟我待久了，嘴巴也变得不干不净的了。

我说："你在暗示什么？"

"我用得着暗示吗？我今天还真明说了。刚才在楼下,是谁和一个男的搂搂抱抱的?"

"我——"

"还有那天,是谁拉着峰峰哥哥吃晚饭,让我一个人在外面等四个多小时的？回头一句道歉也没有,当作没事人一样地过到今天。"

"我——"

"今天我让你等我,顺便反省一下你的过错,你呢？不到十分钟就跑了,你还有没有道德了?"

"我错了！在你让我等一炷香的时候,我就应该明白你是在提醒我让我磕三个响头,但我那时误会了,我以为你让我等的那炷香可能叫蚊香,所以我想想还是算了——"我挠头,转念一想事情也不是我完全不在理,梗着脖子喊回去,"方从心,你是不是傻啊,你干吗在长宁中学门口等我？我要一直没出来你就一直等啊？你一个互联网从业人员不晓得信息通信的伟大之处就在于可以实现远程沟通吗?"

方从心咬牙切齿地道:"我还没沦落到要你来给我普及信息科技的地步。"说完他又大吼一句:"我不跟你说了我在学校外面等你了吗?"

我连忙缩头:"哎呀哎呀,你小声一点,别把老鼠吓出来了。"我心想方从心可真小心眼,合着这礼拜对我不闻不问是跟我冷战呢,你要冷战提前跟我说一声呀,你说你单边冷战这么多天我照样怡然自得地过,到今天才知道你在搞冷战,你亏不亏呀?

我当然没敢这么说。我岔开话题编瞎话说:"你来得正好。本来我今天去找你,也是有事找你,想让你今天午夜时分到我家一趟的。我有话跟你说。"

"什么事非得到午夜?"

"有些事就必须得在今天这个时候说、今天这个时候做才有意义！你知道明天,不,今天是什么日子吧?"

方从心语气瞬间就缓和了,眼睛贼亮地看着我:"你刚才都说是单身节了。说吧,你想跟我说什么?"

说着他还在裤子上蹭了蹭湿漉漉的手,一脸紧张的样子。

我掏出手机,巴巴地看着他:"今天是单身节,又叫购物节,你数学好,你给我算算,这个津贴啊定金啊券啊折扣啊怎么组合才最便宜?你抓紧点时间,再过一会儿前两小时的折扣就没了。我刚算了半天了,没算明白。对了,你有什么要买的没有?一起凑单啊。"

方从心脸一黑,从嘴缝里蹦出两个字:"滚蛋!"

最后方从心还是在我的恳求下,成了我的人肉计算器。我的购物车每增加一个产品,优惠顾问就会自动帮我调整新的购物方案,把我美得冒泡。

"这样是最划算的了吧?"最后下单前,我跟他反复确认。

方从心凉凉地说:"不买最划算。"

我不理他,美滋滋地下单了。

刚下完单,两眼一黑。灯黑了。再碰开关,居然停电了。

"太不要脸了吧!居然敢在双十一停电!"说完后我心有余悸地想,幸亏我买完东西了,不然还得费流量。

"你会修吗?"

"我又不是电工。"

"我以前对IT的理解就是半个电工加半个网管。"我挠头,让瞳孔尽快适应黑夜。

等适应了后,我才发现方从心正紧挨着坐我旁边呢。

"你怎么还不走?"

"怕你害怕。"

"我不怕黑。"

"不是黑,刚才我听见有老鼠的声音。"

"啊?"我汗毛又立起来了,抓着他的袖管环顾四周,"哪儿呢?"

"好像就在这客厅里。你别说话,静下心来听一听。"

我按照他说的不说话了。方从心很认真地竖着耳朵听,我保持沉默几分钟后,警备心又放松了,问:"你刚才听错了吧?"

方从心不放心地说:"要不今晚你去我家。"

"大半夜去你家住算怎么回事?"

"那你住酒店。"

"拜托,今天是单身节,哪有房间啊?"

方从心转头看我:"你倒很有经验。"

"我看新闻的好吧?"

"那你要不在里面睡,我在外面将就一下。等天亮了,我让专门除鼠的人过来灭鼠。"

"你睡飘窗吧。"

"你不介意?"

"你都睡飘窗那么久了,你现在问得可真早。"

我俩黑灯瞎火地聊了会儿,就睡觉问题达成一致。

方从心睡飘窗,我睡床。按理说和喜欢的人待在一个屋里睡觉我会紧张,但现实情况是我上床没多久就睡着了。

可能是夜太黑,也有可能是潜意识里我明白,我和方从心不可能发生什么吧。

天逐渐擦亮的时候,我醒了。昨晚上窗帘没有拉好,清晨的光早早地透了进来。我怕晨光待会儿晒到方从心的脸,掀开薄毯子,蹑手蹑脚地下地去拉窗帘。

老房子的飘窗格外宽。鉴于方从心还躺在飘窗上,我的上身得像座拱桥,弯出一定的弧度才够上了窗帘。轻轻一拉,窗帘竟然纹丝不动。大概是轨道卡壳了。

我拉了好几次都没动静,失了耐心拼命一用力,没想到那遮光窗帘布唰地掉了下来。我眼看着窗帘杆似乎是要打到方从心,拿手一挡,不料脚下失去重心,一趔趄反而跌到了方从心身上,那掉落的窗帘布随即盖住了我俩。

一般言情小说发展到这种剧情,女主的嘴唇就该和男主的嘴唇贴一块儿了。可是我不是女主角啊,我的嘴唇离方从心的嘴唇还差着十万八千里,我跌在方从心身上的地方也不是很雅。只见方从心跟僵尸还魂一样坐了起来,然后慌里慌张地扯着头上一块暗红色的窗帘布。

我一边说"对不起啊我不是故意的",一边又很没道德地觉得这个场面特别搞笑,帮着方从心甩开窗帘布后,说:"你有没有觉得这特别像古时候新郎揭开新娘的盖头?"

方从心其实没彻底醒过来,头发翘着,一只眼睛还眯着,嘴也是歪的,半佝偻着腰说:"林梦,你叫人起床的方式也太生猛了吧。"

我不好意思地笑。这个场面真是温馨,我忍不住去帮他摁下他翘着的头发,摁了会儿他好像蜷缩着蜷缩着又靠在玻璃窗上睡过去了。

我听见他平浅的呼吸声,心底好像空出了一块,特别想找点什么去填补它。在我反应过来之前,我已经慢慢凑过去,在他的脸上轻轻地,像是云朵掠过树梢一样留了一个吻。

然后,方从心睁开了眼,他的睫毛大概离我只有十厘米,像只蝴蝶一样上下翻飞。他沙哑着声音问我:"林梦,你知道你在干吗吗?"

我一下子跳了起来。

我的天!我的天!我的天!我干什么了!

我感觉天上有一把大沙锤正远远地朝我挥过来,我语无伦次嗯啊了会儿,才想出一个蹩脚的借口:"有只蚊子……对,有只蚊子……"

方从心默默地看我。

我一把捞起他:"太阳都这么高了,你快点回家!"

方从心望了下窗外:"太阳在哪儿啊——"

"你快回家!"我拉着他往门外走。方从心跌跌撞撞地道:"喂林梦——"

"啊——"我尖叫,"你不要叫我名字,我现在快要尴尬死了,你要是对我还保留一点点友情的话,从现在开始你不要说话,快点走快点走。"

我着急忙慌地把方从心轰出了我的家门,仿佛门一关,尴尬的历史阀门也会就此关闭。

一关上门,我就跌坐在门边上了。

都说老房子才着火,我只是单身二十多年而已,为什么我的荷尔蒙已经旺盛到一早上睁开眼就要耍流氓的地步了?

还是说我这只迷途羔羊已经为爱失去理智,在得到他的心之前对他的身体早已按捺不住火热的欲望了?

啊呸,我可要点脸吧。

方从心会怎么想我?骂我色狼?骂我敢觊觎他的身体?还是骂我单方面挑破朋友的安全界限让他为难?

傻子都看得出来我那点小心思了吧?

我完了。我完了。我完了。我完全败露了。

我的双重人格又开始上线。

左边那个黑色人格叉着腰谩骂:林梦,你和那个破坏赵孝孝和张子琴感情的女人有什么区别?你比她还不如呢。人家或许还被赵孝孝蒙在鼓里,你可是清楚方从心和佟筱之间秘密的人,你明知不可为而为之,太无耻了!

右边那个白色人格满脸无辜地说:林梦,明明是你先喜欢方从心的。在他们在一起之前,你就喜欢上他了啊。再说,他们不就抱了下吗?普通朋友也抱一抱的,你和徐正也抱了,那你俩是男女朋友吗?你不是第三者,她佟筱才是第三者。你放心飞,大胆追!

黑色人格:好啊你追啊,好像你追就能追到似的。你自己瞅瞅和佟筱的差距。他和佟筱金童玉女、男才女貌,站在一起毫不违和,就像玩连连看时,让人毫不犹豫就可以连成的一对。而你站在他们俩中间,多像"先生,给小姐买朵花吧,十块钱一朵,今天刚摘的,小姐肯定很喜欢"的卖花女。你见过哪个卖花女突然出来说"其实我才是女一号,麻烦这位漂亮妹妹往旁边站站别挡着我镜头的"吗?

白色人格:卖花女怎么了?卖花女难道不配有爱情吗?这世界还有一部名著就叫《卖花女》!

黑色人格:那是《茶花女》。

白色人格:你管她卖的是茶花牡丹花还是玫瑰花!天赋人权,每个人都有追求爱情的权利。再说怎么就追不到了?你和别人在一起时他为什么生气?他半夜来你家干吗?昨晚上他为什么要陪着你?萝卜青菜各有所爱,有人喜欢佟筱那种,有人就喜欢你这样的!

黑色人格:或许吧,你毕竟有那么可怜的故事,所有的人都会忍不住同情你。

白色人格:方从心说了,他们喜欢你跟手的事没关系!是因为你值得!记住,你值得。

方从心那句"你值得"实在是太有杀伤力了,简直可以以一当百。慢慢地,白色人格的想法占了上风,我想,亲都亲了,这个坎肯定是过不去了,与其装死不如像徐正那样把话说开。

我在心里翻来覆去默念了几遍"撑死胆大的饿死胆小的,搏一搏单车变摩托,赌一赌摩托变吉普",心一横掏出手机,简单暴力地写了句"我喜欢你"就发过去了。

发完后我就抠着地板想,我是选择撤回啊还是不撤回啊。

然后门又砰砰响起来了。

"林梦,你开门。"

我一听,用全身力量支着门,仿佛门那边的方从心要强力破门而入似的,粗着嗓门说:"我不开!"

"我没穿鞋。"

门边上果然放了一双黑色的匡威球鞋。这真是一个让人无法拒绝的理由。我再不愿意,也不能让人家光着脚板回家啊。

"那你保证进来后只穿鞋。"

"好,我保证。"他飞快地答应了。

我慢慢地,慢慢地开了个门缝。方从心像水一样涌进来,眼神快速地在我脸上扫了一圈,然后蹲在地上慢悠悠地穿鞋去了。

他可真沉得住气。他穿一只鞋的工夫都够得上蜈蚣穿完全套的了。我是个急脾气,见他磨磨蹭蹭,一鼓作气咋咋呼呼地问上了:"你看见我发的消息了吧?"

方从心立马一脚踩进了第二只鞋,麻利地站起来说:"看见了。"

"什么想法?"

"对不起。"他眼神闪烁了一下。

他这句"对不起"可真有力量,捶得我的心结结实实地疼了。妈的,我还是跟单车最配,要啥摩托车。

我用力掐着掌心,维护自己仅剩的一点尊严:"没关系啦,你知道我就是这样一个人。谁对我好点,我就很容易喜欢上谁。再过几天,换别人对我好一点,我立刻就把你忘掉了——"

我说到一半,他突然俯下身,歪过脸,在我的嘴上轻啄了下:"对不起。告白这种事,应该由我来说才对。林梦,我们就这样在一起了,好不好?"

我闭了下眼睛:"你不用同情我就这样说——"

方从心又笑着扑过来啄了下:"你感受一下我的想法。"

我又闭了下眼睛:"我认为我感受得不是很清楚,建议对方装个信号加强器,把频率加大一点。"

方从心捧着我脸说:"全世界都知道我喜欢你,你这只装了信号屏蔽器的猪!"

"你放屁!什么全世界?你要跟我说一花一世界的哲学问题,我可跟你翻脸啊!"

他一个个清点名字:"我哥,我爸,我奶奶,你爸妈,佟筱,苏旭——"

"你等等,佟筱?!"我脑子很混乱,"佟筱她,她不是——"

方从心说:"在你执行这狗屁醪糟若即若离计划的第一天,我就和她说了这件事。"

"你那天说你贪得无厌,想要靠得更近些,待得更久些的那个女孩子——"

"当然是你了。我那些天只跟你在一起了。"方从心不耐烦地说。

我发了很久的呆,愣了好久才发出一句感叹:"你说你好好一个人,怎么说瞎就瞎了呢。"

方从心猛地推了推我的头:"说什么胡话。"他揽着我的肩膀给我转了个180度,指着门后的全身镜说:"你看我们多配!"

我看了看镜中刚才被我过分思考而揉成鸡窝的头,又看了看方从心不服输又挺立起来的一缕头发,不禁深以为然。

方从心从楼下买早餐回来的时候,我还没有真实感,傻傻地看着他在饭桌上倒粥,听他催我去刷牙。

我说:"那你呢?"

他从包装袋里拿出一支新牙刷,把我从沙发上拉起来:"走吧,刷牙去吧。"

然后我俩挨着一个盥洗盆,认真地刷起牙来。

我心想,男女朋友的相处好奇怪,居然没刷牙就可以接吻。以前我看偶像剧,每每看到醒来后男主给女主早安吻,都要吐槽他不讲个人卫生。不过严格意义上来说,我们刚才也不算接吻吧?

可是一想到"男女朋友"这个词,我心里就像是放鞭炮一样,喜庆得不得了。

"你傻笑什么?"方从心拿着我的牙杯漱口说。

我巴巴地说:"你看我们都是这么高级的关系了,方教授会不会给我个及格分作为见面礼呀?"

方从心把水杯还我,睨着我说:"你不会是因为搞不定我爸,曲线救国利用我的吧?"

我双眼一眯:"竟然被你发现了。你在我眼里,不过是我通向'数学之美'及格大本营的入场券罢了。"

方从心说:"你做梦去吧!青青比你侍寝的时间多得多了,你还轮不上。"

说着他就往外走。

我跟出去:"方从心。"

"嗯。"

"方从心。"

"干吗?"他半笑不笑地在餐桌边看着我。

"方从心!"

"说！"

"你可不可以背背我？"

"为什么？"

"这不是标准答案！扣分！"

他笑着走到我身边，背过身蹲下来："上来吧。"

我趴上去，下巴支在他的肩膀上，手一挥："去阳台！"

他背着我，经过门的时候往下蹲了蹲，然后我俩就站在了窗户边上。

"你看，日出！"我骄傲道，"在我家阳台上就能看见日出！很早的时候我就想告诉你了！"

半个太阳挂在天际，霞光万丈，美不胜收。

"再背首诗来听听。"方从心在我身下说。

"从明天起，做一个幸福的人。喂马、劈柴，周游世界。从明天起，关心粮食和蔬菜。我有一所房子，面朝大海，春暖花开。"

他笑："你是让我给你买一套海景房吗？"

我也笑："说房子这么俗气的事干吗？"顿了顿，我又说："多大面积呀，什么朝向，公寓啊还是住宅啊……"

我俩在阳台上欣赏完日出，倚靠了会儿嫌热就进去吃早餐了。吃完早餐，方从心给我上数学课，他嘴巴在我眼前一张一张的，他嘴里说的那些东西我一个字也没听见，我光想着一些龌龊的事了。

他见我不专心，说："一码归一码，你要是考试不及格，该交的钱还是得交。那是你欠公司的钱。"

"我能肉偿吗？"

方从心又推了下我头："你想得美。刚才我说的你听进去了没有？"

我心说我可算知道以前那些皇帝遇上美女之后怎么就一下子昏聩不早朝了，美色当前谁还有心思想那些枯燥乏味的正事啊。

我不耐烦地说:"听进去了听进去了。"

方从心说:"那我们测验一下。"

"我觉得你测一下我的心跳比较好。"

他说:"你心跳怎么了?"

我说:"我心跳太快了,咚咚咚咚的,影响我听你说话了。"

方从心抱手看我:"你现在逃避学习的说辞真是越来越高级了。快点做题。"

"那我做完题可不可以亲一下?"

"不可以。"方从心说。

"小气。"

方从心侧过脸,吻了下我的脸:"做题前可以。"

亲完他就严肃地说:"好了!这么下去什么时候才能上完课?"

唉,数学不仅是我考研道路的绊脚石,还是我感情道路的绊脚石,它可真是讨人厌。

学习完,方从心网上叫的灭鼠队就过来了。处理完所有的事,他去上班了,我也想陪着去。方从心说我现在这傻样影响他正常工作,我只好留在家里继续抱着数学过日子。

到了下午,张子琴在群里叫我们陪她去剪头发。我正好想把这个恋爱捷报分享给姐妹们,于是就积极热情地前去了。

结果路上堵得厉害,等我到美发店,张子琴的头发已经快剪完了。

"怎么想起剪头发了?"

王姿琪努嘴:"昨儿张子琴说,算算日子,她和赵孝孝分手的五七快到了,按照民间习俗,过了五七鬼魂就该投胎去了。为了庆祝新生,她昨晚上剪了下刘海,寓意从头开始。"

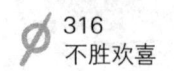

我认真地道:"可是先人说过,没事别给自己剪刘海。"

王姿琪点头:"是啊,先人的警告有道理,所以她现在特地来纠正昨晚的错误了。"说完她抬头看我:"你有什么喜事吗?我刚才好像看见你脑袋顶上飞过十八只喜鹊。"

我一边说"有吗",一边忍不住笑。

"我脱单啦!"我宣布这个迟到了二十多年的喜讯。

王姿琪大喊:"徐正真成啦?我们还打算今晚给他摆宴,主题都想好了,叫'伤心总是难免的',没想到你竟然从了?!"

我摇头:"你们该摆还是得摆,不要吝惜。因为我男朋友叫方从心。"

王姿琪又大叫:"天啊,徐正实惨。姐妹你做得很棒!让徐正哭去吧。什么叫昨天的你对我爱搭不理,今天的我让你高攀不起啊!这就是!"

我替徐正谢谢这位真心朋友。

在不远处做头发的张子琴见我们这么激动,不由得伸头:"怎么啦怎么啦?"

"林梦她有男朋友啦。"

张子琴说:"哇!你赶紧带他来我们科室做婚检,合格我们才给你们送入洞房。"

她这么一说,托尼老师的手不禁抖了一下。

"小哥哥你关键时刻别抖啊。"

王姿琪回过神来:"那,那个佟筱呢?"

我说:"他说他一直喜欢的就是我。"

闲来无事,我把我跟方从心之间的事毫无隐瞒全都说给了王姿琪听。

张子琴的头发也弄完了,凑过来一起听了会儿。

王姿琪喝了口柠檬水说:"那你问他为什么抱佟筱了吗?"

"不是抱,是佟筱靠在他身上的。"我纠正道,"我没问。你想啊,他都能在我和佟筱之间选择我,说明那肯定是真爱。靠一下就靠一下吧,我不计较。"

"你的心可真大,林梦。"王姿琪往嘴里塞了块话梅,道,"说起佟筱,我倒是有个新调查出来的事说给你听。我那天回去想了想,苏旭是从十八线小城镇的偏远郊区来的,也没听说今年那个小学校还有其他考进长宁大学的同学。他在这里人生地不熟的,初来乍到,能被叫出去钻小树林的——"

我喷了下:"别说得那么难听嘛。"

王姿琪白我一眼,接着道:"我估摸着或许他们早在入学之前就认识。好歹我在那里扎根了那么久,找人打听还是方便的,结果还真给我打听出东西来了。佟筱和苏旭是老乡,只是佟筱到高二就被一个有钱的老头接去别的地方上学了。我有个大胆的设想。"王姿琪顿了顿,看着我们两个听得入神的听众说,"那个去咱学校找佟筱的人会不会就是这个有钱老头子?也就是佟筱后面的金主。现在佟筱翅膀硬了,想摆脱金主的控制——"

我皱着眉毛道:"但是孙哥说那个老头子看上去穷酸得很,不像是有钱的样子。"

王姿琪一拍大腿,道:"那么就是这个有钱老头落魄了,缠上佟筱来讹钱了!"

我看着她:"你这么无端揣测,对得起你的专业吗?"

王姿琪没好气地说:"要想知道真相,你可以去问你新鲜出炉的男朋友呀。"

我也没好气地说:"你问你那个不是儿子胜似儿子的苏旭不是更好?"

张子琴在旁边大声道:"大家不要为了别的女人伤了姐妹们的和气!"

我俩这才异口同声道:"张子琴,你头发怎么了!"

张子琴忙照镜子说:"怎么了? 不好看吗?"

我俩又道:"挺好的挺好的。""像朵菊花,好衬这五七祭奠的大日子。"

"菊花残,满地伤,你的笑容已泛黄……"

张子琴:"我杀了你们。"

我还是没跟方从心打听佟筱的事。王姿琪那话虽然是插上了想象的翅膀,但也并非空穴来风。能让方从心出手打的老头,必然品德败坏道德沦丧。

可是我也不想去猜测佟筱被人包养。就像当年我写个暗黑系小说就被别人定义成反社会一样,不能因为她没有钱却爱买点好看的东西就否定她的为人。我们像盲人摸象一样,抓着一点就着急下结论,那样简单粗暴又狂妄自大的做法是不对的。

我想方从心选择不提佟筱的事,或许是因为佟筱拜托过他不要告诉别人,或许是他觉得对一个女孩子说另外一个女孩子的秘辛很不厚道。他在这件事上对我沉默,肯定有他的原因。

我是一个多么懂事的女朋友啊!

然而男朋友却不怎么懂事。

我跟方从心说,灭完鼠后感觉晚上还有诡异的声音,娇俏如花的我好害怕呀。护花使者说:"你别怕,有我在呢。"

当天他就给我带来了一只油光水滑的大肥猫。他说这是他问他朋友借的,叫小花,跟我一样好养活,只要给点吃的就成。有了它,老鼠绝对不敢造次。等小花和我熟了,他再把小Q从奶奶那里接过来一起养。

我心说你就跟猫科动物没啥两样了,我怎么还养只猫呀。再说,我缺的是猫吗?!我是觉得飘窗那个地方有点空旷!

又比如我们戏剧社的事。我以前是戏剧社社长,大致就是抽着旱烟蹲在田埂边看着遭了殃的庄稼想着怎么养活家里嗷嗷待哺的一家的老农民形象,工作重点是为摇摇欲坠四处漏风的戏剧社筹款。去年我好不容易退下来不管这些破事了,前两天戏剧社老部下又找上门来。她说她好像在学校里看见我和一个帅哥在一起散步。

我说你看错了,你看到的明明是我和一个帅哥手牵手散步。

老部下说:"我有个请求不知当讲不当讲?"

我说:"不当讲。"

她说:"可以帮你巩固升华两人感情的。"

我说:"那你详细说说。"

她说:"戏剧社《梁山伯祝英台新编》就要卖票了,能不能让你和你男朋友演一演啊?"

我说:"你都快开演了找我们演梁山伯祝英台,是不是有点来不及了?"

她说:"不是让你们演他们,而是演他们下辈子的事。"

我说:"新编得有点意思,重生不失为一个亮点,那是讲他们现代的故事吗?我也觉得我比较适合现代装,我脸盘子小嘛。"

她说:"那倒也不是。"

我说:"那到底演啥呀?"

她憋了半天说:"我想让你们演一下蝴蝶。就是他们死了后飞出坟的那场。"

我说:"你当你开的是木偶剧场吗?我上次演东西还是系红领巾的时候。"

她说:"你不要生气嘛。你听过经典歌曲庞龙先生的《两只蝴蝶》没有?"

说完她就油腻地唱上了:"亲爱的,你慢慢飞,小心前面带刺的玫瑰……"

我说:"你不唱这歌还好,一唱我绝对不会去了。"

她说:"你看你男朋友那么帅,带着你在舞台上成双成对地飞,千万观众见证,寓意多好。"

我说:"千万观众?那个观众的名字叫千万啊?"

她就很生气地说:"你演不演?不演的话戏剧社更没法活了!开学招新进了仨,一学期过了一半就走了俩。理工学校开个戏剧社容易吗?要不还是让它凉了吧。"

说着她就哭起来了。

我说:"行行行,不就是演只昆虫吗?我们去行了吧。"

补习的时候我跟方从心提了这事,方从心坚决说不。

"演什么扑棱蛾子!你不嫌丢脸啊?"方从心说。

"什么扑棱蛾子?那是蝴蝶。很美丽的那种。"

"蝴蝶是变态发育的生物,毛毛虫变的,我为什么要去演变态?"

"重点不是你去演变态,而是我们去演变态。"

"有什么分别,不还是一样幼稚?要演你去演,别拉着我。快点看书。"

我正气他不为爱幼稚一把,许久没联系的袁崇峰就给我打电话了。

他问我周末有什么安排没有,他新买了一副乒乓球拍,邀请我一起去打球。

我说周末应该没什么事,可以去找他。

挂了电话,方从心把教科书从100页翻到150页,夹着一沓纸说这是你这周末的作业。

"你要是吃醋就直说,反正我得去陪他玩。"

"我吃什么醋?我是为了你的学业。再说他都多大了,快三十的人缺你陪着玩啊?"

"谢谢你这个事业粉。不过你的偶像最近不想搞事业。"我说,"做人呢要懂得知恩图报。以前我手受伤事情闹得沸沸扬扬的时候,峰峰哥哥特意从美国飞回来开解我。就凭这份情,我就该去。"

方从心沉默了会儿,说:"那你去吧。"

又沉默了会儿:"那我也去。"

"你去干吗? 我就喜欢一个人玩。"

他瞪着我说:"林梦,你行。你翅膀硬了是不是?"

我还怕他不成:"是。我翅膀硬了演蝴蝶去了,不带你飞。"

"好,那你去吧。"说着他就往门外走。

倚在门口穿鞋穿了五分钟后,他说:"我要是演蝴蝶,你带我去打乒乓吗?"

我在心里做了个"yes"的动作,冷酷地说:"我考虑考虑。"

"喂,我都在这里等你很久了。"他站在门边冷冷地看我。

"等我干吗?"

"抱一下。"

我忙不迭地跑过去抱他。

"别看我抱着你,但我还是很生气的。"

我说:"我知道,但戏剧社真的缺钱。"

"他们缺钱你就把我卖了?"

"你说的,有猪当宰直须宰。"

"你什么时候数学能有这学习速度?"

"唉,瞧你这阴阳怪气的调儿。你把心放回肚子里吧。我和数学之间就像我和峰峰哥哥一样不可能。"

他笑着看我,一时语塞:"真不知道你这个比喻,我从哪里开始吐槽好。"

事后,我跟袁崇峰说我得带个朋友一起去。袁崇峰说正好他也有个同事,很喜欢打乒乓球,一起过来切磋切磋。我说,欢迎欢迎。

到了周末,秋高气爽。我们到了体育馆接上了头。袁崇峰带来两个人,一个是四十来岁的女老师,姓樊,戴副眼镜,普通打扮。还有一个八九岁的孩子叫樊清,干瘦干瘦的,也戴眼镜,手里拿本英语原版书 Animal Farm(《动物庄园》)。

我们到得略晚一些,袁崇峰和樊老师已经打了几个回合热身了。相互介绍了一下,袁崇峰跟樊老师道:"好久没和我徒弟单独打乒乓了。当年教她学这个,她有一次磕狠了,差点脑门上留个疤成哈利·波特。"

"还是要谢谢师傅当年的救命之恩。"

"来一局吗?"他问我。

方从心说:"一起来吧。"

"双打?"

"好。"方从心满口答应。

"赌输赢吧?"

"可以。"

"输了的话,把林梦借我一用。"袁崇峰道。

我奇怪极了:"别物化我。你要找我就找我呗,干吗拿我当赌资?"

袁崇峰朝我眨眨眼,轻声说:"如果我赢了的话,我有个隐藏了多年的秘密要单独告诉你。"

你这个分贝控制得很微妙啊峰峰哥哥,你没看见方从心脸色很不好看了吗?

开赛前,方从心问我:"看他说话那么嚣张,想必球技还可以吧?你是他徒弟,不知道……"

我说:"我还是你数学的徒弟呢。"

方从心灰败着一张脸说:"失策了。"

我安慰他:"你相信我,我的乒乓球技术比数学还是要强点的。"

袁崇峰笑着对我们进行王的蔑视："你是我徒弟，我让你们一把。接发球的规则不用太计较。你们随意来就行。"

比赛开始。

我成功阻挡一球——用我的手臂。

方从心拍了拍我的肩，给我一个鼓励的眼神说："这不是排球，林梦。"

我又成功回击一球，球在半空中画出一道漂亮的弧线，落在遥远的地平线上。

方从心说："也不是羽毛球。"

我不堪羞辱，迫切需要挽回局面和尊严，力排众议——主要是排除方从心的反对意见，力主本人发球。说实话当年袁崇峰就教了我发球。他教完我发球之后，得了"不揍你一顿就要昏过去"的失心疯，说要吃速效救心丸缓一阵子再说。这一阵子过去，他就出国了。

多年没发球，我半蹲下身，屏住呼吸，一手持球，一手持板，聚集全身意念，嗖地打了出去。此刻的我是大魔王张怡宁！

可是为什么球板会虚空一晃甩了出去，为什么球会在桌板上跟放慢镜头一样渐渐滚到拦网上？一切发生得如此出乎意料，所有人都一下子静默住了。

我止住方从心微微张开的嘴，心累地说："你不用说了，我知道我打的不是保龄球。我站在那里做天线宝宝好吧？"

然后我就开始了我的场内观众时间。

我看见橘红色的球在空中飞来飞去，樊老师和袁崇峰两人天衣无缝杀来杀去，方从心一人在我前面忙碌地跑来跑去，而我伫立在原地，空闲得可以嗑瓜子。

方从心勉强追到4:7了，趁他捡球的时候，我叮嘱道："放松心态，接发球时注意对方的站位。"

他的额角已凝结了一层薄汗,呼出一口气,说道:"好的,林教练。"

我表示不用客气,接着说:"也注意下我的站位。好几下我都觉得你要打到我了。"

他擦了把汗,说:"现在你可以圆润地滚去原位吗?"

我说:"好的,方老师。"

最后方从心还是没有赢过袁崇峰,但比分差距其实拉得不大,虽败犹荣。他气喘吁吁地累成一条狗,满头大汗,几乎瘫倒在一旁的休息椅上。

愿赌服输,袁崇峰当着方从心面叫我一起去买饮料,说是顺便和我吐露下秘密。

最近可真是邪乎啊,过去几年我身边连个男人的影子都没看见,这一阵子厚积薄发,桃花朵朵开,显得我这行情也太火爆了点吧?

袁崇峰一把坐在小卖部门口的塑料白椅子上,正经道:"林梦,待会儿我要跟你说的这些话,可能会把你吓到。"

我心说你都不知道我最近经历了什么,现在我也是有故事的女人了,区区告白我是不会怕的。就是你这地理位置选得也太随便了点,大太阳底下我俩都流着汗,你挑个靠近厕所的小卖部表白不大讲究,下次要有机会的话,让我这个经验丰富的大情圣来教教你。

"我跟你说,我喜欢一个女的,很多年了。"

这个剧情的开头毫无新意,我心中没有一丝涟漪地说:"哦。"

"以前一直没机会跟她说。后来我出国了,断了念想。博士读到尽头,听说她的消息后还是义无反顾地回国,我只想陪在她身边,弥补我错失的这几年。但她对我还是有顾虑,怕社会成见,怕耽误我……"

我的顾虑倒不是这个,你想多了。

袁崇峰道:"她还担心她的儿子不想有个新爸爸。"

我猜中了故事的开头,却没猜中这转折。我在袁崇峰的剧情漂移中翻了车,结结巴巴地问:"儿子?谁啊?"

袁崇峰指了指球馆:"我说的就是刚才跟我们一起打球的樊老师。"

说实话,打了一局乒乓,我愣是对这个樊老师没啥印象,因为她实在是太普通了,是那种在大街上每天和你擦肩而过你也不会有任何印象的平凡长相。

而且,她毕竟比袁崇峰大好多岁啊!

我喝了好几口水,恢复内心的平静后才问:"你俩怎么认识的?"

"以前她是我SAT数学辅导老师。上课时的她和平时的她判若两人,激情飞扬,妙语连珠,可以说,她是我决心走入数学世界的领路人。如果你好奇她的魅力,去听一听她给学生上的奥数课就知道了。"

我一听"奥数"两个字,打死我我也不好奇了。

"到了美国没多久,我在辅导群里听说了她结婚的消息,不知道为什么,我特别失落,一气之下还退出了辅导群。隔了两年有个学弟要考SAT,我又想起她,给她发邮件问她是否还在带学生。她回复得很及时,说她已经在带奥数的学生了,顺便和我分享了她的一个天才学生是如何惊艳到她的。一来二去我们就这样重新熟络起来。之后每年我都写明信片给她,向她汇报我取得的一点点成绩。她也时常鼓励我在学术研究的道路上走得更远。人的妄念在这些稀松平常的交流中慢慢被喂大,在我适应了生活中多了一个她之后,我逐渐不满这种平淡的关系。当她偶尔说起家庭旅行之类的琐事,亦师亦友地指导我人生大事的时候,我表现得尤为像个怨妇。有一次她给我打电话,说到她下周陪她爱人一起来美国出差,问我是否有时间一起吃个饭时,我甚至莫名其妙挂了她电话。那时我意识到如果我继续放任自己,我迟早会在这样的折磨中丧失自我,最终会让她讨厌我、憎恶我。于是我不再那么频繁地联系她了,她似乎也察觉到了我的疏远。慢慢地,我们又失去了联系。"

说到这里,袁崇峰露出了苦涩的笑:"几句话就能说清的事,真正过起来却是生不如死。控制自己不去联系她的过程像是毒品戒断的疗法,需要剪掉电话线,拔掉电话卡、网卡,还要把自己塞进一个个大大小小的会议里麻木自己。这样过了半年,我去纽约时代广场看跨年活动,跟着一对对情侣一起热热闹闹地倒数'三二一'迎新年,回来路上觉得一切归于平静了。人进入了一种无欲无求的状态,我不再怨愤、不再委屈,觉得可以接受自己一个人平平淡淡地走完这一生了。"

我说:"我刚才整理了一下你给我的时间线,如果我没记错的话,你在你所谓的生不如死阶段开始攻物理博士,并且在去年攻下来了。"

袁崇峰满不在意地说:"嗯,毕竟要打发时间。"

我说:"当我对你描绘的那种落魄、可怜、深情的男文青形象产生一丝丝同情的时候,只要一想到这个,我的这些同情就消失了,所以麻烦你把'平平淡淡'四个字去掉。我觉得你在侮辱它的同时也是在嘲笑我们普罗大众的智商。"

袁崇峰耸耸肩:"毕竟忘记一个人比读博士难多了。"

"好啦!"我抓狂地说,"继续说你的爱情故事吧。"

"后来,在一次学术研讨会上,我遇上了一位来自泰溪的学姐。研讨会结束后的酒会上,她跟我提起了泰溪教育界的一系列名人,说了一嘴'可惜樊老师离婚了,不然她也算是泰溪的媳妇'。我才惊晓她竟然恢复了单身。你知道那种感觉吗林梦,就像一个身处黑白世界的色盲患者重新看到了颜色一样。我心想去你的博士,我和我导师打了个电话,买了一张飞长宁的机票就回国了。"

我说:"你们导师怎么这么好说话啊?"

袁崇峰说:"你到底有没有听到重点?"

我说:"哎呀我听见了我听见了。我听见你是为了她才来的长宁,不是因为看见我的留言,随心所至地来的。"我掸了掸手,"男人的话呀——"

袁崇峰挥挥手:"得啦得啦,从小到大,你仗着我在小区的口碑逼着我跟你爸妈说了多少谎啊,我骗你一下你也没必要盯着不放。大不了,我给你买大苹果。"

我说:"谁的家里还没几斤大苹果呀。"

袁崇峰说:"知道了,给你买咬了一口的那种苹果。"

我说:"你一双料博士窝在这里教高中生,应付这个家长调位置,应付那个家长换同桌,你可真出息。你留着钱娶老婆吧你。"

袁崇峰笑:"我确实没什么出息。她现在是长宁中学竞赛小组的负责人,算我的领导。"

我说:"那你怎么不早说?早知道今天打球的是领导,我早上出门的时候就买一网兜水果来了。"

"林梦,你是站在我这边的吧?"

我抱手:"谁说的?"

"我一看你听我说话没找到重点,就觉得有戏。"

"什么是重点?"

"她比我大,又有孩子……如果是我爸妈,肯定会激烈反对。"

"法国总统不也娶了大他二十四岁的中学老师?我觉着你现在要做的事是赶紧当总统,俗话说,不想当总统的博士不是一个好老师。只要你混到总统这水平,我想袁伯伯就不会反对了。"

"你滚。"

"那我可滚了啊?"

"你等等。"袁崇峰说,"总统我是没希望了,但我找了盟友。"

"谁啊?"

"她儿子算一个。你也算一个。"

"你别拉我下水。这事我可不碰。我瞒着袁伯伯你偷偷回国的事都已经脑袋不保了,再帮你找个四十岁女人谈恋爱,我还活不活了?"

"都是掉了脑袋的人了,你还怕再掉脑袋吗?做不做盟友?"

"不做。"

"你要不做,我就把你当年亲手放了啾啾的事告诉你爸。"

啾啾是我爸养的鸟。我初一那年看了很多青春伤痕小说,在生活中四处寻找枷锁、桎梏、牢笼以便找到小说里纤细女主的窒息感,结果没找着,直到见到啾啾的鸟笼,就让啾啾替我追求热烈的自由去了。

"你也太不要脸了吧?为了爱情你居然不择手段,对别人的家人下手!"

"就问你做不做?"

"不做。"

"我听说方从心是自己开公司的?不瞒你说,我在美国也不是傻读博的,混的这十年陆陆续续认识了一些在美国纳斯达克敲过钟的投资人。他们都说不缺钱,只缺好项目啊——"

"好项目就是要找好盟友合作。来,说出你的计划,需要我做什么?为了我亲哥,我愿肝脑涂地,死而后已。"

袁崇峰两手一摊:"你倒不用死。我想请你拜托叔叔阿姨给我爸妈洗洗脑。"

"你的意思是,你在前方作战,我在后方搞宣传工作?"

"冰雪聪明。我觉得你可以当总统幕僚了。"

我嘟嘟囔囔地说:"我妈还把你当作种子选手呢。"

"阿姨的心意我心领了,但我哪敢啊,你没看方从心对我的敌意打一开始就特别明显吗?"说完他哼了一声,"你先别跟他说我的事,让他多难受几天。"

"没想到美国汉堡把你养育得蔫儿坏蔫儿坏的了。"

"我好歹是你哥啊,白菜被猪拱了,难道不该对人家坏点吗?"

"哥,你觉得我和方从心谁是白菜谁是猪啊?"

袁崇峰摸了摸我的头:"在我心里,你永远像上好的大白菜那么珍贵。"

我翻了个白眼:"你瞧见什么时候大白菜珍贵过了?得啦,甜言蜜语留着给我嫂子说去吧。"

等我回去,方从心没好气地说我们去那么久都够讲完一部《山海经》了,这是又讲上《聊斋》里哪只野狐狸了吧。

我看着一旁袁崇峰迅速进入陪樊清看英语书的状态,说:"我现在掌握着一个惊天大秘密,你不要逼我,我怕我不小心说出来吓死你。"

方从心眼皮都不抬地说:"你不说我也知道,他是不是找你去说他和樊老师的事了?"

我两眼睁得跟铜铃似的,问他怎么看出来的。

方从心说:"喜欢一个人,嘴巴瞒住了,眼神却是瞒不住的。"

我说:"那你是不是早就看出来我喜欢你了?"

本来气势汹汹的面孔瞬间就春风化雨了,他柔情地捏了捏我的脸颊:"你的眼神我读不出来。你要是喜欢我,一定要说出来,就像刚才那样。"

我说:"你这个是悖论。你都说眼神是瞒不住的了。"

他说:"你敢和我讨论悖论?我看你最近数学是学飘了。"

我说:"好吧,那我再说一遍,我很喜欢你。"

方从心说:"我也很喜欢你。"

我中肯地说:"应该是我更喜欢你一点。"

方从心笑了笑,对我说了句"傻瓜",结束了与我爱的攀比。

回学校的途中有点无聊,我绘声绘色地把袁崇峰跟我讲的那套酸溜溜的词儿背给方从心听,意犹未尽地评价道:"看不出来峰峰哥哥是为爱痴狂的人。十年啊十年,一个人在异国他乡默默坚守了十年没让樊老师知道,他可真是中华鳖精。"

"什么中华鳖精,真爱你不懂。"

我笑着说:"喜欢是放肆,爱是克制,对不对? 我懂的。"

说完之后我突然意识到了什么,看向方从心,酸酸地说:"哇! 这还是你第一次为峰峰哥哥说话啊。看到人家心有所属,立场一下子就不一样了。"

方从心说了个"切",没搭理我。

我伸了个懒腰,道:"峰峰哥哥要是把这么多年积攒的喜欢告诉樊老师,樊老师肯定会感动得不行吧? 女人是感性动物,没准他俩很快就成了。"

方从心在红灯前慢慢踩了刹车,不以为然地道:"感动是一时的,感动过后,太猛烈的感情对另一方来说,很有可能成了负担。像是被家长过分关爱的孩子反而更容易和家长产生隔阂一样,因为不忍心对方失望,变得一边讨好一边逃避,最后反而分道扬镳。如果我是袁崇峰,我不会和盘托出这些年艰辛的付出、等待和煎熬,因为我压根不想要对方的感动。纯粹的喜欢最长久,不是吗?"

等方从心说完,我嘴巴都成O形了。想不到IT男方从心竟然还是个情感分析师,他这套头头是道的说辞完全可以去做专门剖析两性关系的电视台嘉宾了吧?

我说:"你的意思是,感情要势均力敌才能长久?"

"至少要让对方感到势均力敌,就像水在同一高度才会稳定一样。"他保持着理性思维,显得脸部表情很严肃。

我默默挠了挠头:"那我刚才跟你攀比我更喜欢你,是不是不对啊?我这头水是不是高了点儿?你等我往外泼一泼。"

方从心表情骤然松动了,他看向我,笑了下:"你不一样。你多喜欢我都可以。"

"为什么啊?"

"因为我可以随时表现得和你势均力敌。我家里有一片大海。"他眨眨眼。

我一时没搞懂这是什么意思。还没等我想明白,方从心突然开始问我数学复习上的事,我也就把这段闲聊天的只言片语丢在脑后了。

来自方从心的MEMO:

看了本天文书,想浩瀚宇宙间,能让我遇上她,能让她喜欢上我,是一件多么值得感恩的事。

第十三章
不可贪嗔

我本来想等我和方从心的感情稳定一段时间再通知我爸妈的,但袁崇峰拜托我这么大的事,我只好在睡觉前躺在床上给我妈打电话。我打算先把我的好事当作先遣部队让我妈振奋一番,趁她高兴再抛出袁崇峰的事儿。

我妈听说我和方从心真的在一起了后,果然恨不得放下电话先去家门口放炮,她说她当时一眼就看出来方从心的贼心了。

我说她马后炮。她又嘻嘻哈哈地点评了当初方从心表现出来的各个细节,什么花园酒店里直勾勾的眼神啦,对喝醉酒的我宠溺的笑啦,补习时认真的劲儿啦……我想嗑CP的人真可怕,什么细枝末节都能说出个花来,但我妈高兴我也高兴,就嗯嗯地应着。

聊到后来,我都有点困了,我妈突然说:"小梦,我跟你说,这些年爸妈存了不少钱。"然后她给我报了个数字。

我瞬间不困了,从床上蹦坐起来。天啊,我家的财产都有王姿琪的零头那么多了。

我妈在电话那头轻轻地说:"要是小方哪天欺负你了,你也不要怕。你以后哪怕不结婚,妈妈也养得起你。"

我一边呕呕呕,一边眼睛酸涩地说:"你不以前天天催我找对象吗?我找着了你又不说点吉利话。"

我妈就在那边笑:"吉利吉利的。我都给你们去红花寺里算过了,大师说你俩特别合。"

我说:"你又给大师捐了多少钱?"

我妈说:"1000块。"

"你给我100块,我给你算个更好的。"

"这是打包价。我还给你去文殊菩萨那里上香了,保佑你学业有成。"

"文殊菩萨是不是管文科?他懂数学吗?"

"文殊菩萨管学业的,什么科目都管。"

"那你有没有报我的身份证号码?我的名字那么普通,佛祖知不知道是我本人啊,别保佑错了。"

"你放心。我去了那么多趟,老熟人了。佛祖心里有谱。"

"哦。那你下次去和佛祖补说个事。"

"什么?"

"就是峰峰啊,西伯利亚那个峰峰,他几个月前偷偷回国了,正在长宁中学教书呢。"

"啊!"

"为了一个他高中时一见钟情的数学老师。"

"啊!!"

"那个数学老师离婚了,还有个小十岁的儿子。"

"啊!!!"

在我妈一声比一声更响亮的惊叹声中,我默默地挂了电话。

我想我妈需要静静。

我妈还不是袁崇峰家人呢,就吓成这副德行了。要袁伯伯袁伯母听了这事,不得真中风啊。

我的本意是想让我妈冷静下,哪晓得到了周末,我妈就订了机票飞到长宁来了。

但她来之前,袁崇峰出事了。

那天晚上我去戏剧社遛了一圈,在新任社长高瑜的陪同下,以退休老干部的身份视察了他们的工作。我对戏剧社一年来取得的显著成绩(增加了一个成员)给予了高度评价和充分肯定,认为这几年戏剧社发展势头强劲,项目推进快,工作亮点多,成果丰硕喜人,发展稳中求进,也对团队提出了殷切的希望,愿他们在新社长的领导下再接再厉,描绘新蓝图,谱写新乐章。

我那官威还没摆完,就被柯路一个电话打断了。

"小柯同志,有什么事汇报?"我扶着腰,撇着瓷杯上的茶叶末问。

柯路说:"有大事。"

"那还不写个报告送上来。"

"姐……出事了。"

我听柯路的声音不对劲,连忙说:"怎么了?你先不要慌,慢慢说。"

"袁老师从天台上摔下去了。全身都是血。"柯路的声线颤抖着,"救护车来了,给抬走了。姐,我……"

我说:"你不要怕。袁老师不会有事的。我让你姐姐赶紧回来。"收了线,我手抖着给方从心打电话,可是他那边电话一直占线。我等不住了,直接跑去南门打了一辆出租车,往长宁医院开去。

车上我的眼皮直跳,强行按住慌乱的心,我给柯桥打电话,让她赶紧坐高铁去长宁中学找她弟弟。出过交通意外的人最看不得这种血腥场面,我担心好不容易恢复到正常生活的柯路又要天天做噩梦。

其实哪有正常生活?

我到现在做梦,还经常梦见半空中掉下东西,把我砸得稀巴烂,然后一觉惊醒发现全身都是黏腻的汗。

我想我妈还是迟了一步。佛祖啊佛祖,可不可以交换一下愿望,我数学不及格也没关系,让我身边的人都平平安安吧。

已经有人守在急诊室门外了。樊老师面无表情地坐在急诊室外的椅子上,旁边还有几个看上去像学校领导的人物,焦躁地走来走去,打着电话。

显然他们也是临时收到通知被叫过来的,现在正在调查出事的原因。

我听他们说话的意思,袁崇峰好像是从天台摔到下一层的大平台上了。楼层差应该不算高,只是那个大平台是废弃的,最近那边要加建教室,施工单位在那里放了一堆建筑钢材。袁崇峰刚好摔上面了。

我挨着樊老师坐下来。

她隔了很久发现是我,努力地朝我笑了笑。

虽然袁崇峰说她是他喜欢的人,但我始终视她为长辈。加上奥数老师身份的加持,我认为她天然不可亲近,但此时我觉得她很脆弱,像是风口的小树。

我试着握住她的手:"吉人自有天相,没事的。"

她双手冰凉:"嗯。我也相信是这样。"

我俩安静地坐了一会儿。她的手还在微微颤抖,我想我得说点什么。

"樊老师,峰峰哥哥是怎么进长宁中学的?"

樊老师似乎是从怔忪中醒过来:"啊,其实我们很久没联系了。但小半年前,他突然给我打电话,说他要回国了,要我哪里也别去,等他回来。我以为他喝醉酒了。没想到没过几天,长宁中学放学,我夹在人流中从学校往外走的时候,见他拿着两个大行李箱非常用力地朝我挥手。"

我说:"真不像他平时的样子。"

樊老师说:"我以为他在美国出了事,不想被别人看笑话,走投无路才找我来的,就跟他一起吃了个饭,问他怎么回事。他一直没说,又向我打听长宁找工作的事。我介绍他去了力拓,他做了两天,又跑来应聘我们教研组。做了一段时间,有天晚上他找我散步,我想他可能是又遇上什么问题了,结果他跟我说了一堆莫名其妙的话……"

她瞥了瞥我,我心领神会地问:"嗯,我哥在这方面确实不大讲究章法。他是不是散步到厕所门口和你说的?"

樊老师仔细回忆了一下:"我不记得了,因为我那时太震惊了,其他的事都没注意。第二天我冷静下来,依照哥德尔不完全性定理,他的真心不见得可证,所以我决定不去管他,甚至想他可能是因为在美国受了刺激,在学校又过得太闲,建议他去做副班主任分散下注意力。结果他真去了,一边做副班主任一边给我发了张报表,详细汇报了在美国十年期间感情的波动表。我仔细看过了,认为这些数据不符合本福特定律,涉嫌造假,也驳回去了。"

"……"是我误会了,其实你们最配。

对话进行到数学层面,我就无话可讲了。而且我有强烈的预感,袁崇峰不会出大事。因为他喜欢的人还没有在手术室外痛哭流涕,没有悔不当初,没有痛不欲生,大概率这事儿不会在中途悲剧掉。

我转头看了看红色的手术灯,想电视剧里演这一幕,要么是医生出来摇头说"对不起,我们尽力了",要么是"病人度过了危机,抢救成功",一瞬间就过去了的事儿,现实生活却是度秒如年。

这时,从手术室里突然出来一个护士。

我拉着樊老师连忙围上去,问:"护士护士,他还活着吗?"

"就断了个肋骨。你说呢?"

"不是说昏迷不醒了吗?"

"脑震荡了。送进手术室病人就醒过来了,说太痛了,不如再昏过去,还挺贫。你们别那么多人围着了。主任还嫌里面护士太多,把我撵出来订餐了。他胃不好,要尽量三餐有度。"

"……"这位小护士,你不要在我医闹的边缘反复挑衅。

确认袁崇峰平安无恙,我准备去外面给柯路打个电话,给他报个平安,也关心下他的精神状态,手机号码还没翻出来,张子琴的电话就打过来了。

"你男朋友来我们医院了。"

"他来找我了?"

"你也在这儿呢?但我看见他和一个长得挺漂亮的女的一起来的,是不是那个你们口中的佟筱?"

"他在哪儿?"

"住院部。"

"几楼?"

"十八楼。"

这么吉利的楼层大概是暗示他们等下要一起去地狱十八层。我问她:"你怎么知道得这么详细?"

"因为他来的是泌尿科。我最新实习的地方。"

"难道他……他……他……"

"不是他。你来了再说。"

我火速飞至十八层。

我看到张子琴的第一眼,竟然还有心情仔细欣赏了下她的新发型。托尼老师吹出来的菊花经过这几天枯萎了,变成了一坨海带,杂乱地披在张子琴的头上。

我想这要是我,就拿着柳叶刀找托尼老师去了。

张子琴领着我走到一个病房门口,指着里面一张病床对我说:"他们来看他的。"

我趴在窗口看。病床上躺了个老头,正用方言大声跟佟筱说着什么。

"怎么了?"

张子琴说:"他尿不出来,说是你男朋友打的。"

"啥?!我屎拉不出来还是别人的锅呢。"

张子琴拉了我一把:"一看就是个老赖,在门诊那里哭天抢地地非让医生办入住,一住进来就开始讹钱。"

"那老赖和佟筱是什么关系?"

"登记资料上写的两人是父女。"

我瞪大眼睛表示惊恐,张子琴说:"你怎么还不进去?你男朋友都见别的女生的家长了。"

"喂,你挑拨我俩关系有什么阴谋?"

张子琴鼻孔出气:"宽容大度在感情世界不算什么优点。谁知道男生会不会因为女生可怜得像一只小猫就忍不住摸一摸呢?尤其是你这江山刚打下来,基业不稳,不能掉以轻心。"

张子琴的话好像有几分道理,可是这样会不会显得我对他很不信任啊?

我纠结的当口,张子琴说了句"我要忙去了,没时间陪你分析",将我往前一推,我"啊"地叫着闯进去了,立时吸引了全病房人关注的目光。

我往后退了两步,嘴上说着:"走错了走错了,我想去的是妇科。"

方从心好像很紧张地看了我一眼,然而他并没有拦我出去,也不像电视里演的那样追出来说:"你听我解释。"

可能也是因为我没有跑。

我在门口那里磨蹭了很久,方从心还是一动不动地站在病床边,和佟筱说话,仿佛我就是团空气。

倒是佟筱欲说还休地瞥了我好几眼,似乎是有什么话想对我说。

我猜她想说,你没见我们在一起吗?还不快滚!

老子还真不走了!

我出了门转了个360度的弯又进去了,大步走到方从心面前,把地上刚捡的外卖单递过去,大声地问:"你想吃什么?"

和我几乎一起进门的小护士追着我喊:"哎呀,最近城管关了一批附近的餐馆,没活路也不能进病房里卖饭啊。这里不让销售进来的。你快点出去。"

我仔细盯着这个护士瞧了瞧,确定她不是刚才从手术室里跑出来的那个,只听方从心冷酷地说:"不吃。你走吧。"

我说:"你看看上面有一道菜是清蒸陈世美,还有一道菜是油炸薛仁贵,你想点哪个,今天特价买一送一。"

他无情地说:"这里不让销售,你走吧。"

小护士又道:"你快走吧,待会儿护士长看见又要来说我了。"

我看了看方从心,见他一点余光都不赏我,再待下去也是自讨没趣,只好灰溜溜地走了。

小护士还在我后面念叨:"她说的那几个菜有点意思,我都想点来尝尝看了。"

回到手术室外的等候区,我想了又想,想了又想,还是觉得分外委屈。且不说我最需要男朋友的时候,男朋友陪在另一个女生身旁,我都撞破他俩背着我在一起办私事了,好歹给个惊慌失措的表情吧,沉着脸当不认识算怎么回事啊?!

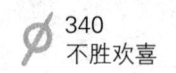

我是不会原谅他的了。除非他现在立刻下跪道歉外加99朵玫瑰花。

十分钟后:打电话道歉也行,玫瑰花吃不了放不长不实惠。

半小时后:微信写个"在吗"就当大家相互给台阶了。

但一个晚上过去了,我没有收到他的任何信息。

第二天一早,母上大人突然通知我,让方从心赶紧去机场接驾。

我吓得下巴都掉下来了,打个车连忙赶过去。我妈见到我又是一个人来,眼睛不是眼睛鼻子不是鼻子地说:"咱这场景能换换吗?我都看腻了。"

我说:"行,下次你坐高铁来。"

我妈黑着脸去排出租车的队,排到一半问我:"你是不是和方从心吵架了?"

"没有啊。"

"我跟你说,你要是和他分手了,我是不会给你留下家产的。"

"说好的你养我呢?"

"记住,晚上许下的那些承诺都不要当真,包括妈妈跟你说的话。"我妈顿了顿,大喊一声,"你俩真吵架了?!"

我急着否认三连。

我妈挤进出租车说:"反正我这次来也不是为了你。你快带我去找峰峰。他人现在在哪儿呢?"

"医院。"

"啊?!"

"他差点一命呜呼了!"我夸大其词地转移视线。

"是不是那个老女人捅的?"

"妈——"

"你不要嫌我话说得难听。你想想袁伯伯袁伯母,他们对峰峰的期望有多高,他现在这么做,是要气死他们啊。峰峰……峰峰人怎么样?"

"没事了,已经转到住院部了。"

"你看看,他都住院了,老袁他们还一无所知,你们真的太不把父母当回事了!峰峰可是我看着长大的,他为人处世一向稳重,怎么会变成这个样了?我看就是那个女人吹枕边风吹坏的。"

我说:"你现在真的好像洪世贤的妈。"

我妈差点在出租车上跳起来:"你!你是在说那个女人是林品如吗?想不到你也向着她说话了。看来是个老妖精了。我倒是要看看,这只狐狸是哪个山洞出来的。"

说完,我妈一侧身,对司机说道:"师傅,我给你加十块钱,你别耽误我捉妖。"

司机师傅也是个女的,本来耳朵都已经快贴到我俩中间来了,现在一听,立马踩足油门,道:"好嘞!"

如果用镜头表示一下女司机的车速,大概是前一秒我们在机场,后一秒我们就站在了医院门口,并且头发是竖着的。

我一点劝解的时间都没争取上,我妈已经气势汹汹地拎着包踩着高跟鞋杀去了住院部。

住院部上上下下的人很多。我俩一进去,随即蜂拥而至一堆人,把我俩挤在电梯一角。我妈个儿矮,刚才那副董事长派头全无,艰难地一手抱着我,一手抱着她的武器——LV包包。

我其实是被我妈慌乱间提拉过去趴在包包上的。她说不能让人挤了包,叫我充当个保护层。

楼层一层一停,运行缓慢。站我旁边拎着一饭盒的大妈站了会儿无聊就开始扯八卦:"听说我们隔壁进了个老赖?一点毛病没有就赖在医院不走,除非他的女儿给他钱。这世上还有敲自己女儿竹杠的爹啊?"

另一位大妈道:"真的啊?这事医院不管?"

"请神容易送神难,说这个痛那个酸的,慢慢跟你耗呗。那女儿长得特水灵,听说还是长宁大学的学生,可惜摊上这倒霉爹。"

"大学生哪来的钱养爹?"

"有个有钱的男朋友吧。看上去年纪也不大,长得很精神,话少了点。昨晚很晚才走的。好在有他啊,要不然你让一个小女生怎么对付。"

"女婿就要找这种不离不弃的。一看就是真爱。"我妈偷偷在我耳朵边上说。

真爱个屁!

虽然袁崇峰受了伤,当我们进病房时,他却已经身残志坚地在和樊清用英语对话了,见女王大人扬着脖子进来,顿时有些慌,一边叫"阿姨"一边给我递眼神。

我呵呵地笑:"我妈来这儿看我,顺便看看你。昨晚上樊老师陪了你一宿,累了吧?对不起,我今天本来该早点来换班的。"

"她下楼买午饭去了。"

我妈一听樊老师不在,立马拉了条椅子过去:"峰峰呀,你怎么回事呀!好好一个人怎么说……说伤就伤了啊?身边也没个照顾的人,这可怎么办啊?"

袁崇峰说:"有朋友照顾我的。医院里也有护工。"

"照顾什么,就顾着给自个儿买午饭。"

樊清推了推眼镜:"我妈妈从昨天忙到现在都没喝过一滴水。"

我妈那女王架势又要起来了,但考虑到对手是未成年儿童,又忍了忍脾气:"可能你妈比较耐渴吧。"

正说着,樊老师拎着午饭进来了,见到我俩表情也并没有多意外,只是礼貌地朝我妈勾了下头:"您是袁崇峰的母亲吧?您好。"

我连忙说:"是我妈,我妈顺便来看看。"

我妈用人肉 X 光从头到脚把樊老师看了一遍,然后狐疑地看了我一下。

大概和她想象中的狐媚相不大吻合。

樊老师和我妈打了招呼后,就挂着一对熊猫眼,叫上樊清准备走了。

我妈拉了我一把:"她不是姓童吗?"

我小声说:"姓樊。"

我妈迷茫地看着樊老师的背影道:"小梦,你还记得刚毕业分配到你们小学教你数学的童老师吗?就是被你气哭过好几回差点崩溃的那位。这些年也没见上她,可能再见上面,也长这个样子了吧?"

说完她又恨铁不成钢地指我太阳穴:"瞧你干的好事,搞得我准备一早上的战斗还没打响就偃旗息鼓了。"

我往后退了退:"妈,你这旧账怎么不把我翻到娘胎里去啊。"

鸣金收兵后,我妈也冷静下来了,摸着下巴问我:"峰峰这是单相思啊?"

"嗯,樊老师说袁崇峰的感情不符合什么瓦特理论,给驳回去了。"

"瓦特?你是说听见煮水声就发明蒸汽机那个瓦特吗?他还管感情理论?"

我摇摇头:"不清楚。可能身兼多职吧。"

我转头再看袁崇峰,给了他一个自求多福的表情,因为我把我妈放在这儿就得先去学校上专业课去了。

我妈一路沉默陪我到电梯口。我叮嘱她别忘了吃饭,她心不在焉地嗯了声,小声问我:"林梦,心理学上是不是有种情感叫什么俄罗斯恋母情结?"

我纠正她:"俄狄浦斯。"

我妈浑不在意地道:"我刚才想起来了,你小学的童老师长得特别像峰峰的妈妈,我当时还小震惊过。算算时间,峰峰读高中时,樊老师应该也很年轻,相貌或许更像童老师,那么就相当于像峰峰的妈妈,所以峰峰才会一见钟情的。"

我心说你是什么眼神呀:"她哪里像袁伯母啦?"

"我指的不是你说的袁伯母,是峰峰的生母。"我妈抬头,"电梯来了,你不是说快迟到了吗?赶紧走吧。"

我的亲妈啊!我现在还上得了课吗?!妈你这是往我大脑里扔了一颗原子弹啊。

以前我最羡慕袁崇峰的就是他有个从来不会打骂他的妈妈。我还在日记里写要是我和他能交换一下妈妈就好了,为此我还被我妈拉出来结结实实地打过一顿。我可一点都没看出来袁伯母是后妈。

我把着电梯门问:"那他亲妈呢?"

"在峰峰两岁多一点的时候她就改嫁了。从来没回来过。"

"峰峰哥哥知道这事儿吗?"

我妈摇了摇头:"不清楚。"

电梯门发出要关门的报警声,我只好收回一肚子的问话,讪讪地下了楼。

出住院部的时候,我抬头看了看十八层的大约方向。

我想起方从心也没有妈妈,又不像袁崇峰那样有袁伯母一样的人爱着他,一路过来肯定有感到孤寂、想念母亲的时刻吧?

一想到这里,我决定临时性地原谅他一会儿。

上完课,被我偷偷宽恕的方从心终于给我打电话过来了。

"喂。"

"嗯。"我拿腔捏调地摆架势。

"我刚才在住院部的电梯里碰见阿姨了。"

"啊？那她有没有抓你的头发！"我立马忘了我那清高的形象，着急地问他。

"她为什么要抓我头发？她让我下次看病人还是要拿点水果来的。哪怕是情敌，做做样子也是要的。"他在电话里疲惫地笑了笑。

所以关于方从心在住院部出现是为了另一个女生的事，我妈还蒙在鼓里。

"我不知道袁崇峰出了事，也不知道阿姨来长宁了。你这两天……"

我凉凉地说："我这不忙着开餐馆做薛仁贵和陈世美的菜吗？"

"对不起，林梦。"

"还不能告诉我是什么原因吗？"

"等我处理完吧。应该很快了，何小平今天会从北京飞过来。"

"哦。那你照顾好佟筱。"

"这么大方？"

"反正我也要照顾峰峰哥哥。哼，忙你的去吧。"

挂了电话，我觉得我实在是太懂事了，得给我颁发一个"圣母娘娘"的大招牌才行。

晚上，我妈声称要把洗脑工作进行到底，暂时要在医院陪床。另一边袁崇峰求我赶紧把人带走。我在家里给小花倒点罐头就准备去医院时，张子琴打来电话："这回出大事了。"

"怎么了？"

"我今天值夜班，一上班忙到现在才听说这事。话说你男朋友又把那无赖给打了。这回打得挺重的。无赖直接在医院治疗,你男朋友被带去派出所了。你赶紧过去看看。"

我心中急得不行,鞋子穿了好几下都没穿进去,脑子也是浑浑噩噩地成了一团糨糊,一会儿想方从心不会被抓起来了吧,一会儿又想佟筱注定就是女主的命,方从心打了两次人都是为了她。

就在我胡思乱想的时候,我听见了敲门声:"林梦。"

我打开门,竟是一脸倦容的方从心。能这么快回来,想必事情已经解决了,我心中一块大石头落地,但惊惧过后便是愤怒。远在北极的事儿我都能从新闻上了解到,我身边人闯了这么大的祸,要不是张子琴跟我通个气,我还一概不知。

这"圣母娘娘"的招牌哪怕是烫金的,我也砸了不要了!

"你还知道家里有个留守女朋友呢!"

我脸还没黑彻底,方从心张开双臂将我揽入怀里。他在我脑袋顶上缓缓地说:"林梦,你陪我一起睡个觉吧。"

我想了想,烫金的招牌还是值钱的,先挂着再说。

"怎么了你?"

我听说男人在受到某些打击之后,特别需要女性娇柔的身体抚慰。我仔细回想了下我今天内衣内裤是一套的,早上起床接我妈之前还洗了个头,除了我小心脏略微有些紧张以外,一切都表现得很完美,就很体贴入微地问道。

方从心拉着我上了床。

我咽了下口水,决心今晚暂时把一切疑问压下。所有的问题等办了事再说。

他继续拉着我的手,特别含情脉脉地看着我说:"林梦,给我讲个笑话吧。"

我心想,这是什么情趣? 我只听说过干这事儿前看个片儿的,没听说要听笑话的。

但他想听,我说就是了。"从前,有只王八——"

"我不想听这些寓言故事。"

"要不我给你表演一个《列宁在1918》?"

"我也不要听郭德纲相声。"

"那你想听什么?"

"讲你的事就好了。"

"什么意思? 你觉得我活得像个笑话?"

他抱了抱我的后腰:"你当我的开心果不好吗?"

我说:"那我就勉为其难先跟你说个别人的事吧。我有一次回泰溪中学看望老师,发现雷追风在办公室里偷偷学海草舞。雷追风你还记得吧? 人高马大,状如李逵,你想象一下他甩腰扭臀的样子。"

方从心笑起来:"我记得他。就是在台上差点被你的检讨书气死那个。"

"你怎么对我念检讨书这事儿念念不忘啊?"

方从心在我耳边轻轻地笑了笑:"还有什么糗事说来听听。"

"小时候我特别自恋,拍了一张自拍照上传到QQ空间,因为担心我的美貌被星探相中,我连着好几天躲在家里修改应对搭讪的台词。"

听到这里,他放声大笑了好一会儿。

"你难道没有明星梦吗?"

他摇头:"为什么要有? 做明星很累的吧,每天被人关注一言一行,一点生活的自由都没有。"

"所以这是你不注册社交账号的原因?"

他又笑了笑,摸着我的头发说:"我就是那个星探,对不起,我来晚了。"

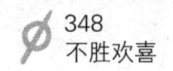

"我要是星探,我就签佟筱。佟筱美得不可方物,我下辈子是男人的话肯定要娶她,不不不,我是个女人都想娶她。你作为男人,是不是都要把持不住了?"

方从心有气无力地说:"还好吧,没你那么夸张。"

我在旁边跟一只海蟹一样挥舞着双手:"你有没有正常的审美?!这种长相叫还好!你是不是瞎?"

方从心无语地看着我激动半天,瓮声瓮气地反问我:"你说呢?"

我顿了顿:"哦,你真是一个特别懂得欣赏内涵的好男人。说实话,我这点为数不多的内涵,普通人可能都不太看得出来。"

方从心叹了口气,说:"狼找狼鬼找鬼,蛤蟆专找四条腿。我们很配,你不用再测试我的求生欲了。睡觉!"

我歪头看他闭上的眼睛,他像是预感到我会这么做,一只大手把我翘起的头压回到床上:"睡觉!"

"泌尿科的张子琴实习大夫是我的好朋友,这位患者——"

他一把盖住我的脸,掷地有声道:"睡觉!"

"电话是05——"

"你要不睡,现在把剩下的课时费交了。"

"我的钱还小,还不能离开妈妈身边。"

"那就睡觉!"

我俩就这么盖着棉被睡了一觉,快到天亮时分,我隐隐觉得屋里有动静,但眼皮太沉,睁不开眼。直到一声"啊"的叫声,我才从床上利落地爬起来。

是我妈回来了。

我揉了揉眼睛,说:"妈,怎么了——"

然后我就意识到怎么了。我妈本来想摸黑上床睡觉的,谁知道我床上有人。

方从心你看看你多亏!

方从心也是一脸惊吓的样子,但反应倒是迅速,乖巧地跪在床上说:"阿姨,早上好。"

我妈一边往后退一边说:"那什么……医院的陪床我实在睡不惯,我就想回来补个觉……我现在就去酒店,你们继续,继续。"

方从心立马从床上下来了:"对不起阿姨,我最近事情多,一时忘记您回来了。我现在就走——"

我妈把他推回床上:"没关系。你住惯了,忘记了正常。你睡你的。我走。"

方从心又拉着我妈上床:"您熬了一宿了,还是赶紧休息吧。"

"你睡。"

"你睡。"

我:"来,你们睡,我走。"

然后两人同时暴打了我的头。

凭什么呀我!

现在这个场面很尴尬。我和方从心没地方可去,我妈虽然很困,但不可能"鸠占鹊巢"地自己去睡。于是我们仨只好坐在客厅一起斗地主。

是的,在凌晨五点斗地主。这个主意是我妈想出来的,所以方从心不敢说"蠢",不仅不能说,还得翘着头发坐在餐桌边上毕恭毕敬地洗牌。

我妈一边摸着牌一边说:"唉,小梦还没念完大学呢。"

方从心发牌的手滞了下。

"不过年轻人冲动嘛,我们长辈也能理解的。"

我在餐桌下踢了我妈一脚。

方从心面无表情地转向我,偷偷对我道:"你踢到我了。"

"……"

"但是,长辈理解是一回事,担心年轻人是不是一时的意乱情迷是另一回事。万一有人谈恋爱时一往情深,热情过后始乱终弃——"

"妈,你看我现在这样子具不具备令人意乱情迷的条件?"

"你闭嘴。"他俩异口同声地说道。

然后方从心不知道是不是被我妈那阴阳怪气的调儿给吓到了,跟变魔法似的从兜里拿出一个圆环说:"阿姨,我跟林梦是以结婚为目的在交往的。"

我本来还在嚼薯片,听他这么一说差点把薯片喷到他脸上,趴在桌上把脑袋往前探,盯着那小圆环看:"你昨晚不是来求婚的吧?"

方从心横我一眼,又恭敬地对我妈说:"这是我妈留给我的遗物,我一直带在身边的。我想让林梦嫁给我,一直待在我身边。"

我心想你凶我干吗,拜托,是你向我求婚,又不是向我妈求婚。然后我盯了一会儿那个朴素的戒指,心想这戒指想必是带钩子的,不然怎么会勾搭得我这么想戴上去试试呢。

我妈的心态其实是诈一下方从心,也没想到他突然这么郑重其事地求婚,连忙坐正道:"那,那小梦的爸爸也不在场。这,我,我也是第一次当别人的丈母娘,这得走什么样的流程啊?"

我咽下薯片抹了抹嘴说:"妈,来,我告诉你,这个流程是这样的。首先,是要经过我的同意。"

方从心很奇怪地看我:"难道你不同意吗?"

我对他的奇怪表示很奇怪:"请问我有非得同意的理由吗?"拜托,我们才谈几天恋爱,你就敢背着我为了别的女人打人,还能跟没事人一样瞒着我和我谈情说爱,我怎么敢嫁给你啊?

再说昨晚上你抱了我一夜,我哪知道你是柳下惠还是那个不行?这种事还是要慎重一点的好吧?

当然,当然,最重要的还是因为事情完全没有发展到需要结婚的地步吧?

方从心很茫然地看向他未来的丈母娘。我妈在我脸上转了转,眨了好几次眼睛。

然后方从心在我耳边轻声说:"阿姨踢我好几下了,她可能是想踢你。"

我舔了舔嘴唇,干干地说:"以结婚为前提的交往我当然是同意的了,但前提和真正答应结婚是两回事嘛。哈哈,我觉得顺其自然就好啦。"

我妈关键时刻脑子倒是不糊涂,说:"也是。反正小梦还小,你们先磨合磨合再说好了。"

于是我们就在更尴尬的氛围下,坚持打了几圈斗地主。

我很明显地感觉到方从心生气了。我妈也有所察觉,故意大声地打了几个哈欠,说是睡觉去了,让我们两个人继续玩。

我心说两个人怎么玩斗地主啊,事情是你惹出来的,你擦完屁股再走啊妈。妈我有点害怕,妈你别走啊。

我妈砰地就把门关上了。

我把牌拢了拢:"我们接着来。"

方从心压低着声音说:"我要听解释。"

如何解决一个有才有貌又有钱的男人逼婚的问题,搁以前我绝对不敢想,要是我发网上求助,估计收到的都是"大清早的喝了几斤了""几个菜啊"的评论。毕竟我已经长大了,小时候那种为了星探的到来而焦虑的日子已经不复返了。所以在这方面,我既没有经验,也没有准备,只好临时组织语言。

"我知道在我妈的压力下,你拿出珍贵的戒指来送我,一是想消除我妈的顾虑,二是想表达你对这份感情的重视,我很感激。但毕竟结婚是一件很重大的事,需要你深思熟虑才行。我们在一起时间也不长,还没预料到中间会出现怎样的问题,而且我正在念书,也没有结婚的紧迫需求。一切顺利的话,结婚是自然而然的事,你也不用操之过急嘛。"

我觉得方从心生气的点主要是我在我妈面前驳了他的面子,天之骄子顺风顺水的人大概是不能接受"No"这个选项的,因此我尽量把这番话说得恳切,希望他能从善如流地听进去。

方从心冷着脸听完,一动不动地看着我说:"如果我们相互喜欢,那婚姻就是终点。我只是把婚姻这个终点的到来因时因势提前了一段时间而已。你不答应,究其原因,是因为你没有像你所说的那么喜欢我。但是没关系,林梦,我说过喜欢要势均力敌的,我今天是操之过急了。等你不是随随便便三心二意喜欢我的时候,我再求婚好了。"

这话要换个语气吧,可能还觉得他善解人意、挺为我换位思考的,但他说得实在不像是宽慰我的样子,尤其是最后一句,就差直接挖苦嘲讽我玩弄他的感情了。

我极尽耐心地问他:"我什么时候说随便喜欢你了?"

他咬了咬嘴唇,指着大门边上的地方说:"你那天在这里跟我说,谁对你好点,你就很容易喜欢上谁。再过几天,换别人对你好一点,你立刻就把我忘掉了。"

哈。不愧是北大的,记性可真好。表白被拒时我给自己铺的台阶他拆下来原封不动砸我脑袋上了。

我气得肝疼,心跳剧烈到心口都疼,勉强顺了气张嘴:"你不要以为我多喜欢你一些,我就必须要懂事,要多包容你,多忍让你。你在外面做什么,想和我说就说,不想和我说就不说,而我就只能在一边卑微地等你,你想抱就抱,想睡就睡?你觉得你可以在我这里任性妄为?是,你是很优秀,但你喜欢我我就该感恩戴德吗？你说要娶我我就要谢主隆恩吗？"

谁还不会冷笑了。我撇了下嘴："你说得没错，我就是一个对感情收放自如的人。谁知道过了一段时间，我又会喜欢谁了，既然这样，你为什么要和我结婚？我又为什么要和你结婚？你说我三心二意随随便便，好，我随便给你看。我林梦，从现在起，决定不喜欢你了。"

"你把最后那句话收回去。"方从心腮边的咬肌绷起，目光凌厉地看着我。

"收个屁。老娘说出去的话，就是泼出去的水。你爱听不听，不听就滚。"

方从心这回倒是听进去了，立刻滚蛋了。

门一合上，卧室房门就开了。我妈无所适从地站在客厅中间看我："小梦，不是我说你，本来好好一个求婚的事，怎么还能吵架了呢？是不是妈妈的错啊？"

我朝我妈摇摇头："妈，回头我再给你找个更好的。"

孙哥说得对，信管中心一个组的男人等着我呢，我凭什么被一个男人招之即来挥之即去，想当着别人面赶我走就当作不认识我，想过来求安慰就找我说笑话，想结婚掏个戒指就完事了，我是个人工智能机器人全程围着他转吗？

反正方从心打从一开始就是半推半就地跟我在一起的。说什么从一开始喜欢的人就是我不是佟筱，这话有说服力吗？这么多年，我自作多情的毛病早就治好了，指不定就跟当年徐正那样，又是个张冠李戴的故事扣我身上了。

对方从心来说，我就是一个开心果。平时哄着他，忍着他，让着他，他当然觉得喜欢我也不错了。我一逆他的毛，立刻就翻脸给我看。

就这脾气，我劝他还是回到明朝当王爷去吧。

"圣母娘娘"烫的金再贵,我也提不动,大不了就砸了不要了。

我越想越气,一想到自己家里也是有百万存折的大户人家,凭什么受这鸟气,跟我家母上大人道:"妈,你借我点钱。"

"怎么了?"我妈担忧地看我。

"你给我就是了。"

"要多少。"

"2000吧。"

我妈当下就给我转了3000。

瞧瞧我家的气派,想我当年为了1000多块钱卑躬屈膝给你做饭又接送上下班,还给你铺爱的阶梯,我被使唤习惯了事到如今才会被你捏圆搓扁。我跟你说,我现在站起来了!

我出手阔绰地打了2000块钱到方从心的卡上,备注:课时费+小费。

安抚好我妈,我前去跟张子琴王姿琪她们会合。她们在闺蜜群里收到了我的召唤,立马响应奉命来安慰我。张子琴刚上完夜班,一坨海带已经被糟蹋成一坨海带结,惨不忍睹地出现在我面前,我也不知道是该我先安慰她,还是让她来安慰我。

本来我觉得吵架分手是一件很大型的事,理应在酒吧里买醉显得比较有意义。但我和方从心吵得太早了,这会儿才七点多,酒吧刚关门没多久,附近连个高雅一点的聊天场所都没有。我找了半天,想到待会儿还要去看望袁崇峰,只好在医院对面早餐铺的沿街上,边请闺蜜们喝豆浆边和她们分享悲伤。

"是不是方从心把人打惨了,下半辈子注定要在牢里过了,所以你俩分了啊?"张子琴一坐下来就说。

我摇摇头。

王姿琪拆开一双一次性筷子:"那肯定是一代妖姬佟筱终于露出了她的真面目,和你抢男人了对不对?"

我又摇摇头。

"那是怎么回事?"

我气沉丹田,铿锵有力地说:"因为他求婚了。"

王姿琪和张子琴作势站起来走人:"走了走了,大清早狗粮吃饱了。"

"有没有搞错,我都快困死了,你还到我跟前来变着法地秀恩爱。"

我忙拉着她们一左一右坐下,转头喊老板:"老板,来三份荠菜馄饨,再来五根油条。"

点完餐,我把吵架的过程极尽还原地给她们复述了一遍。

张子琴支着头说:"你俩又不是钟摆,谈恋爱为什么要这么走极端,不是结婚就是分手啊?他向你求婚,说明他喜欢你呗。你在气什么?"

我气的是……

王姿琪转了下筷子:"这件事上我理解林梦。感情总得有个循序渐进的过程吧。他和林梦在一起才多久,有必要急急忙忙结婚吗?再说,方从心和佟筱的事情不明不白,他突然求个婚,谁知道是不是因为他在佟筱那里受了挫,到林梦这里头脑发热求家庭温暖来了?"

对对对,我气的方向好像和这个有关。

"方从心看上去不是冲动的人,结婚对他来说也是人生大事,他肯定是之前周全思虑过的,你不能随便否定他的动机。"

那倒是。他大小也是个"总",做事也算成熟,不会临时起意求婚的。

"他不是冲动的人?他不冲动他能替普通朋友打她爹?"王姿琪将"普通朋友"念得格外用力,拉着我的手道。

我的另一只手又被张子琴拉了过去:"他不告诉你,肯定是不想让你担心。等他解决完了,自然会告诉你的。"

"这是狂妄的大男子主义。既然是奔着结婚的目的去的,为什么有问题不能共同面对,而要把女人撇在一边,自己去面对呢?因为男人从骨子里觉得女人是弱小的、无能的、没有见过世面的,所以他们以把女人藏在身后为豪,美其名曰为保护,其实是一种自我陶醉的英雄主义。没准女人出马,三下五除二这事儿就办完了。我看方从心就是有这毛病。精英分子先是从智商上压制你,再从情感上控制你,让你逐渐失去安全感,最后用结婚的方式套牢你。"王姿琪一拍桌子,喊道。

我惊得嘴巴都要合不上了。

张子琴气愤地道:"你才是典型的扣大帽子。这和男人女人有什么关系?当一个人喜欢另一个人的时候,总是不自觉地想让对方不担惊受怕,想让对方无忧无虑,想让对方感受世上最美好的东西。你对苏旭不就是这样吗?不然你在他面前装什么穷?你不也是变相地保护他的自尊心,让他能够安然地去学习,去和你相处吗?"

"方从心给了你多少好处,让你这么为他说话?"

"你要有良心啊王姿琪,当初要不是他,我们还在派出所里蹲着等导师呢。"

"所以你就被这一次解救给收买了?! 不惜出卖姐妹了?"

"我是在出卖吗? 我是在就事论事。"

在我的头像拨浪鼓一样一左一右一左一右地拨了数个回合后,我终于快跪下了:"我错了! 我错了! 我错了! 姐妹们! 他不配啊他不配! 他不配让你们大动干戈啊! 你们先不要生气,喝口水冷静冷静。老板,我们的馄饨什么时候好啊?"

王姿琪却一拍桌子:"不行,张子琴,有些话不管你爱不爱听,我都得说。我看不惯你很久了。"

我一把拉住她,慌得一批:"干吗啊你,王姿琪? 有话好好说。"

张子琴也来劲了:"你让她说,我倒是听听是什么话。"

王姿琪红着脸喝道:"你他妈到底能不能把这头发修一修了!我忍你很久了!"

张子琴又吼了声:"我乐意!"

"我出钱!"

"那我要个韩式烫发加头皮护养的。"

"好。"

我:"……"

馄饨上桌,氤氲的热气在桌子上空飘荡。我们仨默默低头吃了会儿,张子琴偷偷说了声:"我刚刚差点吓死了,还以为你要骂我什么呢。"

"我怎么舍得骂你,除了你那头扶不起来的头发。"王姿琪吹着热气道。

张子琴掰了根油条递过去:"刚才你拍桌子费了那么大力气,多吃点吧。"

"你馄饨够不够吃?我分你点。"王姿琪又说。

我在旁边一副死人脸:"喂,今天的主角是我好吗?!接着说我的事!"

王姿琪转头看我:"难道你还没体会出来吗?"

"什么?"

"如果你们真有感情,总会有人低头示好的。"张子琴道。

"吵吵着要走的人不会真的想走,而是想让人挽留。"

"同样,声称分了手的人眼睛不肿喉咙不哑还能吃得下两根油条的人,也没有想过真的要分手。"

然后两人同时看向我:"你们自己解决这事吧。"

我看着这对演双簧一样的姐妹,不禁问道:"喂,你们刚才是真吵架还是假吵架啊?"

"你猜。"她们又异口同声地说,眼神很有内容地相视一笑。

"喂——你们怎么还在小团体里搞迷你团呀?"

"有人有男朋友了,难道还不许我们抱团取暖吗?"

"不许!"我佯装生气地说道,"除非——你们告诉我接下去怎么办?"

张子琴咽下一口汤,说:"你愁什么呀。哪个人多喜欢一点,自然会先退让一步。方从心急着结婚,按理说是他更急一些,这事儿你等他吧。"

我扭捏了下:"虽然求婚这事儿确实是他提出来的,但从外形内里上,你们应该看得出来,我是……比较……那……什么的一个……"

王姿琪不由笑了起来:"比较那什么什么呀?"她放下筷子,认真看着我:"我虽然刚才一直在诋毁方从心,但我第一次见他的时候,确实感觉他对你不一样。只不过从姐妹的立场来说,不是很认可他做事的方式。还有,你俩在一起的时间也不算长,我总替你担心他的喜欢是一阵风,吹过就没了。不过不去试一试,怎么知道他是风还是树呢?"

张子琴也放下了筷子:"方从心既然是创业者,心智应该比我们成熟。你给他垫个话,他就会跟你道歉的。"

我想了想,觉得姐妹们说得有道理,与其像早上一样毫无理智地大吵一架放狠话,不如坐下来好好聊聊。台阶谁给都一样,多喜欢点的人吃点亏也没什么的。

我掏出手机,打算给方从心发个微信约谈一下。岂料一打开手机界面,就有邮件提醒显示"律师函"。

我戳开看了看,不看还好,一看差点没当场死过去。

方从心不要脸到什么程度呢? 他竟然让何小平以公司的名义给我发了邮件,声称经过如何如何的严格计算,我欠的总费用已经累积到30000多,而且再经过如何如何的加权综合,我的多次小测成绩不符合优惠起征线,要足额缴纳,晚付一天我还得交高额滞纳金。

老子以前虽然没谈过恋爱,但是好歹看了那么多影视剧,还从来没有见过有钱人家分了手还追着问落魄前女友讨分手费的。

我把邮件给王姿琪和张子琴看,她俩瞬间就沉默了。

"你们有钱吗?众筹一下。"我忍下心中的怒火,看向她俩,"我之前给一家企业写稿,10000来块钱快打过来了,还差20000多。我先不问我妈拿了,怕她多想。你们要是手头上有钱,先借我点,我分期还你们。"

张子琴劝我:"林梦,你别生气啊,别生气。方从心跟你闹别扭呢。"

王姿琪冷着脸说道:"我有钱。你还他去。有几个臭钱就敢拿捏你,当你是什么啊。刚才我给他说的好话统统收回。"

张子琴还在致力于和稀泥:"他肯定不是这个意思嘛。"

我说:"王姿琪,你现在就把钱给我。张子琴你也不用为他说话了。不蒸馒头争口气,我林梦要是以后还和方从心走一块儿,我也不叫林梦了,叫我木木木木夕吧。"

说完,我放下饭钱就走了。

"哎!林梦!"张子琴在后面喊。

王姿琪拉她:"让林梦消消火吧。哪个正常人能受得了这冤枉气?"

他人气我我不气,我本无心他来气。

倘若生气中他计,气出病来无人替。

我若气坏谁欢喜,何况伤神又费力。

世上万物般般有,哪能件件如我意。

我在心中背诵了十遍清心口诀,才强压下打电话给方从心破口大骂的冲动,再默念了十遍后感觉自己头顶金环,身披功德衣,手持玉净瓶,已然佛光普照了,才把王姿琪转给我的钱转到方从心的卡上。

这回的转账备注上,我什么都不想写了,想着几万块钱求个心死,倒也不算贵的。

转完账的下一秒,方从心的电话就来了。

我以为他又要催钱,挂了他电话,给他发了条微信:"钱转过去了。你等下再看。"

结果,电话又响了起来。

怕是又有什么钱没算明白,我只好接起来。

"你在哪里?"一接起来就是他劈头盖脸问我。

我想说有何贵干,但我没法这么跟他说。

人到了这一步,好像刻薄的话也说不出来了。

我很诚实地说:"我快到医院了。"

"林梦,对不起,我们和好吧。"

我又想说,你的对不起是不是和机场广播通知延误说的对不起一样啊,你是我见过说对不起说得最没负担的男主角了。

但是我还是很实在地说:"不行。"

"林梦,我——"他顿了顿,声音干涩道,"你不喜欢我也没关系。我们和好吧。"

我觉着但凡我有点骨气,但凡我不缺钙,我必须得很冷酷很潇洒地继续说"不行",可是他哽咽的声音就像是被风吹起的蒲公英钻到了我嗓子眼一样,我说不出来。

可是,我也同样说不出"好"。

因为我暂时也不是很想被我的姐妹叫木木木木夕。

就在我犹豫的那一瞬间,有一辆摩托车飞快地擦着我过去了。我本能地往旁边让了让,一时没抓稳,手机扑通一声掉进了下水道缝里。

我连忙蹲下来,趴在下水道上看手机。好在下水道是干的。只是手机背面朝上,我也看不到方从心的电话断没断。

我只好朝着下水道大声喊:"你容我想想。你听见了没有啊,我说你容我想想。我没有说我不生气了,也没说原谅你了,更不是暗示你我们可以和好的意思。我只是还要一点时间想一想。"

旁边一对父子经过。

三四岁的孩子牵着爸爸的手用奶音问:"爸爸,姐姐在干吗呀?"

爸爸挠着头说:"可能是在跟地球对话吧。"

"为什么要那样趴着讲呢?"

"地球年纪大了,耳朵不好,得那样说才能听见。"

"哦,我懂了,就像爷爷一样对不对?"

为了守卫孩子的童真,我只好在旁边配合地喊了一句:"地球你保重身体啊。"然后很不好意思地问他爸爸:"您是住这小区的吗? 想问下你们物业能不能帮个忙啊?"

等我再取回手机时,已过了一个多小时了。我按了按手机,发现没电了。想着或许方从心急着等我电话呢,我又在保安室里坐着充了会儿电。谁知充了半天还是开不了机,估计是摔坏了,只好坐公交车先去修手机。

我记不起方从心的手机号,但借别人的手机号登录一下微信再和方从心说一下也未尝不可。然而一番折腾下,那卡在喉咙口的蒲公英没那么大作用了,反倒是我人生中收到的第一封律师函重新堵了心口。

刚才我和他说的"容我想想"他听到就算了,要是没听到就没听到吧。反正我已经用实际行动在表示我正在想了。

再说,老娘做了那么久的舔狗,适当让他做一只等我指令的召唤兽,也是公平的吧。

手机一时半会儿修不好,让我第二天再去取。我一边急着想看看方从心给没给我打电话,一边又觉得这大概是老天想治一治我情不自禁想贴上去的毛病,内心很矛盾地到了医院。

进了病房,樊老师也在。袁崇峰看上去比昨天还虚弱,樊老师说那是麻药过了给疼的。

她还说事故的原因也调查出来了。原来是袁崇峰他们班有个学生最近情绪反常,躲在天台抽烟。那个天台本来就有安全隐患,门是锁了的。袁崇峰老远见到学生从大平台上爬上去了,觉得自己身轻如燕,也可以一爬,结果没踩对给摔了。

学校日防夜防,哪能防得住老师还带头违反纪律呢?所以听说等袁崇峰身体恢复好了,得回学校接受他人生第一次处分,而且还得在教工会议上做深刻检讨。

我坐在袁崇峰旁边说:"峰峰哥哥,写检讨书我拿手啊。要不要我帮你写?"

袁崇峰有气无力地眨了眨眼。

我说:"最近债比较多。一字一块,成交吗?"

袁崇峰像是《疯狂动物城》里的树懒一样,慢慢地说道:"你——有——心——吗?"

我摇头:"没有。"

袁崇峰说:"刚才方从心来找过你。"

我看了看他,确定他没有说谎:"他说什么了?"

"检讨书。"

我看向樊老师,樊老师就像入定高僧一样盘着脚坐在旁边不吱声。

还有没有师德了喂!

袁崇峰一脸看好戏地说:"你们吵架了吧?"

"哎我怎么觉着这时候该给袁伯伯打电话拜个早年了——"

"他说让你给他回个电话。"

"就这样?"

袁崇峰说:"年轻人好好的吵什么架啊,要搁我每天甜蜜都来不及。"说着他眼睛就往旁边的樊老师瞄。

樊老师依然是入定高僧的坐姿。

我说:"我觉得他在我这里太自信了,吃准了我喜欢他,我得打击他一下,提高下我的地位。"

袁崇峰说:"没准他是太不自信了。"

我翻他一个白眼:"我跟他在一起,谁更没自信些不是一目了然的事吗?"

"感情上的事哪有一目了然的。每个人求的不一样,有的人求的是美貌,有的人求的是智慧,有的人求的是金钱……"

我想了想,说:"峰峰哥哥,你说话都这么没力气了,麻烦你提前报到属于我的那个特质好吗? 美貌智慧金钱什么的,跟我也没半毛钱关系啊。"

袁崇峰忍不住笑,一笑又带着痛,所以一脸扭曲地说道:"我这不是正在想吗?"

"那你现在想出来没有?"

"林梦,你难道不觉得自己很优秀吗? 你乐观、善良、坚韧、大方、通透、幽默、好玩,哪个不值得他喜欢?"

我觉得袁崇峰是脑子摔坏了,居然在我叫价一块一字的检讨书费用后,还敢说我大方。

但夸我总是好的,我揉着鼻子问他:"是吗? 配他绰绰有余吧?"

"嗯,他除了长得帅点,脑子聪明点,家里有钱点,还有什么呀……"

我看袁崇峰昨晚上和我妈谈一宿谈出战斗值了,现在一张口一套一套的,我都快接不住了。

本来我无意打搅袁崇峰和樊老师的二人天地,既然他还能和我一战,我也放心了,准备抬腿走人,哪晓得刚出病房,就被一群蜂拥而入的学生给推回来了。

其中有一个是柯路。

他没心没肺地跟我笑:"姐,你也在这儿呢。"

我想小伙子精神头不错,安心了些,于是又陪着坐了会儿。

没想到袁崇峰做了一段时间副班主任,人气挺好,还有个头发略长的学生被众人押着磕头赔罪,估摸着是那个去平台抽烟的始作俑者。他的样子不由得让我想起高中年代的黄毛,不知道黄毛是不是也有这样突然想起我的时刻。

听他们叽叽喳喳的说话声,好像是这孩子父母在闹离婚。不过我看他似乎是被安慰过一轮了,面色不算凝重。袁崇峰躺在床上嘴很欠地说:"父母离婚还是早点好。你看我爸妈离婚的时候,我太小了都不知道,所以我不痛苦。亲生母亲没回来找过我,我也没有特别怨她,毕竟她给了我生命,让我有机会见识到了世界的美。"

众人哗然,那个长发男孩又说了些什么。一群人热闹得快要掀天花板,一点也没有安慰一下袁崇峰的意思。

小护士进来敲门:"安静点,这里是医院。"

安静了大概十秒,接着又喧嚣上了。

我又有些想当温柔的雷追风了。我跳海草舞肯定比他跳得好。

我愣神的时候,柯路从人群中挤出来,说:"姐,你想什么呢?"

我说:"想中午吃什么。"

"我姐说给你寄了一箱真空包装的卤猪蹄,让你记得收。"

"最近猪肉这么贵,这真是一份大礼了。"

"我姐说了有恩就要报恩。她让我谢谢你给她打电话。"他顿了顿,"说到恩,姐,我刚才在楼下见到我爷爷以前资助过的漂亮小姐姐了。"

"哦?"

"这个小姐姐身世很可怜的。她学习成绩很好,可是家里没钱,她爸就不让她上学了。还好是冯老师——冯老师你知道的吧?她以前是北京一个支教公益项目的发起人之一,她收到了小姐姐的求助信,亲自去了那儿一趟,做了她爸很久的思想工作,承诺学费由她想办法,小姐姐才恢复上学了。可惜好景不长,过了一段时间,他爸又不让她念书了。最后冯老师带着我爷爷一起去的,好像还和这个爸爸签了协议书,协调了很多关系,把小姐姐带到一个陌生地方重新开始了。那时,小姐姐高三都已经耽误一半了,但她很争气地考到了长宁大学最有名的计算机系,甚至拿了高额奖学金。我老听我爷爷拿她的事来教育我,说小姐姐是第一个没念完大学就还完所有贷款和资助资金的受助人。小姐姐隔一段时间还会给我爷爷写信,汇报学习情况,有一次听说我爷爷身体不大好,她拿着一堆保养品来了。反正现在的女孩子实在是太优秀了,我们做男人的,表示压力很大啊。"

我默默地听完,问他:"那个小姐姐是不是叫佟筱?"

柯路拍着大腿说:"哇,姐,你人脉好广,连这都能猜出来呀。"

世界可真是太小了。没想到那个资助佟筱的"金主"是柯爷爷,因为冯奶奶的关系在,方从心当过佟筱高三的补习老师似乎也是顺理成章,想必两人就是这样认识的。

原来佟筱不是至少有爸爸疼的白雪公主,而是没落家庭里打扫除灰的灰姑娘。

就是王子太缺心眼了,把水晶鞋穿我脚上了。

我想了想童话故事里拼命把小胖脚塞进水晶鞋里的大姐二姐,不由得吃痛地摸了摸我的脚。

不晓得柯桥的猪蹄寄到没有,都说以形补形,我得吃点补补了。

晚上有佟筱的补习课。

我决定去上一上，就用座机给我妈打了个电话，告知她不用准备我的晚饭。

电话一接通，我妈先是噼里啪啦地骂了我一通，当然是说我不接电话、害她担心死了之类的。

我安抚了几句，我妈又说："小方在家里等了你很久，刚走。"

我想，这是什么电视剧剧情，男主永远迟一步。

我妈叹气："小梦，你到底是在作什么妖啊？得亏我是你妈，要我是小方的妈，你这任性的儿媳妇我是不打算要了。不想结好好说不就好了，你闹失踪算怎么回事？一点都不懂事。"

我心说你跟我爸吵架时放的那些狠话，让我都想替奶奶把你逐出家门好吧。再说我不懂事，那你女婿懂事呀？他还讹我30000多块钱呢！而且我作妖是因为结婚的事吗？你得挖掘这结婚背后深层次的含义！男主的狂妄，女主的自卑，加上前面积累的一些误会，再加上老天的帮助，才导致女主我暂时销声匿迹的！

不过我想我妈是个理科生，可能做不好阅读理解题，所以我没和她争辩，买了个面包就赶去力拓培训班找灰姑娘补习功课去了。

男人不见得能留住，但数学知识我务必是要留住的。

我一进教室，葛纯纯又来找我聊天："学姐你上次怎么没来啊？我跟你说，佟筱最近的状态不大好。"

"大家有怨言了？"

"那倒不是。上课还是有保障的，只是看她脸色很差。你说她是不是有什么烦心事啊？"

"你看不出来我脸色也很差吗？"

"是耶！"葛纯纯盯了我一会儿，然后自言自语地说，"是这几天空气不好的原因吗？我要不还是找师哥要一下他的试验品抹一抹脸吧。"

喂,凭什么佟筱脸色差是有心事,我脸色差就是空气不好啊?我不配有心事吗!

我叼着面包拿出课本来,默默做了两道题。第二道题的解法我记得方从心跟我说过,我翻出记事本,上面他写的密密麻麻的小字让我走了会儿神。直到周围突然爆发出一阵惊叹声,我才惊醒过来,抬头一瞧,竟然是佟筱带着方从心进来了。

我腿脚麻利地刺溜躲到座位底下去了。

葛纯纯在旁边拉我:"学姐,学姐,快起来,你看谁来了?是小哥哥哎。佟筱她说到做到了,竟然真的带小哥哥来了哇!"

我不停地甩开她手:"我这儿待着凉快,你快松手。"

葛纯纯奇怪地俯下身来看我:"学姐,你火气真旺,这都十二月了。"

我只好默默地爬起来,拿了本硕大的书挡在前面,躲在书本后偷偷看他俩。

想我上次这么打量他们,不过是两个月前,那时我还觉得他俩是佳偶绝配,哪晓得沧海桑田一念间,心意变化竟会这样令人始料未及。

佟筱做了个最简单不过的开场白,说今天特别邀请了学长方从心给大家上课,大家欢迎。

葛纯纯兴奋得不行,咬我耳朵:"待会儿要不要去求个签名?"

我说:"为什么要签名?"

"拜托,小哥哥是佟筱的老师,也就是我们的师祖,还是方教授的儿子,他不应该是'数学之美'的活锦鲤吗?而且我CP出来营业,不要个to签,岂不是很对不住自己。"

我想现场给她拆CP,并奉送一首《真相是假》。

但我就是想想,实际情况是我说:"嗯,恭喜你嗑到真的了。"

我也不知道方从心有没有发现我鸵鸟式的遮掩,但他很正常地上起了课——是那种非常正统的上课方式,听得我差点睡着,挡视线的书也差点砸到前面同学身上。

我半梦半醒地连连扶好书,不小心瞥了下讲台,又不小心和方从心来了个四目相对,索性就把书一扔,大大方方地睡了起来。

是的,我就是要恃宠而骄了,我倒要看你敢不敢点我名儿。

结果,他不敢。他确实是方尿尿。

可是我也不敢抬头。葛纯纯说得没错,我火气太旺了,讲台上的两道热源烤得我汗都来了。

葛纯纯还在旁边做猪队友:"学姐,起来啦,小哥哥看你不顺眼很久了,一直盯着你看呢。"

我闭着眼睛趴在桌子上说:"他可能是盯着你吧。"

"你这么一说,好像是呢。"

……

课无风无浪地结束了。

我保持一个僵硬的姿势也累了,只好偷偷起来松了松肩膀。没想到葛纯纯真拉我去找方从心要签名,我连连说不,她却拼命地拉我去:"咱班这些人,就数学姐你最让佟筱担心了,所以你最需要锦鲤的保佑。为了考神的荣誉,你不要也得要。"

其余几个难兄难弟也来拉我:"是啊,要是过了回来还愿啊。"

粉丝团实在是太可怕了。

我被人架着挤在一群人中间,等方从心给我签字。

我想反正这会儿他随便签,不如我草拟一份欠条让他签上大名好了,至少把那30000多块钱拿回来。

前面已经轮到葛纯纯,她说:"那什么,大神,你给我签个'逢考必过'吧。"

方从心像个写字机器一样给她签完了。

葛纯纯又花痴地说:"你和佟筱一起合个影可以吗?"

佟筱连说上厕所去,葛纯纯讪讪地站在了一边。现在轮到我了。

方从心抬头看我,也不说话,眼神委委屈屈的。

葛纯纯在后面支了支我的背,我面无表情地说:"哦,签一个吧。"

"签什么?"

我想了想,说:"我也想不出什么特别优秀的祝福语来。不如就签一个'方从心是个大混蛋'吧。"

旁边的人倒吸了一口气。葛纯纯在后面上蹿下跳:"学姐你还没睡醒啊!"

谁知道方尿尿非常认真地一笔一笔地写上了。

葛纯纯在旁边大惊小怪:"祖师爷脾气也太好了吧。我也可以这样任性吗?那个方学长,我能不能要一个'葛纯纯世上最美'的签啊。"

方尿尿说:"换一个可以。"

葛纯纯说:"为什么?"

方尿尿扫了我一眼说:"因为在我心里我女朋友最美。"

葛纯纯捂心脏去了。

我也不知道为什么在这个臭美的轻飘飘的时刻,想起了一个笑话。说是甲看到乙天天最热闹的时候去餐馆吃饭,吃完抹抹嘴趁乱就走了,觉得可以模仿作案一下,偷吃了一顿就被人打了。甲就说你们怎么光打我呢,人家说,因为乙是我家老板啊。

想到这里,我不由得笑了起来。

我一笑,方从心跟得了什么允许似的,拉起我一溜烟地跑了。我边跑边说:"还有一节课呢。"

"我给你补。"

"我的书包还在呢。"

"回头再来拿。"

我不晓得葛纯纯现在CP心破碎了没有,也不晓得方从心一路要带着我跑哪里去,但我和他夜跑惯了,体力跟得上,就随他拉着跑了。

等方从心停下来,我气喘吁吁地抬头一瞧。

咦,怎么会是个酒店呢?

方从心说:"林梦,我们睡觉吧。"

我喘着气说:"你还要听什么笑话?"

他摇头:"不听了。只睡觉。"

我说:"这才几点啊?"

"睡觉吧林梦。"

"我想起来我还没吃晚饭呢。"

"睡觉。林梦。"

我想前几天他铿锵有力说的四次"睡觉"和今天跟小狗一样央着我说的四次"睡觉"肯定不是一个"睡觉"。

"你想得美!我给了你30000块钱还要卖身啊?这是什么赔钱买卖?"

方从心说:"我卖行不行?30000块钱算嫖资。"

他见我不说话,又添油加醋地说:"30000块钱,我把身上零件都卖给你。我的眼睛啊鼻子啊耳朵啊心啊——对了,心早就被你拿走了——都给你,行不行?"

嘴巴是在哪个旮旯突然进修了,说得我心旌荡漾的。

"我收到你钱的时候实在是太生气了,觉得你是在跟我一刀两断,所以忍不住也想要气一气你。谁知道你这么有钱啊!"他无辜地看着我,"这钱你是不是问阿姨要的?阿姨今天下午没怎么搭理我,大概也在气我吧。"

我想我妈嘴上虽然说要当方从心的亲妈,但在实际行动中却做到了无论我怎么闹还是坚定不移站在我一边,真是一位两面三刀的好妈妈。

方从心拉了我一把:"林梦,我现在求婚都有心理阴影了。以后换你求,行不行?我没那么多要求,什么时候你准备好了,直接带我去民政局就行。"

他指着旁边的保安亭说:"你以前说你喜欢我多一点点,我现在告诉你,如果你喜欢我大概就像这个亭子一样多,我对你的喜欢就像——"他指了指乌黑的天幕,"宇宙那样。"

方从心甜言蜜语不要钱地倒下来,我一时也有点蒙。

早上他求婚的时候吧,我觉得他可能是随性发挥一下,因为以前我俩在一起,我也没觉得他有多喜欢我呀。怎么才一个白天的工夫,他就跟爱我爱得无法自拔似的,我这个跪着的卑微女孩怎么就站起来了呢?

男人骗女人上床时,果然很会动脑筋。

我说:"我俩总共相熟不到三个月,你这三个月是在上演宇宙大爆炸吗?"

他一把把我揽进怀里:"哪里是三个月,傻瓜。我喜欢你大概有中华民族的历史那么悠久了。"

"你说情话也要有点根据。我单身历史那么长,怎么不见你来找我啊?"

方从心很委屈地摸了摸我的头:"我有找你啊。高三的时候,我在微博上和你共享了很多学习资料。"

"啊?"我想了会儿,"你不会是他吧?"

我高三时的微博名叫"今天数学你及格了没有",每天的任务是在那里答"没有",后来有个名字叫"今天数学你满分了没有"的二缺天天给我点赞。我特地点进这个账号,发现里面空空的,跟个僵尸号似的。

这人是故意注册了个新号给我心里添堵吗？这世上怎么会有这么闲的人！于是我就毫不吝啬地私信骂他了。

他点赞一次，我骂一次。如此往复了几天，在我即将拉黑他的时候，他给我发了好几个文件。

我猜是病毒，没下载，也没看。

但凡我看了，可能就在北大做差生了。

又过了几天，高三压力满得不能再满，我没时间刷微博了，等再登录上去，都是高考完大家玩疯了的时候了。

我记得第一件事是改微博名，第二件事是发了一份@了徐正的爱情宣言。

想到这里，我突然想，何小平说的那个故事可能是真的。

当初为了安慰徐正，我可是拍了很多挡掉头像的情侣照，营造自己有男友的假象。后来我不再上传照片，但徐正又动不动来我校蹭吃蹭喝，拍照发微博。里面偶尔也出现我吃饭的样子，因为没有修图就直接上传，被我无情殴打过数轮仍不知悔改，直至如今。

所以方从心误会我有个感情稳定的男朋友。要不是"数学之美"上我误打误撞地行侠仗义一把，估计他还会一直误会下去。

徐正挡我桃花多年，真是死不足惜，希望王姿琪给他操办的"伤心总是难免的"派对热闹风光一点。

好在我自个儿争气，把事情的发展拨回到了正确的轨道上。不然王姿琪可能要把徐正的葬礼办得风光些了。

我说："你怎么早不跟我说这些啊？你要一开始在你爸的课上就和我说这些，我们那时就可以开始甜甜地恋爱了啊。"

方从心脸一黑："你看，你是不是随随便便地就可以喜欢一个人？如果那时换个比我长得好一点，声称也喜欢你很久了的人来找你，你会不会一感动就跟他走了呢？"

我认真地想了想。

他推了我一把："喂,好歹做个场面说'不会'啊。"

我说："可能不会一见钟情,但时间长了可能会吧。"

方从心肩膀一耷拉,眼神极其哀怨："你看你就像一只花蝴蝶一样,哪朵花好看你可能就飞哪儿去了。刘昊然要在这里勾勾手,你不定就跟他跑了。"

我无语问苍天："你是在嫉妒刘昊然还是在为高一的你打抱不平？喜欢一个人从颜值开始,也没什么不对的吧？因为无论你我多不想承认,脸就是社交的敲门砖啊。就像你拿着北大的文凭当然更容易得到企业的青睐一样,你进公司之后难道还要问公司你招我是因为我的文凭还是因为我的能力？答案当然都是。但是再过几年,你的文凭就没那么重要,体现出来的能力才是最终让公司留住你的砝码。"

方从心听到后来,眼里逐渐染了笑意,他温柔地摸了摸我的头说："因为在我们中间,你不是患得患失的那个,所以你可以理智地说得头头是道。我不行,道理我都懂,但我不能按照这些道理去说服我自己。就像……就像你背下了所有的数学公式,但还是解不出我随随便便出的一道题一样。"

"喂,你别扯七扯八地扯到数学好吧。"

"那扯什么？扯你说决定不喜欢我了？"

我低头："对不起,那句话我收回。"

他摇摇头,说："林梦,我以前说过我始终可以表现得和你的喜欢势均力敌,因为我对你的喜欢浩瀚如海取之不尽,可以轻而易举匹配到你的那一点点喜欢。我也说过我不希望我喜欢的人因为感动或同情而选择和我在一起,我不想让我的喜欢成为你的负担。所以我掩饰着自己的库存,一直在等,等你的喜欢慢慢变多。但是我发现这不可能。"

他抬头仰望星空:"这是一道最简单的数学题。从起始值到增长速率,你永远赶不上我的数值。我想我得做好掩饰一生的准备。可是,把那部分势均力敌掉后越来越悬殊的爱放到库房里不跑出来是很艰难的事。就像我在某个瞬间突然很想抱抱你,某个瞬间突然想和你睡觉,某个瞬间突然想和你结婚,我计算不出哪个部分是扣减之后需要藏起来的爱了。当你拒绝我的时候,我觉得冤枉不公,恼恨你为什么不像我喜欢你一样多喜欢我一点?于是我像早晨那样咄咄逼人了,给你产生了新的负担。所以这是无解的。"

我咽了咽口水,有点不知所措。当他自然而然地说到"爱"这个词,我就有点蒙了。

原来他的喜欢多得已经质变成爱了啊?我……我对方从心可以毫无负担地说出爱吗?

方从心拉了下我的手说:"可是现在我知道怎么取舍了。你是同情我也好,感动也罢,都没关系,我视这些为广义的爱。我会想办法让这些感情尽力去接近纯粹的喜欢。虽然它们永远达不到我原本想象的最理想的纯粹,但就像求极限一样,当无限接近时,就是喜欢本身了。"

我想数学真是我的克星,我愣是没听懂他在说什么。

他见我一脸迷离,笑了笑:"没听懂也没关系。你就继续做你自己好了,剩下的我去调节。如果你是因为我长得不错而喜欢我,可以;如果是因为我对你好而喜欢我,也可以;如果是……是同情我的遭遇而喜欢我,也可以。这些细碎的不纯粹的喜欢像是筑起鸟巢的枝杈,最终会变成温暖的东西。那等同于我追求的爱。"

他这么一解释,我好像又有点懂了。

他顿了顿说:"所以你现在对我的感情收放自如,也没关系。"

我翻着白眼说:"喜欢哪有那么容易收放自如的?"

"你对徐正不就是这样?"他摸了摸鼻子道,"我的心眼很小,始终放不下我含冤错过的那几年。前两天我去数学学院找我爸,徐正正巧在那边,他认出我来,主动和我搭讪了。我直言不讳地跟他说了我和你的事,他也跟我坦承了你们的过去。看得出来,你在'处理'他的情感时就很洒脱,这让我很有压力,我担心有一天你对我也会这样。"

徐正这个小王八蛋,到底和方从心说了什么啊?合着早上吵的那一架还有他的事儿呢。我看还是让王姿琪给他办个葬礼好了。

我摇头道:"你跟他不一样的。"

方从心气馁地说:"我比他长得好一点,是吗?"

"不是,你不仅比他长得好,钱还比他多,学业也比他搞得优秀……"

方从心眼皮抬了抬:"喂——"

我收起玩笑,正色说:"我不知道徐正是怎么跟你说的,但你俩对我来说真的不一样。你是我第一个主动喜欢上的人,虽然时间比较短,像一粒胚胎那么脆弱,可是它很有活力,会蓬勃成长起来的。徐正那个则更像是女人特别想生孩子时产生的假性怀孕,你以为肚子里有条生命,其实并没有。我只是误以为我喜欢他了,但事实并不是这样。那不是洒脱,也不叫收放自如,那是我认清客观事实。"

我这么严肃地说着,方从心却笑了起来。

他揉了下我的头:"什么假性怀孕,这是什么糟糕比喻。"虽然是批评,但听上去他心情很好。

我翻着白眼说:"比你那个求极限要通俗易懂多了吧。"

他毫不犹豫地点头,朝着我眯眯笑,大尾巴一摇一摇地说:"爱情胚胎都有了,搞个真胚胎可能也不是什么大事。"

嗯?这个转折有点生猛哦兄弟。

我往后退了两步说:"我想起来我还有几道数学题没做啊,那个什么斐波那契数列和黄金分割的关系我还想推敲一下。"

方从心笑着说:"你先推敲下我们的关系好了。"

我说:"啊,还有拓扑学中的度量空间。"

"亲爱的,我们先琢磨下我们的空间吧。"他步步紧逼地做采花大盗。

"还有,还有贝叶斯定理的应用。"

"你先用用我。"他一边说一边狠拉了我一下,然后亲了下我的额头说,"走啦,我好饿。"

"我也是。"

"先吃饭再干活。"

"干什么活?!"

"把今天落下的数学课补上。"

"你怎么知道我在佟筱那里上课啊?我妈跟你说的吗?"

"佟筱说的。"

"佟筱怎么什么都跟你说?"

"你当时提议让我利用你接近佟筱。我和佟筱打了个招呼,说最近有个变态可能会一直偷偷观察你,佟筱说那我们就反间计一下好了,所以——"

"她才是卧底!张无忌妈妈果然没说错,漂亮女人都不能信。"我顿了下,"那她父亲的事总不会是演的吧?"

"那是真的。"

"你为什么打他?"

"因为他实在欠打。"

"……"

然后我领着方从心回家见我妈去了。我妈为我们俩担惊受怕一整天了,是时候安抚她的心了。

我本来想带人过去就行了,方从心偏要去一个很高级的商场买礼物。

我屁颠屁颠地跟着过去,想我肯定也能蹭一点光,但方从心掏钱包要了一条贵得可以把我从头到脚包起来却只有内裤大小的真丝围巾就要走人。

我说:"难道你不应该对服务员说,把这个丑女人里里外外的东西都换一遍,然后你不耐烦地坐在沙发上等我从试衣间里出来,再然后你的表情逐渐从漫不经心到挪不开眼,跟服务员说就要这套这套还有那两套,而我倔强地说不要不要,最后还是拎着十个袋子跟在你后面走出了商场吗?"

方从心说:"你别仗着我喜欢你,就任性给我加那么多戏。何况我不会说你是丑女人。"

"你明明说过我是猪。"

"我那是针对你的智商。"

"谢谢你的纠正。你不说我还没意识到呢。"

"不客气。"

路过钻戒店,他停了下来:"要不你去那里试试,我可以给你拿十个袋子。你十个手指头,每个手指头戴一个。"

我不客气地问:"你是要我当中东土豪吗?"

方从心没好气地说:"那你就不要想其他十个袋子的事了。"

而我妈那份雀跃的心情与其说是对我俩重归于好的激动,不如说全盘来自那一块巴掌大的围巾。

俗话说,来而不往非礼也,我妈从行李箱里掏出了三条厚厚的羊绒围巾送还给方从心。她说她每年冬天都会为我的男朋友织一条,今年因为预感太强烈,把织围巾的计划提前了很多天,将将在出门前完工了这条大红色的,差点又没送出去。

从围巾质量来看,比起蓝色、黄色,确实也只有这一条红色的是勉强可以戴出去的,可见只要功夫深铁杵磨成针,我要再晚找几年男朋友,想必我妈不仅可以集齐一条彩虹,还可以开创一个副业了。

然后我想了想,为什么三年来,我从来没有资格戴过我妈亲手织的围巾呢?

不过,我看了看方从心手上那三条扎眼的礼物,也失去动力再去争抢了。

有时候妈妈的爱是负担,我不要也罢。

来自方从心的MEMO:

比失去更可怕的事是什么?是得到再失去。

比得到更幸福的事是什么?是失去又复得。

第十四章
不可退缩

第二天,我和我妈一起去医院看望袁崇峰。樊老师要给学生补习,不知道我们要过去,放了樊清在这儿做童工。

我们到的时候,樊清正在玩魔方。小孩子不怕生不记仇,见到我妈说了声"阿姨好"。

我妈说:"差了辈分了,叫阿婆吧。"说完又嫌弃把自己叫老了,"还是叫回阿姨好了。你妈怎么把你扔这儿了?把医院当托儿所吗?把残疾人当保育员吗?"

沦为残疾人的袁崇峰很勉强地笑了笑。

樊清倒是度量大,推了推眼镜,说:"阿姨,你会玩魔方吗?这个很难的。你玩一下。"

我妈接过来三下五除二地把六个面都转回到了齐整的颜色。

我艰难地伸出手:"来,我来试试。"

我当然拼不出来,玩了几分钟,就还给了他。

他才吭哧吭哧地转起来,大概过了十来分钟,才把魔方转好,抬头朝我笑了笑。

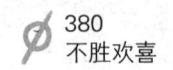

我立马捧场。

我妈不耐烦地接过魔方:"我跟你讲,玩这个有技巧的。你妈是数学老师,没教过你吗?"

樊清凑过头去,小小的脑袋往我妈身上靠。

等到了中午,我妈已经下楼跟樊清一起吃饭去了。

"不要吃医院附近的外卖,不干净的,小孩子吃了会拉肚子。我带你去吃私房菜。"

我抻着脖子问:"那我呢?"

"你走了谁照顾峰峰?放心吧,我会给你打包回来的。"

我只好目送着两人离开。樊清已经自然而然地牵上了我妈的手:"阿姨,我可以吃肉吗?"

"可以啊,你那么瘦,当然得多吃肉。"

"但我妈说我挑食,不让我吃那么多。"

"你别听你妈的,多吃肉总没错的。我小时候就是没吃够肉才长得不高。"

"但我看姐姐也不高,她也是不爱吃肉的缘故吗?"

"姐姐只是不争气而已。"

随即传来小孩子清脆的笑声。

……

我对满意地点着头的袁崇峰说:"你的盟友比我厉害多了。"

袁崇峰说:"也不看看是谁教的。"

我说:"攻克我妈没用,樊老师呢?"

袁崇峰看着天花板道:"守得云开见月明。"

"峰峰哥哥。"

"怎么了?"

"喜欢的人已经结了婚,你在美国一定很煎熬吧?"

"以前和你说过啊,很痛苦。"

"你具体跟我说说有多痛苦。上次我没怎么往心里去,现在我想走走心。"

"干吗?你有什么阴谋?"袁崇峰警惕地看着我。

我摇头,虽然北京和长宁的距离远不如美国到中国的距离,并且我只是有个假性男朋友,樊老师却结了婚还有了孩子,完全不是一个等级,但想到方从心或许像袁崇峰那样痛苦过,哪怕只有百分之一,我还是觉得很心疼。

"等你好了,和方从心好好交朋友吧。你俩趣味相投,会有很多话可以聊的。"

"什么趣味?数学吗——你俩和好了?"

我嗯了一声。

袁崇峰撇了撇嘴:"你怎么那么随便就和好了。你向樊老师学习一下铮铮铁骨。"

我懒懒地说:"先把你那身骨头养好再说吧。"

到了傍晚,我才腾出时间去取回手机。

一开机,昨天方从心拨的68个未接电话触目惊心,显得我妈8个电话是如此的单薄无力。然后又涌进了一堆QQ留言,最长的留言当然属于葛纯纯。

她可能是被吓到了,打了很多行问号。

我也不知道说什么好,只好开个玩笑:"因为我骂你的小哥哥是个大混蛋,他把我拉出去打了一顿。"

她给我回了个省略号。

我还在纠结怎么解释我和方从心的事，葛纯纯先给我发了个链接，说："小哥哥真的打你了吗？我真没看出来他是个暴力男。"

那个链接的标题是《北大精英殴打老人视频曝光》。

我心一沉，点开看，视频记录的是方从心背对着摄像头打人的样子。摄像头离得远，只看得出是一拳KO（击倒）。

我连忙给方从心打电话，一直占线，但他很快把我的电话抢先接听了。

"什么情况？我刚才看见视频了。"

"不要担心。正在处理。"他飞快地和我说道。

"好。你先忙。"我想比起安慰我，他更需要时间去处理这些事。

"林梦。"

"嗯？"

"说你爱我。"

"我爱你。"

于是电话就挂了。

没过一会儿，我的电话也变成了热线，王姿琪和张子琴纷纷打来电话，我让她们少安毋躁，收了线就在各个平台上搜索消息。

即便方从心不怎么公开出现在媒体上，他的身份也很快被扒出来了，连带着木木木木也被拿出来背锅。

铁证如山，殴打老人触犯了众人的底线，讨伐的声势几乎是一边倒地浩浩荡荡。戏谑挖苦大水漫灌，"暴力男""北大人渣""抵制木木木木"成了热搜。

我看着不停刷新的讨伐声，当年遭受的网络暴力给我带来的伤害似在昨日，我的左手又颤抖起来，脑中只有一个声音在回荡："不是这样的！""不是这样的！"我的视线也渐渐变昏暗，我想往后靠一靠，但貌似头已经触到了地面。

然后就是一片空白。

我醒来的时候,我妈正在发呆。我环顾四周,才知道我在医院里,忙掏出手机看了看时间。

我妈被我的动静惊醒过来,拍着我说:"小梦,没事了没事了,都过去了。"

我说:"什么过去了?"

我妈愣了愣,酸涩地说:"高一的意外都过去了。小梦,妈妈陪在你身边。"

我想方从心身边没有妈妈,立马下床:"妈,我要去找方从心。"

我没想到手上还戳着一枚吊针,稍一用力,吊针歪了方向,我的手立马肿成了一个小馒头。

我妈夸张地摁着我喊:"医生!医生!快点过来!"

我想起当年我妈趴在我身上哭得昏天暗地的样子,也不敢动了,拍着我妈的肩膀说:"妈妈,我没事。"

就在这个时候,我的手机响了起来。

王姿琪在电话里说:"林梦,快看我给你发的链接。"

我以为方从心又遭难了,忙拿起手机看,点开却是佟筱发在微博上的一段自拍视频。

"大家好。我是长宁大学18级的学生佟筱,也是现在网上流传被殴打老人的亲生女儿。我的父亲是××省××县的无业游民,自我初中起,他嗜赌成性,暴力倾向也逐渐明显。我的母亲是最直接的受害者。我这里有三份我母亲因为被打而住院的入院记录,大家等下可以在微博上看到。我母亲一边申请离婚,一边带病供我上学。到了高一,母亲最终因病去世,我父亲不愿再供我入学。没有了我母亲的阻拦,他开始对我实施暴力。这一点,也可以向我的邻居、高中校友取证。后来,在当年北京支教团队负责人之一的冯华女士和长宁柯庆养殖公司柯庆先生的帮助下,我父亲收下一笔不菲的金额,自愿签下放弃抚养权的协议书,承诺不再打扰我的生活。我在河北得以念完高中,并顺利考到长宁大学。我在长宁通过合法劳动收入,还完资助款项,让自己过上了相对富足的生活。但不幸的是,我的父亲已经挥霍掉当年的钱,重新找到了我,并向我索要钱财,随着时间推移,频次和金额都在快速地提高。各位可以看我之后上传的微信截图。视频中的方先生是我当年高考前的补习老师,也是冯华女士的爱孙。他对我父亲的回击是基于我父亲威胁了他女友的安全。'你要是不给我钱,我就让你女朋友尝尝别的男人的滋味。'这是他的原话。在沟通过程中方先生全程录音,他和他的公司本来可以第一时间将这个证据曝光洗脱自己,但为了我的名誉,他们选择了沉默。

"我曾经对这个黑暗的世界无比绝望,是像方先生那样的人点亮了我生活的光。现在这些光芒正在被吞噬,这个世界重新堕入黑暗。我希望各位擦亮眼睛,不要被有心之士利用。我对以上内容的真实性负所有的法律责任,也请知情人士不吝伸出援手,验证、支持我的说法。"

佟筱在视频里说的大部分信息我都有心理准备。没有料到的,一是她经受了家暴——她看上去那么纤细温和,当年是如何在那样黑暗的环境中受煎熬的呢?二是那个老头拿我威胁过方先生。原来当时在医院,他有意疏远我是在变相保护我。他打人也是因为我。然而为了让我不担惊受怕,照常过平静的日子,他没有和我提这些。哪怕我揪着这事吵架,他也毫无怨言地认了。

他是个笨蛋,我曾窥见过人性中最恶毒的部分,又岂会因为区区威胁而打乱自己生活的节奏?

没过多久,互联网上的风向变了。有声讨家暴的,有谴责"不是老人变坏了,而是坏人变老了"的,有为方从心点赞的,也有理性争辩该不该打的。

我知道方从心的危机算是过去了。

但他还有很多余波要处理,没时间过来看我。

我妈本来定了今天飞回泰溪的机票,她担心我想改签,被我阻拦了。我在机场上说了一万遍今天的晕倒只是因为低血糖,跟当年的心理阴影没一丁点关系,现在我强壮得可以打一套军体拳。她终于听进去了,嫌烦地塞上了耳机。但我知道她没有。

就像我在她面前假装没有心理阴影一样,她就得假装她被我说服了,我还得假装我相信她被我说服了。

这戏份我熟门熟路。当年要不是为了帮助我妈摆脱负罪感,我也不会那么快地回到学校,假装一切都没有变地上课。而我妈为了让我心安些,也假装她从愧疚悔恨中走了出来,和我携手move on(向前看)。

假装着,假装着,我们就从那个艰难的时刻走出来了,即便还带着点伤痕,即便有时候我们很难假装下去。

我抱了抱我妈,叮嘱她回去少喝点酒,身体要紧。

我妈愣了愣说,知道了。

网上的风波还在延续。没有人能经得住互联网这个放大镜。有一撮别有用心的小团伙造谣,说佟筱如何爱慕虚荣,又说她不过大二怎么承担得起这么大的支出,必然是用青春美貌换来的云云。

佟筱在网上挂出了银行流水所有的收入来源,分门别类,逻辑清晰。随后又发了一条新微博:我曾爱慕虚荣,但现在这些虚荣已被我踩在脚下。它们不再是我对抗世界的盔甲。如今我有了新的力量。

很多女性挺身而出:小妹妹的钱怎么花是她的自由,某些吃不上葡萄的人酸什么酸。

还有个富二代也冒出来澄清,声称他曾经爱慕佟筱许久,但佟筱从没收过他任何礼物。

随后不久,佟筱在辅导群里坦承了自己成立补习小组是为了创收,如果有任何不满,她都足额退款。但没有一个人退。

回应的队伍倒是很整齐:考神不怕!整个长宁大学站在你身后做你的后盾!

数来数去辅导群才二十多颗人头,也不知道哪来的底气代表整个长宁。

所以我也只好去充一充人数,让这回应显得更有说服力些了。但我心里清楚,即便后盾再坚强,有些人生的关卡还是要自己一个人过。

从此之后,每个人都会重新审视她、定义她、戴有色眼镜讨论她,她将来取得的一切成绩都有可能被这些标签抹杀。那是一件需要非常大的意志力才能去适应的事。

我想,像我这么普通的人都能从灾难中走出来,佟筱一定也可以的吧。

然后是木木木木宣布公司每年将单独捐出一笔费用用于反对家暴、支持女生助学的新闻。晚上,新的热搜出现了。

方从心注册了一个微博号,在上面录了一段五秒钟的视频。

他只说了一句话:我对以暴制暴的解决方式表示后悔,但我从不后悔保护我的爱人。

这段视频的评论明显歪得没法看了。

排在第一的评论是:他女朋友上辈子拯救了银河系吗?

第二:男友力爆棚。

第三:已经把应聘木木木木的简历发出去了。

第四:有没有人指路他女朋友?

当我连忙回过头来找我的微博时,我发现我的微博已经注销了。

我的微信里躺着一条方从心发给我,我还没来得及看的信息:黑了你和徐正的微博,数据已经备份出来了。留着你跟前男友照片的微博不要就不要了。你跟徐正说一声,就当用这个方式抵消他这几年的罪过吧。

……

尽管如此,我还是被网友挖出来了,连老娘年幼无知自以为可以诱惑到星探的非主流自拍也重新被网友贴了出来。

起先当然是无情的嘲笑。

但又有人扒了我高中的意外,我的事被鞭尸一回,嘲笑声渐渐销声匿迹。网上的几十万情敌也收了手,还有很多心宽的姐妹给我发来了祝福。

我从泰溪跑到长宁,只想过太平日子,没想到还是成了网红。

等这场风波彻底平静的时候,都快期末考试了。

我日子过得非常辛苦。本来长宁大学没那么多人知道我以前的事,经过前期那么一宣传,整个班级的人似乎都受了神祇的召唤,齐齐逼我学习。佟筱这么一个稳重的女生,每天给我开小灶讲押的那些题的解题思路,屡屡跟我爸当年一样拍桌子。没大没小的。

方从心倒是省心了,他说,师父领进门,修行靠个人,轻轻松松把我打发给组织了。可见男人在关键时刻真是靠不住。

只有声称三观遭受了过氧化氢实验的葛纯纯一门心思地让我利用方从心的身份确保及格之路畅通。这招我八百年前就想过了,但小女生孜孜不倦的劲儿挺好玩的,我就嗯啊地应着,听她给我想奇奇怪怪的办法,有一招攻心计倒是引起了我的兴趣。

于是,我在某个清晨给刚下班的方从心打电话,跟他说如果他能想办法让方教授把试卷出得略微简单点让我顺利过关的话,我就考虑提前做一个中东富婆戴十个钻戒出门的事。当天晚上,他给我回电,声称万事俱备,只差考试了。我惊讶地问他是怎么做到的,他说就是采用了当初我建议的把剑放在脖子上不行就自杀这种简单粗暴的办法。

早知道方从心为了结婚什么脸都能豁出去,我便有点懊悔没让他把考题偷出来。

"数学之美"的考试安排在考试周的第一天。方从心没有时间回来帮我临时抱佛脚。考试前一天,木木木木为长宁大学升级的网站第一次亮相。那是他们第一阶段的工作成果,他得和他的兄弟们在一起。

我忙里偷闲地登录上去看了看,发现首页最角落的地方有一行极小的字,写着"木木木木夕考试加油"。

整个网站设计得大气美观,操作人性化,运行又稳定,受到了同学们的一致好评,只有个别追求完美的人在论坛上说:"吹毛求疵一把。首页还有个别错别字啦。最底下那行应该是'木木木木为考生加油'吧。当然这大概率是我们学校负责内容的人的锅。"

因为在考试周前夕,没什么人回应他,只有一个叫琪琪的同学回了句:"直男浪漫起来真可怕。"

我想,我和方从心因为"数学之美"结缘,我的数学老师又是我未来的公公,按照偶像剧圆满结局的走向,这场考试我拿及格是势在必行。

结果证明我拿及格是实在不行。

方教授出了一张超难的数学试卷。考场上哀鸿遍野,我落地成盒。考试成绩出来,59分,完美复制了当时方从心给我第一次补习考试的成绩。这证明了我永远算不到及格的塔罗牌非常准、文殊菩萨真的只能管文科,又或者我许愿以考试不及格换袁崇峰平平安安的佛祖官阶比文殊菩萨大。

听说方从心怒气冲冲找他爸算账去了。他爸讲,数学是方家不可或缺的特性。方从心要是没事先和他提结婚的事,他只是视我为儿子的女朋友,但既然提了,他就不得不以儿媳妇的标准加大试卷的难度。而且他听说市面上已经有押题的机构了。数学教学的目的不是考试,而是激发大家对数学的兴趣、培养解决数学问题的思维能力。这种培训机构其实是变相作弊,为了彰显公平,体现当年方从心在"数学之美"上声称的教师的社会责任,这样的调整也是合情合理的。

君子报仇十年不晚。方教授以方从心的矛攻方从心的盾,道理又无可反驳,再次说明了方教授是一位刚正不阿、铁面无私、翻脸无情的杀熟小能手。

因为挂科的人数实在太多,方教授跟学校申请在第二学期期末再举办一次大型补考。所以我和数学还得缠绵半年,我的保研之路也还有希望。

佟筱梦想的全班一飞冲天的美梦夭折,考神人设崩塌,我们"数学之美考神圣光降临小组"及格率只有30%。虽然成绩难看,但小天使们来不及哭,都纷纷安慰我,给我提供了破解父母阻碍的一百种方法。因为他们认定,方教授是想通过这种方式阻止我进方家的大门。

他们说得多了,我也有点信,跑去向方从心核实。方从心厚着脸皮说他现在已经和他父亲决裂了。如果我对他的忠心有所怀疑,他大不了做个倒插门,还问我家家底是否厚实,方便他计算索要多少彩礼。

老子让他滚蛋了。一个大男人像个什么样子!

考试周进行到一半,袁崇峰的事还是暴露了。我妈里通外敌的事被袁伯母知道后,姐妹的感情也遭到了前所未有的考验。我以前从来没听过袁伯母发火,但这一次她赶到长宁来,特地赏了袁崇峰一巴掌,然后哭得跟个泪人一样,骂他没良心。袁崇峰在我妈那里尝到甜头,故伎重演企图让樊清去做思想工作,没想到袁伯母没理他这一茬,两人关系僵了好几天。

后来,在樊老师的点拨下,袁崇峰才知道问题的症结是因为袁伯母认为他没把她当亲妈,误会我妈在他心中的地位都比这个养母来得高一些才生这么大气。

好好一个海龟,拔了一地鸡毛。

都到学期末了,我盘点了下资产,又思忖到我和徐正的关系,就把这些年攒的餐费给他打过去了。他很生气地扔了一句"你是我妈吗?!"就把我电话挂了。看来方从心删他微博的事,他气性不小。

他再打来的时候,我最后一门专业课都考完了。

当初明明是他大方地说要做回好朋友的,电话接起来时他还是扭捏了会儿,我说你现在这个德行是不是为以后不给份子钱故意铺路呢,他又骂了我几句,才终于转入了正题。

他说,黄毛来长宁了,听说我们也在这儿,想找我们聚一聚。

徐正又说,黄毛带着张卉,让方从心带着我一起出席。

我想象了一下我们五个人坐在一起的画面,真想给实惨的徐正点蜡。

我琢磨着,黄毛压根不知道徐正和张卉的事,也不知道徐正和我的事,不然做不出这种戳人心窝子的安排来。好在张卉不蠢,我也不傻,于是约会规模就变成了黄毛、徐正和我三个人。约会地点挺高大上的,就在那个装着自动窗帘的高级花园酒店里,连包厢号都没换一下。我进去时有些怔忪,总感觉最近的人生过得不像真的。

黄毛一看就是发财了,小头发抹得油光闪亮的,衬衫把腱子肉包得紧紧的,一见我就从兜里拿出一张卡面价值9999的卡塞我手里,说是在长宁开了分店,让我去指导指导。

我说我有健身卡了啊。他说一看你就没怎么用过吧。我说你嘴巴怎么还是那么欠呢。徐正又在旁边冷嘲热讽地落井下石,说只要你们健身房的教练够帅,她肯定去你家,倒给你9999现金也没问题。

虽然以前我们仨的相熟打了个时间差,也从来没有一起聚过,但有了这几句话定场,中间失去联络的几年时光好像一下子消失了。黄毛点了瓶用一捆人民币酿造的洋酒,还没开始喝就热泪盈眶的,说当年我那么不容易,还一心帮他渡过难关,他想着不混点名堂出来肯定是不能来见我的,所以拖啊拖的,拖到了现在。

我说:"你拖半天给我一张9999的促销卡啊。"

他说:"你想要现金可以在网上转卖一下,顺便帮我多拉个客户啊。"

我说:"有你这么算计的吗?"

他说:"你还缺我这点钱吗,你都快要和方从心结婚了。"

然后他就跟我扯当年怎么和方从心破镜重圆,不是,重归于好的过程。不过黄毛不知道徐正跟我提了他打方从心的事儿,所以他从故事最开始的时候说起了。

和徐正说的版本大同小异,黄毛因为害怕方从心举报作弊连累我,尾随了方从心,也确实把他给打了。从头到尾,方从心没有一点反抗,任由黄毛打了两下。黄毛一直以为方从心是那种书呆子,开始时不觉得奇怪,后来见他表情呆滞恍惚,就心虚地跑掉了。直到接下去好些天,方从心都没来上学,他才反思自己是不是打得太狠了。

方从心家在泰溪有个独栋别院,黄毛打听到了具体地址后凑了点钱买了水果,惴惴不安地前去看望。没想到走到他家门口,只见门上巨大的"奠"字,进进出出又是表情严肃的黑衣人。按照泰溪的习俗,人去世后在殡仪馆、在家都得有纪念仪式。他想着可能是家里老人没了,好奇地跟着人流进去,却发现遗像上的女人年轻美丽。遗像下跪着的披麻戴孝的人,正是鼻青眼肿的方从心。

黄毛立马跑掉了,跑的路上还撞到了泰溪的新旧两任校长。对黄毛来说,道义、校规、权势都没站在他这一边,在他舅舅的催促下他便辍学了。

去年,黄毛在北京和方从心偶遇,他请方从心喝酒赔礼道歉。方从心很大方,好像完全不在意黄毛曾经打过他,导致他出殡时以那副狼狈的姿态送走母亲。反倒是跟黄毛打听了很多有关他初高中学习上的事。黄毛初高中的主要精力都在赚钱上,学习经历乏善可陈,聊着聊着就提到了我这个风云人物。

后来,方从心没事就找黄毛聊会儿天。黄毛觉得,方从心这人心胸宽广,值得交往,且为人颇为义气,办卡花钱毫不心疼,值得深度交往,于是两人才真正相熟起来了。

万万没想到,方从心竟然和我在一起了。

我一边附和着说世界真的好小,一边抿了杯酒,在脑海里勾勒出当年送走母亲的方从心,不禁抓心挠肺地难受。如果世界再小一点,小到我在那时就可以抓着他的手,拍着他的背,跟他说"我在"就好了。

他和我说起阿宝时都还流泪,却从来没有和我提起过他的母亲,想必是哭了很久很久很久,久到不愿再提起的地步吧。

我们仨又聊了些有的没的,传播了一些诸如雷追风的女儿在学校早恋被雷追风亲自抓到之类的八卦新闻,夜就深了。

张卉打电话催了黄毛,黄毛说散了。我和徐正没人催,不过也不适合单独继续一起喝酒了。

出去时没走两步,路边的车灯倏地亮了起来。方从心靠在车上,远远地看着我过去。灯光画出他高大的轮廓,帅得我两脚发软。我心想可能是我在爱情路上太过幸运,这辈子才要受数学那么多鸟气吧。

"林梦,私会前男友这种事你难道不报备一下的吗?"他在夜色中问我。

我觉得今晚他的声音格外性感,我也想性感回去,可没等我把话说出口,我就感觉有什么东西从我嘴里蓬勃地出去了。

高级的洋酒我真是消受不起啊!

方从心大概是想要帅,大冬天的下车时就穿了一件白衬衫,却被我吐出了一张中国地图。

方从心当机立断揽着我返回花园酒店,一进去就撞见了刚才折返去上厕所声称上完后必须送我回家的徐正。

方从心的腰杆子一下子就挺了,志得意满地去了前台,而且一张嘴就问蜜月套房有没有。

我想徐正也太惨了,他招谁惹谁了呀。

方从心花大钱满足了他幼稚的报复心理,拥着我进电梯了。电梯门一关,我俩立马不约而同看向两边。但电梯装满了镜子,我在我那一边的镜子上看见他通过他那边镜子紧张看我的样子,不禁有点想笑。

大家都是成年人了,不会真的因为衣服脏了就去开房。衣服脏了只是一块你知我知的遮羞布罢了,就像,就像皇帝的新衣一样。

原来,皇帝的新衣还有这么深的寓意,以前是我肤浅了。

我跟着他进了蜜月套房,见床上并没有铺玫瑰花瓣,想电视剧果然骗人,又想也有可能是酒店为了省钱。正胡思乱想的时候,方从心从厕所里跳出来了。

"怎么了?"

他指了指玻璃说:"这儿没浴帘。"

他说的是淋浴间和卧室之间的玻璃隔门。刚才办理手续的时候,前台说没有蜜月套房了,有蜜月房可不可以。我还心想着套房给我也是浪费,经济适用房性价比多好,还挺开心地答应了,哪晓得这个蜜月房的唯一蜜月特色就是这扇敞亮的玻璃门。

我拿起座机问前台,有没有房间可以换。

按照偶像剧理论,肯定是没有。但前台说房间还有很多,只是没有大床房了,问我介不介意。

我挂了电话,方从心问我前台怎么说。

我很为难地说没有别的房间了。

我觉得偶像剧的这种情节自己创造一下也不是什么难事,没必要怪老天爷这个编剧不给力。

我虽然很不要脸,但洗鸳鸯浴或者看大男人洗澡的勇气还是不大够的,于是我们关了所有的灯,排队摸黑洗澡。

等我们洗完澡,空气中尴尬的气氛已经浓到快要下尴尬雨的程度了。我全神戒备地坐在床沿上,想着都到这份上了一咬牙一闭眼就过去了。就在这个时候方从心拉了一下我的手,神经高度紧张的我颤抖了一下,然后我也不知道哪个脑回路蹦出来了一句话:"你妈,你妈是怎么没的?"

这个时候提过世的长辈真是很败坏"性"致。方从心的手略微停了下,顺势拉着我揽入怀里,开了床边的小灯,然后跟我说起了他妈妈的故事。

他说,他的母亲是把我带到他身边的人。

"我妈是泰溪本地人,据说在高中时就喜欢上了我爸,后来一路追到了北京。我爸不堪其扰,躲了她好几年,不过最后还是被我妈拿下了。"他笑了笑,"我妈性格很活泼,喜欢学各种方言,最爱说的是四川话,高兴的时候爱卖弄几句。她还喜欢养花,最爱含羞草。她还热爱游泳——"

说到这里,他停了会儿,似乎是在思考怎么表达,沉吟片刻后,他说:"你还记得老林和梅姐的故事吗?"

我点点头。

他接着道:"我妈的故事有点像他们的——其实也不像。有一年的冬天,我妈在郊区摄影时,目睹了一辆车爆胎开进了湖里。我妈二话不说进去救人。车里有三个大人两个小孩,没有一个会游泳,我妈只好一趟一趟地救,最后都救出来了。"

我隐隐觉得故事没那么简单,靠在他胸前,听他把故事说完。

"后来我妈和这一家人一起被救护车接走了。这一家人恢复得很快,比我妈先出院,他们在医院千恩万谢,出院后轮流着来看望,亲自照顾我妈的饮食。可惜我妈恢复得很不理想。起初的时候我妈还能笑着和他们聊聊天,但后来她的精神越来越不济,医生说是诱发了肺气肿,而且病情发展得很快,已经有器官衰竭的苗头了。后来,三个人来得就没那么勤了,有一次我妈状态不错,问前来看望的小孩他们家具体在哪儿。小孩子被大人警惕地拉了一把,自此之后这一家人就没再来了。我妈那时伤心的表情,我永远都记得。

"然后我妈在北京治疗了很久,受了很多的罪,但状态依然不大稳定。有一天我妈跟我爸说,想念泰溪的花了,我爸就陪她回泰溪保守治疗了。我知道我妈所剩时日不多,本来也想休学,但我妈坚决不允许,她说生活有生活的秩序。最后我们相互妥协,我回泰溪学习,她在泰溪养病。"

我并不知道当年他转进泰溪时正承受那么忧伤的变故,心又开始闷闷地疼。

"我那会儿对这个世界特别厌恶。我想不通因果,为我的母亲感到不平,整日陷在愤恨的情绪中走不出来,对学习的事更是提不起一点兴趣来。我浑浑噩噩地去新学校上学,第一天就从同学那里听到了你的传闻。那时你受伤的事正闹得甚嚣尘上。从你的新闻上我仿佛看到了另一个受煎熬的我,所以我一直关注着你的一举一动。"

我不由得抬起头来看了他一眼。

他朝我温柔地笑了笑:"我以为你应该和我一样对世界愤懑不满,没想到在网上传言那么扭曲的时候,你还有心思问我同桌抄作业——虽然抄作业都能抄得我被老师叫进办公室。哦,对,你甚至有自信提供理科答案给别人,出了糗还能淡定地上台念检讨书。我想你的脑细胞肯定很简单,思考不了复杂的问题吧。但我看到你获奖的作文、你给我抄的作业里又有很多独立思考的东西,所以我很好奇,你到底是什么样的一个人。"

他顿了顿,很不好意思地看我:"然后我跟踪了你几天。"

"啊?"

"跟踪的时候我并不知道自己在做跟踪的事。我只是顺从好奇的心默默跟在你后面而已。直到黄毛打我的时候,我才意识到这一点。我以为他是看出我在跟踪你了,我感觉活该,也没有回击。我带着伤回到家,把我家里人吓了一跳,我就跟我妈讲了关于你的事,听完后我妈心情很好。自从那一家人从我们的世界消失后,我妈一直郁郁寡欢,但那天她笑了很久。她说妈妈可能不如这个叫林梦的小丫头活得豁达明白。几天后,我妈去世了。她留给我一个戒指,让我将来有一天找到这么一个姑娘的时候,就把戒指送给她。"

"我不知道那个戒指……"

方从心摇了摇头:"我那个时候并不明白我妈在说什么。后来我爸恢复工作,我也转回北京学习,偷偷观察你生活的日子戛然而止。我只觉空荡荡地难受。这种难受并没有随着时间的推移渐渐消失,反而越来越膨胀,有时候堵得我脑仁疼。我只好上网看看你最近又干了什么蠢事调节一下。"

"……"

"直到高三的某一天我自学微积分,重看欧拉公式,才明白过来。"

"……"

"我小时候看欧拉公式,觉得非常费解,但微积分学完后,我一下子被它的简约美震撼到了,有种拨云见日、进入到新天地的感觉。我在那个新天地里第一个见到的人是你。"

我摆手:"我怕你见的不是真的我。我不管跟欧拉还是欧罗拉都没半毛钱关系的。"

方从心哈哈大笑起来:"拜托,我形容的是那种感觉。就像武侠小说里突然顿悟一样,我一下子明白过来,我因为见不到你而难受的心情是出于什么了。"

我盘着腿看他:"喂,你高中没有可以说心里话的朋友吧?但凡你多交几个朋友,就不需要向欧拉他老人家讨教顿悟。"

方从心猛地扯了扯我的耳朵:"你的重点呢?"

我打开他的手,揉了揉耳朵说:"重点是什么?"

方从心帮我一起揉:"在我最需要和世界和解的时候,是你解救了困如斗兽的我,是你引导我,教我怎样重新喜欢上这个糟糕又有点希望,还有像你这样有趣的人生活着的世界。"

我被他说得不好意思起来:"我有你说的那么伟大吗?"

他刮了下我的鼻子,说:"有啊,你是我一个人的小英雄。"

我嘟了嘟嘴:"当时在'数学之美'的课上,你可不是那么说我的。什么小时偷针大来偷金……"

"我那时很生气。"

"你气什么?"

"气我躲你这么久,你怎么又来惹我了啊。"他顿了顿,又道,"还气你为什么没早点来惹我。"

这锅我真的背不动,但他懊恼的样子在灯下又显得格外可爱。我不禁跪着迎上去亲了亲他。他把我重新圈进臂弯,低头迎合我,像逗猫一样舔了我一下,我被他弄得有点痒,想伸手挠一挠。他却把我的手摁了下去,扣着我的后脑勺肆无忌惮地吻起来。

说到这里,在偶像剧里就应该是镜头一转到第二天的画面了。它不拍出来一方面是怕带坏小朋友,还有一方面是因为它这个流程也没有我想的那么简单容易。在温热的皮肤熟悉恋人的气息前,我经历了把他踢下去,他爬上来，又被我踢下去好几轮的过程。

方从心说，这个就跟做数学题一样，多练练就好了。

他不提数学还好，一提数学我就又把他给踢下去了。

但他可能在任何事上都比我要坚定些，所以该解的题解出来了，该做的事也做成功了。

第二天我醒来的时候，伸了下懒腰，发现左手的疤上被他用酒店的圆珠笔画了一个巨大的爱心。右手无名指上多了一个戒指。银白色的小圈，在阳光下泛着莹莹的光。

日子慢悠悠地过。

我们百年校庆的活儿终于多了起来。游击小分队从尸位素餐到日理万机中间连个过渡都没有。可怜我工资砍一半，活儿增加一倍，天天马不停蹄地在那儿连轴转都忙不完。方从心看得心疼，给我们办公室所有同事送咖啡，换我出去透透气。弄了这么一两回后，大家掌握规律了，一想喝咖啡就变本加厉地奴役我。啊呸，这帮没良心的。

袁伯母多年的心结在和袁崇峰的争吵中逐渐解开了，她去袁崇峰的职工宿舍视察了一圈后，立马就拉着我妈找房子去了。为了两家相互照顾方便，袁伯母特意找了我们小区对面配套齐全的公寓楼。两位妈妈整个寒假都在长宁驻扎下来。我妈要修复姐妹情，袁伯母要修复母子情，两人还要忙洗脑樊老师的事，过得很是充实。

我作为和平鸽，经常拎着袁伯母熬的鸡汤回家，偶尔便宜了方从心。方从心喝得一滴不剩，放下饭碗又嘱咐我少去，他说袁伯母看我的眼神总像是别有企图的。

我说袁伯母知道我跟你的事啊，再则峰峰哥哥心里还有樊老师呢。他说当时他还知道我和徐正的事呢，不到最后一步贼心总是不会轻易死的，死局也能被盘活,万事不能掉以轻心。

他还说他有时间去做做樊老师的思想工作,用数学的思维帮她疏通疏通死脑筋。我说你最近怎么这么闲,他说当年我们为什么抗美援朝,都是差不多的道理。

苏旭喜欢王姿琪的事儿,木木木木上上下下都知道,我也挺想帮上忙的,方从心却说没必要。我说为什么呀。他说等苏旭再长大点,很多问题就迎刃而解了,现在我们替他们解决了,反而会使他们滋生更多的问题。

有时间,我得跟他学习学习历史。不过这学期开始,我就得再攻一个教育学的学位了。我虽然还不清楚自己究竟能不能胜任一个老师的工作,但方从心说我可以,我就想试一试也好。

就让日子这么慢悠悠地过下去吧。

来自方从心的MEMO:

今日出门。见云挂干枝上似棉花糖。想起她那日清晨偷袭的一个吻。

还她一口甜。

番 外
不胜欢喜

高瑜是个商业奇才。

新编《梁山伯与祝英台》因为资金和演员的问题拖了很久,哪知因祸得福,确认方从心和林梦要出演后,她就知道商业机会来了。

首先,她把这个戏剧的名字改成了《蝴蝶前传》。

其次,她把方从心和林梦改成了"特邀主演"。

然后,她发出去的所有宣传品都用了"网红夫妇首次公开表演"做大标题。

最后,她还找了木木木木当赞助商。

本来木木木木压根不会投这种校园戏剧,但高瑜找上了木木木木的大老板方予可。方予可听说自个儿堂弟要去演一只蝴蝶,当下就允了,还为方家上上下下十来口人预订了VIP前排票,说是一定要给予家人的处女秀足够的支持,他本人也将从北京专程赶来看笑话,不,看戏。

最后知道这事儿的人是方从心和林梦。他俩因为打人风波早就把这件小事抛到了脑后,又耽搁了那么久的工夫,压根不知道自己已然成为《蝴蝶前传》的特邀主演了。

方从心听说后,声称打死他也不去丢人现眼。

他能接受的底线是给他弄俩飞行器弄点 LED 光源特效一下,要么把小Q的装饰毛染一染顶缸。但高瑜找上了林梦,说当时红口白牙说定了的事儿,现在宣传都做出去了,要是反悔,戏剧社就完了。

林梦也觉得不就是上台挥一挥翅膀嘛,丢一下脸挽救一个戏剧社,这脸丢得挺值的,就去做方从心思想工作了。

每天念一遍,方从心的表情从"开什么玩笑"转到"你容我想想"最后到"没有下一次"也就半个月的事。

林梦没料到,戏剧社能耐了,租了学校最大的礼堂,观众虽然没有千万,但一万是有的。她背着个粉色的大翅膀,在后台发虚地看向方从心。

那大翅膀有个小机关,只要手上一按,翅膀就会挥起来。方从心坐在凳子上,研究挥翅膀的规律,见林梦要打退堂鼓的样子,说:"要不我们飞走得了。"

林梦说:"不行不行,戏剧社走到今天不容易。干完这一票,够戏剧社吃三年的。"说着就露出了庄稼边上抽旱烟的老农民脸。

到这个份上,方从心倒是坦然了,说大不了被大哥笑三年。

林梦一凛:"什么?你大哥来了?你大哥谁啊?是那个老欺负你的Rick是不是?"

方从心一看到媳妇这么支持自己,备感温暖又备感委屈地说:"对啊,你可能有印象,是泰溪的校友,叫方予可。就是他老奴役我。"

林梦又一凛:"什么?!你的大哥叫方予可?!"

然后就轮到他们上台了。方从心说他的大哥坐在第二排中间的位置。林梦一边挥着翅膀一边往观众席扫,挥了两下,翅膀就卡壳了,其中一侧的翅膀直不愣登地竖着演完全场。一下台林梦像个大明星一样把高瑜提拉过来,问她从义乌哪个旮旯买的大翅膀,她看见她的偶像笑得都从椅子上滚下去了。

方从心问林梦偶像是谁,林梦说:"是周林林啊,你没看见你大嫂笑得大老远都能见到她扁桃体了。学德语的就是不一样,小舌头倍儿发达。"

说完,林梦又激动地说,周林林是泰溪中学差生间的吉祥物,高考前夕他们差生组每人领周林林的一个大头贴,保佑考试超常发挥用的。所以周林林算他们的精神领袖。

方从心面无表情地听完,只听林梦又羞涩地说了句"但其实方予可是我的梦中情人"后,终于禁不住面皮抽了起来。

林梦说:"你不知道方予可的传说吗?"

方从心问:"传他心胸狭窄还是传他睚眦必报?"

林梦说:"啊,你这么说他肯定是因为你嫉妒了,嫉妒他高三还能去报体育兴趣班是不是?"

方从心冷笑着说:"你不妨展开说一说。"

于是林梦从善如流地说了起来,丝毫没注意到男朋友笑里藏刀的脸色。

正如每个小城镇的布局一样,泰溪高中旁边有个体育馆、科技博物馆和艺术中心,每天人来人往,门庭若市。因为聘请了新东方的部分老师常驻教学,艺术中心课程辅导这块业务运营得风生水起,很快本末倒置,艺术中心慢慢演变成了多功能的学习培训中心。

没有一个泰溪高三学生没报过这里的培训冲刺班,方予可也不例外,不过他报的和高考挨不上关系。

他报的是太极。

传说因为太极是北大男生必修的体育课,所以方予可要提前学习,而且他确实也从头到尾学完了两个学期。这种自信从容、成竹在胸的做法前无古人后无来者,被传颂至今。

方从心哼笑说:"果然是前无古人后无来者的做作。"

然后他抖擞精神,无情揭发了真相。

方予可报了太极不假,但不是因为太极在北大很重要,也不是因为他喜欢锻炼身体,而是因为太极的教室在304。

林梦问:"为什么啊?"

方从心道:"方予可本来就是304教室的常客,因为楼体近似L造型,在这边他可以偷偷望见202那里喜坐窗边的周林林。"

然而本来闲置的304教室突然开张了。一位太极老师终于按照艺术中心的要求,揽了不低于三个人的生意,征用了304的教室。做了一阵子望妻崖的方予可被太极老师轰了出来,正逢周林林到三楼上厕所。乍一邂逅,周林林对方予可骤然出现在艺术中心表现出了极大的好奇心,憋着尿看了看他身后的几处教室。

教室门牌悬空挂在外侧。一个是芭蕾舞班,一个是古筝班,一个是肚皮舞班,还有一个教室还没来得及挂。

"看什么看!我来学太极!"方予可是那么回答她的。

周林林皱着眉头呆了呆:"哦,我以为你是来听化学竞赛课的,就在拐过去的307。原来是学太极啊。太极也挺好的,挺好的,那就祝你早日成为张三丰!"

于是张三丰的接班人就在爱的祝福下,机缘巧合地在高三一寸光阴一寸金的岁月里,开始修习太极,还被他们这些不明真相的吃瓜群众包装成了大神逸事。

林梦不禁赞叹:"这是一段多么感人肺腑的暗恋系青春爱情故事!光想象那个画面,我都要在脑中不由自主地为他们配上小清新的滤镜了。"

方从心被气得吐血,因为林梦感叹完还补了一句:"你作为一个不在现场的路人甲,竟然能绘声绘色地还原当时现场,且令我一点出戏的感觉都没有,一看就是演员的好坯子,演一只蝴蝶可惜了,不如趁这次机会直接加入戏剧社好了啊。"

然而林梦仍然没看他的脸色。谢完幕后,她就撒开蹄子见偶像去了。

周林林见到她也挺激动的,说:"没想到是你啊,我听说有个学妹物理课被灭绝龙叫去黑板上做题,灭绝龙象征性地分析了车这个力那个力,问学妹怎么拉车才能动,学妹说了句'让我想想,我认为该用力拉',然后被灭绝龙叫到门外站着去了。"

林梦夸张地拍着胸脯说:"是我是我。你没看灭绝龙那天都快成喷火龙了。"

站在林梦身后的方从心觉得丢脸,很想把林梦提回去。

周林林说:"早知道是你,我就帮我家小叔子追你去了。但我那时坐月子呢,光听大奶奶给我打电话汇报情况,也没帮上忙,只给小叔子列了一堆女孩子喜欢的奖品。"

林梦问:"大奶奶是谁啊?"

周林林说:"大奶奶就是方从心的奶奶冯老师啊。你是不知道,这事儿在我们公司、我们家掀起了多大的风波。"

林梦说:"我也不着急走你说说呗。"

方从心在后面催:"走啦走啦。"林梦说:"你走吧我和校友吃个饭叙叙旧。"方从心就瞪方予可。方予可只好装作拉了下周林林,周林林眼睛一横说:"我们女人说话的时候,你们男人不要捣乱好吗?"

然后周林林和林梦找了个喝水的地方聊了起来。隔他们一桌的是方从心和方予可。

方从心埋怨方予可:"你怎么那么闲,连坐月子的人都不放过。"

方予可表示很冤枉:"你嫂子这脾气你又不是不知道,一听这种人间趣事,哪有不现场观摩的道理。"

方从心说:"什么人间趣事,那是你们已婚人士不懂我们小情侣的情趣。"

方予可摇头:"那是,毕竟我们还有两个孩子要管。不像你送个戒指都差点送不出去,活得好逍遥。"

方从心说:"你再这样我就独立门户了。"

方予可说:"独立吧,叫什么名儿,木木木木夕啊?一听就是木木木木的山寨名字,开得出来吗?"

两人差点要为此打起来。

比起这厢刀光剑影,两个妯娌之间的会晤倒是光风霁月。

周林林正在给林梦补课,补林梦不在方从心身边的那些课。

正如何小平所说的那样,公司的人都知道方从心暗恋一个女孩。

方予可和周林林第一年的结婚纪念日是在公司过的。因为加班到很晚,方予可请所有人吃了顿饭,饭没吃多少,狗粮倒是喂饱了,顺便把当时年纪最小的方从心灌醉了。

方从心喝醉酒特别呆萌,问他什么就说什么。方予可和周林林一左一右地坐他身边,把所有的事都拷问出来了,除了名字。方从心的自我意识很强烈,好像一个被催眠的革命者,誓死保卫着最宝贝的秘密。

第二天这事便成了公司上下所有人都知道的秘密。

可怜是真的可怜,喜欢的人有男朋友,人家感情还挺好。方从心在北京做着远程备胎,也不知猴年马月能换上。所有人都特别同情他。为此公司还流传着一句口号:苦不苦,想想小方总多孤独;累不累,想想小方总多心累。

为了开解方从心,公司直男不惜牺牲自己的前程优先给小方总介绍优秀对象,公司女性不惜牺牲自己的美色,可谓是有钱的出钱,有力的出力,有身体的出身体。可惜方从心不感恩,他还在办公室里放了一把日本武士刀,但凡有人拿这事开他玩笑的,他就拔刀吓人。

当然,大家就笑得更欢了。

方从心过得苦啊!

这样的苦日子过了几年,长宁项目的事定了下来。公司难得出现所有人集体报名要跟着去出差的盛况。毕竟大家都知道那个暗恋对象就在长宁大学,可以近距离欣赏小方总的苦情脸,也算是公司的福利。

正式项目前,方从心陆陆续续飞到长宁出了五次差。根据大家的细心观察,前四次百分之百没遇上。众人纷纷扼腕叹息,小方总连远远过去看一眼的勇气都没有,真是可怜喔!连保洁都从家里煮了紫花苦菜水过来,说是给小方总补补胆,可见大家对方从心有多关怀备至。

第五次回来明显就不一样了。他一个人关在办公室对着武士刀自省了很久。保洁怕他剖腹,进去擦了很多次桌子。但到了晚上,他仿佛又跟没发生过一样,开始闷头工作了。

众人顿觉失望,心想没戏了。哪晓得方予可第二天接到了方从心爸爸的电话。他问方予可,方从心最近是不是有点怪,一个对女生向来温和的人,在昨天的课上非要跟一个女生过不去,还跟他装不认识,大道理说得他都没好意思听。这里面一看就有问题。

于是,方予可麻利地把知道方从心秘密的人从 N 升级为 $N+1$ 了。

又过了一阵,方从心的爸爸突然打了个电话给方从心。方从心开着会,把电话给按掉了。过了会儿,他爸爸给他发信息,说他有个老同学的女儿想介绍给他,要不要一起吃个饭。这条信息不幸被助理看见了,助理在群里截图,表示连小方总的爹都急了,可是小方总假装没看见,没回他。

第二天开会开到一半,方从心的爸爸电话又来了。他照例拒了。就在小方总烦得要关机的那一瞬,他接到了一条短信。他反常地盯着那条短信石化了大概十秒钟,突然嚷嚷着让助理订了最快去长宁的机票,他本人也丢下团队像风一样跑了。

大家都猜他家里是不是出事了,连忙通知八卦群群主周林林。周林林临盆在即正无所事事,听闻此事立马联系大奶奶。大奶奶说好像有个女孩的家长拜托他爸爸办事,也不知道他爸爸为什么要把他叫回来一起吃饭。

然后周林林八卦的触角动了动,毫无心理负担地把 $N+1$ 改成了 $N+2$。

大奶奶放下电话给儿子去电,两人一合计,猜测这个女孩应该就是多年前方从心在泰溪中学认识的女孩,再一打听,巧了,那女孩的妈妈正是大奶奶以前的学生,然后她老婆子亲自上场,也报名参加了那次盛大的会面。

大奶奶回来后,给周林林打电话,说该铺的路我们都铺好了,成不成就看他自个儿了。

再然后周林林生了,小家庭一阵兵荒马乱,方予可忙得飞天遁地,方从心还来添乱,王八吃了秤砣一般非要在那个时候请假做老师去,不然就消极怠工。

方予可接电话时正在换尿布,忙乱间以为方从心可能回了趟长宁见到喜欢的人跟别人在一起受刺激了,连连说:"你做什么都行,让何小平给你出份协议,公司给你经费,但回头该干的活儿还得干啊。"

然后方从心赚着公司的钱休假去了。后来嘛,大家的工作动力全是何小平以及其他公司同事从前线发回的直播报道,主题思想是"大家快来看看我们小方总到底有多蠢啊"。

听到这里,林梦就有点不大开心了。

她说:"方从心哪里蠢了,他三年读完大学的好吗?而且他挖苦我一套一套的……"

周林林安慰她:"他们方家有个不大好的传统,爱对喜欢的人言辞犀利些。方予可这样,方从心这样,连方叔叔——就是方教授啦,也是这样的。听说方婶婶以前都是倒追着方叔叔,结了婚也是靠她哄靠她宠,但方婶婶去世之后,我们才知道方叔叔有多爱她。可能是因为方从心是在这种爱的环境下长大的,比起方予可来,他的性格要温和一点,看上去也就好欺负些了。"

说到这里,周林林转着眼珠说:"你没见过方从心喝醉酒的样子吧?只要你见过,就知道我说的'好欺负'是什么意思了。"

林梦秒懂,说:"我有机会一定试试。"

前些天方从心嫌林梦租的地方停车不方便,撺掇林梦退了租,又寻了个离袁崇峰八百里远的住处买了个带小院的底层作为将来的爱巢。两人回去后,林梦去便利店买了一瓶红酒,说这是他们在一起后的第113天,该庆祝一下。

方从心说:"113天庆祝什么?"

林梦说:"你竟然认为和我在一起的113天不值得庆祝!你说你是不是变心了!"

方从心露出了一张"我说了什么"的无措脸。

然后两人开喝。上次和家人一起喝过酒,林梦知道方从心的酒量大概比她要好一些,所以林梦喝一半偷偷倒一半,喝到后来,方从心的脸果然红起来,眼神染着黏黏的情丝,眨巴眨巴地看着林梦,秀色可餐极了。

林梦也喝了不少,咽了下口水,在他眼前比出两个手指,问这是几。

方从心老老实实地说,是二。

林梦一听,果然醉了。不然方从心早就开骂了。

林梦大着舌头问:"从心你想你妈妈吗?"

方从心点头:"特别想。"

林梦支着头说:"方从心,你看过《小龙人》没？我妈以前给我下载下来看过。它讲的是一个头上有犄角的小龙人找妈妈的故事。故事的最后,他找到了妈妈,妈妈却不能陪伴他,因为月亮掉了下来,小龙人的妈妈要为了全天下的妈妈和孩子,化成山去托月亮了。或许你妈妈也去托月亮了。你妈妈是一位伟大的妈妈。你要为她骄傲才行。"

方从心眼里盛着一片星河,温和地看向她,说:"嗯,我都喝醉了,你怎么还在安慰我啊?"

林梦傻笑了会儿,说:"主要是我刚才想了想,我也没有非得在你喝醉酒的时候才能问的问题。"

方从心拉了拉她的手说:"你可以问我喜不喜欢你啊。"

林梦挥着双手说:"喜欢的,你说过的,像宇宙那么多。"

方从心又慢慢地问:"那你呢?"

林梦低头想了想,眼神有点迷离,傻了半天才说:"啊,我想不起来比宇宙更大的是什么了,天吗?"

方从心咯咯笑了起来,把趴在桌子上的林梦抱到了床上。

下午方予可和方从心齐齐被晾在旁边喝水的时候,方予可说:"如果你不考虑单干的话,我可以告诉你一个秘密。"

方从心说:"我信你个大头鬼。"

方予可又说:"根据我对我老婆的理解,你晚上要被灌酒的可能性很大。"

方从心又说了句:"我信你个大头鬼。"

当林梦说要庆祝113天纪念日的时候,方从心就不得不信鬼了。只好她倒一半他也倒一半地喝,喝到现在这副田地。

灌酒的人先醉了,但没醉的那个好像也有点上头。两个人依偎在一起,方从心感觉林梦的脑袋有点热,不知道是喝酒喝的,还是发烧了,正想

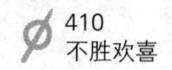

着去翻个温度计过来,头一转,便透过窗户,见到外面正纷纷地飘起了雪。

他离开泰溪那一天,他去她的班上看了她一眼。出校门时,天也下雪了。回首看去,校园里白茫茫的一片。教学楼的某一层阳台上,趴着一个穿红色衣服的女孩。那个女孩伸着手,正专注地看着天上飘下的雪花。

于是每当下雪时,他总会记起那时的落寞、孤独和不甘。

然而此时,雪花纷飞,爱人在床畔呼吸清浅,他觉得很圆满。

后 记

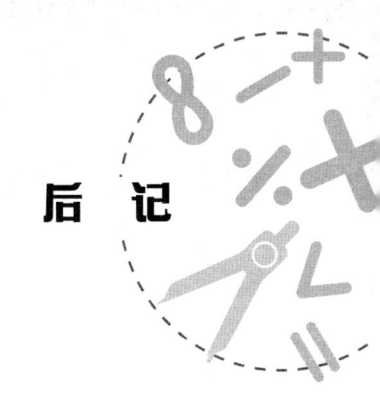

我在写这个故事的时候,想的是"人生远看是喜剧,近看是悲剧"。

林梦似乎是从伤痛中走出来了,但是一旦网络暴力把爱的人卷进去,她仍然会窒息晕厥,她从来没有彻底康复过。

方从心温和可欺,但是他曾亲历凉薄人性如何夺去了母亲的生命。

徐晓兰看似是一位和孩子打成一片的母亲,但是她瞒着孩子在家酗酒。

袁伯母做了一个外人眼里最好的妈妈,但是守护的孩子最终一见钟情的是和生母相像的人,且没有第一顺位知道他恋爱、回国、受伤的消息。她永远和孩子隔着一个生母。

佟筱美丽坚强,但是坚强背后是痛苦的童年和永远也甩不掉的父亲。

王姿琪虽是富二代,但是和母亲几乎决裂。

梅姐和老林,看似是普通的老板和员工,但是曾经都因为痛失所爱差点放弃性命。

那些"但是"背后的故事,是人眼一眼看不透的地方,导致我们经常被"但是"以前的东西吸引掉注意力,从而失之偏颇地去判断他人。有时候会产生类似林梦、佟筱的悲剧。

这些是这个世界让人沉闷的地方。

这里又要接上一个"但是"。

林梦一路得到很多包容的爱。她的母校、她的导师、她的同事作为有机会参与、了解到过去的人,都在呵护她、帮助她。

林梦和母亲是因为彼此的爱,相互欺骗相互扶持才从困境中走出来的。

方教授冷幽默很多,爱说四川话,那是因为他的妻子曾经喜欢跟他说川普。

柯桥和柯路天天吵架,但柯桥在最艰难的时刻选择了牺牲自己守护对方。

佟筱发生不幸时,先是有陌生人解救她,在被众人知晓真相后,又有很多人站在了她身后。

梅姐和老林的餐馆更像是一个治愈彼此心灵的地方。

就像林梦说的那样,世道倒也没那么令人绝望。爱如同涓涓细流的药,抹平大家或张牙舞爪的或细如夸克的伤口。

而我,把复杂的现实的东西用风趣的方式去表达出来,沉重的悲哀的东西用甜宠的味道稀释掉,也是有一点点企图心的。我想试着通过这部欢乐的青春爱情小说,传递一点点接近治愈的希望。

希望我们每个曾受过伤的人都值得、正在被这世界温柔对待。